풀 스 토 리 1

초판 1쇄 찍은 날 § 2009년 4월 29일
초판 1쇄 펴낸 날 § 2009년 5월 9일

지은이 § 홍윤정
펴낸이 § 서경석

편집장 § 문혜영
편집책임 § 유경화
편집 § 조수희

펴낸곳 § 도서출판 청어람
등록번호 § 제1081-1-89호
등록일자 § 1999. 5. 31
어람번호 § 제5-0228호

주소 § 경기도 부천시 원미구 심곡 2동 163-2 서경B/D 3F (우) 420-822
전화 § 032-656-4452 팩스 § 032-656-4453
http://www.chungeoram.com
E-mail § eoram99@chollian.net

ⓒ 홍윤정, 2009

ISBN 978-89-251-1789-8 04810
ISBN 978-89-251-1788-1 (SET)

Chungeoram herstory novel

FULL STORY

풀 스토리 1

홍윤정 지음

도서출판
청어람

♬ 목차

"아— 웬 비냐?"

영재가 제법 굵게 내리는 비를 피하기 위해 팔을 올리며 눈살을 찌푸렸다. 혹여 머리 모양 망가질까 봐 걱정하는 그는 다른 한 손으로 허리에 두르고 있던 셔츠를 열심히 풀어내고 있었다. 셔츠를 머리 위로 뒤집어쓸 작정인 모양이었다. 일본에서도 삼 일 내내 비가 내렸고 공연 당일이었던 어젯밤도 비 때문에 야외 공연이 취소될 뻔했다가 겨우겨우 치렀던 터라 영재뿐 아니라 동행하고 있는, 대한민국에서 가장 인기있는 꽃미남 그룹 '셀피쉬(Selfish)'의 멤버 시후, 민찬, 윤우 역시도 어둑어둑한 하늘을 짜증스런 눈으로 올려다보고 있었다.

"날씨 진짜 죽인다. 장마도 아닌데 왜 이래?"

"일기예보대로라면 분명히 어제저녁에 그쳤어야 하는데. 왜 새벽까지 폭우야?"

한밤중이란 시각과 전혀 어울리지 않는 선글라스와 화려한 무대의상을 입은 채인 그들은 지금 막 일본 활동을 접고 귀국하는 중이었다. 극성맞은 언론기자들을 피해 일정을 앞당겨 몰래 들어오는 중이라 이렇듯 새벽에 극비리 귀국하는 것이었다. 원래 언론을 피하기보다는 즐기는 쪽에 가까운 그들이었지만, 최근 멤버 중 가장 인기가 많은 류민찬의 스캔들이 터져 온 관심이 그들의 귀국 일자에 쏠린 덕분이었다. 내일 오전 중이라 알려진 그들의 귀국 시간에는 셀피쉬가 아닌, 그들의 무대 댄서들이 들어오게 될 것이다.

"근데 우리 꼭 첩보영화 찍는 거 같지 않아?"

그들을 마중 나온 유일한 존재인 밴에 냉큼 올라타며 민찬이 히죽 웃었다.

"재미있냐?"

시후가 민찬의 등을 퍽 치며 뒤이어 올라탔다. 이게 다 민찬이 때문이라는 걸 은연중 확인시키는 거였다. 민찬은 마음 한구석 쿡 양심이 찔렸지만 언제나처럼 민망함을 웃음으로 승화(?)시키며 농담을 건넸다.

"재미있잖아. 넌 안 재미있냐?"

"너만 재미있는 거거든?"

"야, 입은 삐뚤어졌어도 말은 바로 하라고 했다. 다른 사람도 아니고 영민이랑 스캔들이 났는데 좋긴 뭐가 좋아. 와, 나 진짜. 영화 한 번 봤다고 스캔들까지 터질 게 뭐야. 진짜."

민찬이 너무너무 억울하다는 듯이 하소연하며 밴 안쪽으로 들어가 자리를 잡는다. 영민은 같은 기획사 소속인 여성 댄스그룹 '프리티(Pretty)'의 멤버였다. 얼마 전 민찬은 영민과 함께 변장에 가까운 차림을 하고 심야영화를 보고 오다가 파파라치한테 딱 걸려 지금과 같은 홍역을 치르고 있었다.

사실 언론에서 떠드는 것처럼 민찬과 영민이 심야 데이트를 했다고는 절대로 생각지 않는 그들이었다. 영민과는 연습생 시절부터 알고 지내온 후배였고 그들 중 누구도 솔직하고 터프, 화끈한 성격의 영민을 여자로 보지 않기 때문이다. 민찬은 그날, 너무나 보고 싶은 개봉 영화를 혼자 보러 가기 싫어 친구들 중 한 명을 섭외했었던 것뿐이었다. 마침 영민이 그 영화를 보고 싶어했고 우연히 함께 갔을 뿐이었는데 하필 그게 카메라에 딱 걸려 버린 거였다. 당연히 회사에선 난처해했다. 겉으론 웃어넘기는 분위기로 일관하고 있지만 아이돌 이미지에 흠집이 생길까 봐 전전긍긍하고 있었다.

아이돌의 생명이 뭔가. 깨끗하고 풋풋한 이미지 아닌가. 아이돌에게 스캔들이란 실패의 지름길이나 마찬가지다. 그렇기 때문에 지금까지 거의 모든 아이돌의 사생활은 기획사 차원에서 관리가 되어왔고, 이성을 사귄다거나 하는 중대한 문제에 있어서는 반드시 회사와의 상의를 거쳐야 했다.

"그러게 왜 영민이랑 영화를 보고 다녀? 봤으면 파파라치한테 들키지나 말든가. 영양가없이 소문만 나고 이게 뭐냐."

"그래. 안 들켰으면 이런 일은 안 생겼지."

차례대로 밴에 탑승하며 시후와 영재가 한마디씩 한다.

"가장 큰 실수는 네가 작년 연말 시상식 때, 영민이랑 어깨동무하고 노래를 불렀다는 사실이야. 영화만 보러 갔다 왔으면 이렇게까지 의심하지는 않았을 거다."

윤우가 밴에 올라타며 결론을 내려주었다. 그의 말이 맞았다. 영화 관람 사건이 보도되면서 여러 추측이 나왔는데, 그중 가장 치명적인 장면이 바로 그것이었다. 작년 연말 시상식 때 영민과 민찬이 어깨동무를 한 상태에서 서로를 마주 보고 장난치며 노래하는 장면이 딱 걸린 거였다. 그땐 대충 분위기에 쓸려서 저러나 보다 생각했던 사람들도 영화 관람 사건이 터지자, 다들 그때 사건까지 들추며 수상하게 엮어가기 시작했다. 어디 그뿐인가? 몇 년 전, 모 프로에 나가 이상형이 터프한 여자라고 했던 자료까지 찾아내 보이시한 영민의 이미지를 갖다 붙이기까지 했다.

"사람 완전 바보 만드는 거 순식간이더라. 어떻게 내 이상형이 영민이가 될 수 있냐?"

민찬은 기가 막힌 듯 눈을 깜빡거리며 과장된 손짓을 해댔다.

"영민이가 어때서. 이쁘기만 한데."

윤우가 히죽 웃으며 말했다. 은근히 민찬이랑 엮어버리려는 듯 놀리는 그를 향해 민찬은 발끈했다.

"아, 형! 걘 여자다운 맛이 없잖아."

"왜? 자세히 보면 걔도 괜찮은 애야."

시후가 장난기 섞인 목소리로 말했다. 그러자 민찬은 기절하기 직전의 표정이 되어 눈동자를 이리저리 굴려댔다.

"별로 자세히 보고 싶은 마음도 없거든? 걘 완전 내 타입 아니라고. 얼마 전에 들었는데, 걔 지금 복싱 배운단다. 아— 진짜 누가 데려갈지 걱정스럽다니까."

복싱이란 말에 주위는 빵— 터져 버렸다. 양 갈래로 머리를 땋은 영민이 글러브를 끼고 슉슉 바람 소리를 내며 몸을 이리저리 움직이는 모습을 떠올리니 폭소가 터지지 않을 수 없었다. 그 말괄량이 얼굴을 떠올리며 빙그레 미소를 짓는 이는 시후뿐이었다. 은근히 귀여운데 아무도 그녀의 매력에 대해 모르는 것 같아 그는 영민이 조금 안쓰러워졌다.

"자, 자, 자. 출발합시다."

네 남자 옆으로 매니저 실장, 창현이 올라타자 차는 곧 출발했다. 앞으로 일주일 정도 개인 휴식기를 갖게 되어서인지 멤버들은 모두 밝은 표정이었다. 막 공연을 마친 후 샤워도 못한 채로 비행기에 올라탈 때까지만 해도 다들 죽을상이었는데 말이다. 스캔들이고 뭐고, 어찌 됐든 마음 놓고 쉴 수 있는 달콤한 휴식이 이들 앞에 기다리고 있는 것이다.

리더, 윤우는 피곤한 눈을 감으며 좌석에 축 늘어졌다. 선글라스를 벗고 쓰고 있던 모자를 벗어 얼굴에 덮은 윤우는 잠시 잠을 청하기로 했다. 시끄럽게 영민과 민찬의 스캔들에 대해 이러쿵저러쿵 논하고 있던 녀석들도 점점 덮쳐 오는 피로를 감당하지 못하고 조용해지기 시작했다. 얼마 안 가, 새까만 밴 안은 어느덧 쥐 죽은 듯 고요해졌다.

윤우가 눈을 떴을 때, 밴은 이미 그가 사는 아파트 단지 내로 진입하고 있었다. 창현의 손길에 정신을 차린 윤우는 찌뿌듯한 몸을 쭉 펴며 기지개를 켰다. 나오는 하품을 늘어지게 하고 손으론 눈을 비비면서 창현에게 물었다.

"애들은 다 들어갔어?"

"어. 오늘은 그냥 숙소에서 자고 아침 일찍 집으로 간다더라. 영재는 오전 중으로 내려가고."

영재는 제주도에 본가가 있었다. 장기 휴가를 얻으면 늘 그는 부모님을 뵈러 내려간다. 이번에도 당연히 그럴 거라고 생각했던 윤우는 대수롭지 않게 고개를 끄덕였다. 솔직히 그는 일주일의 시간을 기꺼이 몽땅 가족과 함께 보낼 계획을 세운 영재가 놀랍고 존경스러웠다. 윤우도 가족들이 모두 지방에 있었지만 그는 자주 뵈러 내려가지 못한다. 예전엔 연습벌레라서 노래와 춤 연습에 매진하느라 그랬던 거고, 요즘엔 새로 시작한 작곡 공부 때문에 시간을 내기가 쉽지 않았다. 뭐, 딱히 내려가도 지낼 곳이 마땅치 않기도 하고.

아무튼 윤우는 이번 휴식을 아주 조촐하고 게으르게 보낼 계획이었다. 매번 휴식 시간을 휴식답지 않게 보냈던 것과는 달리 정말 하루 종일 잠자고 텔레비전 보고 친구들 만나는 것으로 축낼 것이다. 남들이 하는 것처럼 그렇게.

"너 완전 피곤한가 보다?"

창현이 바닥에 놓여 있던 윤우의 가방을 집어 들어주면서 물었다. 아까부터 착 가라앉은 모습이 평소 윤우답지 않다고 느낀 모양이었다. 실제로 윤우는 컨디션이 좋지 않았다. 제대로 된 휴식의 필요성을 절감한 것도 바로 이러한 몸 상태 때문인지도 모른다. 그는 어쨌든 엄청나게 누적된 피로감과 스트레스에 짓눌려 있었다.

"어, 감기 기운이 좀 있어서."

찌뿌듯한 몸을 이리저리 움직인 윤우는 창현에게서 가방을 받아 챙겼다. 창현은 걱정스러운 듯 이맛살을 찌푸리며 말했다.

"그럼 안 되지! 일주일 뒤엔 녹음 들어가야 하잖아. 병원 가봐야 되는 거 아니냐?"

"병원 갈 정돈 아니야. 쉬면 나아지겠지."

윤우는 희미하게 웃으며 모자를 쓰고, 밴을 나왔다. 트렁크에서 커다란 짐가방을 꺼내 든 윤우는 매니저와 공항서부터 운전을 해준 혁원에게 차례로 인사를 건넸다.

시각은 벌써 새벽 3시.

주위는 쥐 죽은 듯 조용했고 부슬부슬 비까지 오고 있었다.

사람들이 모두 잠 속에 빠져 있을 새벽 시간, 언론에 흘린 시간을 비껴 몰래 일본에서 귀국한 스타 정윤우는 모자를 깊이 내려쓰고 무거운 짐을 이끈 채 아파트로 들어갔다.

딩동댕—

경쾌한 소리에 맞춰 엘리베이터가 윤우를 목적지까지 인도하였다. 그는 잠시 내려놓았던 짐을 들고 엘리베이터를 나왔다. 칠흑처럼 깜깜했던 통로가 그를 인식하더니 환히 불을 밝혔다. 아무 의심 없이 짐을 끌던 그는 순간 흠칫 놀랐고 말았다.

그의 아파트 문 앞에 웬 여자아이가 쪼그리고 앉아서 잠을 자고 있었다. 커다란 짐가방을 베개 삼아. 가출했나? 지금 시간이 몇 신데 집에 안 들어가고 여기에 잠들어 있는 거지? 걱정이 되자 윤우는 허리를 기울여 상대를 들여다보았다.

소녀는 비에 젖어 축축한 옷자락을 양손으로 부여잡고 온몸을 말은 채 꼼짝도 하지 않고 있었다. 젖어 있는 머리카락은 모로 웅크리고 있는 옆얼굴 위로 넓게 펼쳐져 얼굴을 알아볼 수 없었고 빗물에 젖어 피부에 찰싹 붙어버린 옷가지 위로는 모락모락 연기가 올라오는 중이었다. 언뜻 봐도 무모하고 어리석은 십대 팬의 전형 같았다.

"야."

"……."

"야, 일어나 봐. 여기서 자면 어떻게 해?"

소녀는 대답이 없었다. 이런 일이 종종 있는 편이어서 별로 놀랍거나 불쾌한 건 아니었지만, 시간이 시간인지라 난감해졌다. 그의 팬이라면 당연히 십대일 텐데, 새벽 3시인 지금까지 집에 들어가지 않고 그의 집 앞을 지키고 있다는 건 문제가 있었다. 엄밀히 따져 그의 잘못은 아니지만 공인으로서 일말의 책임감을 가지고 있어야 하는 게 맞는 거라서 말이다. 윤우에게도 요만한 여동생이 있는지라 특히 더 그랬다.

대체 얘는 무슨 생각이었던 걸까? 셀피쉬의 팬이라면 내일 입국하기로 되어 있는 그의 공식 스케줄 정도는 알고 있었을 텐데, 어쩌자고 무작정 집 앞에서 기다리고 있었던 걸까? 비까지 철철 맞고. 이렇게 추운 날씨에 비까지 맞고 밖에서 잠이 들면 죽을 수도 있다는 걸 모르는 건가? 그가 예정대로 내일 정오에 도착했더라면 어쩔 뻔했어? 싸늘한 시체가 그의 집 앞에 웅크리고 있는 방정맞은 생각이 떠오르자 윤우는 휙휙 고개를 내저었다.

"윽. 이 녀석, 술도 마셨잖아?"

딱하기 짝이 없는 소녀 앞에 쪼그리고 앉으니 알코올 냄새가 진동했다. 윤우는 눈살을 찌푸리며 손으로 콧구멍을 막았다. 비를 맞은 데다 술까지 취했다니, 최악이었다. 이 어린 양을 경찰에게 인도해야겠다는 생각을 하며 그는 조심스럽게 그녀를 향해 손을 뻗었다.

"야, 꼬맹아. 일어나!"

소녀의 팔에 슬쩍 손을 댔을 때였다. 차가운 그녀의 체온이 손바닥으로 싸하게 전해오는 그 순간, 그녀의 팔이 스르르 힘없이 바닥으로 떨어졌다. 윤우의 피곤에 찌들어 있던 눈이 번쩍 뜨이는 순간이었다.

이 낯익은 광경은 분명 '운명하셨습니다'의 한 장면!

쿵, 그의 심장은 저 바닥까지 격하게 떨어졌다. 소녀의 몸에 손을 대고 있는 상태 그대로 그는 꽁꽁 얼어붙어 버렸다. 정말 비와 알코올과 추위에 떨다가 숨을 놓아버린 건가? 그의 팬이?

"맙소사."

한참 만에 겨우 중얼거리던 그는 서둘러 소녀의 팔에 올려져 있던 손을 거두었다. 주머니를 뒤져 휴대전화를 꺼내 119를 부를 작정이었다. 그는 절대로 이 소녀가 죽었다고 생각지 않았다. 그런 생각 따윈 하고 싶지 않았다. 살아 있을 것이다. 기절을 했던가, 너무 추워 정신을 잃어가는 중일지도 몰랐다. 절대 죽었다고는 생각하고 싶지 않았다. 정말로, 그런 일은 절대 일어나선 안 되는 일이었다.

소녀의 몸에서 손을 떼는 그 짧은 1초의 순간, 그는 그렇게 미친 듯이 한 가지 생각에 몰입하고 있었다. 그리고 다음 순간 퍼뜩 정신을 차렸다. 그녀의 자그마한 손이 윤우의 소매를 붙잡은 것이었다.

"……!"

온몸이 그대로 굳어버린 채로 그는 눈동자를 굴려 소녀를 보았다. 그녀의 얼굴은 여전히 머리카락으로 덮여 가려져 있었다.

살아 있는 건가? 어쩐지 한기가 몰려오는 걸 느끼며 그는 그녀를 계속 주시했다. 그러자 그녀가 중얼거렸다.

"오빠……."

울먹이는 목소리였다.

"가지 마, 오빠."

소녀가 살아 있다는 안도감이 일시에 밀려들었다. 아우, 젠장. 십년감수했잖아. 윤우는 깊은 숨을 내쉬며 땀이 밴 손바닥을 바지에 문질러 닦았다. 한 편의 공포영화를 본 기분에 빠져 그는 그녀의 손에 잡힌 팔을 조심스럽게 빼내었다. 하지만 그때였다. 그녀가 그의 소매를 더욱 꽉 쥐더니 잡아당기기 시작했다. 그 힘이 꽤 세서 그는 당황하고 말았다.

"제발 가지 마……."

슬픔이 흥건히 배어 있는 그녀의 목소리는 너무나 애처로웠다. 무언가 사연이 있는 듯 처연한 목소리에 그는 그녀를 냉큼 떨쳐 내지 못했다. 그녀는 마치 생명의 끈인 양 그의 소맷자락을 움켜쥐고 바들바들 떨고 있었다. 무의식중에도 내쳐질까 봐 두려워하고 있는 거였다. 그 순간, 뭐였을까, 그의 마음을 움직인 건? 이런 상황이라면 당연히 경찰에 전화해 소녀를 안전한 곳으로 인도해야 마땅했고 또 늘 그래 왔던 그가 이번엔 조용히 소녀의 손을 잡아주고 있었다. 안쓰러워서였을까? 동정심? 보호본능이 일었나? 이해할 수 없는 자신의 행동에 그는 그 스스로에게 물음표를 던지고 있었다.

유난히 부드럽고 따스한 그의 손안에 그녀의 차갑고 시린 손이 쏙 들어왔다. 따뜻한 기운을 느낀 소녀는 온기를 찾아 몸을 뒤척였다. 고개가 돌려지고 젖은 머릿결이 아래로 흘러내리자 내내 가려져 있던 소녀의 얼굴이 드러남과 동시에 그의 상체가 훅 앞으로 디밀어졌다. 그녀가 그를 잡아당기는 바람에 쪼그리고 있던 다리가 풀썩 바닥에 꼬꾸라져 버린 거였다. 다급히 한 팔로 바닥을 짚어 몸을 지탱했지만, 소녀의 얼굴 가까이에 얼굴을 댄 채로 보기 흉한 자세를 취하게 되는 걸 막을 수는 없었다. 화들짝 놀라 눈을 꼭 감아버리며 윤우는 숨을 멈추었다.

소녀도 이내 뒤척임을 멈추고 잠잠해지자 그는 천천히 눈을 떴다. 그러자 시야 가득 소녀의 얼굴이 들어왔다. 얼마나 울었는지 소녀의 코는 빨갰다. 반짝반짝 윤이 나 있는 콧방울 아래로 또렷한 인중과 입술이 깃털 같은 숨을 뱉어내고 있었고, 축축한 머리카락 사이로 보이는 눈꺼풀은 희미하게 닫혀 있었다. 눈앞에 크게 클로즈업되어 있는 그녀의 눈물 젖은 속눈썹을 멍하게 바라보며 그는 천천히 눈을 감았다 떴다.

소녀는 예상했던 것보다는 훨씬 더 성숙한 느낌이었다. 왜, 어린 것 같은데 은근히 분위기가 있어 뵈는 외모 있잖은가. 신비로워 보였다. 사차원의 강을 건너온 다른 세계의 아이 같달까. 덕분에 윤우는 잠깐 동안 뭐에 홀린 듯 멍해져 버렸다.

제정신을 차린 건 그로부터 몇 분 뒤였다.

딩동댕— 엘리베이터가 움직일 때 나는 신호음이 들려왔다.

새벽 3시인 지금, 누군가가 귀가하는 모양이었다. 윤우의 시선은 저절로 엘리베이터 번호판으로 향했다. 어느새 1층으로 내려간 엘리베이터는 이제 올라올 준비를 하고 있었다. 젠장, 속으로 중얼거리며 윤우는 서둘러 몸을 일으켰다. 벌떡 자리에서 일어난 윤우는 휴대전화를 꺼내 창현의 전화번호를 찍었다. 이런 문제를 연예인이 직접 처리하는 건 결코 바람직하지 않은 처사였다. 안 그래도 민찬이 귀찮은 스캔들에 휘말려 이래저래 조심스러운 상황에서 쓸데없이 오해를 받거나 언론의 주목을 받을지도 모를 위험을 감수할 이유가 없었다. 하지만 불행히도 창현이 전화를 받지 않았다.

"아씨."

승강기가 올라오고 있었다. 2층, 3층, 4층…….

"아, 뭐야. 왜 안 받아?"

인상을 찌푸리며 윤우는 재다이얼을 눌렀다. 신호가 가는 전화기를 귀에 대고 그는 엘리베이터 번호판을 확인했다. 8층, 9층, 10층…….

엘리베이터는 점점 그가 있는 18층을 향해 올라오고 있었다. 초조해지자 윤우는 아랫입술을 질끈 깨물고 창현이 전화를 받기를 줄기차게 기원했다. 하지만 두 번째 신호마저도 음성사서함으로 넘어가 버리자 윤우는 거칠게 탁 소리를 내며 전화기 폴더를 접어버렸다. 엘리베이터는 14층을 향해 올라오고 있었다. 윤우는 두 번 생각하지 않고 현관 비밀번호를 눌러 문을 열어버렸다.

　팬은 절대 집 안에 들여보내지 않는다는 그만의 철칙이 무너져 내리는 순간이었다.

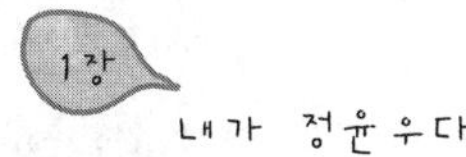

소녀를 안고 집 안에 들어오고 나서야 윤우는 비로소 마음을 놓을 수 있었다. 만약 자신의 철칙대로 그녀를 바깥에 두고 들어왔다면, 아마 계속 마음이 불편했을 것이다. 철칙은 무너졌지만, 그래서 혹여 불필요하고 귀찮은 일이 생길지 모르는 상황에 처해졌지만 그래도 기분은 나쁘지 않았다. 기온이 떨어져 제법 쌀쌀한 지금, 비에 흠뻑 젖은 아이를 바깥에 그대로 두는 건 정윤우다운 행동이 아니었다.

일단 그는 여동생이 놀러 올 때 쓰는 작업실 겸 손님방에 그녀를 눕혔다. 수건으로 젖은 얼굴과 머리카락을 대충 닦아준 후, 다시 한 번 창현에게 전화를 걸어보았다. 하지만 그는 계속

전화를 받지 않았고, 윤우는 결국 소녀의 몸에 이불을 덮어주고
방을 나오고 말았다.

그 뒤로 얼마나 지났는지 모르겠다.

거실을 왔다 갔다 하며 분주히 짐을 푼 그는 당장 드러누워
자고 싶은 마음을 꾹 참아 누르고 욕실로 들어갔다. 씻고 나서
피곤을 푼 후 다시 창현에게 연락을 취해보겠다는 생각이 있었
다. 하지만 따뜻한 물에 몸을 담그니 온몸은 노곤해졌다. 바쁘
고 힘들었던 오늘 하루의 스트레스가 한 방에 녹아 없어지는 것
만 같았다. 당연히 눈꺼풀은 무거워졌고 자신도 모르는 사이에
목욕물이 싸늘하게 식을 때까지 깊은 잠 속으로 빠져들어 버렸
다.

✳

사람이 살아가다 보면 예기치 못한 순간을 맞이하게 될 때가
있다. 추석 귀향길 고속도로 정체 시 생리현상을 해결 못해 눈
이 돌아간다거나, 신나게 노래방에서 노래를 부르고 있는데 턱
이 훅 빠져 버린다거나, 바이올린 공연 1분 전 악기 튜닝하는데
띵— 줄이 나가 버린다거나. 혹은 죽을 때까지 자신만을 사랑할
거라던 남자친구가 갑작스럽게 이메일로 이별 통보를 한다거
나……

유림은 얼마 전 남자친구인 성재로부터 그렇게 헤어지잔 말

을 들었다. 유학하고 있던 그녀는 학업을 뒷전으로 미루고 귀국했고, 귀국하자마자 성재를 만났다. 아무런 말도 없이 달랑 헤어지자는 메일만 보내왔던 그는 그녀를 만나자마자 아주 뻔뻔한 얼굴로 말했다. 싫증이 났다고, 너보다 더 좋은 여자를 만났다고.

유림은 상처를 받았다. 눈물을 머금고 옷가방을 질질 끌며 근처 포장마차에 들른 그녀는 그곳에서 밤새 술을 마셨다. 비까지 철철 내리는 서울 하늘 아래에서 소주를 기울이는 그 순간이 그렇게도 슬프고 쓰디쓸 수가 없었다. 그때까지만 해도 유림은 그 순간이 스물다섯 인생 최고의 위기인 줄 알았다. 하지만 술에 절인 정신을 가누고 눈을 떴을 때, 그녀는 알았다. 자신의 인생 최고의 위기는 바로 이제부터라는 걸.

"여, 여기가 어디지?"

눈을 떠보니 새하얀 방이었다. 병원인가 싶어서 눈동자를 휘릭휘릭 굴려봤지만, 좁지도 넓지도 않은 방 안에는 침대와 신서사이저, 컴퓨터가 있었다. 아무리 훌륭한 병원이라도 병동 안에 신서사이저가 있을 수는 없는 일이었다. 유림은 천천히 깨질 듯한 머리를 부여잡고 자리에서 몸을 일으켰다.

그녀의 옆에는 어깨에 크로스로 메고 있던 그녀의 핸드백이 얌전히 놓여 있었다. 유림은 서둘러 가방 속을 뒤졌다. 다행히 여권도 있었고, 지갑도, 소지품도 다 제자리에 있었다. 강도를 만난 건 아닌 모양이었다. 안도의 한숨을 내쉬고 그녀는 고개를 이리저리 내두르며 주위를 살폈다: 그러나 그녀는 여기가 대체 어딘지 가늠할 그 어떠한 단서도 찾지 못했다. 여긴 정말 처음 보는 곳이었다.

　'은형이네 집인가?'

　그녀는 이 년 전부터 바이올린을 배우기 위해 유학하고 있었다. 외동인 그녀의 어머니, 이원자 여사는 딸을 위해서라면 뭐든지 다 하는 열혈학부모로, 어릴 때부터 소위 치맛바람이란 걸 일으키기로 유명했었다. 혼자서 뒷바라지해 유학까지 보내고 있다는 사실에 자부심도 있었고, 유림을 앞으로 세계적으로 유명한 바이올리니스트로 키우겠다는 원대한 포부도 있었다. 딸이 겨우 남자 문제로 학업을 내팽개쳤다는 사실을 알면 거품 물고 쓰러질 분이기도 하다. 빤히 결과가 보이는 일인지라 당연히 유림은 귀국에 대한 얘길 함구할 수밖에 없었다. 아무도 몰래 한국에 들어올 계획을 세우고 며칠간 기거할 곳을 찾았다. 짧은 시간 물색해 찾은 곳은 바로 고교 동창인 은형이네였다.

　서은형과는 고등학교 때도, 졸업한 이후에도 그다지 친한 사이가 아니었다. 가끔 모임 때 만나거나 중요한 날 문자메시지 남기는 정도? 그냥 인맥을 유지하는 정도의 사이였을 뿐이었다. 하지만 잠깐 신세를 졌으면 좋겠다는 그녀의 부탁을 은형은 아주 흔쾌히 들어주었다. 대구에서 유명한 땅부자라는 은형의 아버지는 서울에서도 최고로 잘산다는 동네에 집을 몇 채씩 가지고 있다는데, 은형은 그중 한곳에서 홀로 기거하며 도우미까지

부리고 있다고 했다.

"내가 은형이를 만났던가?"

술에 취해 비틀거리는 걸음으로 가방을 질질 끌며 세차게 떨어지는 빗속을 걸어 아파트 앞까지 왔던 기억이 퍼뜩 났다. 동을 못 찾아 이리저리 움직이면서 펑펑 울었던 기억도 단편적으로 떠올랐다. 하지만 그다음부턴 깜깜했다. 어떻게 이 안락한 방 안에 누워 쿨쿨 단잠에 빠져 있었는지 전혀 떠오르지 않았다. 이런 경험이 처음이라 유림은 당황하지 않을 수 없었다.

유림은 굳게 닫혀 있는 방문을 천천히 돌아보았다. 이 집이 누구의 집인지, 자신이 무슨 일을 당한 건지 알아내기 위해선 이 방문을 나서야 했다. 가슴이 쿵덕쿵덕 뛰기 시작했다. 이제부터 직면해야 할 현실이 두렵고 긴장돼 사지가 후들거렸다.

끼이이익— 조심스럽게 문을 열었다. 빠끔히 고개를 내밀고 바깥을 살폈다. 거실은 약간 어수선해 보였다. 나름 정돈되어 있는 것 같았지만 뭔가 꼼꼼하지 못하다는 느낌이었다. 불길했다. 여자의 체취라곤 전혀 느낄 수 없는 인테리어하며 현관에 놓여 있는 사이즈 큰 운동화까지, 숨이 턱까지 차오르는 기분이었다. 혹시 납치되어 온 건가? 덜컥 떨려왔다. 너무나 긴장이 되어서 눈물마저 나올 것 같았다. 유림은 입술을 꽉 깨물고는 천천히 발걸음을 뗐다.

아삭, 사과 베어 먹는 소리가 들려온 건 그때였다.

누군가 있었다. 그녀는 그 자리에 못 박히듯 서버렸다. 쭈뼛,

머리카락이 한 올 한 올 곤두설 만큼의 강렬한 한기가 밀려들었다. 녹슨 양철로봇의 그것처럼 움직이지 않는 목을 겨우 움직여 뒤를 돌아보자 주방 식탁 안에 앉아 있는 웬 남자의 등이 보였다.

'남자!'

은형의 집이 아닌 거였다. 곧이라도 비명이 터져 나올 것만 같았다. 하지만 목구멍에 뭔가가 막힌 듯 말이 안 나왔고 입술만 덜덜 떨리고 있었다. 수전증 걸린 듯한 손으로 희미하게 주먹을 쥐며 유림은 천천히 입술을 깨물었다. 대체 이게 어떻게 된 건지 그녀는 미친 듯이 떠올리고 있었다. 하지만 이미 끊긴 기억이 되살아날 리 만무했다. 머릿속에서 미친 생각들이 미치도록 와글거리기만 할 뿐이었다.

"어쩔 수 없었다니까. 형이랑은 연락도 안 되지, 애는 집 앞에 있지. 주변 사람들 시선도 있는데 그냥 놔둘 수는 없었어."

남자는 등을 돌린 채로 의자에 앉아 전화 통화를 하고 있었다. 무슨 일인지는 모르지만 그는 상대방에게 불만을 토로하는 듯했다. 좋아, 차유림. 정신 바짝 차리자. 호랑이굴에 들어가도 정신만 차리면 산다고 했어. 아직 저 남자는 그녀가 깨어났다는 걸 모르니, 그가 전화를 하고 있는 틈을 타 달아나면 되었다.

"잠들어 버렸어, 욕실에서. 너무 피곤해서 그만 곯아떨어졌었나 봐. 그 뒤로는 기억도 안 나. 잠결에 추워서 침대로 들어가 곧바로 자버렸던 것 같아."

남자가 빠르게 말하며 아삭, 사과를 씹기 시작했다. 사각사각 사과 씹는 소리가 천천히 들려왔다. 턱과 목울대의 느슨한 움직임이 멀리 있는 유림에게도 보였다. 유난히 긴 목과 날카로운 턱 선을 가진 사람이었다. 유림은 그에게서 눈을 떼지 않은 상태로 천천히 뒷걸음질을 쳤다. 제발 그가 자신이 사라질 때까지 뒤돌아보지 말기를, 유림은 죽도록 기도하고 있었다.

"나도 방금 일어났다니까! 정말 생각나자마자 전화한 거야. 그러게 형이 전화를 빨리 받았으면 좋았잖아. 물론 형도 사정이 있었겠지만…… 아, 몰라, 몰라. 됐고! 언제 올 거야? 지금? 지금 올 거야? ……뭐? 장난해? 그사이에 깨면?"

유림이 방금 전 자신이 깨어났던 방문턱에 발뒤꿈치가 닿을 때까지 조금씩 천천히 뒷걸음질을 쳤다. 그리고 마침내 빠끔히 열린 방 안으로 발꿈치가 쏙 들어가자, 유림은 재빨리 후다닥 방문 안으로 들어갔다. 너무 급히 들어가느라 약간의 진동과, 약간의 소음이 발생했다는 사실은 전혀 깨닫지 못한 채 그녀는 정신없이 짐을 챙기기 시작했다.

하지만 핸드백도 채 메지 못한 사이, 유림은 끼이익— 열리는 문소리를 듣고야 말았다. 또다시 쭈뼛, 머리카락이 올 스탠드업해 버린 느낌. 공포감이 등골을 타고 쭈르르 흘러내렸다. 유림은 저도 모르게 두 손을 꼭 쥔 채로 그 자리에 굳어버렸다. 다리가 후들후들, 꽉 쥔 주먹이 달달 떨려오자 유림은 소리없이 심호흡을 하며 정신을 가다듬었다.

‘그래, 정신일도 하사불성.’

기절하지 말자. 이성을 잃지 말자. 절대 약한 모습 보이지 말자. 겁먹는 모습 보여서도 안 돼. 울지 말아야 해. 눈을 부라리고 똑바로 말하는 거야. 이성적으로, 차분하게, 이게 어떻게 된 일이냐고 묻는 거야. 만약 저 사람이 악한이라면, 그래서 해치려 든다면, 죽을힘을 다해 도망치면 되는 거야. 그러면 되는…….

“언제 깼냐?”

남자의 두툼하고 울림 좋은 목소리가 퉁명스럽게 들려왔다. 뒷골을 타고 흘러내렸던 공포심이 이젠 아예 바닥으로 흘러넘치고 있었다. 달달 떨리는 발을 움직여 상대를 대면해 보려고 했지만 이미 몸은 뇌의 지배에서 벗어나 버린 듯 꿈쩍도 하지 않았다. 그러는 사이, 남자는 한 발자국 앞으로 다가왔고 또다시 물어왔다.

“괜찮아?”

그녀가 정상적인 상태였다면 눈치 챘을 것이다. 괜찮냐는 말이 절대 강도가 건넬 법한 멘트가 아님을. 하지만 이미 공포심의 강에서 허우적거리고 있는 유림에게는 그 어떤 말도 귀에 들어오지 않았다. 그저 꼼짝도 하지 못한 채로 그 자리에서 달달 떨고 있을 뿐.

“이봐, 괜찮냐고.”

그가 다가와 유림의 팔을 확 잡아당겼다. 그 순간, 어디서 그런 힘이 나왔는지 유림은 가녀린 팔뚝을 휘둘러 남자의 얼굴을 향해 죽방을 날렸다.

"아!"

외마디 작은 비명은 남자가 아닌 유림의 것이었다. 쭉 날린 유림의 팔이 허공을 가르는 도중 붙들린 것이다. 임무를 마치지도 못하고 어설픈 기도로 끝나 버린 한 방은 두 사람의 민망한 첫 대면의 시작이 되었다.

'이 사람은……!'

짧은 연갈색 머리, 유난히 눈에 띄는 피어싱 자국들, 헐렁한 티셔츠와 반바지 차림의 젊은 남자를 훑으며 유림은 인상을 찌푸렸다. 남자는 그녀도 아는 사람이었다. 어디선지는 모르지만 분명 본 적이 있었다.

"너 뭐 하는 거냐?"

유림이 자신의 엉망으로 흐트러져 버린 머릿속을 탓하고 있을 때, 그가 물었다. 아주 황당한 표정의 그는 전혀 범법자처럼 보이지 않았다. 유림도 본 적이 있다면 확실히 범법자일 가능성은 낮았다. 하지만 그를 대체 언제 어디서 어떤 식으로 만났던 걸까? 기억할 수 없으니 그에게 어떤 식으로 반응해야 하는지도 알 수 없는 유림이다. 대체 왜 기억나지 않는 거야? 저렇게 잘생긴 사람을 왜 기억 못하는 거니, 차유림? 응? 왜?

"너, 나 몰라?"

그가 물었다. 그 역시 유림이 자길 알고 있을 거라 여긴 것이다. 이 사람도 유림을 아는 걸까? 유림은 더듬더듬 물었다.

"누, 누구신데요?"

"……."

멀리서 보면 의기투합, '크로스'의 포즈를 하고 두 사람은 멀뚱하니 서로를 마주 보았다. 그녀가 한 말에 충격이라도 받은 듯 그는 한동안 말이 없었다. 그러더니 곧 세상에서 가장 바보 같은 질문을 받은 얼굴로 어처구니없다는 듯 웃어버렸다.

"너 진짜 나 몰라?"

"모르는데요."

어디서 봤는지 기억조차 못하는데 아는 체를 해봤자 무슨 소용? 유림은 거짓말로 딱 잡아떼기로 했다. 하지만 정말 꺼림칙했다. 분명히 어디선가 봤는데 왜 기억이 나지 않는지 이상하기만 했다. 이름, 나이, 주소, 모든 게 다 기억나는 걸 보면 기억상실증도 아닌데 왜 이 사람은 기억 못하는 걸까?

"진짜? 진짜 몰라?"

나름 A급 톱스타로 분류되는 '셀피쉬(Selfish)'의 리더, 정윤우를 코앞에서 보고도 전혀 알아채지 못하는 여자를 내려다보며 윤우는 재차 물었다. 솔직히 약간 당황스러운 게 사실. 아무리 많이 먹어봐야 스물둘, 셋 정도로밖에 안 뵈는데 그 또래의 여자가 셀피쉬를 모른다는 건 말이 안 되었다. 다른 별에서 살다 온 애가 아니고서야.

"저 아세요?"

이런, 다른 별에서 살다 온 애가 맞나 보다. 소녀는 정말 그를 모르는 듯했다. 두 눈을 크게 뜨고 되레 자길 아냐고 묻다니, 기가 찬다. 윤우는 표정을 굳히고 즉각 대답했다.

"아니."

곧바로 소녀는 인상을 찌푸렸다. 무슨 대답이 그러냐는 듯. 사실 그도 자신이 무슨 말을 하고 있는지 잘 모르고 있었다. 뭐가 어떻게 돌아가는 건지 그 역시도 지금은 알 수 없었다. 그는 다시 물었다.

"너 그럼 여기 왜 왔어?"

"제가요?"

"기억 안 나?"

하긴, 기억이 날 리 없다. 전날 일을 기억할 정도라면, 어제 그렇게 비까지 흠뻑 맞은 채로 남의 집 앞에서 쪼그리고 앉아 잠을 청했을 리가 없었다.

"너 어제 우리 집 앞에서 쪼그리고 앉아 자고 있었어."

"네?!"

"비를 흠뻑 맞고, 온통 젖어서."

믿을 수 없다는 듯 대경실색하는 소녀를 향해 그는 쐐기를 박듯 친절히 부연설명까지 해주었다. 하지만 여전히 그녀는 믿을 수 없다는 표정으로 고개까지 살래살래 내저었다. 현실을 부정하려는 모습은 참 안습이었다.

"여, 여기 삼현아파트 807호 아니에요?"

맙소사. 결국 술 때문에 집을 잘못 찾아온 여자애였던 거야? 망연자실. 이렇게 허탈할 수가. 윤우는 기가 막힐 따름이었다. 왜냐고? 여긴…….

"1807호다."

그의 말이 떨어지자마자 유림은 헉, 거친 숨을 들이쉬었다. 자신이 숫자를 잘못 읽어 남의 집 앞에서 밤을 지새울 뻔했다는 사실에 기가 막혔다. 대입 시험이 끝나고 친구들과 처음 술을 마신 이후, 지금까지 이런 일은 없었다. 아무리 많이 먹어도 개차반처럼 바닥을 뒹굴거나 대책없이 펑펑 우는 주접은 떨어본 적이 없는 그녀란 말이다. 늘 단정하게 술을 마셨고, 주정도 거의 없었다. 뭐, 눈이 돌아가게 마셔본 적이 별로 없어서 잘은 모르지만. 하여튼 지금까지 이렇게 큰 사고를 친 적은 단 한 번도 없었다. 그런데 어떻게 이런 일이!

"하여간 술이 웬수지."

여태 잡고 있던 그녀의 손목을 놓아주며 그가 중얼거렸다. 그녀가 너무너무 한심해 혀라도 찰 것처럼 깔아보며 그는 제 바지 주머니에 손을 집어넣어 휴대전화를 꺼냈다.

"이기지도 못할 술을 왜 마시는지 모르겠네. 집도 못 찾아갈 정도로 마신 거면 대체 얼마나 마신 거야?"

혼잣말을 중얼거리며 그는 휴대전화의 숫자판을 엄지손가락으로 쿡쿡 찍어댔다.

쪽팔려, 유림은 오만상을 찡그리며 남자의 시선을 외면했다.

정말이지 지금까지 살면서 이렇게 창피했던 적이 없었던 것 같다. 남에게 흠 한 번 안 잡히고 깔끔하게만 살아왔던 유림에게 오늘의 일은 완전 굴욕 중의 상굴욕이었다. 아니, 어떻게 남의 집 앞에서 잠을 자고 있었을까? 정신을 얼마나 놓고 있었기에 숫자도 헷갈려?

"하—"

유림은 땅이 꺼지게 한숨을 내쉬었다. 사실은 숫자도 제대로 못 읽을 만큼 정신을 놓을 수밖에 없었기 때문이다. 어제 하루, 그녀는 너무나 힘들었다. 남자친구로부터의 이별 통보. 매달려도 소용없다고 말하는 그의 차가운 목소리. 싸늘한 시선. 모든 게 그녀를 힘들게 했었다. 술에 취하지 않고는 견딜 수 없을 만큼 아팠고, 그렇게 해서라도 모든 걸 날려 버리고 싶었다.

"안 와도 될 것 같아."

그녀가 지긋지긋했던 어제의 일을 고통스럽게 떠올리는 사이, 그는 방 밖으로 나가고 있었다. 누군가와 통화를 시작하는 그를 보자, 이대로 도망가고 싶은 치기 어린 욕구가 스멀거리며 올라왔다. 물론 밖에서 얼어 죽을 뻔한 그녀를 도와준 그가 고맙다. 그도 뭔가 오해를 해서 그녀를 들여놓은 것 같지만, 그래도 그 덕분에 그녀가 이렇게 멀쩡한 게 아닌가. 어쨌든 도와줘서 감사하고 미안하다는 말은 해야 했다. 하지만…….

"그 녀석 지금 깨어났어. 내가 내보낼게."

꼭 말로 해야 아는 건가? 마음으로 감사하면 되는 거지.

"아니, 걱정 안 해도 될 것 같아. 걘 날 못 알아보더라고. 거짓말은 아닌 것 같아. ……문명 혜택을 전혀 못 받았나 보지 뭐. 신경 안 써."

유림은 활짝 열린 방문 밖으로 고개를 뾰족 내밀고 남자를 찾았다. 그는 유림 쪽으로 등을 보이며 통화를 하고 있었다. 멀리서 보니 장신의 키가 더 눈에 띄는 것 같았다. 자신을 마땅찮아 하던 기색이 역력했던 남자의 표정을 떠올리며 유림은 천천히 가방과 핸드백을 챙겼다. 꽤 덩치가 있는 가방을 힘껏 들어 바닥에 끌리지 않도록 한 다음, 그녀는 살금살금 방을 빠져나왔다.

"걱정 마. 이쪽은 내가 알아서 할 수 있으니까, 신경 *끄고* 놀아."

유림이 고맙다는 인사도 없이 사라지려는 그 순간, 윤우는 부모님 온천 관광하는 데 따라나섰다는 매니저 창현과 통화를 하고 있었다. 외동아들이라 부모님이 오직 창현만을 바라보며 사신다는데, 이번 여행도 일본에서 오는 아들과 함께 떠나기 위해 몇 달 전부터 예약해 놓았던 거라 했다. 결국 이 여행을 떠나기 위해 잠을 보충하다가 윤우의 전화도 놓친 것이었다.

[말 마라. 노는 게 노는 게 아니다. 노인네들이 어찌나 기력이 좋으신지, 내가 다 지친다니까.]

"그거야 형이 피곤하니까 그렇지. 형도 좀 쉬어야 해."

[새벽에 그렇게 나를 깨우던 정윤우 맞냐?]

창현의 말에 윤우는 피식, 웃었다. 눈썹 근처를 손으로 문지르며 그는 말했다.

"그땐 나도 당황해서 어쩔 수 없었어. 애는 들여놨지, 경찰에 신고는 해야겠고, 내 입으론 절대 못하겠고."

[근데 진짜 그 여자애, 괜찮겠어? 난 왠지 기분이 이상한데. 널 아예 못 알아봤다는 게 더 수상쩍어. 그게 말이 돼? 모르는 척한 거 아니야? 왜, 몰래카메라 같은 거 찍으려고 들어오는 사생 있잖아. 그런 애 아니냐고.]

'사생'이라는 말은 '스타의 사생활을 24시간 붙어 다니며 쫓는 이'라는 뜻의 은어였다. 말이 팬이지 하는 짓은 거의 스토커 수준이어서 대부분의 스타들은 사생을 두려워하는 편이었다. 윤우는 거짓말이라곤 평생 해본 적이 없는 듯한 얼굴로 자신을 모른다고 대답하던 소녀의 맑은 눈망울을 떠올리며 피식 웃었다.

"그런 것 같진 않아. 걱정하지 마."

그런 눈을 가진 사람은 절대 거짓말을 할 수 없었다. 다른 건 몰라도 그녀가 사실을 말했다는 것만큼은 윤우도 믿고 싶었다. 하지만 빙긋 웃고 있던 얼굴 그대로 슬쩍 뒤를 돌아본 순간, 입가에 머금고 있던 그의 미소는 싹 사라지고 말았다. 소녀가 방에서 나오고 있었다. 가방과 핸드백을 챙겨 들고, 쥐새끼처럼 살금살금 걸어서. 그녀는 부스럭거리는 소리 한 톨 내지 않고 걷는 일에 온 신경을 쏟고 있는 듯 윤우의 시선은 눈치 채지 못하고 있었다.

[사생이 얼굴에 사생이라고 적어가지고 다니냐? 조심해, 인마. 누구처럼 인터넷에 동영상 돌아다니게 하지 말고.]

누가 매니저 아니랄까 봐 창현은 계속해서 조심하라고 조잘거리고 있었다. 하지만 이미 윤우의 귀에는 창현의 잔소리가 들리지 않았다. 방에서 나오는 꼬마숙녀가 왜 자신의 눈엔 몰래 도망가는 것처럼 보이는 건지 의아해하느라 창현의 목소리는 귀에 들어오지도 않았다. 왜 저러는 거야, 저 꼬마? 설마 진짜…… 사생?

그의 따가운 시선을 느꼈나 보다. 소녀는 문득 걸음을 멈추었다. 굳어버린 그녀의 얼굴 위로 모든 상황을 파악하고 있는 듯 낭패감이 쓸고 지나가는 중이었다. 윤우는 휴대전화를 귀에서 떼며 천천히 몸을 움직여 그녀를 향해 똑바로 섰다.

'들켰구나!'

생각하는 순간, 딱, 휴대전화 폴더 닫히는 소리가 유림의 귓가를 찔렀다. 그 소리가 어찌나 끔찍한지 저도 모르게 두 눈을 찔끔 감게 되는 그녀다. 죽었구나, 생각하며 유림은 천천히 그를 향해 고개를 돌렸다. 그는 주머니에 두 손을 살짝 걸치고 고개를 갸웃 기울이며 유림을 빤히 내려다보았다. 베란다 창으로 들이치는 햇살을 등에 진 그는 유난히 검고 거대해 보이는 것 같았다. 유림은 생존본능에 입각해 배시시~ 웃었다.

"뭐 하냐?"

그가 물었다. 생쇼를 하다 들킨 기분에 유림은 질끈 아랫입술을 깨물어야 했다.

"저, 저기……."

에라, 모르겠다. 튀자.

튀자고 마음먹은 지 불과 10초 만에 그녀는 잡히고 말았다. 어찌나 팔다리가 기신지, 남자는 도망치기로 작정한 그녀를 불과 단 한 걸음 만에 따라잡아 버렸다. 덥석, 목덜미를 붙잡힌 그녀는 거의 질질 끌려 다시 제자리로 돌아와 버렸다. 이럴 줄 알았으면 도망갈 생각조차 하지 않았을 것을. 이게 무슨 망신이냐 싶어 유림은 고개조차 들 수가 없었다. 한데, 그런 그녀에게 그가 건넨 말은 아주 황당했다.

"너, 나 모르는 거 맞냐?"

아니, 그걸 또 왜 물어?

"알아야 되나요?"

"거짓말하면 혼난다."

"거짓말 아니에요."

사람을 뭘로 보고. 유림은 짜증 섞인 시선으로 남자를 올려다봤다. 그는 다시 봐도 핸섬하고 멋졌다. 키도 훤칠한 데다 어딘지 모르게 섹시한 구석도 있는 것 같고, 여러모로 범상치 않은 게 사실이었다. 사람들의 시선을 한눈에 끌어 모을 것 같은 사람이랄까. 이 사람이 길거리를 지나가면 사람들이 쫙 홍해 바다

갈라지듯 길을 터줄 것만 같았다. 이런 걸 흔히들 연예인 포스
라고 하지?

'가만, 저 사람 혹시 연예인인가?'

풍기는 이미지를 보면 연예인일 수도 있겠지만…….

"왜? 이제 실토하시려고?"

그녀의 빤한 시선을 느꼈는지, 갑자기 그가 묻는다. 한쪽 입
가가 샐쭉 올라간 걸 보면 그녀를 비웃는 것 같기도 했다. 아직
도 그녀가 뭔가를 숨기고 있다 여기는 건가?

"실토라니요? 전 숨기는 거 없는데요."

"끝까지 오리발을 내미시겠다?"

방긋 웃으며 부드럽고 나긋나긋한 말투로 그가 말했다. 분명
웃는 얼굴에 말투도 말랑말랑한데, 이 등골을 타고 흐르는 서늘
한 기운은 대체 뭔지. 유림은 긴장하지 않을 수 없었다. 뒷걸음
질을 치고 싶은 충동을 가까스로 억누르며 그녀는 심호흡과 함
께 차분히 말했다.

"뭔가 오해가 있으신 모양인데요. 전 정말 숨기는 거 없거든
요? 그냥……."

"지금이라도 자백하면 눈감아줄게."

"그냥 가려던 것뿐이었어요. 고맙다는 인사도 없이 그냥 가려
고 했던 건 미안해요. 전화 통화하고 계시길래……."

"내놔."

그가 갑자기 손을 내밀며 말한다. 뭘 내놓으라는 건가 싶어

유림은 잠시 멀뚱멀뚱 그의 손을 바라봤다. 커다랗고 군데군데 못이 박힌 그의 손바닥은 꽤나 남성적이었다. 이 손에 한 대 맞으면 죽겠구나 싶으니 절대 웃음이 안 나오는 그녀다. 그의 손을 빤히 내려다보던 유림은 잠시 후 천천히 고개를 들어 올렸다. 인상을 잔뜩 찌푸리고 있는 그녀는 거의 울상이 된 목소리로 중얼거렸다.

"가진 돈이 얼마 없는데요."

"뭐?"

심히 냉소적이던 그의 표정이 더욱 험악해졌다. 뭐 이런 게 다 있어, 하는 표정 같아서 유림의 심장은 덜컹 내려앉았다. 하지만 거짓말이 아닌걸. 현금이 많았다면 친구인 은형이네 집에서 신세를 질 필요도 없었을 것이다. 겨우 미국서 가지고 나온 게 크레디트카드인데, 그건 어머니 카드라서 웬만하면 쓰지 않을 작정이었다. 그나마 조금 갖고 있던 현금도 어제 택시비며 술값으로 써버리고 지금은 거의 빈털터리 수준이었다. 한데 이 사람, 대가를 바라는 것 같은데 어쩌냐?

"저도 도와주신 게 고맙긴 하거든요. 근데 돈이……."

"너 셀피쉬 몰라?"

"네?"

"셀피쉬 말이야, 셀피쉬."

그는 여전히 그녀를 경계하는 듯 얼굴을 찌푸리며 말했다. '셀피쉬'라면 꽃미남들로 구성되어 있는 유명 아이돌그룹 아닌가?

멤버 개개인의 프로필을 꿰고 있을 만큼은 아니지만, 당연히 유림도 그들에 대해선 웬만큼 알고 있다. 6년 전 고등학생 4명으로 구성되어 가요계에 데뷔하였고 금세 스타덤에 올라 대한민국 최고의 댄스그룹으로 각광받고 있다가 최근엔 일본을 비롯한 아시아 전역에 그 인기를 확산시키고 있는 대한민국 대표 스타라는 것 정도? 그룹 이름답게 가창력도, 외모도, 댄스 실력도 아주 '이기적'이라고 들었다. 그나저나 생뚱맞게 그 얘긴 왜 꺼내?

"알긴 아는데, 왜요?"

그녀는 멀뚱하니 그를 올려다보며 물었다. 그는 시크하게 씩 웃더니 중얼거렸다.

"그런데도 내가 누군지 모르겠단 말이야?"

"셀피쉬가 그쪽이랑 무슨 상관인데요?"

멍하게 유림이 묻자 그는 눈 가장자리를 가늘게 좁혀 떴다. 의심 가득한 표정에 짜증까지 섞인 목소리로 그는 추궁하듯 말했다.

"은근히 너, 철저하다? 정말 끝까지 오리발 내밀 거냐? 자꾸 그러면 이 오빠도 봐줄 수가 없어."

아놔, 오리발이라니. 대체 이 사람 왜 자꾸 사람을 못 믿는 거야? 이러면 그녀도 참을 수가 없다. 아무리 순둥이에 남에게 해코지 못하고 남자친구한테 배신이나 당하는 팔자라지만 이렇게 지속적으로 범죄자 취급을 당하면서 아무 말 못할 정도로 어수룩하진 않았다. 이 차유림도 나름 이원자 여사의 딸로서 깡있고 오기있다. 승질 한 번 폭발하면 물불 안 가리는 스타일이라 이거다.

"철저라니요. 뭐가 철저하다는 거예요? 왜 자꾸 오리발이래요? 난 그쪽한테 속이는 거 없다고 분명히 말씀드렸잖아요."

톤이 살짝 올라간 목소리로 그녀는 말했다. 눈에는 이미 불꽃이 타닥타닥 튀어 오르고 있었다. 윤우는 내내 기죽어 있던 소녀의 발끈하는 모습에 살짝 당황했다.

"아무리 제가 댁한테 신세를 졌다고는 하지만 자꾸 이런 식으로 사람을 사기꾼으로 몰아붙이시면 곤란하죠. 저도 감사해요. 감사하고 미안하고 그런데요, 지금은 돈이 없어요. 안 드린다는 게 아니라 못 드린다고요. 연락처를 주시면 제가 사례비는 꼭 챙겨 드릴게요. 됐죠?"

사례비 대목에서 기가 탁 막히는 윤우다. 이 소녀, 정말 윤우가 사례비를 원한다고 생각하는 거야? 진짜로? 셀피쉬의 정윤우가 그따위 사례비를 챙기기 위해 이런 실랑이를 벌이는 거라고 여기는 거야? 이런, 제길.

"디카 내놓으라고, 인마."

콩. 그가 유림의 머리를 쥐어박으며 말했다. 아프도록 세게 때린 건 아니었지만 순간 기분이 확 상했다. 아니, 자기가 뭔데 남의 머리를 쥐어박고 난리야. 이 사람 미친 거 아니야? 디카고 뭐고, 유림은 맞은 머리통을 부여잡고 소리쳤다.

"왜 때려요!"

　짜증스럽게 인상을 있는 대로 쓴 채로 그녀는 키가 큰 남자를 찌릿 째려보았다. 그 순간이었다. 남자의 굳은 인상과 잘생긴 이목구비, 위에서 상대를 내려다보는 엄청난 위압감이 동시에 그녀의 뇌리로 파고들면서 누군가의 얼굴과 슬며시 겹쳐지기 시작했다.

　아는 사람. 만난 적은 없는데 본 적은 있는 사람. 섹시하고 잘생긴 데다가 사람들의 관심을 스펀지처럼 흡수하는 연예인 포스를 지닌!

　"저, 저, 정……."

　설마 정윤우? 너무나 놀란 나머지 유림은 입만 벌린 채 멍하게 그를 올려다보고 있었다. 댕그랗게 커진 그녀의 눈동자를 무표정한 얼굴로 내려다보며 윤우는 심드렁하니 중얼거렸다.

　"그래, 내가 정윤우다."

　그 순간 쿠쿵! 유림의 귓가로 하늘이 무너지는 환청이 들려왔다.

　그는 결과적으로 톱스타, 셀피쉬의 리더, 정윤우가 맞았다. 처음부터 그가 이해할 수 없을 정도로 낯익었던 이유가 다 그래서였던 거다. 어쩌면 이런 기막힌 우연이 다 있는지 유림은 믿기지 않았다. 하지만 놀라서 꼼짝도 못하는 유림을 향해 완벽한 미남에 압도적인 카리스마의 가수, 정윤우는 이렇게 말했다.

　"짐 풀어."

그는 유림을 파파라치나 스토커쯤으로 오인한 듯 자신이 직접 커다란 그녀의 짐가방을 검사하겠다고 나섰다. 디카를 내놓으라던 말이 그런 뜻인 줄 전혀 몰랐었던 유림은 정윤우의 말에 기가 막힐 따름이었다. 사람을 도둑 취급해도 유분수지. 남의 가방을 뒤지겠다는 게 말이 되나? 당연히 유림은 거부했다. 대신 절대로 윤우의 팬이 아니며, 이곳에 작정을 하고 잠입했던 것도 아니다 차분히 설명을 했다. 하지만 돌아온 대답은,

"네 말을 믿고 싶다. 하지만 내 입장도 있어. 확인하고 돌려줄게, 내놔."

꽉 막힌 정윤우. 현관 앞에서 떡하니 버티고 서 있는 그를 피할 수 있는 방도는 없어 보였다. 그래서 잠시 융통성을 발휘해볼까 생각도 해보았다. 어차피 가방 안에 수상한 물건이 있는 것도 아니고 그냥 옷가지일 뿐인데, 의심받는 것보다야 낫지 싶어서 말이다. 얼른 보여주고 빨리 이곳에서 벗어나고 싶은 게 사실이었다. 하지만 그게 말처럼 쉬운 일이 아니었다.

일단 그에게 가방을 건네주는 것 자체가 싫었다. 아무 잘못도 없이 의심받는 것도 억울한데, 왜 그녀 스스로 자신의 결백을 밝혀야 하느냐고. 그녀는 가방 안을 보여줄 어떠한 의무도 없었다. 그가 의심을 하든 말든 그건 그의 문제다. 그녀가 자신을 속이고 있다고 여긴다면, 그걸 증명하는 것도 그의 몫이다. 아무 증거도 없이 몰아붙이는 건 대체 어느 나라 법인데? 짜증나. 유림은 절대로 가방을 넘겨주지 않을 거라 결심한 채 꿋꿋

이 버렸다.

그리고 그렇게 버티던 중, 그녀에게 도망칠 수 있는 절호의 기회가 왔다. 거실에 가방을 안고 앉아 있는 그녀를 두고 그가 자리를 뜬 것이다. 유림은 그게 윤우의 작전인 줄 까마득히 모른 채 철커덕 덫에 걸려들고 말았다. 그가 주방으로 사라짐과 동시에 가방과 핸드백을 챙겨 든 그녀는 신나게 신발을 꿰신었다. 하지만 이젠 해방이다 싶어 헤벌쭉 웃으며 현관문을 열려는 순간, 손에 들려 있던 가방이 쭉 뒤로 당겨졌다.

"아아악—!"

결국 유림은 가방을 윤우에게 빼앗긴 채 핸드백만 메고 도망 나와야 했다.

이게 말이 되나? 유학 중에 고무신 거꾸로 신은 남자친구를 만나러 한국에 나온 지 만 하루도 안 된 지금, 톱스타 정윤우에게 가방을 빼앗기고 거지꼴이 되었다니. 현실감이 전혀 없었지만 사실은 사실이었다. 그나마 다행스러운 건 가방 안에는 정말 오로지 옷가지만 들어 있다는 것. 여권이며 휴대전화, 신용카드 등, 정말 중요한 물건은 핸드백 안에 잘 모셔져 있었다. 불행 중 다행이란 말은 이럴 때 쓰는 말인가 보다.

정윤우의 집을 나와 제일 먼저 그녀가 한 일은, 은형의 집을 찾아간 것이었다. 물론 은형과는 어제 내내 연락이 안 되었었지만 그래도 혹시나, 하는 실낱같은 희망이 있었다. 하지만 역시 은형은 집을 비운 상태인 듯 인기척이 없었다. 조금이라도 기다려 보자는 심정으로 계단에 자리를 틀었으나, 어디를 갔는지 은형은 점심이 지나고 저녁이 올 때까지 코빼기도 내비치지 않았다. 이쯤 되니 서서히 포기가 되는 유림이었다. 아무래도 은형은 그녀를 재워주기 싫었나 보다, 라는 생각이 들기 시작했다.

결국 유림은 너덜너덜 아파트를 나왔다. 오늘 하루 종일 쫄쫄 굶었더니 배도 고프고 힘이 하나도 없어 마치 거지가 된 기분이었다. 갈 곳 없어 방황하는 자신의 처지가 서러워 유림은 눈물이 나올 만큼 울적해졌다. 이게 대체 다 뭐야. 어쩌다 이런 신세가 된 거니, 차유림. 남자친구한테 버림받고, 친구한테도 버림받고……. 왜 이렇게 되는 일이 하나도 없는 거냐고.

유림이 비관적인 생각으로 시큰시큰해진 코끝을 문지르며 주차장을 지나오고 있을 때쯤이었다. 갑자기 핸드백 안에서 전화벨이 울렸다. 발신은 안 되지만 수신이 멀쩡히 잘되고 있는 그녀의 휴대전화. 방학 때 한국 들어오면 쓰기 위해 수신만 되게 해놓은 휴대전화가 울리고 있었다. 은형인가? 유림은 언제 우울했었나 싶게 활짝 웃으며 정신없이 휴대전화를 꺼내 들었다.

"여보세요? 은형이니?"

[나야.]

하지만 놀랍게도 목소리의 주인공은 성재였다. 짜증 가득 섞인 성재의 목소리에 유림은 우뚝 걸음을 멈추었다. 일시에 긴장감이 몰려들면서 온몸의 신경이 예민하게 곤두섰다. 혹시 마음이 바뀐 걸까? 그녀에게 못되게 군 게 마음에 걸려 미안하다는 말을 하려고 전화한 걸까? 혹시, 혹시, 하는 기대가 스멀스멀 끓어올라 와 그녀의 위장을 옭아맸다.

"어, 어쩐 일이야?"

유림은 속삭이듯 물었다. 조심스러운 그녀의 태도와는 반대로 성재는 성의없고 거친 말투로 대답했다.

[전화해서 미안한데, 어제 다 못한 말이 있어서.]

"다 못한 말?"

[나한테 한 가지만 약속해 줘.]

"뭘?"

멍하게 묻는 그녀의 고개는 서서히 아래로 떨어지고 있었다. 점점 더 불길해지는 마음과 싸우기 위해 그녀는 입술을 꽉 깨물어야 했다. 어쩌면 어제 들었던 말보다 더 혹독한 말이 날아올지도 모른다는 두려움에 왈칵 감정이 쏠려왔다.

[너, 우리 혜영이 찾아가지 마.]

그가 대뜸 차갑게 말해왔다.

[약속해 줘. 내가 불안해서 그래.]

그렇다. 성재는 우연한 자리에서 한영합섬 딸과 만나게 되었고, 몇 번 만나는 도중 그쪽에서 호감을 표해오자 과감히 유림에게 이별을 고해왔다. 흔히 말하는 양다리. 어찌 됐든 유림과 사귀고 있는 동안에 다른 여자를 만난 거고, 아직까지도 그 여자에게 유림의 존재를 숨기고 있는 중이니 양다리가 아니라는 말은 그도 못할 것이다. 그럼에도 이렇게 적반하장 격의 전화를 걸다니, 유림은 정말 기가 막혔다.

"어쩜…… 그럴 수 있어? 어떻게 나한테 이래? 내 생각은 손톱만큼도 안 해?"

[널 생각해서 이러는 거야. 괜히 나서서 다치지 말고 조용히 물러나. 어제도 말했지만, 난 이제 너에 대해선 아무 감정도 없다. 네가 매달리면 매달릴수록 난 더 질려. 어떻게 그 먼 데서 여기까지 날아오냐? 징그럽게.]

"지, 징그러워?"

툭, 손에 들려 있던 핸드백이 바닥으로 떨어졌다. 겨우 말랐던 눈물이 또다시 흐르기 시작했다. 사귄 지 벌써 횟수로 4년이나 된 사이인데 어쩌면 사람이 이렇게 한순간에 180도 변할 수가 있는지 유림의 머리로는 도저히 이해가 안 되었다.

[그래, 징그러워. 정도껏 해. 너무 질기게 달라붙는 것도 남잘 질리게 하는 법이니까.]

사랑이 이렇게 쉽게 변하는 건가? 지난주까지만 해도 그는 이메일과 전화로 사랑을 속삭였었다. 겨우 일주일 만에 '사랑해'에서 '징그러워'로 변할 수 있으리라고는 전혀 상상도 못해 본 그녀다. 이건 사랑이 아니다. 절대 이딴 건 사랑일 수가 없다. 사랑은 어떤 순간에도, 어떤 상황에서도 변하지 않고 굳게 그 사람을 믿어주는 것이다. 유림이 아는 사랑이란 그런 것이었다.

"그런 거였어? 내가 질려서, 그래서 다른 여자 만난 거야?"

유림은 꽉 잠긴 목소리로 물었다. 울분이 섞인 그 목소리는 전파를 타고 성재의 귓속으로 흘러들어 갔다. 그는 민감하게 알아채곤 버럭 짜증을 부렸다.

[너 울어?]

참고는 있지만 곧이라도 욕설이 터질 듯 그는 신경질적이었다. 그녀가 눈물로 호소해 남자를 잡고 옭아매려고 수작 부린다 생각한 것이겠다. 유림은 그의 물음에는 대답도 하지 않은 채 다음 말을 계속 이어나갔다.

"내가 공부 마치고 돌아올 때까지 기다린다면서. 오빠 군대 있을 때 내가 기다렸던 것처럼, 그렇게 기다린다고 했잖아. 어떻게 사람이 하루아침에 말을 바꿔? 오빠 원래 그런 사람이었어? 말과 행동이 다른 사람이었냐고. 나밖에 없다고, 나만 사랑할 거라고 맹세해 놓고 어떻게 금세…… 자기가 한 맹세를 그렇게나 금세 깨버릴 수 있어?"

흥분해 목소리까지 덜덜 떨려왔다. 울먹이면서도 그녀는 가슴에 있는 말을 꺼냈다. 어제는 하늘이 무너진 것처럼 절망스러워 마냥 그가 하는 말만 듣고 말았지만, 지금은 달랐다. 이렇게 친절하게 전화해서 상대방 여자를 만나지 마란 소리까지 하는 그가, 유림은 철저하게 증오스러웠다. 그를 사랑하고 마음속에 깊이 새겨두었던 자신이 한심스러워질 지경이었다. 어떻게 이런 일이 생길 수가 있을까? 어떻게 이런 기막힌 일이 차유림에게 일어날 수 있을까. 정말 꿈이라고 믿고 싶은 상황이다.

[너 진짜 웃긴다?]

그가 수화기 너머에서 비아냥거렸다.

[어젠 순진한 얼굴로 비운의 소녀인 양 아무 소리도 못하더니, 오늘은 아주 복수의 화신이네. 이제야 네 본성이 나오는 거냐? 너 그동안 내숭 떨었어?]

"오빠가 나한테 그런 말 할 자격 있어? 순진한 날 꼬드길 땐 지구가 멸망해도 나만 사랑할 거라고 해놓고, 이제 와서 내 본성에 대해 말할 자격이 있는 거냐고! 오빤 나빠. 나쁜 사람이야. 그 여자도 오빠가 나쁜 사람인 거 알아야 해."

[뭐?]

"이제야 알 것 같아. 내가 가만히 있으면 안 된다는 거. 오빠가 얼마나 나쁜 사람인지 그 여자한테 내가 알리고 말 거야!"

[너 진짜…….]

그녀는 전화를 끊어버렸다. 자신이 얼마나 미친 소리를 지껄이고 있는지 알았지만 도저히 극렬히 휘몰아치는 감정을 제어할 수가 없었다. 눈물이 앞을 가렸다. 하루 종일 바짝 얼어붙어 있던 감정들이 봇물처럼 터져 버렸다. 눈물이 눈자위를 넘어서 두 볼을 따라 흘러내렸고 입술이 덜덜 떨려왔다. 다리에 힘이 풀려 주저앉을 지경이었으나 유림은 기를 쓰고 버텼다. 금세 울리기 시작하는 전화기를 아예 꺼버리고 유림은 근처 벤치를 향해 쓰러질 듯한 걸음으로 비틀비틀 다가갔다.

정말 그를 사랑하고 믿었었는데…….

털썩, 벤치 위로 주저앉은 유림은 얼굴을 두 손에 묻었다. 흘러나오는 흐느낌을 꾹 눌러 참으며 유림은 두 눈을 꼭 감았다.
귀에 익은 목소리가 불쑥 들려온 건 그때였다.
"야, 오리발."

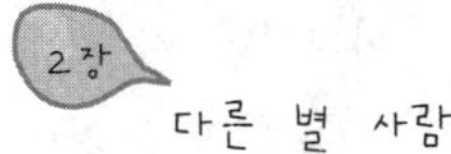

그 순간, 왜 그런 말이 나왔을까? 애초엔 미안한 마음으로 사과라도 할 요량이었는데, 막상 입에서 나온 말은 터무니없이 무례한 말이었다. 불러놓고도 당황스러워 윤우는 잠시 미간을 찡그렸다.

"다, 당신……!"

난데없이 들려온 그의 목소리에 놀란 듯 그녀는 번쩍 고개를 들어 그를 바라봤다. 예상대로 그녀의 얼굴은 눈물범벅이었다. 윤우는 마음속으로 쯧쯧 혀를 찼다. 어떻게 자길 차버리고 다른 여자에게 간 배신남을 위해 눈물을 흘릴 수가 있는지 도저히 이해불가. 그는 떠나간 사람을 못 잊고 아파하는 건 바보 같은 시간 낭비일 뿐이라고 생각했다. 하지만 반대로 생각해 보면 이해 못할 것도 없었다. 사랑이란 감정은 이성으로 컨트롤할 수 있는 게 아니니까. 저 녀석도 분명 어쩔 수 없는 게지.

"어째 넌 만날 가방을 흘리고 다니냐? 칠칠맞게."

윤우는 몸을 수그려 바닥에 떨어져 있는 그녀의 핸드백을 주우며 말했다. 당장이라도 그녀가 한심하다며 혀를 찰 것 같은 표정과 말투였다. 놀라 뻥져 있던 유림의 표정은 점점 현실감을 되찾는 듯 서서히 풀어졌다.

"여, 여긴 어떻게 왔……?"

"여기 주차장이다. 네 안방 아니야."

여전히 살짝 입까지 벌리고 놀란 표정인 유림이 스윽 손등으로 콧잔등을 훔쳤다. 콧물을 훌쩍거리는 소리가 손등을 타고 흘렀다. 괜히 우스워 슬쩍 입술을 비틀어 올리며 그는 그녀에게 다가갔다. 저벅저벅, 두어 걸음 다가가니 유림은 구부정하게 구기고 있던 허리를 펴며 그를 뚫어져라 올려다봤다. 얼굴에 경계심이 그득했다. 그가 무슨 짓을 할지 몰라 두려워하는 게 틀림없었다.

"자."

그녀의 앞에 우뚝 선 그는 가방을 든 팔을 쭉 내밀었다. 유림은 눈동자를 굴려 그의 손을 내려다보더니 다시 시선을 들어 그의 표정을 확인했다. 분명 그에게 무슨 꿍꿍이가 있는 거라 여기는 듯 심하게 긴장하는 눈빛이었다.

"받아, 안 잡아먹어."

손에 든 핸드백을 좀 더 내밀며 그가 재촉했다. 받아야 돼, 말아야 돼? 그녀의 표정은 그리 말하고 있었다. 마치 그가 속임수를 써 동물을 포획하는 사냥꾼이라도 되는 양 불신하는 표정이다. 그래, 그럴 수 있다. 어쨌든 그가 그녀를 겁먹게 한 건 사실이니까.

솔직히 윤우는 유림이 가방을 놔두고 도망칠 때까지만 해도 믿어 의심치 않았다. 그녀가 사생팬이며 그의 집을 염탐하기 위해 그를 속였다는 것을. 그렇게 생각할 만한 증거는 충분했다. 자꾸만 그를 모르는 척하는 것도 그렇고, 도망가다가 딱 걸린 것도 그렇고. 가방 안을 한 번 확인해 보겠다는 말에 펄쩍 뛰며 강경하게 저항할 땐 거의 확신하기도 했다. 뭔가 켕기지 않는 한 그렇게까지 싫다고 할 리가 없다고 생각했다. 만약 아무것도 걸리는 게 없다면 뭘 망설이겠는가. 그라면 누명을 벗기 위해서라도 얼른 보여줬을 것이다.

하지만 그녀의 가방 안을 확인한 윤우는 당황하고 말았다. 가방 안에는 아무것도 없었다. 옷가지와 칫솔, 화장품 몇 가지 외, 카메라와 비슷한 그 어떤 것도 찾을 수 없었다. 윤우는 그제야 자신이 실수했음을 깨달았다. 그는 아무 죄도 없는 아이에게 윽박지르고 협박해 겁을 먹게 하고 도망치게 한 것이었다.

주차장에 있는 그녀를 발견할 수 있었던 건 순전히 타이밍이 좋아서였다. 갑작스레 친구들과의 약속이 정해지고, 약속 장소

로 나가기 위해 집에서 나오는 도중 한쪽 구석에서 훌쩍이며 전
화를 받고 있는 그녀를 발견한 것이다. 그녀는 실연을 당하고
처절히 울고 있었다. 그런 그녀를 보는 그의 마음은 그저 착잡
하기만 했다. 그녀의 힘듦에 자신이 조금이나마 일조한 듯한 기
분이랄까. 괜히 죄인이 된 기분에 차마 그냥 지나칠 수가 없었
다. 어쩌면 그녀의 어깨를 두들겨 주고 힘내라고 응원해 주고
싶었는지도 모른다. 비록 그의 입에서 나온 말은 빌어먹을 '오
리발' 이었지만.

"병 주고 약 주기예요?"

꽉 짓눌린 목소리로 그녀가 물었다. 그녀는 여차하면 튈 것
같은 자세로 손을 내밀고 있었다. 아직도 잔뜩 경계하는 모습이
었지만 일단 입을 열었다는 데에 윤우는 만족했다.

"생명의 은인한테 하는 말본새를 보라지."

싱긋 웃으며 그는 그녀의 손바닥에 툭, 핸드백을 내려놓았다.
가방이 그녀의 손에 떨어지면서 그녀의 가녀린 팔이 휘청거렸
다. 아무 일 없이 가방에 제 손에 들어오자 유림은 훌쩍 눈을 키
우고 그를 다시 올려다봤다. 웬일이래? 하는 표정이다. 울고 있
던 아까보다는 훨씬 나아 보여 그는 또 씩 웃었다. 다시 자세히
보니 유림은 생각보다 예쁜 이목구비를 가지고 있었다. 비록 잔
뜩 헝클어진 머리와 구겨진 옷차림 때문에 그 빛이 바랜 상태였
지만.

"요즘 생명의 은인은 가방도 빼앗아가나 봐요?"

잔뜩 비꼬며 그녀는 자리에서 일어났다. 가방을 손으로 탈탈 터는 그녀의 모습에선 방금 전의 약하고 여린 모습을 찾아볼 수가 없었다. 그새 씩씩해진 그녀가 그는 마음에 들었다. 솔직히 그도 남자지만, 배신이나 해대는 남자 밥맛없다. 그깟 남자 때문에 눈물 흘리고 마음 아파하는 건 가치없는 일이다.

"넌 어제 내 집 앞에서 죽을 수도 있었어. 그런 널 집까지 데리고 들어와 재워준 사람이 나야. 고마워해야지."

"자기 집 앞에서 사람이 죽으면 골치 아파지니까 데리고 들어갔겠죠. 날 위해서가 아니라."

"그냥 경찰에 신고할 수도 있었어."

"차라리 그러시지 그랬어요? 그럼 당신한테 가방을 빼앗길 일은 없었잖아요."

"내가 보여달라고 할 때 보여줬으면 나도 그렇게까지는 안 했다."

"내가 왜요? 죄도 없는데."

"그거야 네 생각이었고."

"왜 멀쩡한 사람을 의심하는데요? 내가 무슨 짓을 했다고."

"도망가려고 했잖아."

"도망 아니거든요. 죄졌어요? 내가 왜 도망을 가요?"

"상대방 모르게 내빼는 게 도망 아니고 뭐야?"

남의 속을 박박 긁어놓고 씩 웃는 정윤우다. 유림은 열이 뻗쳐 숨조차 쉬기 힘들어졌다. 뭐 이런 사람이 다 있어. 가방까지 빼앗아가 확인했으면 그녀가 스토커나 파파라치가 아님을 이미 알고 있을 텐데, 어떻게 이렇게까지 박박 우기냐. 그렇게 미안하다는 말이 하기 싫은 거? 유림은 헛웃음을 한 번 시니컬하게 흘리고는 두 손을 허리에 척 올렸다.

"내가요, 웬만하면 참고 넘어가 드리려고 했거든요? 얼마나 스토커한테 데였으면 그랬을까, 이해가 아주 안 되는 것도 아니니 그냥 참아주려고 했다고요. 그런데! 도저히 안 되겠어요."

윤우의 한쪽 눈썹이 휙 올라갔다. 눈썹 아래 장난기가 넘실거리는 눈동자는 유림을 주시하고 있었다. 은근히 유림이 무슨 말을 할까 궁금해졌다. 도저히 안 되겠다면, 대체 뭘 어떻게 하려고? 또 주먹을 날리려고? 아니면 아까처럼 울래? 윤우는 흥미진진한 유림을 빤히 내려다보았다.

"사과하세요."

윤우의 기대 가득한 시선을 오롯이 받으며, 그녀가 한 말이었다. 사감선생님이 규율 어긴 학생에게 훈계하는 듯한 말투였다. 예상을 빗나간 그녀의 요구에 윤우의 첫 번째 반응은 황당한 표정의 반문이었다.

"뭐?"

"정식으로 사과하시라고요. 잘못했다고 비세요."

이번엔 대갓집 마나님이 삼돌이 야단치듯 단호하고 비난조의 말투. 어깨를 넘기는 긴 생머리에 새하얀 얼굴, 동그란 이마와 맑디맑은 눈동자와 같은, 정말이지 너무 너무나 순하고 착한 소녀의 전형적인 이미지를 가지고 있는 차유림이 눈에 불을 켜고 그를 잡아 죽일 듯이 노려보고 있었다. 남자친구에게 차이고 서글프게 펑펑 울던 그 가녀린 소녀는 어디 가고? 아직도 눈가에 물기가 그대로인데, 그새 까맣게 잊은 듯 쌈닭 기질을 발휘하는 유림의 모습에 윤우는 그만 웃어버렸다.

"푸훗!"

은근히 성격있네.

"왜 웃어요?"

그녀가 뾰족하니 묻는다. 무시당했다고 생각하나 보다.

"귀여워서. 나한테도 너 같은 동생이 있거든."

"사과하라니까 무슨 동생 타령이에요? 빨리 사과하세요. 괜히 어영부영 넘어가지 말고."

"거 참, 되게 재촉하네. 누가 안 한대?"

"빨리 하시면 되잖아요. 나도 바쁘다고요."

"바쁘긴. 친구도 아직 못 만난 것 같구만."

"못 만나긴 뭘……!"

뭘 못 만나냐며, 절대 만났다며, 유림은 정말이지 우겨대고 싶었다. 정윤우에게만큼은 절대로 불쌍해 보이고 싶지 않았다. 아마도 그 누구에게도 보이고 싶지 않은 치부를 그에게 두 번씩이나 보였기 때문일 것이다. 술 마시고 뻗어 남의 집 앞에서 잠을 청한 그녀를 거둔 사람도 그. 남자친구에게 차이는 그녀의 인생 최악의 순간을 목격한 것도 그. 도저히 그의 앞에서는 웃을 수가 없는 상황이었다.

아아— 아무튼 그에겐 정말 완벽하게 해피하고 당당한 사람이고 싶은데 상황은 점점 더 구질구질해지는 것 같다. 대체 은형인 왜 재워준다고 해서 그녀를 이렇게 찌질한 상황으로 밀어넣은 것인지. 정말 쪽팔렸다.

"너 거짓말 못하지?"

안 그래도 속이 부글부글 끓는데 정윤우는 자꾸만 깐죽거리신다. 그녀의 얼굴에 거짓말이라고 다 씌어 있다는 뜻이렷다. 거짓말 못하는 게 이렇게 억울할 줄이야. 유림은 약이 올라 죽을 것 같았다. 약이 오르니 좋은 말이 안 나온다. 윤우의 말을 싹 무시하고 그녀는 쌀쌀하게 물었다.

"사과하실 거예요, 안 하실 거예요?"

나름 참고 또 참고, 될 수 있으면 이성을 잃지 않기 위해 유림은 최선을 다하고 있었다. 그는 그런 그녀를 거들떠보지도 않고 자신의 휴대전화를 꺼내고 있었다. 어디선가 문자메시지가 도착한 모양이었다. 그는 고개를 꺾어 휴대전화를 만지며 무성의하게 대답했다.

"한다니까."

"그럼 빨리 하시라고요."

"내가 지금은 좀 바빠서 말이야."

짜증스러운 그녀의 말에 아랑곳 않고 그는 전화기를 귀에 댔다. 전화를 거는 거다. 유림은 너무나도 기가 막혀 헛웃음을 터뜨렸다. 사람을 무시해도 유분수지. 뭐 저런 사람이 다 있어? 스타면 단가? 유림의 머릿속은 와글와글 복잡해졌다.

응가가 무서워서 피하나, 더러워서 피하지. 괜히 이 사람과 얽혀 피곤해질 바에야 그냥 사과받는 걸 포기하고 갈 길을 가는 게 더 스트레스 안 받는 길이라는 좌뇌와, 미쳤냐? 이런 사람일수록 상대를 무시하면 큰코다친다는 교훈을 심어줘야 한다며 죽기 살기로 사과를 꼭 받아내야 한다는 우뇌가 미친 듯이 갈등을 빚고 있었다. 어느 쪽으로 결정해야 할지 몰라 유림은 갈팡질팡, 고민 중이었다. 그러는 사이 그가 걸었던 전화가 통화로 연결되었나 보다. 그가 히쭉 웃으며 상대방과 대화를 하기 시작했다.

"어, 나다. 지금 가는 중이지. 누구누구 모였어? 어, 어……. 알았다. 아, 그런데……!"

할 수만 있으면 주먹으로 한 대 걷어 올려주고 싶을 정도로 정윤우는 얄미웠다. 어떻게 뻔히 얘길 나누고 있는 사람을 두고 아무런 양해도 없이 개인적인 용무를 볼 수가 있어? 아무리 안하무인 톱스타라고 해도 이렇게까지 무례할 줄이야. 조금은 실망스러워지는 그녀다. 어쨌든 그래도 자신을 도와준 사람이라 마음 한구석에 조금쯤 괜찮은 사람, 고마운 사람이라는 생각이 있었던 게 사실이었기 때문에 그 실망감은 컸다. 그래, 이런 사람이 누군가에게 잘못을 시인하는 용기가 있을 리가 없지. 기대를 한 자신이 잘못이다 생각하며 유림은 거칠게 핸드백을 어깨에 메고 그를 스쳐 지나갔다.

"아무나?"

윤우는 화가 많이 난 듯 그의 앞을 스쳐 지나가는 유림을 돌아보며 눈살을 찌푸렸다. 친구 형진이 오늘 모임에 아무나 여자 파트너를 데려오라고 주문하고 있었다. 얼마 전부터 자꾸만 여자 연예인을 소개해 달라고 떼를 쓰던 녀석인데, 아무래도 그는 윤우가 정말 연예인 중 누군가를 사귀고 있다고 생각하는 듯했다. 물론 그는 아니라고 친절하게 설명해 주었다. 데뷔 6년차 가수답게 따르는 후배들도 많고 친한 동료 가수들도 꽤 되지만, 일이 아닌 사적인 만남까지 이어지는 여자 연예인은 거의 없었다. 그런데도 자꾸만 여자친구 타령을 해대는 친구들이 참 안쓰럽기 그지없을 따름이었다. 뭐, 자기들도 연예인 친구 덕분에 여자 연예인들과 가까워지고 싶겠지. 이해 못하진 않으니 친구들을 뭐라 할 수도 없는 일이었다.

"어떻게 아무나 데려가냐?"

점점 멀어져 가는 유림의 뒷모습을 바라보며 그는 중얼거렸다. 대화는 친구와 하고 있었지만 눈과 신경은 자꾸만 유림에게 향하게 되는 그다. 연고도 없이 이곳에 온 듯한데, 친구도 만나지 못했으면서 어디로 가려는 건지 심히 걱정이 되었다. 그냥 친구와 연락이 될 때까지 자신의 집에 있으라고 할까, 하는 미친 생각이 문득 들었다. 어차피 그는 오늘 늦게까지 귀가하지 않을 터이니 그때까지만 있게 하는 것도 나쁘지 않을 것 같다는 생각이 들어서였지만, 그건 어차피 있을 수 없는 일이었다.

[왜 못해? 다들 자기 파트너 데리고 오는데 너만 혼자 오는 게 말이 돼? 여자친구 없으면 후배라도 데리고 와.]

"후배?"

[데뷔 안 한 후배들 있잖아, 상큼한 애들. 긴 생머리에 늘씬하게 뻗은…….]

형진이 본격적으로 자신의 이상형을 묘사하기 시작했다. 멀어져 가는 유림의 뒷모습을 멍하게 바라보던 윤우의 시선이 점점 진해진 건 바로 이때. 갑자기 좋은 생각이 떠올랐다. 그녀를 보내기 싫은 이 께름칙한 마음과, 친구들의 귀찮은 요구들을 한꺼번에 해결할 수 있는 묘안. 하지만 과연 이게 묘안일까? 잠시 의심이 들었지만 그건 정말 잠시뿐. 그는 대충 전화를 끊고 이미 멀리 걸어가고 있는 유림을 향해 소리쳤다.

"야, 오리발! 너, 네 가방 안 가져갈 거야?"

신나게 걸어가던 유림이 그 자리에 멈춰 섰다. 그의 말이 미심쩍은 듯 뒤를 돌아보지 않고 서 있는 그녀의 모습에서 번뇌가 느껴졌다. 윤우는 씩 웃으며 한 손을 확성기마냥 말아 쥐어 입에 대고 소리쳤다.

"네 가방, 우리 집에 있는데!"

홱, 그녀가 이쪽으로 고개를 돌렸다. 윤우는 눈썹을 씰룩거리며 만면에 웃음을 띠었다. 그리고 천천히 그녀를 향해 걸어가기 시작했다.

*

한밤에도 대낮처럼 환하고 북적거리는 클럽.

유림은 윤우의 어깨동무를 받으며 클럽에 입장하면서부터 이곳에 따라온 걸 후회하고 있었다. 아니, 후회는 자신의 친구들 앞에서 가수 지망생 후배인 척 연기해 주면 가방도 돌려주겠다며 진심으로 사과를 하는 윤우의 제안을 받아들인 직후부터 쭉 하고 있었다. 그 제안을 할 때만 해도 윤우의 태도는 아주 부드럽고 친절했으며 착해 보였었다. 정말 진심으로 잘못을 뉘우친 것 같았고, 정중하게 부탁하면서 권유하는 말에도 일리가 있어 보였다.

〈친구와 연락이 될 때까지 클럽에서 그냥 시간을 때우는 거라고 생각하면 안 될까? 그냥 여기저기 쏘다니는 것보단 그게 나을 것 같은데. 모임이 끝날 때까지 친구와 연락이 안 되면, 내가 숙소는 알아봐 줄게. 그냥 가만히 있으면 돼. 억지로 어울리려고 할 필요도 없고. 어때?〉

무엇보다도 숙소를 대신 알아봐 준다는 말에 솔깃했던 것 같다. 솔직히 혼자 여관이나 모텔을 알아보러 다녀야 한다고 생각하니 눈앞이 캄캄했던 게 사실이었기 때문이다. 그냥 보통 학교 친구들이라고 했었고, 어울릴 필요 없이 참석만 하면 된다고 하니 언뜻 어렵지 않은 일일 것 같았다. 그래서 조심스럽게 승낙

한 것이었지만 곧바로 날아온 그의 질문에 후회하고 말았다.

"너 설마 미성년자 아니지?"

모임에 참석한다는데 웬 미성년자? 그때부터 유림은 불길한 예감이 들기 시작했다.

"그건 왜 묻는데요?"

"아까 통화하는 거 들어보니까, 고등학생은 아닌 것 같더라만."

"아닌데요. 왜 물어보는 거냐고요."

"몇 살인데? 스물두 살? 세 살?"

그녀의 질문에 계속 딴소리만 하는 정윤우는 분명 수상쩍어 보였다. 그를 잔뜩 째려보며 유림은 대답했다.

"스물다섯 살인데요."

"스물다섯 살?"

뭐에 놀랐는지 그가 두 눈을 동그랗게 뜨고 물어왔다.

"왜요?"

"생일이 언제냐, 너?"

그녀의 질문엔 하나도 대답해 주지 않고 오로지 자기 궁금한 것만 물어보는 스타님. 불쾌한 티를 팍팍 내면서도 그녀는 어느새 대답하고 있었다.

"음력으로 3월 6일인데요."

"3월 6일?"

또 놀란다, 그. 평소엔 큰 눈이라고 생각지 못했던 눈인데, 부릅뜨니 제법 컸다. 뭐 때문에 놀란 건지 전혀 모르는 유림은 뚱한 얼굴로 그를 빤히 바라봤다.

"야, 음력 3월 6일이면 양력으론 더 뒤쪽 아니냐?"

"양력으론 4월이에요."

그녀의 말에 비로소 놀란 표정을 거두고 웃으며 그가 말한다.

"그렇지? 그럼 내가 오빠네."

"네?"

"나도 스물다섯 살이거든."

뿌듯한 표정으로 자랑스레 말하는 그를 향해 유림이 입술을 삐죽거렸다. 뭐냐, 겨우 그딴 걸로 좋아하고. 나이 많은 게 뭐 좋은 거라고, 라고 생각했지만 그의 다음 말에는 약간 멍해졌다.

"내 생일은 양력 3월 6일."

기분 탓일까? 생각해 보면 음력 생일과 양력 생일이 같다는 게 그리 대단한 일도 아닌데 그 순간만큼은 묘하게 놀라게 되었다. 우연이 아닐 거라는 생각이 들었달까. 그와 얽혀 일어났던 일련의 사건들이 정말 우연이라고 하기엔 너무 흔치 않은 일이란 생각이 정말로 강하게 스치고 지나갔다. 그가 바지 뒷주머니에서 하늘색 체크무늬 손수건을 꺼내 건네주며 눈물을 닦으라고 말할 때만 해도 정말 그와의 만남이 운명적일 수도 있겠다는 멍청한 생각을 했더랬다.

"이름이 뭐냐?"

"차…… 유림이요."

"반갑다, 난 정윤우. 편하게 오빠라고 불러."

그래서 방긋 웃으며 손을 내미는 윤우의 얼굴도 제대로 쳐다보지 못했었다. 하지만 그가 자동차 운전대를 잡고 씩 웃으며 행선지를 말하는 순간, 유림의 꿈같은 망상은 산산이 부서지고 말았다.

그가 친구들과의 모임을 나이트클럽에서 할 줄 누가 상상이라도 했겠는가? 이런 곳에 올 줄 알았다면 유림은 절대 윤우의 제안을 받아들이지 않았을 것이다. 원래 북적거리는 곳을 싫어한 데다가, 별로 친하지도 않은 사람과 이런 곳에 온다는 것 자체가 우스꽝스럽게 느껴졌다. 하지만 한 입 가지고 두 말 하면 안 된다는 윤우의 유치한 협박에 굴복하여, 그녀는 결국 클럽에 입장까지 하게 되어버렸다.

그는 서너 명의 남자친구와 만나기로 되어 있었다. 모두 연예인이 아닌 일반인이었고, 그녀가 나타나자마자 윤우의 여자친구냐며 엄청난 호기심을 내비쳤다. 유림은 즉시 아니라고 부인했지만 그의 친구들은 믿지 않는 듯했다. 그도 그렇다. 그의 친구들은 전부 자신의 여자친구를 데리고 왔는데, 윤우는 유림을 데리고 왔으니 당연히 오해할 법도 하지 않은가.

"후배라도 데리고 오라며. 소속사 후배야."

그는 아무렇지도 않은 듯 웃으며 유림을 소개했다. 졸지에 그녀는 가수가 되기 위해 준비하고 있는 소속사 연습생이 되어버렸다. 윤우의 친구들은 단번에 유림이 차세대 스타가 될 거라며 호응을 해주었다. 하지만 유림은 느낄 수 있었다. 그들이 자신을 바라보는 시선은 단지 '모 소속사의 연예인 지망생' 이 아닌 '톱스타 정윤우의 여자친구' 라는 걸.

"걱정하지 마. 그러다 말 거니까."

유림이 걱정하는 바를 말하자, 윤우가 한 말이었다. 그는 정말 대수롭지 않은 듯 태평한 모습이었다. 친구들에게 의심을 받는 이 상황이 아무렇지도 않은 듯. 유림은 좀 황당해졌다. 친구들이 소문이라도 내면 어쩌려고 이렇게 Don't worry, be happy인 건지 의아하지 않을 수 없었다. 그만큼 친구들을 믿는 건가? 아니면 이렇게 일회성으로 즐기는 일이 다반사? 뭔가 찜찜해진 기분으로 유림은 꿔다 놓은 보리자루처럼 멀뚱하게 앉아 있어야 했다.

"야, 나랑 춤출래?"

윤우를 비롯한 일행 대부분이 플로어로 나가고, 유림 혼자 멍하니 앉아 양주병에 맥주병들이 즐비한 테이블을 바라보고 있을 때였다. 유림은 전날의 숙취로 인해 술은 한 모금도 입에 대고 싶지 않아 안주발만 세우고 있는 중이었다. 전화 통화를 하느라 아직 룸 안에 남아 있던 윤우의 친구, 형진이 털썩 그녀의 옆자리에 앉으며 말을 걸어왔다.

"예? 아니요, 전 그냥……."

자리만 채우러 온 건데요, 라고 말하려는 찰나다. 그가 고개를 기울이며 팔을 뻗어 그녀의 의자 등받이를 감아왔다. 상대가 너무 가까운 거리에 와 있다는 걸 깨달은 유림은 당황하지 않을 수 없었다.

"내숭은."

비웃듯 입술 꼬리를 끌어 올리더니 그가 히죽 웃는다. 은근히 기분 나쁜 미소였다. 내숭이란 말에 어떤 비아냥거림이 내포되어 있는 건지 궁금해질 정도로.

"근데 진짜 궁금한데, 윤우랑은 어떻게 사귀게 됐냐? 네가 유혹했어? 아니면……."

"사귀는 거 아니라고 아까 말했잖아요. 그냥 후배예요."

"후배? 정말로 후배일 뿐이야?"

형진은 좀 더 가까이 다가오며 물어왔다. 그녀의 말을 전혀 안 믿는 듯한 말투였다. 하지만 정말 믿지 않는다면 왜 가까이 다가오는 건가? 그는 유림의 목 뒤쪽으로 팔을 뻗고 있었다. 자연스럽게 어깨동무를 하는 모양새가 되었지만, 형진의 느끼한 표정과 비열한 미소가 그녀를 긴장시키고 있었다. 유림은 두 주먹을 꼭 쥐며 그를 노려봤다.

"그렇다니까요."

"윤우는 여자 후배들과 잘 안 어울리는 걸로 아는데."

"우연히 길가에서 만나게 돼서 온 것뿐이에요, 친하게 지냈던 게 아니라.”

“우연히? 아아— 우연히?”

역시 안 믿는 듯 그가 히죽거렸다. 하긴 우연히 만나서 여기까지 따라왔다는 게 말이 안 되긴 하지. 하지만 어째? 그와 우연히 만난 건 사실인걸. 그녀는 조금은 쌀쌀하게 대꾸했다.

“사실이에요.”

“뭐, 믿어줄게.”

자기가 안 믿으면 어쩔 건데? 속으로 중얼거리며 유림은 인상을 찌푸렸다. 기분이 되게 이상했다. 정윤우의 친구라는데 친구가 보이는 반응치고는 이해할 수 없을 만큼 불쾌했다. 솔직히 말해서, 그녀가 정말 윤우의 여자친구처럼 보였다면 그녀에게 이렇게 무례하면 안 되는 거 아닌가? 이렇게 가까이 다가와 코 앞에 얼굴을 대고 비웃음이나 흘리는 거, 실례 아니냐고.

“그럼 나랑, 어때?”

형진이 더욱 바짝 다가오며 물었다. 유림은 표정을 굳히고 백을 꼭 쥐었다.

“뭐가 어떻다는 거예요?”

“정윤우랑 사귀는 게 아니라며. 그럼 나랑 사귀는 거, 문제될 거 없지 않나?”

이건 또 뭐임? 문제될 거 없으면 사귀어야 된다는 소리? 살다 살다 이렇게 황당한 소린 처음 듣는다. 뭐 이런 사람을 친구라고 만나니, 정윤우?

"저기요."

"윤우가 댄스는 좀 하지. 어렸을 때부터 춤꾼이었거든. 중학교 때부터 갠 전국적으로 유명한 애였어. 대회에서 상도 많이 받았지. 아~ 그땐 나도 날렸었는데. 윤우만큼은 아니었지만 나도 꽤 췄거든."

딱 잘라 거절하려는 그녀의 말을 끊고 형진은 묻지도 않은 얘기를 줄줄이 꺼내기 시작했다. 아무래도 이건 평소 작업멘트인 듯하다. 자신을 '인기그룹 셀피쉬의 리더, 정윤우와 어릴 적부터 함께 춤을 추던 사람'이라 소개해 이득을 보려는 게 틀림없었다.

"그렇게나 잘 추더니 결국 오디션에 철컥 붙더라고. 노래는 좀 달려도 춤이 되니까 곧바로 합격되어 버리더라니까."

가만, 이건 뭐야? 언뜻 정윤우를 띄워주는 것 같은데 가만히 듣고 있으려니 뉘앙스가 좀 이상했다. 노래가 달린다고? 이거 욕 아니야? 가수한테 노래가 달린다니, 이렇게 심한 욕이 어디 있어? 유림은 뜨악한 표정으로 형진을 돌아봤다.

"그때 나도 함께 오디션을 봤었는데 난 떨어졌거든. 그때 합격했더라면 셀피쉬가 네 명이 아닌 다섯 명이었을 텐데. 내가 조금만 더 춤에 올인을 했더라면 충분히 합격하고도 남았을 거야. 윤우는 거의 공부를 포기하고 춤에만 매달렸거든."

윤우는 공부를 안 하고 춤에만 매달려서 잘 췄던 거고, 자긴 공부를 해서 못 췄던 거란 말인가? 유림은 아무리 좋은 쪽으로 해석하려고 해도 자꾸 이상하게 들리는 제 귀를 파버리고 싶었다. 왜 자꾸 고깝게 들리지? 윤우 이름을 팔아먹으며 여자에게 작업 거는 주제에 윤우의 흉을 보는 짓은 아무리 생각해 봐도 찌질했다. 정윤우가 왜, 뭐가 부족해서 이런 친구를 만나고 다니는지 이해가 안 되었다.

"나가자. 이 오빠가 춤 실력 보여줄게."

형진이 유림의 팔을 툭 건들며 말했다.

"예? 아, 저는 됐어요. 그쪽 분이나 나가서 노세요."

"야, 내 실력도 아직은 쓸 만해. 무시하지 마."

"무시하는 게 아니라……."

"솔직히 얼굴은 내가 더 잘생기지 않았냐? 정윤우보다."

"네?"

춤까지는 그렇다 치자. 얼굴 얘긴 뭐냐? 손발이 오그라들 것 같은 말이다, 진짜. 아무리 후하게 쳐줘도 형진이 윤우보다 잘생겼다는 말은 좀 아니지 않나? 남자의 외모에 대해서 잘 아는 건 아니지만, 그래도 어떻게 윤우가 형진보다 못생겼달 수 있어?

유림은 황당한 얼굴로 그를 돌아봤다. 형진은 그녀의 반응을 시험한 듯 히죽거리며 유림을 빤히 바라보고 있었다. 엄지로 제 입술을 훔치며 비릿한 미소를 짓기까지. 너무나 느끼해 등골마저 오싹해지자 유림은 그 자리에서 벌떡 일어났다.

"저, 이만 가볼게요."

유림이 갑자기 자리에서 일어나자 형진이 고개를 번쩍 들었다.

"뭐?"

"급한 일이 있어서요."

형진이 눈썹을 치뜨며 소파에 몸을 기대었다. 유림의 말이 진짜인지 아닌지 확신하지 못하는 표정이었다. 그가 자신을 믿어주든 말든 유림은 상관없었다. 어차피 그와는 다시 만날 일도 없을 테니까. 유림은 형진의 미심쩍은 표정을 뒤로, 서둘러 자리를 벗어났다. 윤우에게 말은 하고 가야 하는 건 아닐까 잠시 망설여지긴 했지만 그 고민도 금세 접어버리기로 하였다. 어차피 그녀가 자리를 뜨든 말든, 그는 별로 개의치 않을 텐데 뭘. 그는 참석만 해주면 된다고 했고, 그녀는 참석을 했으니 약속은 지킨 거였다. 짐가방이 마음에 걸렸지만 그거야 뭐, 그의 집이 어딘지 아니까 나중에라도 찾아가면 되는 거였다.

그렇게 유림이 열심히 걸음을 재촉할 때였다. 2층 계단을 내려가 입구 쪽으로 가던 중, 휴대전화가 울렸다. 모르는 유선전화 번호가 떠 있었지만 혹시나 싶어 전화를 받을 마땅한 곳을 찾아 근처를 둘러보았다. 입구 쪽이 홀보다 훨씬 덜 시끄럽겠다 싶어 그녀는 열심히 뛰어 화장실로 통하는 긴 통로 쪽으로 쑥 들어가 전화를 받았다.

전화를 건 이는 다름 아닌 '잠적은형'이었다. 어처구니없게도 그녀는 유림이 한국 들어오는 날짜를 잘못 알고 있었다. 입국 날짜를 다음 주로 착각한 그녀는 이번 주말, 남자친구랑 1박 2일로 여행을 다녀왔다고 했다. 이런 황당한 일이.

"여행 가면 가는 거지, 전화는 왜 안 받았어?"

[미안, 미안. 우리 아빠 간섭이 너무 짜증나서 내가 일부러 전화기를 꺼놨었거든.]

"너랑은 전혀 연락이 안 되는 줄 알고 내가 얼마나 놀랐는데."

[미안해, 정말. 그래서 넌 지금 어디니? 어젠 어디서 잤어? 호텔에서 잤어?]

"……."

인기스타 정윤우의 집에서 잤다는 말은 도저히 입이 안 떨어져서 할 수가 없었다. 유림은 '차차 얘기하겠다'고만 하곤 냉큼 전화를 끊었다. 이젠 은형의 집으로 가도 된다는 생각에 배로 걸음이 빨라졌다. 그녀는 거의 뛰다시피 나이트클럽을 나서고 있었다.

"차유림."

막 클럽 입구를 벗어나 길가로 뛰쳐나가려는 그녀를 누군가 불렀다. 목소리의 주인공이 누군지는 굳이 확인해 보지 않아도 알 수 있었다. 이 클럽에서 그녀의 이름을 부를 사람은 단 한 사람, 정윤우뿐이었다. 그녀는 뒤를 돌아봤다.

"너 어디 가?"

그녀가 없어진 건 또 어찌 알았는지 윤우가 그녀를 향해 걸어오고 있었다. 인도 한가운데에서 유림은 윤우를 멍하게 바라봤다. 그는 순식간에 주변 사람들의 이목을 끌었다. 힐끗힐끗 훔쳐보는 사람들이 그가 셀피쉬의 정윤우인지 아닌지 궁금해하며 쑤군거리기 시작했다. 연예인은 아무리 못나도 연예인, 실제로 보면 얼굴에서 빛이 난다는 말이 사실이라. 뿔테안경에 모자까지 뒤집어쓰고 있는데도 그는 사람들 사이에서 유독 튀었다. 유림은 한 손으로 얼굴을 가리며 뒷걸음질을 했다.

"말도 없이 어디 가냐고."

"어……."

유림은 똑 부러지게 말 못하고 애매하게 말끝을 흐렸다. 몰래 도둑질하다가 걸린 사람처럼 궁지에 몰린 기분이었다. 윤우의 태도 때문인가. 가려면 당연히 말을 하고 가야지, 어떻게 말도 없이 살금살금 사라지려는 거냐는 듯 그의 표정은 황당함이었다.

"방해가 될까 봐요."

"아무리 방해가 돼도 말은 하고 가야지. 무슨 죄 지었어? 몰래 가게."

걸어오는 그는 주머니에 넣어두었던 휴대전화를 꺼내며 물었다. 휴대전화에서 광선이 번쩍번쩍하는 걸 보니 전화가 오는 것 같았다. 그는 폴더를 열어 귀에 대며 계속 유림에게로 걸어왔다.

"어. 왜."

통화하면서 유림에게 다가온 윤우는 유림의 어깨에 손을 올렸다. 그리곤 그녀를 저쪽 어딘가로 데리고 가려는 듯 방향을 틀어 그녀를 이끌었다. 간헐적이던 사람들의 수군거림은 더욱 잦아졌고 그들의 시선이 더욱 노골적으로 두 사람에게 쏟아졌다. 사람들은 여차하면 이쪽으로 달려들 태세였다. 먹이를 발견한 좀비 떼처럼 그들은 유림과 윤우의 주변을 맴돌고 있었다. 유림은 자신도 모른 사이, 얼른 그의 손을 잡아 뒤로 털어냈다. 마치 더러운 오물을 떼어내듯 재빠르고 호들갑스런 그녀의 제스처에 비해 윤우의 손은 생각보다 힘없이 아래로 떨어져 나갔다.

"어? 잠깐 나왔어. 무슨 일인데?"

갑자기 통화하는 그의 목소리에 웃음기가 묻어 나왔다. 통화 내용 때문에 웃는 것 같진 않아, 유림은 그를 돌아봤다. 유림과 눈이 마주치자, 마치 유림 때문에 웃고 있었다는 듯 그는 더 크게 웃었다. 그는 휴대전화를 쥐고 있던 손을 반대편으로 바꿔 쥐며 말했다.

"잠깐만, 야. 잠깐만. 내가 나중에 전화할게."

그러더니 폴더를 딱 반으로 접어버린다. 그는 유림을 똑바로 바라보며 말했다.

"야, 차유림. 너 내가 창피해?"

"무슨 소리세요?"

"나랑 같이 있는 게 창피하냐고."

아주 웃겨 죽겠다는 듯한 표정으로 그가 재차 물었다. 누군가로부터 이런 대접 받는 게 처음인 모양이다. 유림은 굉장히 어려운 수학 문제를 앞에 둔 수험생처럼 난처한 채로 얼어붙어 버렸다. 답을 내놓기 참 애매한 질문이었다. 그가 창피한 게 아니라 그 때문에 사람들로부터 주목받는 게 싫을 뿐이니까. 그녀는 수십만 정윤우 팬들로부터 공격받고 싶지 않았다.

"사람들이 보잖아요."

유림은 당연하다는 듯 두 눈을 크게 뜨며 대답했다. 윤우는 큭, 웃더니 말했다.

"그러게. 너 때문에 더 많이 보기 시작했다."

"예?"

"내가 널 억지로 끌고 가려는 줄 알잖아."

그럴 리가. 이미 그가 정윤우라는 걸 알아본 사람들이 많은데, 억지로 그녀를 끌고 가는 것처럼 보였다면 다들 넋 놓고 가만있을 리가 없지 않는가. 하지만 윤우는 그리 생각하지 않는 듯 유림의 팔을 잡고 반대편으로 끌어당겼다. 이번엔 보란 듯이 손가락들을 죄다 떼어내고 엄지와 검지만으로 유림의 옷자락을 간신히 쥔 채였다.

"괜히 이상한 사람 만들지 말고, 따라와라. 할 말 있으니까."

할 말이 있다는데, 안 따라갈 수가 있나. 마음 같아선 다 귀찮고 짜증나 무시해 주고 싶지만, 그럴 수는 없었다. 어찌 됐든 그녀는 윤우에게 빚을 졌으니까.

“너 내 친구랑 사귀기로 했다면서.”

클럽 측에서 내준 작은 방으로 그녀를 데리고 들어간 윤우가 대뜸 한 말이었다. ‘내 친구’가 누구인지는 굳이 확인하지 않아도 알 수 있었다. 유림은 자신도 모르게 얼굴을 찌푸렸다. 어쩌다 그녀가 형진과 사귀는 걸로 결론이 난 건지 정말 모를 일이다. 한국 사람들끼리 이렇게나 의사소통이 안 되어서야 원.

“그 사람이 그렇게 말해요?”

“아니야?”

“대답해야 해요?”

참 구차하고 짜증나는 일이었다. 그와 사귀는 것도 아니고, 그럴 생각도 없고, 그렇게 생각하게끔 행동한 적도 없다는 말을 일일이 다른 사람에게 해명해야 한다는 거. 게다가 상대는 정윤우다. 대체 차유림이 왜 정윤우에게 그딴 해명을 해야 하는 건데?

“그럴 의무는 없지.”

“그럼 좀 비켜주세요.”

가시 섞인 뾰족한 목소리로 유림이 말했다. 의외의 반응에 윤우는 놀랐다. 사실을 확인하기 위해서 물어본 것뿐인데 유림은 추궁으로 받아들인 듯 기분 나빠했기 때문이다.

윤우는 룸에서 나온 이후 클럽 측과 잠시 이야기를 나누고 있었다. 클럽 전체를 빌릴 수 있는지, 없는지 그 여부를 알고 싶었다. 오랜만에 찾은 클럽은 생각보다 북적거려서 그를 알아보는 사람이 너무 많았다. 불편한 건 둘째 치고 동행한 친구들까지 피해를 보는 것 같아 미안해졌다. 친구들끼리 잠시 회포를 풀고 싶어 온 건데, 이런 식이면 오히려 스트레스만 더 쌓일 것 같았다. 여하튼 너무 비싸지 않으면 클럽을 빌리고 싶었다. 하지만 클럽 측에서는 불가능하다는 사인을 보내왔고, 다른 카페나 클럽을 알아보기 위해 막 통화를 시작하려던 중, 클럽을 나가는 유림을 발견한 것이었다. 그녀의 뒤를 따라가며 그는 형진에게 전화를 걸었다. 방금 전까지 유림과 함께 있던 사람이 형진이라는 걸 그도 알고 있었기 때문에. 그리고 형진에게 들은 의외의 말은 두 사람이 사귀기로 했다는 것이었다.

형진의 말을 들은 순간 윤우는 고개를 갸우뚱했다.

윤우가 아는 형진은 유림의 타입이 아니었다. 친구지만, 형진은 이기적인 면이 강하다. 그런 형진을 다독이고 이끄는 사람은 리더 정신이 투철한 윤우였다. 유림은 형진보다 더 따뜻하고 다정한 사람이 어울린다고 생각했다. 그녀의 아픈 상처까지도 다 아우를 수 있을 만큼 마음도 넓은 남자.

"화났냐?"

"네, 화났어요. 그러니까 좀 비켜주세요."

그의 질문에 그녀가 고까운 말투로 말한다. 윤우는 미심쩍은 표정으로 꼼짝 않고 그녀를 응시했다. 그녀가 뭣 때문에 화가 났는지 말할 때까지는 절대 움직이지 않을 태세였다. 유림은 짜증스레 눈을 치뜨고는 가슴 밑으로 팔짱을 꼈다.

"난 그분이랑 사귄다고 한 적 없어요. 친구랑 연락이 돼서 집
으로 돌아가려는 것뿐이에요. 말도 없이 가려고 한 건 좀 미안
한데요. 그쪽도 신나게 노는데 내가 방해하면 싫어했을 거잖아
요."

"……."

"됐죠? 이제 좀 갈게요."

뭐에 화가 잔뜩 났는지 말도 하지 않은 채 그녀는 그의 옆을
스쳐 지나가려고 했다. 턱 밑으로 움직이는 유림의 머리를 내려
다보는 윤우의 고개가 유림을 따라 움직였다. 그녀는 꼿꼿이 고
개를 들고 걷는 중이었다. 화가 많이 나 있다는 게 절로 느껴졌
다. 그와의 어떠한 소통도 원하지 않는 것처럼 그녀는 싸늘해
보였다.

뭔지 모를 안타까움이 윤우의 가슴속 깊은 곳에서 욱, 하고
치솟았다. 그는 자신도 모르는 사이 손을 뻗어 그녀의 손목을
잡아당겼다. 그를 스쳐 지나가던 유림이 순식간에 그의 품으로
되돌아왔고, 그는 심장 속, 온몸을 흐르는 혈관 속에 내재되어
있던 충동에 이끌려 그녀를 끌어안았다. 깜짝 놀라 순간적으로
얼어붙어 버린 유림은 커다랗고 따스한 그의 손이 턱 끝을 감싸
는 작은 접촉이 주는 충격적인 달콤함을 고스란히 느껴 버렸다.
그의 다른 손은 그녀의 목덜미를 미끄러지듯 쓰다듬으며 감싸
기 시작했다. 그는 그녀의 입술을 향해 고개를 숙였다.

입술과 입술이 잠시 살포시 포개졌다. 보드랍고 말랑말랑한

그녀의 입술 위로 그의 저돌적인 동시에 다정한 입술이 닿았다. 그의 머릿골을 타고 짜르르 전율이 흘렀다. 지금까지 여자와 키스하면서 단 한 번도 느껴보지 못했던 강렬한 전류였다. 숨도 쉴 수 없을 만큼 강력하고도 혼미한 충격은 그를 마치 폭풍우에 휩쓸린 작은 돛단배처럼 연약하게 만들었다. 심장이 쿵쾅거리기 시작하면서 눈앞이 캄캄해지자 그는 입술을 떼고 눈을 떴다.

그러나 눈을 뜬 그에게 날아온 것은 혹독한 대가였다.

짝!

그는 맹세코 지금까지 이렇게 세찬 따귀는 맞아본 적이 없었다.

Rest in peace…….

＊

"친구라고요?"

다음날, 막 외출하려던 윤우는 갑자기 찾아온 여자 손님을 향해 물었다. 동그란 얼굴에 턱 쪽에는 하트 모양 홈이 귀엽게 파인 이 낯선 아가씨는 자신을 유림의 친구라고 했다. 길고 새까만 생머리를 청순하게 기른 여자는 척 보기에도 생기가 있고 쾌활해 보이면서도 거침없는 성격 같았다.

"네. 요 아래 살고 있어요. 서은형이라고 해요."

그녀는 그동안엔 윤우가 이곳에 살고 있다는 걸 전혀 몰랐다는 듯 새삼스레 반가워하며 손을 내밀었다. 살살거리는 눈웃음과 온몸에서 풍기는 친절함이 윤우에 대한 그녀의 호감이 얼마만큼인지 여실히 말해주고 있었다. 윤우는 그녀의 손을 잡고 악수를 했다.

“아, 네. 그런데 무슨 일이시죠?”

“유림이가 보내서 왔어요. 옷가방…… 을 보관하고 계신다고.”

윤우는 픽 어처구니없는 웃음을 흘렸다. 그러니까 차유림이 자기 옷가방을 찾으러 다른 사람을 보냈다는 건가? 잠깐 만나 얼굴 맞대고 얘기하는 것조차 싫을 정도로, 그의 입술이 싫었던 거야? 이건 뭐. 차라리 ‘네 입술 병맛’ 이라 대놓고 욕하지. 기분 참 뭣 같은 그다.

짝!

어젯밤 그녀에게 따귀 맞았던 그 순간, 그 소리가 윤우의 귓전으로 생생하게 떠올랐다. 전날 유림에게 맞았던 자리가 아직도 욱신거리는 것 같았다. 키스하다가 뺨 맞아본 적은 그도 태어나서 처음이었기 때문에 충격이 컸다. 물론 그가 무례를 범한 것일 수도 있다. 그녀에게 허락도 받지 않고 키스를 했으니까. 하지만 그 순간, 그는 그녀도 키스에 동의한 거라 판단했었다. 그녀의 놀란 눈동자에는 그 어떤 거부감도, 공포심도 없었기 때문에.

하지만 그는 그녀에게 따귀를 맞았다. 천하의 정윤우가 키스

도중 뺨을 맞다니. 창피해서 누구에게 말도 못 꺼낼 일이었다. 게다가 따귀 맞는 순간, 눈에서 불이 번쩍 나왔고 그와 함께 여자에 대한 호감도도 미친 듯이 상승했다는 건 도저히, 절대로 말 못한다. 절친인 영재가 들었다면 한마디 해줬을 법한 상황이었다.

〈너 변태지?〉

그렇다. 그는 변태 기질이 있는 게 확실했다. 그렇지 않고서야 어디, 자기 뺨을 인정사정 볼 것 없이 때려 버리는 여자에게서 매력을 느낄 수가 있을까. 얼이 뽕 나가 버렸다, 그 순간. 그 자신도 이해할 수 없는 이상한 화학작용이었다.

"차 트렁크에 있으니까, 내려가서 줄게요."

윤우는 씁쓸하게 웃으며 신발장 위에 놓인 소지품 몇 가지를 챙겨 들었다. 신기한 듯 은형은 살짝 벌어진 틈을 이용해 그의 집 안을 기웃거렸다. 불쾌하게 생각할 수도 있는 상황이었지만 윤우는 가볍게 넘겼다. 사람들의 이런 호기심쯤은 워낙 비일비재해서 이젠 불편하거나 불쾌하게 느껴지지도 않았다. 윤우는 신발을 고쳐 신고 문을 닫으며 엘리베이터 버튼을 눌렀다.

"우리 유림이가 어려울 때 도와주셨다고요? 갈 곳도 없는 유림일 재워주셨다는 말은 들었어요."

은형은 연예인과 얘기하고 있는 이 상황이 너무나 신기해서 윤우의 옆모습을 빤히 바라보며 물었다. 마음 같아선 동영상으로 촬영이라도 해놓고 싶은데 도저히 그런 없어 보이는 행동은 대놓고 못할 것 같고. 사진 촬영만이라도 어떻게 안 될까, 하는 마음이었다.

"그렇게 말하던가요?"

그가 대답 대신 피식 웃으며 물었다. 엘리베이터 번호판을 바라보는 그의 눈동자는 무슨 생각을 하는지 꽤나 맑겠다. 뭔지 모를 아련한 분위기가 느껴져 은형은 그의 눈치를 보며 조심스레 말했다.

"네. 집을 잘못 찾아가서 고생했다고 하더라고요."

"괜찮다고 전해주세요."

빙긋 웃으며 그가 대답한다. 언뜻 친절한 멘트인 것처럼 들리는 말과 미소. 하지만 은형은 미간을 찡그려야 했다. 겉으론 아무것도 느낄 수 없는 그의 표정이 유독 수상쩍게 느껴졌기 때문이겠다. 그녀의 예민한 '촉'은 시끄럽게 경고음을 울려댔다. 윤우와 유림 사이에 분명 뭔가가 있다는 경고음이었다. 자연스레 은형은 방금 전 유림과 나눴던 대화를 떠올렸다.

"왜? 널 도와준 고마운 사람이잖아."

"연예인이야. 빤하지 않아? 인기 관리하는 거지."

"말이 쉽지, 아무리 인기 관리라고 해도 그거 쉽지 않은 일일걸? 남들 이목이 있는데. 솔직히 모르는 척할 수도 있었잖아."

"내가 자기 집 앞에서 얼어 죽었어봐. 그럼 더 골치 아프게 될 걸? 그래서 도와준 것뿐이야."

"그래서 나더러 갖고 오라는 거야? 그것도 짐만 달랑?"

"짐만 받아오지 그럼 또 뭘 받아와?"

"뭘 받아오겠다는 게 아니라 감사의 의미로 식사 대접이라도 해야 한다, 이 말이지. 내 말은."

예스. 은형의 주장은 단 하나, 정윤우와 함께 식사라도 하자는 거였다. 당연한 거 아닌가? 사람이 도움을 받았으면 어떤 식으로든 고마움을 표해야 하는 게 도리. 정식으로 거하게 한 번 대접하는 게 맞는 거였다. 적어도 은형은 그래야 한다고 생각했다. 물론 연예인과 마주 앉아 식사를 할 수 있다는 기대감도 다량 포함되어 있기는 하다.

"난 됐어. 식사를 대접하든 말든 그건 네가 알아서 해. 대신 나만 끼워 넣지 마."

"야! 어떻게 널 빼냐? 이번 일의 주인공이 넌데."

"난 글쎄 그 남자 만나기 싫다니까."

"왜 보기 싫으냐고, 글쎄. 정윤우가 널 도와줬다며."

"난 그 남자가 마음에 안 들어."

유림이 너무나도 직접적이면서도 강력하게 쐐기를 박자, 은형은 점점 더 미궁 속으로 빠져들었다. 도대체 왜 유림은 정윤우를 저리도 싫어할까. 잘생겼어, 멋있어, 게다가 스타야, 그런 사람이 자신이 어려운 상황에 처했을 때 기꺼이 도와줬는데 왜 싫다는 건지 은형의 머리론 도저히 이해가 안 되었다. 당연히 그녀는 질문할 수밖에 없었다. 정윤우가 뭐 잘못한 거 있냐고.

유림의 대답은 한참 후에 날아왔다. 안 좋은 기억이 있는 듯 두 눈을 꾹 감고 어금니를 사리무는 그녀는 심히 분노하고 있었다. 그녀는 반짝 두 눈을 뜨더니 결연한 눈동자로 은형을 바라보며 대답했다.

"그냥 싫어. 재수없어."

'대체 뭐지?'

유림과의 대화를 떠올리니 더욱 아리송해지는 은형이었다. 두 사람 사이에 무슨 일이 있었다는 건 확실한데, 그게 뭔지 도저히 감이 안 왔다. 두 사람의 키스 사건에 대해 전혀 모르는 은형은 엘리베이터를 타고 내려가는 내내 삽질에 삽질을 거듭하고 있었다. 그러는 사이 그의 차가 주차되어 있는 주차장까지 오게 되었고, 은형은 그로부터 유림의 짐가방을 넘겨받았다.

"감사합니다."

트렁크를 세차게 눌러 닫는 윤우에게 은형이 고개를 꾸벅 숙이며 인사를 했다. 윤우는 웃는 얼굴로 은형에게 마주 절을 하며 친절하게 말했다.

"들어다 드리고 싶은데 제가 시간이 없어서요."

"아, 괜찮아요. 신경 쓰지 마세요. 이렇게 보관해 주신 것도 고마운데요, 뭘."

은형은 과장되게 손을 내저으며 웃었다. 속으론 '아휴, 훈남이로세~' 하며 감탄하고 있음이었다. 어쩌면 이렇게 멋진 사람이 친절하기까지 하니. 성격도 좋고 얼굴도 잘생기고, 완전 '내 스타일'이었다. 넋을 잃고 바라보고 있는데 윤우가 몸을 틀어 운전석 쪽으로 걸어가기 시작했다. 안 돼!

"저기요!"

은형은 자신도 모르게 다급히 윤우를 불렀다. 즉시 윤우는 걸음을 멈추고 그녀를 돌아봤다. 겉으로 티가 나진 않았지만 썩 달가워하는 눈치는 아닌 것 같았다. 평소 귀찮게 따라다니는 팬들이 많은 사람이니 이런 관심이 썩 즐겁지만은 않겠지. 은형도 안다. 아는데 그래도 어쩔 수가 없었다. 이것도 인연인데 이대로 헤어지는 건 좀 아니지 않아? 이런 기회가 자주 오는 것도 아니고!

"저기, 식사 대접, 하고 싶은데요. 시간 어떠세요?"

"네?"

어렵사리 한 제안에 윤우가 한쪽 눈썹을 치뜨는, 지극히 미미한 반응을 보인다. 저걸 어찌 해석해야 해? '저 여자 웃긴다'? 아니면 '좀 끌리는 제안인데'? 은형은 정신없이 머리를 굴리며 배시시 웃었다.

"이렇게 도와주셨는데 그냥 지나치는 건 도리가 아닌 것 같아서요.”

“그런 거라면 괜찮습니다, 난.”

정말 괜찮은 듯 그는 보는 사람마저 편안해지는 미소를 지어
보였다. 저 사람 좋은 미소를 보니 은형의 결심은 더 굳어졌다.
왠지 몇 번 조르면 승낙해 줄 것 같은 분위기였다. 저런 미소를
가진 사람들은 백발백중, 남의 부탁을 거절 못한다. 은형은 애
걸복걸하는 얼굴로 매달리기 시작했다.

“저희가 마음이 불편해서 그래요. 너무 고마운데 뭐 해드릴
것도 없고…….”

“정말 괜찮은데.”

역시 윤우는 약간 망설이는 듯 주저하며 말했다. 난감해하는
그의 얼굴을 확인하고 은형은 더욱 적극적으로 졸라댔다.

“제발요. 오늘 저녁 어떠세요? 제가 근사한 데서 한턱 쏠게
요. 네?”

“…….”

“사실 제가 여러모로 잘못한 게 많아요. 유림이 귀국 날짜를
잘못 안 것도 저고…….”

“귀국 날짜라고요?”

순간, 윤우의 귀가 번쩍 뜨였다. 저절로 힘이 들어가는 두 눈
을 크게 뜨고 그는 물었다.

“차유림, 외국 살아요?”

“모르셨어요? 걔, 지금 유학 중이에요. 일이 있어서 잠깐 나

온 건데."

은형이 두 눈을 동그랗게 뜨고 말한다. 아하— 윤우는 두 눈에 힘을 풀고 입가에 희미한 썩소를 그렸다. 이제야 뭔가가 딱딱 맞아떨어지는 기분이었다. 유학 중인 차유림, 고무신을 거꾸로 신은 남자친구, 그 남자친구를 붙잡기 위해 학기 중 한달음에 날아온 그녀. 학업까지 내팽개치고 남자친구를 만나러 온 걸 보면, 참 많이도 사랑했던 모양이다. 몰랐던 사연도 아닌데 직접 이렇게 확인하고 보니 기분이 오묘했다. 아직도 차유림은 그 남자친구를 못 잊고 있는 건 아닌지 갑자기 의심스러워졌다. 그런 거라면, 천하의 정윤우가 이대로 물러설 이유 없지 않을까?

셀피쉬의 정윤우 정도라면 애인이 있는 여자도 마음만 먹으면 충분히 제 여자로 만들 수 있어야 했다. 그런데 겨우 지난 남자에게 얽매인 여자에게 차이다니, 자존심이 말이 아니었다. 그가 누군가? 연예인의 연예인, 스타 중의 스타. 그룹이 아닌 개인 팬사이트 회원만 50만 명이 넘고 그 대부분이 여자인 정윤우란 말이다. 그런 그가 겨우 여자친구가 유학한 사이에 곁눈질이나 해대는 한심한 작자에게 밀려서야 되겠는가? 말이 안 된다, 이건.

"그렇군요."

윤우는 덤덤히 대꾸했다. 은형은 윤우의 눈치를 슬쩍 살피며 좀 더 강력한 어조로 말했다.

"저 때문에 일이 이렇게 돼서 유림이 볼 면목이 없어요. 윤우

씨한테도 불편 끼친 것 같아서 미안하고요. 정말 식사…… 같이
안 하실래요? 물론 유림이도 함께요.”

　이제 어쩌지? 윤우는 잠시 생각에 잠겼다. 차유림에게 뺨을
맞고 퇴짜를 맞았을 땐, 그냥 무덤덤한 기분이었는데, 생각을
달리하고 보니 머릿속이 많이 복잡해졌다. 이미 한 번 거절한
유림에게 다시 대시해도 되는 것인지 고민이 되었고, 만약 마음
이 맞아 진짜 사귀게 되면 어떻게 되는 건가 고민이 되기도 했
다. 유학하고 있다는데 만날 수나 있으려나?

　“유림이가 비행기 티켓을 왕복으로 끊어서요. 일주일 정도 여
기 머물 거거든요. 그사이에 한 번 뵀으면 하는데 어때요?”

　식사 한 번. 은형의 제안은 충분히 유혹적이었다. 하지만 그
의 눈에는 망설임이 잔뜩 서려 있었다. 그의 온몸에 배어 있는
경계심을 느끼며 은형은 반쯤 체념할 수밖에 없었다. 은형은 두
손을 다소곳이 앞쪽에 두고는 빙긋 웃었다.

　“정 시간이 안 되시면 어쩔 수 없죠 뭐. 다음에…….”

　“아니요. 내일부턴 시간이 별로 없어서요.”

　윤우가 은형의 말을 끊었다. 손목에 둘러진 커다란 시계를 내
려다보며 시간을 확인하더니 그는 말했다.

　“그냥 오늘 저녁으로 하죠.”

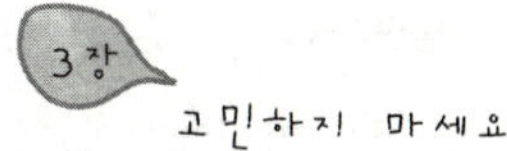

처음 은형이 밖에 나가서 외식이나 하자고 할 땐 솔직히 별 의심을 하지 않았던 유림이었다. 평범한 티셔츠에 청바지를 입고 화장도 하지 않은 얼굴로 나서려는 그녀를 은형이 극구 만류하고 나섰을 땐, 남자친구가 동석하나 보다 추측한 게 다였다. 하지만 유림이 알기론, 은형은 이번 주말 여행 때 남자친구와 대판 싸워서 거의 찢어지기 일보 직전이었다. 싸우면 보통 한 달 이상 말을 하지 않는 뒤끝 짱 서은형이 겨우 하루 만에 이런 블링블링한 얼굴이 될 수는 없겠다 싶으니 상황은 점점 더 이상하게 느껴졌다. 그러나 그때까지만 해도 그녀는 전혀 예상하지 못했다. 편하게 밥 먹는 자리에 정윤우가 나타날 줄은.

정말 꿈에도 상상하지 못했던 일이었다. 유림은 드르륵, 방문을 열고 들어서는 정윤우를 멍한 얼굴로 바라보았다.

"어머! 어서 오세요~ 바쁘시다더니 시간 딱 맞춰 오셨네."

은형은 자리에서 일어나며 윤우를 완전 반겼다. 황당한 얼굴로 유림은 친구인 은형을 찌릿 째려보았다. 어쩐지 비싼 한식집으로 오자고 하더라니. 유림은 그냥 편하게 패밀리 레스토랑 같은 곳으로 가자고 했는데, 거긴 애들이 많이 오는 곳이니 안 된다며 굳이 이곳으로 끌고 온 사람이 바로 서은형이었다. 아니, 그리도 안 된다고 말했거늘. 어쩌자고 정윤우를 부른 거야?

"차가 밀릴 줄 알았는데 다행히 잘 빠지더라고요."

그는 청명하고 맑은 하늘색 모자를 깊이 눌러쓰고 검정색과 흰색이 잘 배합된 예쁜 뿔테안경으로 나름 변장을 하고 있었다. 하지만 그래 봤자 눈에 안 뜨일 그가 아니었다. 하늘색 모자는 누구라도 보면 갖고 싶을 만큼 색감이 예뻤고, 뿔테안경 역시 그를 좀 더 단정하고 착실하면서도 세련된 분위기로 치장하고 있었다. 남들로부터 주목받지 않기 위해 걸친 소품들이 저렇게 예뻐도 되는 거야? 오히려 더 눈에 띄겠네.

유림은 은형과 달리 앉아서 그를 빤히 올려다보며 속으로 구시렁거렸다. 분명 그는 자신이 여자들의 마음을 얼마만큼 설레게 할 수 있는지 알고 있을 것이다. 빌어먹을 스타병.

"이쪽으로, 네네."

은형은 테이블 맞은편에 앉는 윤우를 아주 극진하게 대했다.

유림의 눈꼴이 다 시릴 정도로.

"정식 풀코스로 시켰는데 괜찮죠? 늦으실까 봐 미리 주문했거든요. 오시면 바로 드실 수 있게."

"전 상관없습니다."

"아— 말 편하게 놓으세요. 저희보다는 오빠인 것 같은데."

은형은 오버스럽게 호칭을 문제 삼았다. 그가 그들과 동갑이란 걸 은형은 전혀 모르는 것 같았다. 뭐, 가수들 나이를 정확하게 꿰고 있을 나이는 지났기 때문에 그런 거겠지만 하필 오빠라고 먼저 말할 게 뭐니. 창피해서 옆에 있는 유림의 얼굴이 다 화끈거렸다. 하지만 그런 걸로 창피한 건 유림뿐인 듯 윤우가 자신의 나이를 밝히자 은형은 전혀 놀라지 않고 오히려 활짝 웃으며 호들갑을 떨어댔다.

"동갑이에요? 어머, 전 오빠뻘인 줄 알았는데. 그러시구나~ 더 반갑네요."

엄밀히 따지면 은형이 1월생이니 3월생인 윤우가 더 동생 되시겠다. 하지만 어느 모로 보나, 윤우가 더 오빠처럼 보인다는 건 유림도 인정할 수밖에 없었다. 은형과 유림이 아직도 공부하고 있는 학생인 것에 반해 그는 이미 6년 전부터 제 돈벌이를 하는 어엿한 사회인이고, 그래선지 그에게선 동년배에서 느낄 수 없는 연륜, 또는 능숙함이 느껴졌다. 아마 청소년일 때부터 스타가 되기 위해 상경하고 미친 듯이 연습하여 치열한 경쟁을 뚫고 가수가 된 이후, 또다시 아시아 진출을 위해 밑바닥부터 시작해서 지금의 성공을 일궈내기까지, 인생의 온갖 쓴맛 단맛을 모조리 맛보았기 때문일 것이다. 남들 평생 겪을 경험을 겨우 청소년기서부터 이십대 초반 사이에 모두 겪었으니 당연했다.

"동갑이라면 말을 어떻게 해야……."

"그냥 편하게 말 놓죠. 동갑인데."

은형이 어색하게 웃으며 눈치를 주자, 윤우는 센스있게도 그녀의 의중을 알아채고 먼저 말 놓자는 제안을 해주었다. 은형은 계획대로 되는 것이 신이 나 넙죽 그의 제안을 받아들였다.

"그럴…… 까? 하하, 조금 어색하긴 하다. 내내 오빠 줄 알고 존댓말 썼는데."

"너도 말 놔."

넉살 좋은 은형을 향해 살짝 웃더니 대뜸 그가 말했다. 쿡, 은형이 유림의 어깨를 팔꿈치로 들쑤셨다. 고개를 숙이고 물잔만 뚫어져라 바라보고 있던 유림은 퍼뜩 고개를 들었다. 그때서야 유림은 알았다. '너도 말 놔'란 말은 윤우가 유림에게 한 말이란 걸. 은형이 채근하는 시선을 찌릿 날렸다. 무슨 생각 하는 거니?

"나, 말이에요?"

"생일도 비슷한데 그냥 편하게 말 터."

"별로 그러고 싶지 않은데요."

"그래도 놔. 네가 안 놓으면 세 사람 호칭이 애매해지잖아."

윤우는 편안한 미소를 달고 부드럽게 말했다. 그 유난히 부드러운 말투에 유림은 밸이 확 꼬이는 걸 느꼈다. 아니, 어떻게 어제 그런 일이 있었는데도 저렇게 웃고 있을 수가 있어? 그런 키스는 생활화가 되어 아무렇지도 않다는 건가? 짜증이 났다. 유림은 그 키스 때문에 어젯밤 한숨도 못 잤는데, 이 남자는……!

"그래, 얘. 난 말 놓고, 넌 안 놓고. 그럼 좀 이상하잖아."

은형이 유림의 옆구리를 쿡쿡 쑤시며 바람을 잡았다. 속이 부글거리는 걸 꾹 참으며 유림은 고개를 끄덕이지 않을 수 없었다. 그딴 키스, 생각하지 말자, 신경 쓰지 말자, 열심히 마인드 컨트롤을 하는 것은 물론.

호칭 문제가 정리되고 은형의 재잘거림과 간혹 맞받아치는 윤우의 경쾌한 대꾸 속에서 식사가 나왔다. 은형과 윤우의 대화를 들으며 유림은 떨떠름한 얼굴로 식사하는 데에만 몰두했다. 속으론 '빨리 먹고 집에 가자'는 생각만 죽어라고 하고 있었다.

시간아, 빨리 가라. 제발!

"근데 이런 거 물어봐도 되나 모르겠네. 실례가 아닌가 해서……."

은형이 은근한 말투로 운을 떼며 윤우의 눈치를 살폈다. 윤우는 가볍게 어깨를 으쓱하며 미소를 지었다. 아휴~ 어찌나 잘생겼는지~ 은형은 속으로 감탄하며 본론을 꺼냈다.

"얼마 전에 들은 소문인데, 멤버 중에 류민찬이라고……."

"아."

류민찬의 이름만 잠깐 거론했을 뿐인데 윤우는 벌써 알아들은 듯 아는 체를 했다. 물론 유림은 무슨 얘기인지 전혀 감을 못

잡은 얼굴로 윤우와 은형의 얼굴만 번갈아 바라보고 있었다.

"그거 진짜…… 야? 프리티의 영민이랑 사귄다는 거."

"글쎄. 난 민찬이가 아니라서 확실한 대답은 못해주겠는데."

윤우가 빙긋 웃었다.

"정말 그럼 둘이 사귀어?"

은형이 두 눈을 부릅뜨고 물었다.

"사귀는 건…… 아닐 텐데. 영화 한 번 봤다고 다 사귀는 사이가 되는 건 아니잖아."

"그건 그렇지만, 영화를 왜 하필 두 사람이서만 봤는데?"

"원래 영민이랑은 친해. 아는지 모르겠지만 소속사가 같거든. 멤버 모두 데뷔 전부터 알고 지냈었어."

"아무리 그래도 둘이서만 봤다는 건……."

일반적인 상식에선 많이 벗어난 행동이었다. 은형이 이해 못 하는 건 아주 당연했다. 은형뿐 아니라 일반인들은 모조리 두 사람을 이해하기 힘들 것이다. 최고 인기 절정의 남녀 가수가 야심한 밤에 단둘이서 영화를 보고 나온 걸 어느 누가 쉬이 이해하겠는가. 이해할 수 있는 이는 그들과 같은 처지에 있는 부류들뿐일 테다. 영화를 꼭 야심한 밤에 봐야만 하는 심정, 주위에 함께 볼 사람이 없어 상대를 수배해야 하는 상황. 모든 게 일반적인 상황과는 거리가 아주 멀었다. 그런 상황들을 사람들이 이해 못하는 데에서부터 스캔들은 시작된다.

"스캔들은 스캔들일 뿐이야."

"음……."

이해 못하면서도 이해하는 척, 이해해 보려는 척 은형이 부단히 노력했다. 은근히 연예인들끼리의 연애질을 반겼던 건가. 두 사람이 사귀지 않는다고 말하니 아쉬워하는 것 같기도 했다. 그들 얘기에 별 관심 없는 유림은 계속 식사에만 열중하고 있었다. 윤우의 시선이 계속 그녀에게 가고 있다는 건 전혀 의식하지 못하는 중이었다.

"근데 너, 외국에 나간 지는 얼마나 됐어?"

그가 정면으로 유림을 바라본 건 식사가 거의 끝나갈 무렵이었다. 물을 마시고 입 안을 헹구고 있는데 그가 불쑥 물었다.

"나요?"

얼떨결에 질문을 받다 보니 존댓말이 튀어나왔다.

"어머, 애. 말 놓기로 했잖아."

은형이 호들갑을 떨며 유림의 실수를 정정해 준다. 솔직히 대충 넘어가기 위해 존대하겠다고 대답하긴 했지만 유림은 아무하고나 말을 트고 지내는 거 별로 좋아하지 않았다. 잘 알지도 못하는 사람과 '너, 나' 하면서 편하게 말하는 건 유림의 스타일이 아니었다. 그만큼 정이 깊지도 않은 사람에게 친근감있게 대하는 건 왠지 닭살스럽다고 느끼는 그녀다. 그런 건 친해지면 자연스럽게 나오는 거 아닌가?

"생일 때문에 그래? 오빠 대접 해주고 싶은가 본데?"

그가 빙긋 웃으며 말했다. 어쭈, 말이나 못하면. 기가 차서 유림은 목소리에 힘을 실어 똑 부러지게 말했다.

"친한 척하기 싫어서 그래요. 별로 잘 알지도 못하는데 말 트는 거 우습잖아요."

"잘 모르는 사이는 아닌 것 같은데? 너, 내 집에서 잤잖아. 내 집에서 잔 여자는 우리 어머니와 내 여동생 빼곤 너뿐이거든? 그 정도면 우리 잘 아는 사이 아니냐?"

훅. 얼굴로 화기가 몰려들었다. 말속에 뼈가 들어 있다고. '잘 아는 사이' 라는 그의 말투에는 두 사람이 나눴던 몸의 대화(?)가 내포되어 있는 듯했다. 그날의 키스가 또다시 떠올라 유림은 당황하지 않을 수 없었다. 아무 말 못하고 시뻘겋게 달아오른 얼굴로 앉아 있는 유림을 보더니 은형이 키득거렸다.

"그 정도 가지고 뭘 그렇게 창피해해? 그냥 잠만 잤으면서. 누가 들으면 오해하겠네."

그녀의 심정을 전혀 알 길 없는 은형은 그녀를 두고 순진해서 이런다며 킥킥거렸다.

"얘가 클래식 전공했거든. 바이올린. 그래서 그런지, 고등학교 때도 되게 순진했어. 학교랑 연습실만 주야장천 쫓아다녔을 걸? 틀에 박힌 생활에서 벗어나질 못하더라고. 옆에서 보는 우리가 다 답답할 정도였어."

"바이올린?"

은형의 아주 심하게 주관적인 설명을 듣더니 그가 관심을 보인다.

"응. 지금도 미국에서 바이올린 공부하고 있어. 유학한 지 꽤 됐지? 이 년인가? 삼 년인가?"

은형이 하는 말이 모두 마음에 들지 않은 듯 유림은 인상만 팍 쓰고 있었다.

"하여튼 애가 참 융통성이 없어. 클래식 전공하는 애들은 얘처럼 다 이렇게 고지식한 건가 싶다니까."

은형이 킥킥거리며 수다를 떨더니 갑자기 자리에서 일어났다. 잠깐 화장실을 다녀온다며 그녀는 급히 자리를 떴다. 너무나 당혹스럽게도 유림은 순식간에 그와 단둘이 남게 되어버렸다. 유림은 직감했다. 은형이 없는 몇 분은 그녀의 일생일대 가장 끔찍한 시간이 될 거란 걸.

"……."

숨 막히는 순간이 지나가고 있었다. 그녀는 조용했고 그도 역시 침묵을 지키고 있었다. 하지만 그녀는 느낄 수 있었다. 그의 눈동자가 그녀를 살피고 있음을. 그는 분명 무슨 말을 꺼낼지 가늠하고 있는 게 틀림없었다. 유림은 그가 아무 말도 하지 않길 바랐다. 그냥 이대로 은형이 올 때까지 조용히 있다가, 다시 아까와 같은 분위기로 돌아가길 바라 마지않고 있었다. 하지만 그는 곧 입을 들썩이기 시작했고, 순간 그녀의 가슴은 철렁 무너져 내리는 것만 같았다.

"네가 날 왜 얼른 알아보지 못했는지 알 것 같다."

"……."

“너와 난 전혀 다른 세계에서 살아온 것 같아.”

그의 목소리는 담백했다. 비꼬는 뉘앙스도 없었고, 비난하려는 의도도 느껴지지 않았다. 갑자기 그의 눈동자가 보고 싶어져, 그녀는 조심스럽게 고개를 들었다.

“서로 속해 있는 세계에 너무 매진해 있었던 거지.”

그의 눈은 처음 봤을 때만큼이나 맑았다. 절대 거짓이라곤 1%도 담겨 있지 않은 듯 깨끗한 그 눈동자를 유림은 빤히 바라보았다.

“근데 말이야, 난 자꾸 네가 낯설지 않아. 넌 나랑 많이 닮은 것 같아. 똑같은 건 하나도 없는데 이상하지? 영혼이 닮았나?”

장난스럽게 말하고 그는 빙긋 웃었다. 유림은 표정을 굳히고 싸늘히 중얼거렸다.

“작업멘트가 참~ 형편없으시네요.”

“그럴 거야. 이쪽으론 센스가 좀 떨어지는 편이라.”

나름 비꼰다고 내뱉은 독설이었는데 의외로 윤우는 고개를 끄덕이며 인정하는 분위기다. 이건 또 무슨 블랙코미디인지. 개인 팬만 일렬종대로 늘어 세워도 지구를 몇 바퀴 돌고도 남을 사람이 저렇게 ‘작업이 뭔지 몰라요’ 식의 순진한 표정을 짓고 있다니 말이 되느냐고. 유림은 콧잔등을 찡그리며 윤우를 찔러 보았다. 그런 유림의 반응에도 아랑곳 않고 그는 태연히 물었다.

“미국엔 언제 돌아간다고 했지? 일주일 뒤라고 했던가?”

“그건 왜 묻는데요?”

“궁금하니까.”

그는 유림의 염장을 지르며 빙긋 웃었다. 저 환히 미소 띤 얼굴만 보면 그는 절대로 화란 걸 못 내는 남자처럼 보였다. 그래 봤자 선수고, 스타로서 인기 관리하는 걸로밖에 안 보이지만 심히 눈에 거슬렸다. 저런 얼굴로, 그런 키스로 여자 여럿 꼬셨겠다 싶으니 이상하게 울화가 치밀었다.

“별로 가르쳐 주고 싶지 않은데요.”

“뭐, 말하기 싫으면 안 해도 돼. 어차피 은형이한테 물어볼 생각이었으니까.”

이 사람이!

“도대체 나한테 왜 이러는 거예요?”

유림은 신경질을 내며 그를 째려봤다. 그녀의 신경을 살살 긁어대는 윤우는 정말이지 손톱으로 확 얼굴을 긁어주고 싶을 정도로 얄미웠다.

“내가 뭘?”

“지금 계속 내 성미를 건들잖아요. 왜 그래요? 나한테 뺨 맞은 게 분해서 이래요?”

큭, 그가 짓눌린 웃음소리를 냈다. 폭소가 터지는데 꾹 참는 것 같았다. 대체 뭐가 그리 웃긴 건지 유림은 동물원 원숭이가 된 기분으로 그를 쏘아보았다. 그는 그녀가 무진장 신기한 듯 상체를 앞으로 내밀고 두 팔꿈치를 탁자 위에 기댄 채 그녀의 눈을 빤히 들여다보았다.

"너, 원래 이렇게 까칠해?"

그가 물었다.

"뭐요?"

"지난번 키스 때문에 이러지?"

"누가 그런……!"

아니라고 말해야 했지만 그녀의 입에선 아무 말도 나오지 않았다. 그녀가 입만 벙긋거리자 윤우는 확신에 찬 얼굴로 눈썹을 꿈틀 끌어 올렸다.

"난 네가 마음에 들어. 너한테 키스한 거, 후회하지 않아."

그녀는 그의 눈동자에 붙잡힌 채 거의 얼어붙어 버렸다. 어떻게 이런 말을 아무렇지도 않게 할 수가 있지? 그녀의 눈을 똑바로 보면서, 떨지도 않잖아. 정말 그녀를 좋아한다면 이렇게 한 치의 망설임도 없이 똑똑히 말할 수 있을까? 그녀라면 이렇게 못한다. 어젯밤의 키스로 한숨 못 자고 잠을 설친 그녀가 아닌가. 좋아한다면, 좋아하는 남자 앞에서, 이렇게 여유있는 모습으로 고백할 수 없을 것 같다. 너무 떨려서, 거절당할까 봐 두려운 마음에, 얼마나 마음을 졸일 텐데!

"다음엔 너도……."

얼굴을 코앞까지 들이민 채 윤우가 속삭였다. 가슴이 벌렁벌렁 뛰기 시작하자 유림은 두 눈을 크게 떴다. 그가 대체 무슨 말을 할지 상상할 수도 없는 그녀다. 다음엔 유림도, 어쩌라고? 어떻다는 건데? 어떻게 하겠다는 거냐고!

하지만 그 순간, 드르륵, 방문이 열렸다. 은형이 두 손을 문지르며 부산스럽게 들어왔다. 유림은 벙긋 벌리고 있던 입을 딱 다물었다. 윤우의 얼굴에 비스듬한 미소가 떠올랐다. 그는 시선을 아래로 내리며 중얼거렸다.

"좋아했으면 좋겠다."

"……!"

유림의 눈은 휘둥그레 떠졌다. 뭐, 뭐라는 거야? 좋아했으면 좋겠다고?

"뭘? 뭘 좋아했으면 좋겠어?"

은형은 방석 위에 앉더니 고개를 내돌리며 조잘거렸다. 당연히 유림은 아무런 대답을 내놓지 못했다. 그가 대체 무슨 생각으로 그런 말을 했는지 오히려 유림은 묻고 싶었다. 그녀는 어지러운 머리를 손으로 꾹 누르고 싶은 충동을 잠재우며 침묵했다. 마음이 어지러웠다. 정윤우가 이렇게 나올 줄, 그녀는 전혀 예상하지 못했었다.

"너희, 우리 연습실 구경 올래?"

은형의 난감한 질문을 잘도 피하며 그가 즐거운 듯 제안했다. 동시에 유림의 심장은 또다시 쿠쿵, 내려앉았다.

"연습실? 연습실이라면……?"

"영재는 없을 거야. 집에 내려갔거든."

"어, 어머! 셀피쉬 연습실 말이야?"

은형이 거의 비명에 가까운 소리를 지르자 그가 고개를 끄덕였다. 유림은 거의 얼이 빠진 얼굴로 윤우를 빤히 바라봤다. 미친 거 아니야? 어쩌자고 그런 제안을 하는 건데? 유림은 정신없이 눈동자를 굴리며 이 올가미를 어찌 빠져나갈지 고민했다. 은형이 그 제안을 받아들일 거란 건 불을 보듯 뻔했기 때문이었다.

"당연히 가지! 난 좋아! 언제든 좋아."

"오케이, 그럼 콜."

은형과 윤우는 아주 죽이 잘 맞았다. 서로 마주 보더니 하이파이브를 하기까지. 기가 막혀, 유림은 속으로 중얼거리며 두 사람을 번갈아 바라보았다. 그는 흐뭇한 얼굴로 은형을 바라보다 흘낏 유림을 돌아봤다. 뭔가 의미심장한 그의 시선은 입가에 띤 섹시한 미소와 어우러져 유림의 심장을 더욱 뛰게 했다.

"너도 좋지?"

다음날, 유림은 시끄럽게 울려대는 전화기를 빤히 바라보고 있었다. 손등으로 다른 쪽 팔꿈치를 받치고, 손가락으로 입술을 매만지는 그녀의 눈동자는 사뭇 비장했다. 전화를 걸어온 사람은 다음 아닌 그녀의 어머니, 이원자 여사였기 때문이다.

"전화 안 받아?"

베란다에서 빨래를 널고 있던 은형이 고개를 틀며 물었다. 유림은 전화기에서 시선을 떼지 않으며 대답했다.

"받으면 큰일 나."

"무슨 소리야? 누군데? 성재 씨?"

성재 얘기가 나오니 저절로 유림의 얼굴에 냉소가 떠올랐다. 그는 그날 그렇게 황당한 소리를 하며 전화를 걸어온 이후, 단 한 차례도 연락해 오지 않았다. 나쁜 놈. 어떻게 자신을 이렇게 비참하게 만들 수 있을까? 지금 사귀고 있는 여자친구가 마음 다칠까 봐 어떻게 자신에게 전화해 그런 소릴 지껄일 수 있을까? 지금까지의 정리를 생각해서도 그러면 안 되는 거 아닌가? 이젠 더 이상 실망할 일도 없다 싶으니 미련이 싹 가시는 것 같았다. 유성재는 상대할 가치도 없는 남자였다. 유림은 부글거리는 속내를 가까스로 가라앉히며 대꾸했다.

"엄마."

"엄마? 엄만데 왜 전화를 안 받아?"

은형이 의아한 듯 고개를 갸웃거리며 묻는다. 유림은 한숨을 내쉬었다.

"이 전화, 한국에서만 쓰거든. 방학 때 장기간 한국에 체류하게 되는 경우 사용하려고 살려놓는 번호야. 발신은 안 되고, 수신만 되는 거."

"뭐? 그럼 네가 여기 있는 걸 눈치 채셨단 말이야?"

"그럴 수도 있고, 아닐 수도 있고."

하지만 확실한 건 그녀가 어머니의 의심을 사고 있다는 것이다. 뭔가 수상한 낌새를 느끼지 않았다면 이렇게 한국에서만 쓰는 전화번호로 전화를 걸어오진 않았을 것이다. 뭔가를 알아버렸거나 그냥 한 번 걸어본 것이거나, 둘 중 하나였다.

"받아야 되는 거 아니야? 네가 한국 온 걸 알아버리신 것 같은데, 안 받으면 더 이상하게 생각할 거 아니야."

탁탁. 탈수된 셔츠를 널기 전 물기를 털어내며 은형이 말한다. 물론 그 점도 생각해 봤지만 역시 안 받는 게 낫겠다는 결론이었다.

"지금 전화받으면, 엄만 당장 집으로 들어오라고 할 거야."

"왜? 들어가면 되잖아. 잘됐네. 못 이기는 척하고 들어가."

순진한 얼굴로 웃으며 말하는 은형. 유림은 깊은 한숨을 푹 내쉬며 인상을 찌푸렸다. 원자 여사의 독기 찬 얼굴을 떠올리니 저절로 스트레스가 쌓이는 것 같았다. 유림은 앓는 소리를 내며 고개를 힘없이 내저었다.

"안 돼. 이렇게 학기 도중에 나와 있다는 거 알면 나, 엄마한테 죽어."

"뭐야— 너, 나이가 몇인데 아직까지 엄마 눈치를 보고 그래?"

은형이 넉살스럽게 말하며 피식거렸다. 딴엔 맞는 말이라 이내 씁쓸해지는 유림이었다. 그녀는 이마를 한 손으로 쓸며 기운 없는 얼굴로 말했다.

"네가 우리 엄말 몰라서 그러지."

유림의 모친이신 이원자 여사는 대한민국에서 내로라하는 극성엄마다. 어렸을 때부터 음악적 재능이 있는 유림을 좋은 선생님 들이대며 가르쳐 국내 유수의 음대에 철커덕 합격시킨 사람도, 국내 교육은 믿을 수 없다며 학기 도중 미국으로 유학까지 보낸 사람도, 유학한 지 일 년 만에 세계 유명 콩쿠르에 출전시킨 사람도, 콩쿠르에서 두각을 나타내지 못했다는 이후로 이젠 학교를 러시아 쪽으로 옮기면 어떨까 생각 중인 사람도, 모두 이원자 여사였다. 이런 엄마 밑에서 자랐으니 유림은 늘 피곤했고 스트레스를 달고 다니지 않을 수 없었던 것이다. 어머니도 다 딸의 장래를 위해 그렇듯 불철주야 일하고 노력하는 것이란 걸 유림도 알지만, 아는데도 짜증이 났다.

"하긴, 내가 네 엄마에 대해 뭐라 할 입장은 아니다. 사실 우리 아빠도 만만치 않으시거든."

은형은 킥킥거리며 물기를 털어낸 셔츠를 건조대에 널었다. 전화기는 계속해서 벨소리를 울려대다가 두 번이나 자동으로 끊기면서 완전히 잠잠해졌다. 유림은 부재중이 찍힌 전화기를 들고 내려다보며 입술을 깨물었다. 무진장 초조한 모습이었다. 은형은 다른 빨래를 집어 들며 말했다.

"그나저나 네 애인 말이야. 어떻게 된 거야? 확실하게 찢어졌어?"

"그 애긴 관두자."

피곤한 듯 중얼거리고 유림은 휴대전화를 소파 위로 내동댕이쳤다. 성재 애길 하면 자동으로 나오는 반응이었다. 속이 부글거리고 열이 뻗쳐 머리가 찔찔해지니 딱 화병이 아닌가 싶었다. 정말 모든 걸 다 때려치우고 싶은 마음뿐인데, 이런 상태로 과연 힘든 공부와 악기 연습을 해낼 수 있을까? 절대 못한다는 판단이었다. 이런 어지러운 마음 상태로는 그 무엇에도 집중할 수 없을 것이다. 서둘러 미국으로 되돌아가지 않는 것도 그 때문이 컸다. 되돌아가도 어차피 방황하긴 마찬가지일 테니까.

"확실히 해야지. 그렇게 흐지부지했다가 나중에 다시 받아주려고?"

"받아주긴 뭘 받아줘? 난 절대 날 배신한 남자 안 받아주는 주의거든?"

유림은 단호하게 말하고 소파 등받이에 몸을 던졌다.

"너, 그 말 책임질 수 있어?"

재미있다는 듯 은형이 물었다. 은형의 눈엔 유림이 정에 약한 순둥이로밖에 안 보여서 그런 것이겠다. 정말 잘못했다고, 너밖에 없다며, 사정하고 애걸복걸하는 남자를 딱 잘라 거절하는 건 의외로 어려운 일이다. 유림처럼 마음이 여린 데다가 연애 경력도 별로 없는 마마걸에게는 특히나 더.

"내가 못할 것 같아?"

유림이 물었다.

"조금 불안하긴 해. 네가 워낙에 순진하잖니."

순진? 순간 유림은 빠직, 핏대가 솟는 걸 느꼈다. 어제 밥 먹을 때도 정윤우 앞에서 저런 소릴 하더니 또 그러네.

"너 왜 그래? 내 나이가 몇인데 나더러 순진하다고 하니? 그
거 욕인 거 알지? 알면서도 자꾸 말하는 거지? 어제도 다른 사
람 앞에서 그런 말로 날 창피하게 하더니만."

"창피는 무슨 창피, 칭찬이었는데. 남자들 은근히 순진한 여
자 좋아한다? 말로는 섹시하고 세련된 여자가 좋다고 하지만,
막상 자기 여자가 남자들 많이 만나고 다녔던 고수란 걸 알면
얼굴색 확 바뀐다고. 아마 정윤우도 그럴걸?"

"여기서 정윤우 얘기가 왜 나와?"

유림이 신경질적으로 물었다. 은형은 씩, 사악하게 느껴지는
미소를 지었다.

"왜? 정윤우는 너 조금 좋아하는 것 같던데?"

"미쳤니? 무슨 근거로 그런 소릴 해?"

유림의 발끈거림에 은형은 빨래를 탈탈 털어대며 깔깔거렸
다.

"남자를 수도 없이 만나본 이 연애 9단께서 그깟 것 하나 눈
치 못 챘겠냐? 정윤우, 분명히 너한테 관심있어."

"신소리 그만 해라."

"이번에 연습실 초대한 것도 다 너 때문이라고. 어떻게든 만
남을 이어가고 싶었던 거지."

"아예 첫눈에 반해 버렸다고 우기시지."

유림은 짜증스레 말하곤 고개를 가로저어 버렸다. 솔직히 정
윤우가 그녀를 마음에 두고 작업을 걸고 있다는 소린 그녀가 태

어나서 처음 듣는, 정말로 '미친' 소리였다. 아니, 스타인 그가
뭐 부족한 게 있어서 그녀한테? 주위에 얼마나 예쁜 연예인들이
쌔고 쌨는데 정신 나갔나? 그녀가 기막힌 건 바로 그 때문이었
다. 그 말도 안 되는 일이 사실처럼 인식되기 시작했다.

"그랬는지도 모르지. 솔직히 그렇잖니. 처음 널 집 앞에서 발
견했을 때, 윤우는 널 자기 집에 들였잖아. 요즘이 얼마나 험한
세상인데 낯선 여자를 집에 들이냐? 그것도 연예인인데. 혹시
모르는 거잖아. 네가 나중에 돈 뜯어내겠다고 협박을 할 수도
있는 거고……."

"야! 날 뭘로 보고 너!"

은형의 말에 유림이 펄쩍 뛰었다.

"아니, 말이 그렇다는 거지. 네가 어떤 앤지 그 당시의 정윤우
는 몰랐을 거 아니니. 솔직히 내가 그런 경우에 처했다면, 절대
모르는 사람은 집에 들이지 않았을 거야. 너한테 억울하게 고소
당할 수도 있고, 약점 하나 잡혀 가수 인생 종칠 수도 있는 거잖
아. 하다못해 파파라치한테라도 들켜봐라. 언론에 이상하게 알
려져서 이미지 완전 망가지지. 인기가수 정윤우, 집에 찾아온
여성 팬 유혹하다."

여성 팬은 아니지만 여성을 유혹하긴 했거든요. 그런 그가 괘
씸해 그 여성이 정의의 이름으로 싸대기를 날려 버렸지만. 속으
로 중얼거리며 유림은 입술을 삐죽거렸다.

"근데 너희들 진짜 아무 일도 없었니?"

갑자기 목소리를 낮추며 은형이 물었다.

"뭐?"

"단둘뿐이었잖아. 혹시 정윤우가 널…… 덮치거나……."

"없었거든?"

발끈해 말하는 유림은, 그러나 당황하는 기색이 역력했다. 확실히 뭔가가 있긴 있어. 은형은 혼자 생각하며 가자미눈을 뜨고 유림을 살폈다. 얼굴에 연한 홍조가 떠 있는 게, 아무리 봐도 수상쩍었다. 괜히 아무 이유도 없이 정윤우가 싫다며 틱틱거리는 것도 수상하고, 그냥 살짝 떠봤을 뿐인데도 아무 일도 없었다며 발끈거리는 것도 수상했다.

혹시 두 사람, 서로 좋아하는 거 아닌가?

'그러면 정말 대박인데.'

정윤우와 유림이 사귀게 되면, 은형은 우리나라에선 특A급 연예인 정윤우와 친구 먹게 되는 거 아닌가? 이건 정말 사건이었다. 그녀의 인생에서 가장 언빌리버블한 사건 중의 사건. 하지만 문제는 유림이 너무 몸을 사린다는 거였다. 그녀는 윤우가 혹시라도 가까이 다가올까 봐 지레 겁을 먹고 뒷걸음질을 치고 있었다.

"왜 넌 정윤우 얘기만 나오면 그렇게 발끈하니?"

"하루 종일 정윤우 얘기만 하니까 그렇지. 좀 그만 해."

유림이 신경질을 내며 소파를 박차고 일어났다. 몹시도 불안해 보이는 그녀를 올려다보며 은형은 입술을 삐죽거렸다.

“그러게 왜 초대를 거절하니? 난 가고 싶었는데.”

연습실 얘기다. 어제 유림은 셀피쉬의 안무 연습실로 놀러 오라던 그의 초대를 아주 냉정히 단칼에 잘라 버렸었다. 카메라로 인증샷을 찍어 친구들에게 자랑삼아 뿌리겠다던 은형의 당찬 포부는 순식간에 물거품이 되고 말았다. 이렇게 허무한 일이 어디 있을까?

“넌 정말 거기 가고 싶어?”

이해할 수 없다는 듯 유림이 은형을 내려다보며 황망히 묻는다. 그녀의 한심하다는 눈빛은 마치 은형을 생각없이 연예인만 쫓아다니는 십대 청소년쯤으로 여기는 듯했다. 아니, 이 나이에 연예인 좋아하면 안 되는 거야? 꼭 어린애들만 좋아하란 법이 있나? 왜 연예인을 좋아하면 철부지란 소리를 들어야 하는 건데? 등산이나 낚시처럼 팬질도 취미라고, 이거 왜 이래.

“당연한 거 아니야? 연예인들 만날 일이 어디 쉽게 생기는 줄 아니?”

“가서 뭐 하려고?”

“구경하는 거지. 연습하는 것도 보고 사인도 받고, 사진도 찍고.”

아이고, 두야. 유림은 지끈거리는 이마를 짚고 친구를 노려보았다. 이게 과연 스물다섯 살 대학원생의 입에서 나올 법한 말인가?

“애들이나 좋아하는 아이돌이 뭐 볼 게 있다고.”

“야. 아이돌이니까 볼 게 많지. 얼굴 되지 몸 되지 춤 되지, 볼 게 얼마나 많니. 눈이 아주 호강을 하겠네.”

말이나 못하면. 유림은 혈압이 급상승하는 걸 느끼며 자리에서 벌떡 일어났다. 계속 은형과 대화를 하다가는 속에서 천불이 날지도 모를 일이었다. 아예 눈 감고 귀 닫고 신경을 끄고 지내야지 원. 유림은 주방으로 걸어가 냉장고 문을 열었다. 더 이상 은형이 무슨 말을 해도 신경 쓰지 않겠다 마음먹고 탄산음료를 꺼내 마시려는데,

“네가 내 친구만 아니었어도 솔직히 정윤우, 내가 한번 꼬셔 본다.”

이러고 있다. 유림은 방금 전 단단히 결심했던 마음이 한순간 와르르 무너지는 걸 느끼며 휙, 은형을 돌아봤다. 잔뜩 날이 선 그녀의 시선을 분명 느꼈을 텐데 은형은 개의치 않고 헛소리를 해댔다.

“정윤우, 정말 걘 일상이 화보더라. 어쩌면 그렇게 멋지니? 내가 어제저녁에 인터넷 뒤져 봤는데, 키가 184㎝더라. 아— 그 팔다리 기럭지~ 무슨 포즈를 취해도 걘 모델이야. 생긴 건 또 얼마나 남자답게 생겼어. 텔레비전에 나올 땐 잘 몰랐는데 실제로 보니까 진짜, 몸에서 광채가 나는 것 같더라. 그런 남자를 어딜 가서 만나니.”

손에 쥔 빨래를 한쪽 볼에 문지르며 두 눈을 감은 채로 꿈에 취한 듯 샤르르 웃는 은형의 모습은 맛이 가도 한참 간 것처럼

뱄다. 유림은 반쯤 입을 벌리고 은형의 작태를 뚫어져라 찔러봤다. 인터넷은 왜 뒤져 봤는데? 어째 기분이 찜찜해지는 유림이다. 뭐, 연예인 정보 같은 거야 인터넷으로 알아볼 수도 있는 문제지만 어쩐지 좀……

"게다가 어제 봤는데, 걔 무슨 차 몰고 다니는 줄 알아?"

"그새 차종까지 확인했니?"

완전 들뜬 모양새로 묻는 은형을 힐끗 보며 유림은 다시 음료를 들이켰다. 그때 은형이 큰 소리로 외쳤다. 은형은 거의 만세를 부르듯 두 손을 번쩍 들며 환희의 탄성을 내질렀다.

"아우디!"

콜럼버스가 신대륙을 발견했을 때 이리 우렁차게 소리쳤을까. 심마니가 100년 묵은 산삼을 발견했을 때 이리 환호할까. 어찌 됐든 깜짝 놀란 유림은 입 안에 있는 음료를 뿜어버렸다.

"내가 그거 한 대 사려고 얼마나 미친 듯이 돈을 모으고 있는데. 정윤우가 딱, 그 차를 몰고 있는 거야. 아놔, 아빤 대체 그 많은 돈 다 모아서 뭐에 쓰려는지 몰라. 차 한 대가 얼마나 한다고. 이 집 팔면, 그깟 차 몇 대는 사겠다."

"집 팔아서 차를 사는 건, 좀 아니다 싶은데."

유림은 얼굴에 튄 음료를 닦아내며 중얼거렸다.

"집도 집 나름이지. 재산 모으려고 사놓은 이런 집은 팔아도 된다."

일생을 돈 벌고 모으는 데에만 집착해 살아가느라 아직까지

홀아비 신세를 못 면하고 있는 아비를 떠올리며 은형은 중얼거렸다. 제발 새장가 좀 가셨으면 좋겠다 노래를 부르는데도 아버지는 여전히 재산 관리에 힘을 쓰고 있었다. 은형이 한 남자에 정착해 진득하게 사귀지 못하는 건 아마도 이런 아버지의 영향 탓일 것이다. 그녀는 늘 남자를 만나면 상대를 믿지 못하고 시험하려 드는 악취미가 있다. 얼마만큼 진심으로 자신을 대하느냐가 시험의 주제이다. 그 시험에 통과한 남자는 지금껏 단 한 사람도 없었다. 최근까지 사귀고 있었고 며칠 전 여행도 함께 갔었던 영석도 통과하지 못한 건 마찬가지. 사귄 지 100일 만에 은형은 영석과 헤어지고 말았다.

그는 평소 여자친구와 1박 2일의 여행을 다녀오는 게 소원이라고 노상 말해왔었다. 끊임없이 그녀를 설득해 왔고, 그 끈질김에 못 이겨 은형은 허락하고 말았다. 단, 아무 짓도 하지 않겠다는 조건하에. 물론 그는 장담했다. 사랑하는 사람을 지켜주는 건 당연하다며, 손만 꼭 붙잡고 자겠다 큰소리를 뺑뺑 쳤다. 은형은 속는 셈치고 한 번 믿어보자는 마음으로 여행을 가게 되었고, 그 믿음은 여행 당일 산산이 부서져 버렸다. 결국 그와는 그날 밤 대판 싸우고 각자 찢어졌고 지금까지 서로 연락하지 않고 있었다. 홀로 여행지에 남은 은형은 오기로 끝까지 남아 멋지게 여행을 마무리하고 집으로 돌아왔다.

"하여튼 정윤우는 진짜 괜찮은 남자 같아. 좀 더 지켜봐야 알겠지만 사람도 진국 같고. 딱 너만 아니면 내가 한 번 대시해 보고 싶은 사람이야.”

“왜 또 날 걸고 넘어져?”

티슈로 턱에 묻은 음료를 닦아내고 있던 유림이 흘낏 은형을 곁눈질해 본다. 은형은 시무룩하게 풀죽어 있던 얼굴을 금세 활짝 펴며 생긋 웃었다.

“몰라서 물어? 아까 말했잖아, 정윤우가 너한테 관심있는 것 같다고.”

은형의 말이 채 끝나기도 전에 유림의 표정이 잔뜩 구겨졌다. 저 정윤우 얘기만 나오면 알레르기 반응 내보이는 걸 좀 보라지. 확실히 두 사람 사이에 무슨 일이 있었어. 유림이 유독 정윤우에게 날을 세우는 건 그만큼 그에게 신경을 쓰고 있다는 뜻이라고 은형은 생각했다.

“솔직히 말해봐. 네 남자친구와 정윤우, 둘 중 누가 더 괜찮니?”

그녀는 두 눈을 반짝이며 씩 웃었다.

“뭐?”

유림은 어처구니없는 표정으로 되물었다. 이건 또 무슨 소리야?

“너도 정윤우가 훨씬 더 괜찮은 남자라는 건 인정하지?”

당연한 거 아닌가? 성재가 더 낫다고 말할 사람이 이 세상에 어디 있겠는가? 그의 배신감에 치를 떨고 있는 이때에. 게다가 정윤우는 수많은 여성 팬을 확보하고 있는 스타다. 아직 평범한 학생에 불과한 유성재가 스타인 정윤우보다 어느 모로 보나 달리는 건 기정사실이다. 그걸 부인한다면 균형 감각을 잃은 판단일 게다.

"비교할 사람들을 비교해야지."

"인정하는 거 맞네."

은형이 뜻 모를 미소를 야릇이 지어내며 히죽 웃는다.

"글쎄 인정이고 뭐고, 두 사람은 차이가 나도 너무 나잖아. 연예인은 연예인들끼리 비교해야 맞는 거 아니야?"

"연예인들끼리 비교하자는 게 아니야. 정윤우가 유성재보다 낫냐, 못하냐를 놓고 솔직히 말해보자는 거지."

"대체 왜 그래야 하는 건데?"

유림은 인상을 쓰며 알 수 없는 소리만 해대는 은형을 찔러봤다. 티슈를 휙 조리대 위로 던지고 두 손을 허리에 올린 그녀는 매우 도전적으로 보였다. 은형은 유림의 비장한 표정에도 꿋꿋이 방실거리며 말하였다.

"난 그저 네가 현명한 판단을 하도록 돕고 싶을 뿐이야. 어느 모로 보나 괜찮은 남자를 거부하는 건 바보 같은 짓이라고."

"지금 나더러 정윤우랑 사귀어보라고 말하는 거야?"

도무지 말이 안 되는 소리라는 듯 유림의 눈이 휘둥그레 떠졌다. 고개를 앞으로 빼는 그녀의 모습으로 추측컨대 지금까지 한 번도 그런 생각은 해보지 않았던 듯하다. 하긴 유림은 학교 다닐 적에도 공부, 연습, 학원, 레슨, 빼곤 다른 쪽으로는 눈길도 돌리지 않았던 범생이었다. 항상 같은 형태의 동선을 따라 움직이는 아이. 그랬던 것만큼이나 사고방식도 고정되어 있는 것이겠다.

"왜? 그러면 안 돼?"

"그게 가능하다고 생각하니?"

"둘만 좋다면 사귈 수도 있는 거잖아."

"그 사람은 연예인이야."

"그게 뭐? 요즘 세상에 연예인이 별거야?"

"어떻게 별게 아니야? 연예인은……."

연예인은 다른 별 사람이나 마찬가지다. 보통 사람들과는 완전히 다른 세상에서 살고 있는, 매우 특별한 사람이다. 그가 다니는 곳은 늘 북적거리고 사람들의 시선이 몰리게 되어 있었고, 항상 스포트라이트가 반짝거린다. 그런 사람을 만나는 건 유림에겐 상상할 수도 없는 낯선 일탈이다. 그저 두려울 뿐 전혀 흥미롭지 않았다.

"너 그래서 초대에 응하지 않은 거구나? 연예인이니까 가까워지면 안 될 것 같아서. 그렇지? 그래서 그렇게 선을 그어놓은 거였지?"

유림은 은형의 예리한 추궁에 할 말을 잃어버렸다. 은형이 한 말이 딱히 틀린 것 같지 않아서 당황해 버린 거다. 그리고 순간, 깨달아 버렸다. 자신이 정윤우에게 조금씩 흔들리고 있었다는 사실을.

"너, 그러다가 나중에 된통 후회한다."

은형이 엄하게 꾸짖듯 말한다. 자신의 표정을 살피는 그녀에게 유림은 마음속으로 속삭였다. 그럴 일 따윈 만들지 않겠다고. 절대 정윤우 같은 사람에겐 마음을 빼앗기지 않을 거라고. 그저 잠깐, 멋진 사람이 수많은 여자를 홀릴 것 같은 미소로 다정히 말하니까 혹했을 뿐이지 절대 좋아하는 감정 따위는 아니라고. 그런 다른 세상 사람을 흠모하는 짓 따윈 절대 하지 않을 거라고. 하지만 은형이 섹시한 표정을 지으며 협박 아닌 협박을 할 때, 유림의 표정은 굳어졌다.

"내가 정윤우 확 유혹해 버리는 수가 있어."

은형은 유림의 약을 올리려는 듯 동그랗게 뜬 눈을 곁눈질로 흘겨보며 생글거렸다. 유림도 알았다. 은형이 한 번 마음먹으면 충분히 해낼 수 있는 아이라는 걸. 은형은 언제나 남자들에게 인기가 있어왔다. 예쁜 얼굴은 아닌데, 많은 사람의 호감을 사는 귀여운 인상이라, 늘 그녀의 주위에는 남자들이 들끓었다. 키도 컸고 늘씬했으며 무엇보다 남자들의 로망이라는 머릿결이 좋은 긴 생머리를 가지고 있어서 더 그랬다. 생각에 생각을 거듭하는 사이 유림의 눈빛은 왠지 모르게 침울하게 변해갔다.

"어떻게 할까? 나 혼자라도 갈까?"

은형이 반짝반짝 빛나는 눈을 크게 뜨고 유림의 코앞에 얼굴을 들이밀었다.

"어딜 가겠다는 거야?"

"어디긴 어디야? 셀피쉬 연습실이지."

"거긴 안 가겠다고 했잖아."

"생각이 바뀌면 말하라고 했잖아, 윤우가."

은형이 방실방실 웃으며 두 눈을 나풀거렸다.

"가자. 순전히 이건 남자 정윤우가 아니라, 스타 정윤우가 궁금해서 가는 거잖아. 응?"

"그렇게 가고 싶니?"

미간을 찡그리며 유림이 물었다.

"내 소원이다, 제발. 네 덕에 메마른 일상의 단비 같은 에피소드 한번 만들어보자. 응?"

"……."

"응? 응? 응?"

은형이 재차 묻고 또 물어오자 유림은 한숨을 푹 내쉬어 버렸다. 정말, 참, 어지간히도 가보고 싶은가 보다. 죽은 사람 소원도 들어준다는데 산 사람 소원 하나 못 들어주겠나 싶은 것이.

"좋아."

유림은 한숨을 푹 내쉬며 허락하고 말았다.

한편, 스포츠클럽에서 운동을 마치고 나오던 윤우는 주차장으로 향하는 도중 걸려온 전화를 받으며 눈살을 찌푸렸다. 며칠 전에도 만난 적이 있는 형진에게서 걸려온 전화였다. 녀석은 중학교 때부터 알아왔던 친구로 어릴 적 활동했던 댄스 동아리의 멤버이기도 했다. 지금은 군대를 갔다 와서 평범한 학생의 신분으로 지내고 있는데, 녀석과는 평소에도 자주 통화를 하고 만나는 편이었다. 그러니 당연히 그의 전화에 반색하는 게 정상이거늘, 오늘은 어쩐지 기분이 좋지만은 않았다.

"어, 웬일이냐?"

윤우는 아무렇지도 않은 듯 전화를 받으며 자동차에 올라탔다.

[뭐야, 우리가 무슨 일이 있어야만 전화하는 사이냐?]

웃음기 섞인 목소리로 형진이 농담을 건네왔다. 윤우는 함께 웃으며 안전벨트를 맸다. 자동차에 앉아 있으려니 저만치 쑤군거리는 한 무리가 눈에 띄었다. 다른 자동차 뒤에 숨어 이쪽을 엿보고 있는 아이들은 디지털카메라를 들고 있었다. 그의 극성스러운 팬들이 그가 나오길 기다리고 있다가 촬영을 하고 있는 거였다. 이런 건, 일상생활이 되어버린 일이라 특별히 화가 나지도 않았다. 오히려 이 정도는 귀여운 축에 속한 거지. 윤우는 일부러 차를 출발시키지 않고 룸미러를 보는 척했다.

"꼭 그런 건 아니지만 대부분은 그렇잖아. 부탁 같은 거 할 때 전화했던 거 같은데?"

[아~ 이 자식. 너무 정곡을 찌르는데?]

윤우의 농담에 형진 역시 농담으로 받아쳤다. 윤우는 룸미러에 시선을 맞추고 쓰고 있던 캡모자를 벗었다. 흘러내린 머리카락을 쓸어 넘기며 그는 팬서비스의 일종인 매력적인 미소를 씩 지었다. 스토킹 촬영 중인 팬 무리들 사이에서 작은 비명 소리가 새어 나왔다. 그는 앞머리를 잘 정돈하여 다시 캡모자를 쓰고 형진에게 물었다.

"무슨 일인데?"

[다른 게 아니고 그 여자애 말이야. 기억나냐? 지난번에 네가 무도회장에 데려온 애.]

캡모자를 여전히 쥐고 있던 그의 손길이 우뚝 멈추었다. 형진이 거론하는 '여자애'를 당연히 그는 기억하고 있었다.

"걔가 왜?"

[아니, 뭐. 걔가 뭘 어쨌다는 게 아니고. 걔 연락처 알지?]

"연락처?"

무심한 듯 윤우는 물었다. 무의식중에 한 손을 올려 턱 밑을 매만지는 그는 미간을 찡그리고 있었다. 그의 행동 하나하나에 일일이 반응하면서 좋아하는 팬들을 그는 이젠 의식조차 하지 못하고 있었다. 그는 윗입술을 핥으며 미간을 찌푸렸다.

"왜?"

[왜긴, 갑자기 헤어진 게 아쉬워서 그렇지. 꽤 귀여웠는데 말이야. 걔도 내가 마음에 든 것 같았다고. 급한 일이 있어서 얼른 자리를 뜬 게 아쉽지. 그때 잘됐으면 지금쯤 걔랑 사귀고 있을 텐데.]

그날 유림은 급한 일이 있어서 먼저 자리를 뜨겠다고 말했던 모양이다. 참 안타까운 일이 아닐 수 없다. 그는 여전히 유림이 자신을 좋아하고 있다고 여기는 것 같았다. 잦아지는 목소리로 윤우는 중얼거렸다.

"걘 별말 없던데."

[너랑 별로 친하지도 않다며. 너한테 사적인 얘기하기 싫었나 보지.]

"그렇게 말해? 친하지 않다고?"

[그냥 우연히 만나서 오게 된 거라고 하던데? 원래는 친한 사이 아니라면서. 아니야? 친해?]

윤우는 휴대전화를 쥔 팔을 꺾어 창가에 기댔다. 딱히 틀린 말은 아닌데 괜스레 짜증이 일었다. 참석해 준 김에 친한 척해주면 어디가 덧나나. 꼭 그렇게 싫은 티를 내야 속이 시원한 건가.

"맞아. 친한 건 아니야."

[그래도 전화번호는 알지? 소속사 후배라며. 연락처 정도는 알 거 아니야.]

모르는데 이걸 어째. 알 리가 있나. 소속사 후배도 아닐뿐더러, 만난 지 며칠 되지도 않아 친분이란 게 전혀 형성되지 않은 사이인걸. 그가 말도 제대로 못 튼 채 거부당하고 있다는 걸 알면 형진이 어떤 반응을 보일까 심히 궁금해지는 윤우다.

[내 말, 듣고 있어? 전화번호 알려달라고.]

그가 아무 대꾸도 하지 않자 형진이 재차 물어왔다.

"어, 그게……"

[왜? 무슨 문제 있어?]

문제도 아주 큰 문제가 있지. 그가 차유림의 전화번호를 모른다는 문제, 그리고 알고 있다 하더라도 형진에겐 절대 가르쳐 주고 싶지 않다는 문제. 윤우는 잠시 피곤한 눈을 반쯤 감고 윗입술을 스윽 핥았다.

"일단 내가 유림이한테 물어보고 전화해 줄게."

[왜? 그 계집애가 가르쳐 주지 말래?]

약간 삐딱해진 말투로 형진이 물었다. 윤우는 짧은 한숨을 내쉬며 대답했다.

"아니."

[그럼 뭐야?]

속 시원히 대답해 주지 않는 윤우의 태도가 조금 짜증스러운 듯 형진이 퉁명하게 대꾸했다. 평소의 그답지 않게 자꾸 뜸을 들이는 윤우가 이상하다고 느끼는 것 같았다. 윤우는 확실히 어떠한 일을 결정하는 데에 있어서 뜸을 들이는 경우가 없었다. 생각은 많이 하되, 결정은 빨랐다. 결정의 기준이 되는 것이 '내가 가장 원하는 것'이기 때문일 테다. 지금 그가 망설이는 이유는 자신이 원하는 일이 친구에게 상처를 주게 될까 봐서다.

"차유림……."

하지만 속이고 싶진 않았다. 오히려 속이는 것이 형진에게는 더 큰 상처가 될 수 있기도 하고. 윤우는 천천히 눈을 뜨며 똑똑하고 분명한 목소리로 말했다.

"내가 찜했거든."

순간, 어색한 침묵이 흘렀다. 형진은 분에 못 이긴 듯 거친 숨을 씩씩거리고 있었고, 윤우는 그가 흥분을 가라앉힐 때까지 인내심을 가지고 기다려 주었다. 원래 형진은 성격이 급해서 화가 나면 버벅거리고 제 할 말을 못하는 편이었다. 애먼 물건만 때려 부수거나 쓸데없는 주먹질을 해대며 스트레스를 푸는 편이었는데, 그럴 때는 가만히 두고 보는 게 상책이었다.

"그래도 알고 싶어?"

형진의 거친 숨이 조금씩 잦아지려 할 때쯤, 윤우는 조용히 물었다. 그는 형진이 알려달라면 알려줄 수도 있다고 생각했다. 유림과 형진이 만나는 건 싫지만 그가 못 만나게 할 자격은 없으니까 말이다. 해야 한다면 정정당당하게, 공평하게 선의의 경쟁을 펼칠 각오가 그는 되어 있었다. 하지만 형진은 그의 말을 고깝게 받아들인 듯 그의 질문에는 답하지 않고 거칠게 받아쳤다.

[후배라면서. 별로 친하지도 않은 소속사 후배라고 했잖아.]

"후배, 아니야. 하지만 별로 친하지 않았던 건 맞아."

윤우는 사실대로 말했다.

[언제부터 만나기 시작한 건데?]

"아직 만나기 시작한 건 아니야. 걔가 보기보단 까칠하더라고. 내가 싫다네."

[흥. 그래 봤자 얼마 버티지 못할 게 뻔하잖아. 상대가 정윤우인데.]

언제나 그래 왔다는 걸 형진은 알았다. 윤우와 같은 동아리에서 춤을 췄던 3년 동안, 언제나 그랬었다. 특별히 잘생긴 것 없어 뵈는데도 윤우는 유독 인기가 많았고, 사람들의 시선을 잡아끌었다. 심지어는 형진의 팬들까지도 윤우를 가까이에서 본 다음부터는 곧바로 그의 팬이 되어버렸다. 처음엔 그가 워낙 춤을 잘 추니까, 팀의 베스트 플레이어니까 당연히 인기가 많다고 생각했었다. 하지만 점점 형진은 깨달았다. 단지 그것 때문만이 아니라는 걸.

그에겐 보통 사람들에게는 없는 스타성이 있었다. 주변 사람들을 끌어들이는 매력. 특별히 노력하지 않아도 사람들은 그에게 관심을 보이고 매료된다. 남들이 치열하게 추는 춤사위도 여유있고 웃는 낯으로 즐기며 추기 때문에 주변 사람들마저도 흥겹게 만들고 그래서 더 주목을 받는 거였다. 그 자그마한 진실을 알게 된 이후, 형진은 윤우를 향한 열등감 때문에 한동안 힘들었었다. 결국 동아리 활동을 그만두고 나서야 마음이 편해졌지만, 계속해서 잘나가는 윤우가 가끔은 화가 날 정도로 질투도 나는 게 사실이었다.

세상에, 셀피쉬라니.

윤우가 이렇게까지 잘될 줄 누가 알았겠는가. 처음 윤우가 셀피쉬의 멤버가 되어 음반을 준비한다고 했을 때만 해도 그는 대수롭지 않게 생각했었다. 언제나 운이 좋았던 녀석이니, 이번에도 운이 좋게 발탁되어 음반도 내고 활동하게 되나 보다, 그저 그렇게만 생각했었다. 하지만 지금의 셀피쉬는 그저 그런 그룹이 아니었다.

셀피쉬는 지금 한국 내에선 그 누구도 넘볼 수 없는 톱가수다. 뿐만 아니라 일본과 아시아 전역, 혹은 세계 곳곳에 두터운 팬층을 확보하고 있는 명실공히 최고의 스타다. 요즘은 음악적으로도 인정받고 있는 데다가 라이브까지 훌륭하게 소화하는 그들은 스타성과 실력을 모두 갖추었다고 해도 과언이 아니었다. 이런 대단한 '셀피쉬'의 리더가 바로 윤우인 것이다.

"그렇게 말해주니 고맙긴 하다만……."

[어차피 안 될 거야. 너도 그건 알고 있잖아. 너한테 나, 안 된다는 거.]

"무슨 소릴 하는 거야?"

윤우의 인상이 찡그려졌다. 형진이 원래 성미가 급하고 격하다는 것쯤은 이미 알고 있지만 누군가에게 이렇게 원망의 말을 늘어놓는 타입은 아니었기 때문에, 뒤통수 맞은 듯 머리가 띵해졌다.

[넌 정말 더럽게 운이 좋은 녀석이야, 정윤우. 언제나 그랬어.]

윤우의 눈꺼풀이 느리디느리게 감겼다 떠졌다. 인상을 쓴 채로 그는 형진의 말에 귀를 기울이고 있었다.

[춤도 언제나 네가 제일 잘 췄고, 인기도 언제나 네가 제일 많았어. 그래, 넌 그럴 자격 있어. 천부적으로 타고난 주제에 연습

벌레이기까지 했으니까. 그런데 알아? 너 때문에 모든 걸 포기한 사람도 있어. 널 뛰어넘을 수 없다는 걸 알고 좌절한 사람도 있다고.]

윤우의 표정은 굳어갔다. 형진이 무슨 말을 하는지 너무나 잘 이해해 버렸기 때문이었다.

"성형진."

[너 때문에, 하고 싶었던 일 포기하고 따분한 인생을 지긋지긋하게 살아가는 사람도 있단 말이야!]

"……!"

[넌 정말 더럽게 운이 좋아, 정윤우.]

그 한마디를 마지막으로 전화는 끊겼다. 윤우는 살짝 입을 벌리곤 멍하니 휴대전화를 내려다보았다. 절친인 형진으로부터 이런 말을 듣게 될 줄 그는 꿈에도 생각하지 못했었다. 평소 깊은 속내를 잘 털어놓지 않는 녀석이라 그런 건지도 모르겠다. 하지만 원래 남자들이 다 그런 거 아닌가. 여자들처럼 제 고민을 친구들에게 쉽게 주저리주저리 늘어놓는 남자들은 드물다. 형진이나 윤우도 그랬고. 그럼에도 그는 친구들의 마음을 잘 읽고 있다고 생각했었다. 그런데 형진이 이런 생각을 품고 있었을 줄이야.

"아, 진짜."

당황한 그는 모자를 들었다 다시 쓰며 윗입술을 핥았다. 머릿속으론 이 당황스러운 상황을 어떻게 대처해야 할지 생각하는 중이었다. 그는 잠시 생각을 정리하곤 거칠게 운전대를 잡았다. 초조하게 얼굴을 문지르며 차를 출발시킨 그는 한 무리의 팬이 디지털카메라를 들고 그의 차 뒤꽁무니에 서서 비명을 지르는 것도 모른 채 스포츠클럽 주차장을 빠르게 빠져나왔다.

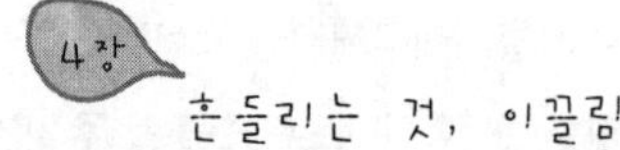

　다음날 그가 은형의 아파트를 찾은 건 정오쯤이었다. 그를 맞이한 건 얼굴이 퉁퉁 부은 유림이었다. 은형이 아침부터 무슨 옷을 입을지 모르겠다며 수선을 떠는 통에 잠까지 설친 그녀는 오전 내내 졸다가 지금 막 커피 한 모금으로 정신을 차리는 중이었다.

　"얼굴이 왜 그 모양이냐?"

　문을 열어주자마자 그가 유림에게 한 말이었다. 네네, 참~ 감동적인 말입니다요. 속으로 빈정거리며 유림은 입술을 비틀었다.

　"무슨 일이에요?"

"들어오란 소리도 안 하냐?"

"들어오시든지요."

못마땅한 티를 팍팍 내며 유림이 까칠하게 대꾸했다. 윤우는 씩 웃으며 쓰고 있던 선글라스를 벗었다. 천천히 안으로 들어서는 그는 집 안을 조심스럽게 훑어보았다. 여자들만 사는 집에는 정말 처음 들어오는 터라 약간 어색해져서 말이다. 그런 그를 유림은 뚱하니 바라보았다.

어딜 가는 건지는 모르지만 윤우는 꽤나 잘 차려입고 있었다. 오늘 컨셉은 화이트인가 보다. 흰 모자와 흰 반바지, 하늘색 면티에 흰 운동화 차림이었다. 대충 아무거나 걸친 것 같은데 어찌나 옷걸이가 좋은지. 셔츠 하나도, 너무 예쁘고 특이해서 눈길이 절로 갔다. 저렇게 잘 차려입고 선글라스와 모자로 얼굴 가리면 사람들이 못 알아볼 거라고 여기는 걸까? 유림은 자신의 후줄근한 옷차림을 내려다보았다. 맨발에 물 빠진 청반바지, 검정색 면티를 입은 그녀는 한마디로 우중충이었다. 정윤우도 입은 건 겨우 면티에 면반바지인데, 어쩜 이렇게 비교가 되는 거냐.

"무슨 일로 왔는데요?"

유림은 퉁명스럽게 물었다.

"물어볼 게 있어서. 오늘 연습실 올 건지 궁금하기도 하고."

"안 가요, 전."

두 번 생각지 않고 그녀가 대답했다. 어제 은형에게 '좋아' 라고 대답한 건 어디까지나 은형이 가도 좋다는 말이었지 유림도 가겠다는 말이 아니었다.

"단호하다, 너. 너무 단칼에 거절해서 상처받았다."

기분 상한 것처럼 얘기하면서도 그는 씩 웃는다. 그리곤 마치 그녀의 마음을 다 들여다보고 있다는 듯한 빤한 시선으로 유림을 지그시 바라보았다. 유림은 왠지 모를 반항심에 불쑥 무례한 말을 뱉었다.

"그쪽도 참 세상 살기 힘들겠네요. 그딴 일로 상처받고."

"원래 스타들은 좀 그래. 거절당하는 게 익숙지 않아서."

"뭐라고요?"

"모든 여자들이 날 원하는데, 너만 싫다니까 당연히 상처받지 않겠어?"

어머머, 이 미친X를 봤나? 유림은 어이없는 눈으로 그를 째려봤다. 어찌 제 입으로 저런 소릴 하나, 참 뻔뻔하다, 하는 표정이었다. 그녀의 휘둥그레 뜬 눈 속에 담긴 황망함을 발견한 윤우는 킥, 터지는 웃음을 삼키며 가볍게 말아 쥔 주먹으로 입술을 막았다. 갑자기 웃음을 터뜨리는 그에게 유림은 여전히 황당한 얼굴로 물었다.

"왜 웃어요?"

입술에서 주먹을 뗀 그는 여전히 만면에 미소를 띠고 있었다. 그는 유머센스 전혀 없는 멍청이를 바라보듯 그녀를 내려다보며 말했다.

"농담이었어."

"뭐요?"

"그냥 농담 한번 해봤다고. 네가 평소에 날 어떻게 생각했는지 알 것 같다. 어휴, 어떻게 그걸 진담으로 받아들이냐?"

그는 유림을 내려다보며 쯧쯧 혀까지 찼다. 그녀를 한심스럽다는 듯 바라보는 그의 시선에 유림은 짜증이 확 솟구쳤다. 아니, 자기가 뭔데 장난질이야? 이런 농담은 친한 사이에나 하는 거 아니야?

"용건이나 말하고 얼른 가시죠. 은형인 지금 집에 없으니까 나중에 오던지요."

유림은 웃는 낯의 윤우를 향해 정색하며 쌀쌀하게 말했다. 가슴 밑으로 팔짱까지 끼고 냉기가 뚝뚝 떨어지는 시선으로 윤우를 올려다보는 그녀는 화가 잔뜩 나 있는 사람처럼 보였다. 그러나 그녀의 기세에도 전혀 움찔하지 않고 윤우는 은형의 모습을 찾아 집 안을 다시 둘러보며 물었다.

"어디 갔어?"

"세탁소요."

"음, 뭐. 그럼 더 잘됐네. 너한테만 따로 볼일이 있었는데."

아무 낌새도 느껴지지 않는 평범한 어조와 평범한 표정으로 그가 말했다. 하지만 유림은 순간, 긴장하지 않을 수 없었다. 너한테만, 그가 '너한테만'이라고 했다. 그가 유림에게만 따로 볼일이란 게 대체 뭐가 있을까? 자신도 모르는 사이, 유림의 심장

박동은 조금씩 빨라지기 시작했다.

"볼일이라니요?"

유림은 머뭇거리며 조심스레 물었다. 윤우는 유림의 눈을 빤히 들여다보고 있었다. 어느새 진지해진 그의 표정과 짙어진 눈빛은 유림의 가슴을 더욱 두근거리게 했다.

"전에 말했잖아."

그는 표정 없는 얼굴로 나직이 중얼거렸다.

"다음 키스는 너도 좋아했으면 좋겠다고."

"무, 무슨…… 소리예요?"

새하얗게 질린 얼굴로 유림이 되물었다. 못 들을 걸 들은 사람처럼 얼굴근육을 잔뜩 일그러뜨리고 있었다. 사색이 된 그녀의 모습에 그는 그만 푸훗, 웃음을 터뜨리고 말았다.

"농담이야, 녀석아."

윤우는 낄낄거리며 유림의 머리를 헝클어뜨렸다. 빤히 장난인 게 보이는 장난에도 연달아 낚이는 유림이 아주 귀여워 미칠 것 같았다. 겨우 이딴 장난에 기겁하는 표정이라니. 정말 키스라도 하는 날엔 기절이라도 하겠네.

"농담이라고요?"

윤우가 헝클어뜨린 머리카락을 손바닥으로 짓누르며 유림이 오만상을 찡그렸다. 그녀는 어떻게 그런 걸 농담 삼아 얘기할 수 있냐는 듯 뜨악스러운 눈빛으로 그를 찔러보고 있었다. 모르긴 몰라도 그녀에게 이런 문제는 농담으로 흘릴 수 있는 사안이 아닐 것이다. 그건 윤우도 마찬가지였다. 겉보기와는 달리 이성 문제에 있어서는 매우 보수적인 편이어서 전에 사귀던 여자친구와도 스킨십은 웬만하면 자제했던 그였다. 워낙 어렸기 때문이기도 했지만, 원래 그가 약간 무뚝뚝하고 쑥스러움이 많은 연인이기도 했다. 쑥스러우니 진지한 걸 피하게 되는 거고, 그래서 차였던 경험도 있었다. 비록 그게 다 데뷔 전, 십대 때의 일이긴 해도.

어찌 됐든 그의 농담은 농담이 아니었다. 진담을 농담처럼 섞어 던졌을 뿐.

"사실은 전화번호 때문에 온 거다."

이제 그만 유림을 놀리는 걸 접기로 하고, 윤우는 진짜 여기에 온 목적을 알려주었다.

"전화번호요?"

"그래."

그는 간단히 말하더니 주머니에서 자신의 전화기를 꺼냈다. 최근 휴대전화 CF를 찍었던 사람답게 그는 최신형 모델을 들고 있었다. 유림은 괜히 못마땅한 기분이 되어 그를 흘겨보았다. 대체 왜 휴대전화마저 멋져 보이느냐고. 역시 뭘 해도 잘나 보이신 스타님이라 그런가.

"지금 작업 거시는 거예요?"

그녀가 묻자, 휴대전화의 폴더를 열던 그의 움직임이 순간 멈추었다. 그는 고개를 살짝 숙인 채로 눈꺼풀을 반짝 떴다. 쏘아

보는 듯한 그의 강렬한 시선에 유림은 움찔했다. 뭐야. 그렇게
째려보면 누가 겁나나? 유림은 저도 모르게 눈에 빡 힘을 싣고
있었다. 그는 씩, 한쪽 입술 가장자리를 끌어 올렸다.

"맞아."

"네?"

그렇다고 대답할 줄 전혀 몰랐던 유림이 두 눈을 크게 뜨고
물었다. 그는 천천히 두 눈을 깜빡거리며 물었다.

"그걸 이제 안 거냐? 설마 작업인 거 모르고 따귀 때린 건 아
니지?"

어처구니없는 코웃음이 유림에게서 흘러나왔다. 정윤우가 자
신에게 작업을 걸고 있다는 사실을 믿어야 하는지, 말아야 하는
지 갈팡질팡이었다. 솔직히 말하면 유림의 머릿속에 떠 있는
'작업'이란 단어의 이미지는 그다지 긍정적이지 않다. 어딘지
굉장히 인스턴트적으로 들려서, 진지한 남녀관계와는 거리가
멀게 느껴졌다. 하지만 지금 이 순간, 윤우의 눈동자를 들여다
보며 듣는 '작업'이란 단어는 굉장히…….

"번호 찍어라."

혼란스러워하는 유림의 코앞으로 불쑥 휴대전화가 밀려들어
왔다. 그가 폴더가 열린 제 휴대전화를 그녀에게 건네주고 있었
다.

"내 친구가 널 소개해 달래. 전화번호 알려달라는데, 몰라서
혼쭐났다."

“뭐라고요?”

뭐야, 이건 또. 그럼 친구에게 알려주려고 전화번호를 물어보는 거란 말이야?

“형진이 알지?”

“그, 그 사람한테 내 전화번호를 알려주려고 이러는 거예요?”

유림은 황당한 얼굴로 그를 빤히 바라봤다. 이 남자, 미친 거 아니야?

“뭐, 원한다면 알려줄 수도 있고.”

“미쳤어요?”

유림은 대뜸 물었다. 형진이라면 절대 사양하고 싶은 그녀였다. 원래부터 그녀는 허풍기있는 남자를 좋아하지 않았고, 그렇게 느끼한 소리 지껄이는 남자도 별로였다. 클럽 문화에 익숙한 사람도 별로고 처음 만난 여자에게 그런 식으로 접근해 아무렇지도 않게 여자의 몸을 훑어보는 남자도 딱 질색이었다. 만약 윤우가 형진과 그녀를 묶어주려고 한다면 뺨이 아니라, 그보다도 한참 아래, 그 어느 부위를 얻어맞을 각오를 해야 할 것이다.

“싫어? 꽤 괜찮은 놈인데.”

“괜찮으면 댁이나 만나시죠.”

“그 녀석이나 나나, 남자는 취향이 아니라.”

뻔뻔하게도 잘 받아치는 윤우. 유림은 기가 막혀서 헛웃음밖에 안 나왔다.

“정말 후회 안 하지? 나중에 소개 안 해줬다고 원망하지 않기다."

"용건 끝났으면 빨리 꺼져요."

신경질난 표정으로 유림이 거칠게 쏘아붙였다. 그럼에도 정윤우는 전혀 아랑곳하지 않고 오히려 유들유들하게 웃으며 손에 든 휴대전화를 더 앞으로 내밀기만 했다.

"전화번호 찍어줘야 가지."

"당신 친구, 싫다니까!"

그녀가 꽥 소리를 질러 버렸다. 윤우의 눈가에 깊은 주름이 잡히기 시작했다. 하여간 참 이상하다 싶었다. 왜 신경질 내는 차유림이 귀엽고 사랑스럽게 느껴지는 건지 알 수가 없었다. 괜한 허세라고 느껴져서일까? 터프하고 무서운 척해봤자 연약하고 여린 애란 걸 알아서일까? 윤우는 그녀가 화를 내면 낼수록 깜찍하게만 느껴졌다. 이것도 병인데…….

"나도 싫어, 네 번호 알려주는 거."

그는 조용히 말했다. 신경질적으로 그에게 소리치던 유림은 순간 흠칫 놀랐다.

"알려주지 않을 거니까 걱정 마."

형진에게 전화번호를 알려주지 못해 안달난 사람처럼 굴 때는 언제고, 이젠 또 알려주지 않을 거란다. 유림은 도무지 종잡을 수 없는 윤우의 태도에 눈살을 찌푸렸다. 대체 어떤 말을 믿어야 하는지 그녀는 알 수가 없었다. 그런 그녀를 향해 히죽 웃더니 그는 마치 세상에서 가장 큰 비밀을 알려주려는 듯 나직이 속삭였다.

"사실, 네 전화번호를 따려는 건 내가 궁금해서야."

그러곤 눈 깜짝할 사이에, 긴 팔을 쭉 뻗어 그녀의 손목을 쥐었다. 그녀가 놀라 팔을 빼기도 전에 그는 그녀의 손에 휴대전화를 쥐어줬다.

"얼른 찍어라."

명령이었지만 목소리는 비단결처럼 부드러웠다. 그녀를 달래는 듯 타이르는 듯, 오빠처럼 아빠처럼 너무나도 다정한 목소리였다. 순간 혹해 유림은 당황해 버렸다.

"내, 내가 왜 찍어야 해요?"

"그럼 내가 찍어줄까?"

"무, 무슨……!"

"이 오빠가 지금 완전 바쁘거든?"

그는 빙그레 웃고 있는 잘생긴 얼굴을 아래로 스윽, 끌어 내리며 말했다. 동그랗고 맑은 그녀의 눈동자가 자신감 넘치는 그의 미소를 가득 담아냈다. 그는 그녀의 눈동자를 뚫어져라 바라보다가 천천히 시선을 아래로 끌어 내렸다. 그녀의 입술이 초조하게 오물거렸다. 살짝 벌어졌다 닫히고, 다시 벌어지는 그녀의 입술을 빤히 바라보며 그는 속삭였다. 진지한 얼굴을 조금씩 아래로 끌어 내리고 있었다.

"시간 없으니까, 전화번호만 얼른 찍어라."

　　　　　　　　　　　　　＊

　결국, 그녀는 전화번호를 찍어줘 버렸다. 키스하겠다는 말을
한 것도 아니었는데, 그녀의 입술을 뚫어지게 내려다보는 그의
시선에 순간 덜컥 겁이 나버렸다. 말은 안 했지만 당장이라도
키스해 버릴 것 같은, 그 강렬한 눈빛에 지금도 오금이 저려왔
다.
　'아, 젠장.'
　유림은 나른하면서도 육감적인 그의 눈빛과 입가에 걸려 있
던 섹시한 미소를 떠올리며 부르르 몸을 떨었다. 당연한 거겠지
만 그는 정말 위험했다. 마음만 먹으면 이 세상 모든 여자의 마
음을 훔치고도 남을 만큼.
　"여기가 맞지?"
　생각에 빠져 있는 유림을 은형이 툭 건들며 물었다. 아침부터
꽃단장에 여념이 없던 은형은 탁월한 메이크업 솜씨와 비싼 명
품 원피스를 잘 차려입은 덕에 연예인만큼이나 아름다운 모습
으로 긴 복도를 서성이는 중이었다. 까다롭고 엄격한 로비를 통
과해 들어온 이곳은 셀피쉬의 연습실이 있는 소속사, 프리스타
일 엔터테인먼트 건물이었다.
　"맞는 거 같은데."
　'Selfish'의 로고가 작게 박힌 문 너머로 쿵쿵, 비트 강한 음
악 소리가 희미하게 들려오고 있었다. 오지 않겠다고 호언장담

했던 유림은 떨떠름한 표정으로 연습실 문을 빤히 바라보았다. 저 안에 그가 있을 거라고 생각하니 가슴이 쿵덕쿵덕 신나게 뛰기 시작했다. 왜 긴장이 되는 건지 모를 일이지만 확실히 긴장이 되었다.

"어떡해. 나 떨려."

은형이 유림의 팔을 붙들고 호들갑을 떤다. 유림은 전혀 떨지 않는 척 시니컬한 미소를 지어주고는 은형의 등을 밀었다.

"얼른 들어가. 오고 싶다고 했잖아."

"같이 들어가야지. 나 혼자 어떻게 들어가."

"내가 왜 들어가니? 약속대로 난 이대로 돌아갈 거야."

"야아— 그런 게 어디 있어? 같이 가줘야지."

은형은 유림이 무슨 구세주라도 되는 양 그녀의 팔뚝을 붙잡고 늘어졌다. 아까 집을 나설 때도 이런 식이었다. 안 가겠다고 버티는 유림에게 옷을 입히고 머리까지 매만져 주면서, 같이 가자고 어찌나 졸라대는지 결국 유림은 못 견디고 함께 와주기로 한 거였다. 처음엔 사무실 앞까지만 함께 와주겠다고 나섰는데, 사무실 앞에서 또 이런 식으로 물고 늘어져 결국 이렇게 연습실 코앞까지 와버린 거다. 생긴 건 전혀 안 그렇게 생겨서는 촌스럽게 왜 이리 떠는 건지.

"여기 오고 싶다고 한 사람은 너잖아. 왜 나더러 먼저 들어가래. 난 그냥 돌아갈 거라고."

"의리도 없는 계집애. 네가 가버리면 나 혼자 어떡해. 뺄쭘

하게.”

“뻘줌해도 좋다며. 아, 난 몰라. 지금 갈래.”

유림은 은형을 외면하며 뒤를 돌아버렸다. 은형은 징징거리며 유림의 팔을 더 세게 붙들었다. 발꿈치에 힘을 주고 버티는 은형은 괴력을 발휘해 유림을 한 발자국도 나아가지 못하게 만들었다. 그렇게 유림이 당황한 채 낑낑거리고 있을 때 벌컥, 문이 열렸다. 누군가 나오려다 두 사람의 희한한 상태를 목도하고 말았다.

“……!”

유림과 은형은 그대로 얼어버렸다. 연습실을 나오는 남자는 민소매에 힙합바지를 입은 채였고 땀으로 범벅이 되어 있었다. 그는 두 사람을 훑어보며 지나갔다. 생긴 걸로 봤을 땐 철딱서니없는 여고생처럼 뵈지 않는데 뭐냐, 하는 표정이었다. 유림은 입술을 깨물며 은형을 찌릿 째려보았다. 졸지에, 나이도 먹을 만큼 먹은 주제에 팬질이나 하고 다니는 파슨이가 되어버렸으니 억울하고 또 억울했다. 은형은 배시시 웃으며 살짝 덜 닫힌 연습실 문을 조심스레 열고 고개를 내밀었다.

열린 문틈 사이로 음악 소리가 쿵쿵, 울렸다. 가사가 입혀지지 않은 경음악이었는데, 평범한 댄스비트에 현악이 덧입혀진 거였다. 친근한 바이올린 선율에 은근히 호기심이 생긴 유림은 고개를 살짝 기울여 안을 들여다보았다. 좁은 틈 사이로 여럿의 댄서들이 격한 춤을 추고 있는 게 보였다. 대여섯 명이 모두 한 동작을 절도있게 따라 하는 걸 보니 저도 모르게 맥박이 뛰기 시작했다. 그녀는 이런 박진감 넘치는 무대를 이렇게 가까운 곳에서 본 적이 단 한 번도 없었다. 그래서 더 놀라고 흥분되는 건지도 모를 일이었다. 그녀는 고개를 더욱 기울이며 윤우의 모습을 찾았다.

"야, 들어가자."

은형이 속삭였다. 유림은 천천히 은형이 이끄는 대로 연습실 안으로 발을 들여놓았다. 방금 전까지 집으로 돌아가겠다고 강력히 우겨대던 자신을 이끌고 있는 건 무엇일까? 유림은 은형의 뒤를 따르면서도 생각했다.

은형과 유림이 연습실로 막 들어가자마자 나이가 좀 들어 보이는 남자가 흘낏 그들을 보았다. 검정색 런닝셔츠에 칠부쯤 되어 보이는 반바지, 머리엔 독특한 술 장식이 있는 모자를 쓰고 있는 그는 척 보기에도 예사롭지 않았다. 은형은 어색하게 웃으며 그에게 인사를 건넸다. 그는 은형의 인사를 받지도 않고 인상을 쓰더니 손짓을 했다. 팔랑팔랑 움직이는 그의 손을 은형과 유림은 멍하게 바라보았다. 자신의 수신호를 못 알아먹자 그는 짜증을 부리며 이쪽으로 다가왔다. 주눅이 든 은형과 유림은 꼼짝하지 않고 그 자리에 서버렸다.

"문은 싸게싸게 닫고 다닙시다잉?"

남자가 심한 사투리를 쓰며 말하더니 탁, 연습실 문을 손수 닫았다. 은형과 유림은 그제야 자신들이 출입문을 열고 들어왔다는 걸 깨달았다. 은형은 쿡, 웃음을 터뜨리며 손으로 입을 가렸다. 생긴 것과 너무나 다르게 나오는 사투리가 아주 자연스러워서였다. 나중에 안 사실이지만, 삼십대 중반쯤 되어 보이는 이 남자는 셀피쉬뿐 아니라 대한민국에서 내로라하는 댄스그룹의 안무를 거의 혼자 도맡아 창작하는 유명한 안무가, 박환이었다. 그는 내년 초에 나올 셀피쉬의 앨범 안무 작업을 맡고 있었다. 은형과 유림은 이들에게 방해가 되지 않길 바라며 조심스럽게 자리에 앉았다.

"야, 야. 저기 반대쪽에 윤우 있다. 어머어머, 류민찬이랑 김시후도 있어."

은형이 유림의 귀에 대고 속닥거렸다. 음악 소리에 묻히지 않기 위해 목소리를 키우는 은형 때문에 귀가 쩌렁쩌렁했지만 그런 와중에도 유림의 시선은 계속 누군가를 찾고 있었다. 그때였다. 역삼각형이었던 대형이 순식간에 바뀌면서, 출입문 반대쪽 구석에 서서 춤을 추느라 사람들에 가려져 있던 윤우가 맨 앞으로 나와 댄스팀을 이끌기 시작했다. 눈으로 뒤지지 않아도 그의 모습을 확인할 수 있게 되자 유림은 그를 뚫어져라 바라보았다. 그에게서 눈을 뗄 수가 없었고, 가슴에선 뭔지 모를 뜨거운 감정이 솟구쳤다.

그는 안무에 집중해 그들이 온 줄도 모르고 있었다. 그만큼 연습에 몰입하고 있는 그의 모습은 굉장히 진지해 보였고, 그건 그녀에게 가볍지만 신선한 충격을 주었다. 감동적이라고 말한다면 너무 오버인 걸까? 연습인데도 불구하고 동작 하나하나에 혼신의 힘을 기울이는 성실함이 놀라웠다. 얼마나 열심히 하는지, 그의 머리카락은 흐르는 땀 때문에 이마 위로 찰싹 달라붙어 있었다. 귀밑과 목덜미 쪽도 축축한 건 마찬가지였다. 지금의 인기를 그저 운이 좋아 갖게 된 게 아니라는 생각이 절로 들게 되는 순간이었다.

"딴사람 같다. 그치?"

은형이 속닥였다. 유림은 아주 작게 고개를 끄덕였다. 그가 만들어내는 동작 하나하나에 그녀는 놀랐다. 어떻게 저렇게 리드미컬하고 역동적이면서 동시에 부드럽기까지 한 동작을 연달아 이어갈 수 있을까? 의문이 들 정도로 그는 경이적인 몸을 가지고 있었다. 게다가 그는 안무팀 중 가장 키가 커서 동작이 제일 시원시원했다. 그가 가장 앞으로 나와 댄스팀을 이끄는 이유 중 하나는 아마도 소위 말하는 '각' 때문일 수도 있다는 걸 문외한인 그녀가 봐도 알 수 있었다.

"이 동작 말이여."

갑자기 음악이 뚝 끊기고 안무가가 입을 열기 시작했다.

"아무리 봐도 아닌디. 윤우처럼 하랑께. 야, 민찬이. 허리가 더 들어가야제."

"여기서 더 숙여요?"

안무가가 지적하자 류민찬이 민망한지 제 허리를 빙빙 돌리며 웃었다.

"글고 시후, 니 다리 더 안 벌리냐? 각도가 안 맞잖여. 군무의
생명은 각도인디 그것이 안 맞으면 어쩔 거여. 다 베린다잉(망친
다, 응)?"

"아직 몸이 안 풀려서……."

시후가 배시시 웃으며 변명 아닌 변명을 했다. 사뭇 가벼운
농담조였지만 싸늘한 안무가의 표정에 금세 다시 표정을 굳혔
다. 안무가는 떨떠름한 얼굴로 시후를 쏘아보고는 신경질적으
로 머리를 긁적거렸다. 그리곤 다시 음악을 틀기 전에 윤우를
돌아보며 말했다.

"아야. 저거 다리, 확 접어브러라."

전혀 웃기지 않는 말이었지만, 딴엔 농담이었는지 굳어 있던
남정네들의 표정이 활짝 펴졌다. 윤우는 셔츠 자락으로 이마를
닦으며 시후의 장딴지를 발로 장난스레 걸었다. 시후는 곧장 넘
어지는 리액션을 펼쳤고 다들 어색했던 분위기를 풀어갔다.

"자자, 마지막 한 번만 더 가자잉. 윤우 친구들도 왔응께 잘
좀 해보드라고."

안무가 선생이 그들이 있는 쪽으로 고갯짓을 하며 말하자 유
림과 은형은 깜짝 놀란 채 서로를 마주 보았다. 어떻게 알았을
까? 그들이 윤우의 초대를 받고 왔는지. 순식간에 그들은 연습
실 안에 있는 남정네들의 시선을 한 몸에 받게 되어버렸다.

"윤우가 미리 말해놨나 봐."

은형이 웃으며 속삭였다. 하지만 유림은 아무런 대답도 할 수

없었다. 윤우가 이쪽을 보고 웃었고, 그의 동료들이 그의 어깨를 치며 뭐라고 한마디씩 건네기 시작했다. 함께 장난을 맞받아치며 무슨 말인가 하는 윤우에게서 유림은 시선을 뗄 수가 없었다. 땀 흘리는 그는 엄청 멋져 보였다. 어떻게 해. 가슴이 두근거려…….

음악이 흘러나왔다. 다들 대형을 맞췄고 시작 포즈를 취하기 시작했다. 그는 고개를 숙이고 한쪽 손으로 제 정수리를 붙들었다. 유림은 숨도 죽이고 그를 뚫어져라 바라보았다. 강렬한 비트에 맞춰 동작이 일제히 바뀌었다. 여러 명의 인원이 한꺼번에 한 동작을 만들어내는 장관에 유림의 심장은 더욱 빨리 뛰었다. 비트는 느리면서도 박력있게 쿵쿵, 울렸고 그 울림에 맞춰 댄서들은 동작을 이어나갔다. 윤우 역시 고개를 숙이고 있다가 리듬에 맞춰 고개를 들고 팔을 움직였다.

"멋지다."

은형이 중얼거렸지만 유림은 듣지 못했다. 오직 그녀의 모든 신경세포는 윤우의 동작을 따라가고 있었다. 그가 음악에 맞춰 어깨에 비틀며 고개를 휙 돌렸다. 얼떨결에 그와 눈이 마주친 유림은 흠칫 놀랐다. 그는 반대쪽으로 고개를 틀기 전 씩 웃었다. 그리고…….

"어머어머. 유림아, 너 봤어?"

은형이 유림의 팔뚝을 흔들며 속삭였다.

"방금 윤우가 윙크했어."

알아.

"너한테 윙크했다니까. 봤어? 응?"

봤어.

유림은 그대로 얼이 나가 버렸다.

한참 윤우의 역동적인 동작들을 넋 놓고 구경하고 있을 때였다. 유림의 앞으로 뭔가가 툭 날아와 발밑으로 떨어졌다. 격렬한 동작으로 인해 몸에 부착하고 있던 것이 떨어져 버린 것 같았다. 유림은 몸을 숙여 발치에 떨어진 것을 주웠다. 은으로 된, 작은 초승달 모양의 펜던트가 참 아기자기하고 예쁜 목걸이였다. 가느다란 줄을 손바닥에 올려놓고 보고 있으려니 은형이 구경하기 위해 몸을 기울였다.

"예쁘다."

"누구 것인지 모르겠네."

"이거 김시후 거야. 내가 봤어."

시후의 목에서 떨어지는 걸 정면으로 목격한 은형이 말했다. 유림은 목걸이를 말아 쥐고 춤을 추고 있는 시후를 보았다. 그는 목걸이가 떨어진 걸 아는지 모르는지, 안무에 열중하고 있었다. 유림은 목걸이를 일단 가지고 있기로 하고 연습이 끝나기를 기다렸다.

"수고하셨습니다!"

"수고하셨습니다."

음악이 끝나고, 연습 시간도 함께 끝을 맺은 듯 다들 박수를 치며 큰 소리로 옆 사람과 앞사람에게 인사를 건넸다. 안무가 선생도 박수를 치며 기진맥진이 된 댄서들을 격려했다. 다들 다리에 힘이 풀린 듯 바닥에 앉아 생수를 찾아댔다. 헉헉거리는 댄서들 사이로 수건으로 얼굴을 닦으며 물을 마시고 있는 윤우가 보였다. 안무가 선생이 윤우를 따로 불렀고, 윤우는 그를 따라 한쪽 구석으로 갔다. 그는 윤우에게 뭔가를 지시하는 듯 얘길 했고 윤우는 고개를 끄덕이며 그의 말을 경청했다.

"윤우 형 친구 분들이시죠?"

윤우를 바라보느라 정신을 놓고 있을 때였다. 시후와 민찬이 땀을 닦으며 다가왔다. 은형이 발딱 일어났다. 얼굴이 활짝 펴는 게 눈에 보일 정도로 그녀는 좋아하고 있었다. 은형이 또 주책없이 굴면 어쩌나 싶어 유림의 가슴은 저절로 졸여졌다. 시후와 민찬은 고개를 숙이며 깍듯하게 인사를 해왔다.

"안녕하세요. 오신다는 얘긴 들었어요."

손을 내밀고 허리를 굽혀 인사를 하는 아이돌 스타의 모습에 유림은 뻥져 버렸다. 너무나 예의범절 반듯한 모습이라 유림도 은형도 얼떨떨해져 함께 맞절(?)을 해야 했다. 대체 윤우는 뭐라고 말했길래 이 사람들이 이렇게 친절하게 구는 건지 유림은 궁금해졌다.

"요즘·새 안무 연습하시는 모양이에요? 너무 멋있어요."

은형이 눈동자를 빛내며 말하자 민찬이 스타다운 여유로운 모습으로 대답을 해주었다.

"오늘 처음 연습한 거예요. 며칠 전까지 일본에 있었거든요."

"그런데 이렇게 잘하세요? 하루 만에 이 정도면……!"

"아, 일본에 있을 때 동영상을 미리 봤거든요. 개인적으로 따로 연습했었죠. 한꺼번에 맞춰본 건 오늘이 처음이고요. 아직 더 연습해야 해요."

"지금 당장 무대에 올라도 될 것 같은데요 뭘. 근데 한영재 씨는……?"

"영재 형요? 영재 형은 지금 제주도에 있어요."

"제주도요? 아~ 한영재 씨가 제주도 출신이시죠?"

"네. 원래 저희가 이번 주 내내 휴가거든요. 그런데 윤우 형이 갑자기 소집해서……."

민찬과 은형은 서로 마주 보고 끊임없이 대화를 나누었다. 처음 만난 사이인데도 전혀 어색해하지 않았고 서로에 대해 아주 잘 아는 사람처럼 금세 친해졌다. 급기야 은형이 민찬의 어깨를 치며 깔깔거리기까지 했다. 유림은 두 사람 옆에 들러리 선 기분으로 멍하게 서 있어야 했다.

"어? 이거?"

역시 어색해하고 있던 시후가 유림의 손에 들린 목걸이를 알아보고 눈을 반짝 떴다. 제 목을 손으로 매만지는 그의 눈은 유림의 손바닥에 꽂혀 있었다. 목걸이에 대해서는 잠시 깜빡 잊고 있었던 유림은 얼른 목걸이를 내밀며 말했다.

"아, 이거 떨어뜨리셨죠?"

"이게 언제 떨어졌지?"

"아까 연습하실 때…….."

"그렇구나. 몰랐어요. 고맙습니다."

수줍은 듯 웃는 시후는 연신 허리를 굽히며 인사를 했다. 나이가 몇인지는 모르겠지만 굉장히 어려 보이는 시후는 유림이 불편한 건지, 원래 수줍음을 잘 타는지, 얼굴이 새빨개지고 있었다. 시후가 자연스레 행동하지 않고 불편해하니 앞에 서 있는 유림도 점점 가시방석이 되어가기 시작했다. 시후는 유림의 눈치를 보더니 갑자기 의자를 가리키며 방긋방긋 웃었다.

"이쪽으로 앉으세요. 윤우 형, 얘기 끝날 때까지 기다려야 하잖아요."

"예? 예…….."

윤우를 보려고 온 것도 아니요, 연습 끝낸 윤우를 만날 요량도 아니었건만. 유림은 시후가 권하는 대로 의자에 얌전히 앉아버렸다. 아직도 두근두근 뛰는 가슴을 진정시키고 그녀는 고개를 기웃거리며 윤우의 뒷모습을 훔쳐보았다. 그는 연신 생수병을 들이켜며 안무가의 얘길 듣고 있었다. 시후는 유림의 옆자리에 조심스럽게 앉으며 어색하게 코밑을 손가락으로 쓱싹 문질렀다.

"근데, 윤우 형이랑은 어떻게 아시는 사이세요?"

시후는 조심스레 물었다. 윤우가 워낙 남자답고 터프한 성격이란 건 대한민국에서 모르는 사람이 없었지만, 그게 너무 과해 여자친구를 못 사귀고 있다는 건 셀피쉬 멤버들만이 알고 있는 비밀 중의 비밀이었다. 뭐랄까. 겉보기와는 다르게 약간 촌스럽고 어린 구석이 있달까. 이성에 별로 관심이 없다. 뭐, 요즘은 조금씩 달라지고 있긴 하지만 어쨌든 기본적으로 여자와 데이트하기보다 남자친구들과 술 마시는 걸 더 좋아했다.

그런 그이기 때문에 그가 처음 연습실로 여자친구를 초대했다고 말했을 땐 다들 농담인 줄 알았더랬다. 사실 빠듯한 일정 속에서 몇 년을 동고동락해 온 그들의 입장에선 못 믿을 수밖에 없었다. 시간이 있어야 여자를 만나지. 오죽했으면 민찬이 영민과 영화를 봤을까.

"그냥……."

유림은 어색하게 입을 열었지만 차마 그들이 만났던 상황을 설명할 수는 없었다. 뭐라고 해? 비 맞고 갈 곳 없는 그녀를 그가 재워줬다고?

"저희한텐 완전히 미스터리거든요. 윤우 형, 여자 만날 시간이 없었을 텐데……."

"네?"

시후의 입에서 나오는 '여자'라는 단어가 이상하게 단순치 않게 들리자 유림은 반문했다. 윤우가 자신을 다른 사람들에게 뭐라 말했는지 전혀 모르는 유림의 귀엔 분명히 부담스러운 뉘앙스였다.

"요즘 계속 바빴거든요. 아시겠지만 지난주까지 저희, 일본에 있었어요. 활동한 지 한 3개월 됐거든요? 그전에도 한국에서 스케줄 때문에 엄청 바빴고요. 아무리 봐도 여자 사귈 시간이 없었는데 도대체 언제 사귀셨는지 너무 궁금해요. 어떻게 만나게 됐는지 물어봐도……?"

"저…… 요?"

유림은 손으로 자신을 가리키며 물었다.

"네."

시후가 망설임없이 대답했다. 동그랗게 두 눈을 뜨고 밝게 웃는 시후는 남자라기보다 어린 남동생 같은 이미지였다. 저런 순진한 얼굴로 정말 궁금해하며 물어보는 말이, 하필 윤우와 어떻게 만나서 사귀게 됐냐니. 유림은 당황스러울 수밖에 없었다. 대체 뭘 보고 그녀를 윤우의 여자친구라고 오해할 수가 있는 거지?

"저기, 잘못 알고 계시는데요. 그게 아니라……."

"김시후."

막 유림이 입을 열었을 때였다. 윤우가 안무가와 얘길 마치고 이쪽으로 다가오고 있었다. 생수병 입구에 입술을 대고 물을 들이켜면서 다가오는 그의 눈빛은 엄했다. 뭐가 문제인 건지 그는 못마땅한 얼굴이었다. 미소를 띠고 있던 유림의 표정은 금세 굳어버렸다. 땀을 흘리며 물 마시는 그의 모습은 다시 봐도 새삼스러웠다. 여태까지 그에 대해 알아왔던 단편적인 정보들과 선입견들이 현재의 모습과 뒤섞여 머릿속이 혼란스러웠다. 겉으로 보이는 스타 이미지와 죽도록 노력하는 지금의 모습은 심한 괴리감이 존재하고 있었다. 평범한 유림의 눈엔 분명 그랬다.

"어, 형."

시후가 엉거주춤하게 일어나며 웃었다. 윤우는 생수병 뚜껑을 돌려 닫으며 다가오고 있었다.

"뭐 하는 거야?"

윤우가 무뚝뚝하게 묻자 시후는 어색한 듯 이마를 훔치며 유림의 눈치를 살폈다. 유림도 어딘지 모르게 많이 어색해져 버린 기분으로 쭈뼛쭈뼛 자리에서 일어났다. 당장이라도, '안 온다며?' 라고 물어올 것 같아 당황이 되었다. 유림은 뭐라고 둘러댈까 머릿속으로 열심히 생각하며 그를 올려다봤다. 하지만 윤우는 별로 그녀와는 얘기하고 싶지 않은 듯 시후의 팔뚝을 덥석 붙들었다.

"너 이리 와봐."

자리에서 일어나는 유림 쪽으론 시선조차 주지 않고 그는 시후를 끌고 저만치 걸어가 버렸다. 그와 인사하기 위해 일어난 유림은 그대로 얼어붙어 버렸다. 무참한 기분에 두 볼이 뜨거워졌고 유림은 양쪽 손등으로 두 볼을 누르며 다시 자리에 앉아버렸다. 따가운 시선이 느껴진 건 그때였다. 조용히 고개를 돌리니 류민찬과 은형이 그녀를 빤히 바라보고 있었다. 세상에서 가장 민망한 순간을 하필 그들에게 들킨 거였다.

사실 유림은 윤우와 아무 사이도 아니고, 그러니 창피할 것도 없었다. 하지만 민찬과 은형의 저 빤한 시선에는 은근히 유림에 대한 동정심이 깃들어 있었다. 마치 윤우에게 거절당한 여자를 보는 듯 안쓰러운 시선이었다. 그녀는 그게 더 부담스럽고 창피했다. 유림은 결심을 굳히고 은형을 향해 억지웃음을 지어 보이며 말했다.

"나, 갑자기 급한 일이 생각났는데."

이만 가봐야겠다는 말이었다. 은형이 멀뚱하게 그녀를 바라보며 말했다.

"무슨 일? 오늘 별일 없다고 했잖아."

유림은 류민찬을 의식하며 어색하게 웃었다.

"어, 그러게. 별일 없는 줄 알았는데 갑자기……."

"기분 상하신 건 아니죠?"

유림의 말을 민찬이 가로막았다. 꽤나 정곡을 찌르는 말에 유림은 내심 깜짝 놀라 버렸다.

"예?"

"윤우 형이 원래 좀 그래요. 너무 남자다워서, 여자 마음을 헤아리지 못하는 경우가 많을 거거든요. 그래서 저희도 누님 얘기 듣고 깜짝 놀랐잖아요. 형은 여자를 사귈 수 있는 사람이 아니거든요."

"아니, 전……."

놀랍게도 류민찬 역시 시후처럼 그녀를 윤우의 여자친구인

줄 알고 있었다. 유림은 얼른 해명을 하려고 했지만 그건 쉽지
않은 일이었다. 은형이 유림의 말을 가로막았기 때문이다. 만난
지 몇 분 만에 통성명과 호칭 정리를 완벽하게 끝내 버린 은형
이 상황을 완벽하게 정리했다.
　“민찬이가 그러는데, 윤우가 널 여자친구라고 소개했대.”
　“여……?”
　여자친구? 유림의 두 눈은 커다래졌다.

　한편, 저쪽 구석으로 끌려가는 시후는 두려움 가득한 얼굴로
윤우를 올려다보았다. 윤우가 누굴 때리거나 협박하는 성격은
아니지만, 대부분의 남자들이 가지고 있듯 욱하는 성미를 분명
히 가지고 있었다. 윤우는 합기도 유단자인데다가 키와 몸이 압
도적으로 좋고, 결정적으로 자신보다 두 살이나 많은 형이기 때
문에 그가 화를 내면 시후는 꼼짝도 할 수가 없었다. 딱히 화를
내는 것 같진 않았지만 지금의 윤우는 느슨하고 유쾌한 평소 때
와 많이 달랐다.
　“왜 그래, 형?”
　시후는 필살기인 눈웃음을 치며 물었다. 하지만 그 웃음은 너
무나도 쉽게 무너졌다. 갑자기 윤우의 팔이 시후의 목을 휘어
감기 시작한 거였다. 장난스런 헤드락에 걸려 시후는 캑캑거렸
다.
　“너, 방금 무슨 짓 했어?”

"캑캑! 무슨 말이야, 형."

"감히 이 형님이 보는 앞에서 작업을 걸어?"

"뭐? 아니야! 무슨 소리야?!"

열심히 부인했지만 윤우는 시후의 목덜미를 더욱 강하게 조였다. 그는 시후의 귀에까지 가까이 입술을 대고 중얼거리듯 읊조렸다.

"죽을 줄 알아, 너. 유림인 내가 찜했거든?"

"아니라니까, 형! 윤우 형!"

시후는 윤우의 팔에 얼굴을 낀 채 끌려가는 자신의 상황이 너무나 웃겨서 캑캑거리면서도 배꼽 빠지게 웃고 있었다. 게다가 윤우가 여자 문제에 이렇게 민감하게 반응하는 걸 본 적이 없던 시후는 아주 깜짝 놀라고 있었다. 단짝인 영재도 처음 보는 광경일 거라 생각하니 더욱 그랬다. 정말이지 50만 정윤우 팬클럽 회원들이 기절하고 울부짖을 일이었다.

"무조건 경고다."

말은 협박인데 어느덧 그의 손길은 느슨해졌다. 시후는 겨우 그의 팔에서 반쯤 빠져나와 허리를 펼 수가 있었다. 고개를 든 그는 윤우를 보며 불쌍한 척 울상을 지어 보였다.

"그런 게 어디 있어? 내 말은 들어보지도 않고."

"변명 필요없어, 인마. 내 눈에 이상하다 싶으면 무조건 경고야."

"내가 뭘 했는데? 그냥 옆에 앉아서 얘기한 거밖에 없어, 난."

"분위기 잡았잖아. 어디서 형수님 앞에서!"

"내, 내가 언제! 아니야!"

시후는 펄쩍 뛰며 부인했다. 여자 관계 거의 없던 윤우가 연습실에 여자를 데려왔다는 거 하나만으로도 대강 어떤 상황인지 눈치 챈 시후로선 청천벽력 같은 소리였다. 수줍어서, 윤우가 좋아하는 여자라는 생각에 간지러워서, 그저 그랬던 것뿐인데 그게 윤우의 눈에 그리 비쳤을 줄은 꿈에도 몰랐었다.

"하여튼 알아서 해라. 응?"

윤우가 커다란 눈을 부릅뜨고 협박의 말을 늘어놓았다. 자신이 생각해도 너무나 유치한 짓이란 생각을 하는 듯 그의 입가에도 웃음기가 달려 있었다. 시후는 방금 전까지 윤우에게 당하고 있었다는 걸 몽땅 까먹고 날름 히죽거리며 물었다.

"형, 근데 도대체 언제부터 사귀게 된 거야? 진짜 사귀고는 있는 거야? 어떻게 만났는데?"

"노코멘트."

시후의 생글거리는 얼굴과 호기심으로 반짝이는 눈동자를 찜찜하게 내려다보며 윤우는 간단히 중얼거렸다. 얼른 시후를 붙잡고 있던 손을 놓고 뒤돌아가려고 했지만 시후 역시 만만치 않은 녀석이라. 녀석은 냉큼 윤우의 뒤를 쫓으며 더욱 강도 높은 질문 공세를 펼쳤다.

"내가 알기론 일본에선 아니야. 그럼 3개월 전부터 알고 있었거나, 최근 며칠 사이에 만났다는 건데. 어느 쪽인 거야? 3개월

동안 우릴 속였던 거야, 아니면 만난 지 얼마 안 된 거야?"

"프라이버시는 서로서로 지키자고 했던 건 너였어. 기억하지?"

입만 열면 프라이버시, 어쩌고 하던 시후를 콕 꼬집어 윤우가 말했다. 하지만 시후는 쉽게 포기하지 않았다.

"난 아무래도 후자 쪽인 거 같은데. 형이 3개월이나 우릴 속일 수 있을 것 같진 않거든?"

"뭐?"

"원래 형이 거짓말 같은 거 오래 못하잖아."

윤우가 도끼눈을 뜨고 뒤를 돌아보자 시후는 배시시 웃으며 두 손을 들어 보였다. 급수습하는 분위기에 윤우의 입가엔 썩소가 떠올랐다. 어쩌면 저렇게도 정곡을 찔러대는지. 윤우는 원래 거짓말을 잘 못하는 스타일이다. 그래서 멤버들을 대신해 바른 말도 서슴없이 하고 그로 인한 불이익을 받은 적도 있었다. 그런 그였기 때문에 멤버 모두가 그를 리더로 인정하는 것이기도 하겠다. 더 얘기가 길어진다면 분명 유림과 있었던 일들을 모조리 제 입으로 불어버릴 수도 있을 것 같았다. 그냥 입 꾹 다무는 게 상책이지.

"어? 혀, 형수님이⋯⋯!"

실실 웃고 있던 시후의 얼굴이 굳어졌다. 윤우는 고개를 돌려 유림을 돌아봤다. 유림이 출입문을 빠져나가고 있었다.

"차유림!"

연습실을 나와 비상구 계단을 걸어 내려가는 유림의 뒤로, 누군가 그녀를 불렀다. 유림은 그가 누군지 알 수 있었다. 정윤우, 그였다. 그가 자신을 뒤따라 연습실을 나왔다는 걸 안 유림의 심장은 그녀의 의지와 상관없이 두근거리기 시작했다. 그가 눈치 채지 못하게 살짝 나왔다고 생각했는데 대체 어떻게 안 걸까? 그녀는 뒤를 돌아봤다. 그가 땀으로 젖은 셔츠 그대로 손에는 물병을 들고, 목덜미엔 흰 수건을 걸고 달려오고 있었다.

'괜히 봤어, 연습하는 거.'

그걸 보는 바람에 그에 대한 마음이 흔들리기 시작했다. 스타랍시고 뭐든 자신만만해하는 게 조금은 재수없는 남자라 생각했던 생각이 그의 연습하는 모습을 보면서 조금씩 바뀌고 있었다. 땀 흘리는 그의 모습을 보면서 어쩌면 굉장히 괜찮은 사람일지도 모른다는 생각이 들었다. 그녀에겐 그의 땀이 최정상에 있으면서도 끊임없이 노력하는 미덕으로 다가왔다. 이런 성실함을 가진 사람이라면 남자로서도 물론 손색없을 거란 생각이 드는 것이 사실이었다.

하지만 그는 스타다. 아시아와 세계를 아우르는 거대한 인기를 가진 대형스타. 인터넷에 실시간으로 그의 일거수일투족이 포착되는 대로 올라오는 남자는 아무리 생각해도 부담스럽지 않을 수 없다. 그가 그녀를 사람들에게 여자친구라고 소개했다는 사실에 기겁하는 것도 그런 맥락이었다. 그가 싫진 않지만,

그렇다고 사귈 생각은 없었다. 그가 왜 자신에게 호감을 보이는지도 모를 일이었고 그래서 괜히 부담스러웠다. 그는 아직도 그녀에겐 남자가 아니라 그저 '스타'일 뿐이었다. 괜찮은 인간성을 가진 스타.

"어디 가는 거야?"

"……."

"설마 돌아가려는 건 아니겠지?"

"집에 돌아가는 것도 허락받아야 되나요?"

"그건 아니지만……."

코앞까지 다가온 윤우는 그녀가 서 있는 계단에 똑같이 내려섰다. 키 차이도 있고, 길지 않은 너비의 계단에 함께 가까이 서 있는 터라 그녀의 고개는 저절로 젖혀졌다. 그의 몸에서 땀의 향기와 함께 열기가 느껴졌다. 방금 전까지 격하게 움직였던 그였으니 당연한 거였지만 유림의 심장은 더 빨리 뛰기 시작했다.

"정말 지금 가려고?"

그가 눈살을 찌푸리며 물었다.

"네."

조금씩 떨리는 마음을 성공적으로 숨기며 그녀는 조용히 대꾸했다. 하지만 파드득 떨리는 눈꺼풀은 어쩌지 못하고 금세 시선을 아래로 끌어 내렸다. 조심스럽게 그의 어깨 근처에 초점을 맞추는 그녀에게 그는 이 무슨 말도 안 되는 소리냐는 듯 인상을 찌푸리며 물었다.

"오자마자?"

"일이 있어서 지금 나가봐야 해요."

핑계다. 유학 도중 성재의 일 때문에 잠깐 들어온 그녀에게 바쁜 일 따위 있을 리 없었다. 하지만 그는 그녀의 말을 별 의심 없이 받아들이는 듯 고개를 가볍게 끄덕였다.

"바쁜가 보네. 그래도 여기까지 왔는데 인사 정도는 나눌 수 있잖아."

"했어요, 인사."

"누구? 시후랑 민찬이? 걔들은……!"

그는 하려던 말을 중단하고 입술에 꾹 힘을 주었다. 계속 말을 이어가다가는 어떤 구차한 말이 나올지 잠시 두려워졌다. 시후 와 민찬과는 개인적으로 인사까지 나눴으면서 그와는 눈도 마주 치지 않고 달아나려는 유림을 그는 이해할 수가 없었다. 엄연히 이건 그를 물 먹이는 행동이었다. 거절이란 걸 그도 알았다.

"좋아. 달아나."

그는 선뜻 선심 쓰듯 후하게 말했다. 희미하게 미소까지 짓는 그의 모습에 유림의 눈썹이 꿈틀거렸다. 그녀의 맑은 눈동자가 그의 눈을 빤히 바라보았다. 그가 이런 말을 하는 의도가 뭔지 가늠하는 것이리라. 그는 이어 말했다.

"달아나게 해줄게."

"달아나다니요?"

그녀가 날카로운 어조로 물어왔다. 결코 녹록치 않은 성깔임을 이미 알고 있는 그는 손에 들고 있던 물병의 뚜껑을 돌리며 씩 웃었다.

"너, 두려운 거지? 나한테 빠지게 될까 봐."

"뭐, 뭐요?"

"아니면 그 반대이거나."

뭐 이런 자식이 다 있어? 라고 생각하는 듯 그녀의 얼굴이 구겨지고 있었다. 역시 또 그녀는 그의 농담을 진심으로 받아들이는 거였다. 흘러나오는 웃음을 꾹 참으며 그는 좀 더 노골적으로 그녀를 약 올렸다.

"내 관심을 받고 싶은 거 아니야? 내 자존심을 건드려서, 난 다른 여자들과 다르다, 난 네 매력 따위에 빠져들지 않는다, 뭐 이런 걸 보여주고 싶은 것 같은데?"

"미쳤어요?"

급기야 그녀가 물었다.

"아니란 말이야?"

"그쪽 관심받고 싶은 생각, 요만큼도 없거든요?"

"그래? 그럼 맞네, 나한테 빠지게 될까 봐 두려워 달아나려는 거."

아무 말도 하지 못하고 유림은 윤우를 째려볼 수밖에 없었다. 마음 같아선 신경질 팍팍 내면서 정신 차리라고 충고해 주고 싶었지만, 싸가지없는 오만덩어리라 욕해줘야 마땅했지만 그럴 수가 없었다. 윤우의 말이 너무나 정확히 정곡을 찌르고 있었기 때문에. 오히려 여유로움이 줄줄 흐르는 그의 표정, 특유의 자신감 넘치는 모습에 그녀의 심장이 더욱 빠르게 두방망이질을 해대기 시작했다. 저런 모습이 남자답다고 느끼다니, 미친 건 그가 아니라 자신일지도 모른다고 그녀는 생각했다.

"가자."

그가 물병을 기울이며 중얼거리듯 말했다. 눈짓을 계단 아래쪽으로 하는 모습은 그녀와 동행이라도 하겠다는 말 같았다. 유림은 긴장하며 주먹을 꼭 쥐었다.

"어딜 가자는 거예요?"

입 안 가득 머금었던 물을 꿀꺽 삼키며 그가 말했다.

"집에 간다며. 바래다줄게."

"예?!"

그녀가 과도하게 큰 목소리로 되물었다. 이건 또 무슨 말도 안 되는 소리람. 그가 왜 그녀를 집까지 바래다준다는 말인가.

"너 너무 놀란다?"

입가에 웃음을 띤 채 그가 물었다. 그를 마치 무슨 치한쯤으로 여기는 듯한 그녀가 무척이나 황당한 듯했다. 하지만 유림의 입장에선 놀라는 게 당연했다. 그는 스타, 그녀는 평범한 학생. 둘은 전혀 어울리지도, 어울려서도 안 된다. 두 사람이 과연 평탄한 만남을 이어갈 수 있을까?

'불가능해.'

아무리 생각해 봐도 이건 아니었다. 이런 남자와는 가볍게 두

어 번 만나는 건 몰라도, 진지하게 만나는 건 거의 불가능하다
는 게 그녀의 생각이었다. 자신만의 사랑을 만인과 함께 나눠야
하는 상황은 상상도 할 수 없다. 사람들 눈을 피하기 위해 변장
까지 해야 하는 사람과 제대로 만나기나 할 수 있을까? 당연히
마음 편히 못 만날 거고, 만나더라도 비밀은커녕 사생활조차도
보호되지 않는 피곤한 나날이 될 것이다. 그런 걸 감수하고서라
도 만날 만큼 이 남자가 좋은 건 아니었다.

"왜? 싫어?"

그가 손수건으로 얼굴을 닦으며 물었다.

"당연히 싫죠."

그녀는 단호하게 말하곤 인상을 찌푸렸다.

"정말 싫어?"

싫으냐고 물었던 건 그저 장난삼아 해본 말이었던 듯, 그가 놀
라며 되물었다. 놀랄 만하긴 하다. 어떤 여자가 정윤우의 호의를
거절할 수 있겠는가. 아마도 그는 이런 거절이 처음일 것이다.

"왜 싫어? 내가 창피해?"

재차 그가 물었다. 유림은 당연한 이유를 즉각 댔다.

"연예인이잖아요."

윤우의 눈썹이 휙 위로 치켜올라 갔다. 의외라는 듯. 자신이
설마 그것 때문에 거절당한 거라고는 전혀 생각하지 못한 모양
이었다. 유림은 진심으로 궁금해졌다. 정말 모르는 건지, 아니
면 그저 모르는 척하고만 있는 것인지.

"대낮인데, 밖에 함부로 나가면 안 되는 거 아니에요?"

그녀가 말하자 그는 쿡, 웃으며 장난스럽게 말했다.

"연예인이 무슨 뱀파이어라도 돼? 밖에 나가면 안 되게."

"소문나잖아요. 아니 땐 굴뚝에도 연기 나는 판국인데 당연히 조심하셔야죠."

민찬과 영민의 스캔들을 두고 아니 땐 굴뚝에 연기 난 케이스라 말했던 윤우를 그녀가 비꼬았다. 스캔들은 그저 스캔들일 뿐, 사실이 아닐 수도 있다는 취지의 윤우 발언에 그녀는 별로 공감하지 않는 모양이었다. 깜찍하게 느껴지는 그녀의 도발에 윤우는 그저 두 눈을 찡긋거리며 웃을 수밖에 없었다.

"너 벌써 스캔들 걱정하는 거냐?"

"뭐라고요?"

"아직 사귀기도 전인데, 너무 앞서 가는 거 아니야?"

젠장, 그녀는 속으로 중얼거렸다. 공인인 그와 사귀는 일은 신중하게 생각해 봐야 할 일이었고 그러니 그녀가 앞서 가게 되는 건 당연한 건데, 그럼에도 민망해졌다. 꼭 떡 줄 사람은 생각지도 않는데 김칫국 먼저 마시는 사람이 된 기분이었다. 좀 창피한 기분에 아무 말 못하고 있는 그녀에게 그가 말했다.

"걱정 마. 어차피 너 정도로는 스캔들 같은 거 안 나니까."

"그게 무슨 말이에요?"

그녀가 묻자 윤우는 어깨를 으쓱했다.

"말 그대로야. 내가 너와 사귀어도 언론에 크게 보도되거나 하는 일은 없을 거라고 맹세해. 왜냐하면 넌 언론이 주목하고 있는 공인이 아니니까. 민찬이 경우와는 좀 다르지. 민찬이 상대는 영민이었잖아. 셀피쉬의 류민찬과 프리티의 영민. 아주 그럴싸한 그림이지. 가십거리 만들기 아주 좋은 경우 아니겠어?"

"그래도 난 그쪽이랑 함께 움직이는 거 부담스럽거든요?"

"정윤우."

그가 대뜸 말했다.

"웬만하면 '그쪽' 말고 정윤우라고 불러주지? 정 어색하면 윤우 씨라고 하던지."

그의 말도 안 되는 발언에 유림은 살짝 눈살을 찌푸렸다. 동갑내기인 그에게 윤우 씨라고 부르라니, 미쳤나. 싫다. 절대적으로 그리 부를 수는 없었다. 그녀의 불만스러운 표정에 그가 씩 웃었다.

"오빠라고 해도 되고."

"오빠라고요?"

그건 더 말도 안 된다! 그녀는 인상을 있는 대로 찌푸렸다. 윤우는 수건을 어깨에 턱 걸쳐 놓고는 낫낫한 얼굴로 여유롭게 응수했다.

"맞잖아. 내가 너보다 한 달이나 더 빨리 태어났으니까 오빠는 오빠지."

"장난해요?"

"것도 싫어? 그럼 뭐 그냥 윤우야, 해야겠네."

"난 아직 그쪽이랑 친해지고 싶은 마음 없거든요?"

까칠하게 그녀가 말했다.

"친한 사이 아니어도 이름쯤은 불러줄 수 있잖아."

"난 아니에요."

"그럼 계속 그쪽, 저기요, 라고 부를 거란 말이야? 좀 너무한데."

짐짓 시무룩한 표정을 지으며 그가 말했다. 꽤나 서운한지 유림을 바라보는 그의 눈빛이 살짝 어두워졌다. 유림은 마음이 불편해져 조심스럽게 대꾸했다.

"어차피 이젠 서로 이름 부를 일도 없잖아요."

"그건 모르는 거지. 앞으로 더 자주 부르게 될지 누가 알아?"

"설마 아직도 나한테 작업 중인 거예요?"

"몰랐어?"

그가 한쪽 입아귀를 슬쩍 비틀어 웃었다. 자신감 넘치는 그 미소에 유림의 심장은 턱 멎어버릴 것 같았다. 대체 이 사람, 왜 이러는 거야? 정말, 진심으로 두 사람이 사귈 수 있다고 생각하는 거야? 심지어 두 사람은 함께 있지도 못할 거라고. 그녀는 며칠 뒤에 미국으로 날아갈 거란 말이다.

사실 성재가 있는 이놈의 한국, 미련 따위 없었고 당장이라도 비행기를 타고 날아가고 싶었다. 하지만 이미 왕복 티켓을 끊어 놓은 상태인데다가, 설상가상 성재에게 버림받은 충격에 모든 의욕이 사라져 버린 터라 거의 자포자기의 심정으로 그냥 머무르고 있는 중이었다. 정윤우와 잘해보려고 은형의 집에 눌러앉아 있는 게 아니란 말이다.

"이래서 싫다는 거예요."

유림이 옴팡지게 입을 놀렸다.

"어차피 순수하게 친구가 될 수 있을 것 같지도 않고, 그렇다고 연애할 생각도 없는 나로선 그쪽이랑 함께 있는 거 무지 불편해요."

한동안 그는 말이 없었다. 가만히 유림을 내려다볼 뿐. 유림이 그저 조금 튕겨보는 게 아니라, 정말 진짜로 그와 잘해볼 마음이 없다는 걸 이제야 실감한 거였다. 성인이 된 이후로 누군가에게 프러포즈한 건 처음이었기 때문에 거절당한 충격이 그만큼 컸다. 원래 그가 달달하고 애교 넘치고 사랑스런 남자친구와는 거리가 아주 먼 스타일이긴 해도, 그래도 아이돌인데. 소녀팬을 줄줄이 달고 다니는 자신이 여자에게 이렇게 가혹하게 거절당할 거라고는 전혀 예측하지 못했던 그였다. 그래서인지 도저히 그녀를 설득할 방법이 떠오르지 않았다.

"뭐, 그렇다면 어쩔 수 없는 거지."

그는 어깨를 으쓱했다. 마치 이젠 모든 걸 포기하겠다는 듯. 하지만 그럴 리는 없었다. 그는 원래 좀 끈질긴 구석이 있는 편이라. 그는 긴장을 풀기 시작하는 유림을 빤히 내려다보며 덧붙여 말했다.

"생각이 바뀔 때까지 기다려 줄게."

"네?"

그녀가 두 눈을 커다랗게 뜨고 반문했다. 잠시 내려놓았던 긴장을 다시 바짝 조이는 그녀를 향해 그는 빙긋 웃어 보였다.

"기다려 준다고, 마음이 바뀔 때까지."

"안 바뀔 거예요."

강하게 그녀가 말했다. 그녀의 반감 어린 말투에도 별로 개의치 않은 듯 그는 입술을 부드럽고 매력적으로 비틀며 물을 한 모금 더 들이마셨다. 꿀꺽, 꿀꺽, 물을 삼킬 때마다 그의 목울대가 움직였다. 유림은 아랫입술을 윗니로 잘근잘근 씹어대며 그를 치열한 시선으로 쩌려보았다.

"절대 바뀔 일 없어요."

"그러다가 내 매력에 푹 빠져 버리면 어쩌려고 그러냐?"

생수병 뚜껑을 돌려 닫으며 그가 가볍게 피식 웃었다.

"그럴 일 없다니까요."

"사람 일이란 모르는 거지. 절대 그럴 일 없을 줄 알았는데 어느새 조금씩 조금씩, 빠져들게 될 수도 있잖아."

"본인이 그만큼 매력있다고 여기는 모양인데……."

아니거든요, 라고 말하려는 찰나였다. 날카로운 힐 소리가 아래층에서부터 들려왔다. 텅 빈 비상구 계단에서 유림은 완전히 얼어붙어 버렸다. 누군가가 그들의 대화를 들어버렸을지도 모른다고 생각하니 쿵, 심장이 내려앉는 기분을 느껴야 했다. 설마 파파라치나 기자는 아니겠지? 아니면 윤우의 팬이라던가. 밑도 끝도 없이 두려운 생각이 들었다. 그리고 순간 머릿속으로

떠오르는 장면에 몸서리를 쳤다. 자신이 정윤우의 광적인 팬들
에 둘러싸인 채 이지메를 당하는 장면이었다. 부르르 떨기까지
하는 그녀를 흘낏 내려다보며 윤우는 태연히 말했다.

"걱정 마."

그리곤 유림의 손을 쥐었다.

"여긴 아무나 못 들어와."

유림은 흠칫 놀라며 떨치려 했지만 그는 그녀의 손을 더욱 꽉
옥죄며 놓아주지 않았다. 대신 계단을 거침없이 내려가기 시작
했다. 그녀는 얼결에 그의 뒤를 쫓아 내려가며 다급하게 입을
열었다.

"어, 어쩌려고……."

"윤우 오빠?"

하지만 웬 여자의 목소리에 그녀는 다음 말을 이을 수가 없었
다. 머리를 양 갈래로 묶고 귀여운 후드티와 짧은 플레어스커트
를 입은 여학생이 계단을 올라오고 있었다. 윤우를 보기 위해
고개를 뒤로 꺾는 소녀의 정수리를 유림은 뚫어져라 바라봤다.
그녀의 얼굴이 공개되는 순간, 그녀가 환히 웃으며 외쳤다.

"오빠!"

"너구나?"

윤우도 반가워하며 인사하는 그녀는 유림도 아는 인물이었다. 여성 5인조 보컬그룹, '프리티'의 멤버로서 얼마 전 류민찬과의 스캔들로 언론의 주목을 받았던 바로 그 '영민'이었다. 그녀는 메이크업도 하지 않은 생얼에 선글라스만 낀 채 사무실 건물로 들어오는 중이었다. 나중에 안 사실이지만 이대로 비상구 계단을 쭉 걸어 내려가면 1층 어디쯤 비밀의 문이 있었다. 사무실 식구들만 아는 비밀번호를 입력하면 쉽게 검문을 피해 들어올 수 있는 마법의 문이기도 했다. 영민 역시 그 문을 통해 들어오는 거였다.

"뭐 하는 거야, 거기서?"

선글라스 너머 말똥말똥한 눈으로 영민은 윤우와 그에게 손을 잡힌 채 어색하게 서 있는 여자를 번갈아 보았다. 뭔가 심상치 않은 낌새가 즉각 감지되고 있었다. 그런 쪽으론 눈치가 빠삭한 그녀로선 심히 흥미로운 장면이 아닐 수 없었다.

"어, 얘기 좀 하느라고."

"누구신데? 팬은 아닌 거 같고……."

영민은 선글라스 테를 한 손으로 쥐고 살짝 아래로 끌어 내리며 물었다. 유림은 당황해 쩔쩔매며 그의 손에서 빠져나오기 위해 팔을 세차게 비틀었다. 그러나 그는 유림의 손목을 놓아줄 의향이 전혀 없는 듯 오히려 더 꽉 쥐어왔다.

"친구."

그가 대답했다.

"아…… 안녕하세요?"

영민이 약간 거만하게 고개를 까딱거리며 인사를 건넸다. 미심쩍어하는 표정으로 보아 그녀는 윤우의 말을 전적으로 믿지 않는 것 같았다.

"영민이에요."

선글라스를 다시 제대로 착용한 그녀는 계단을 마저 올라오며 말했다. 유림은 데면데면한 상황을 극복하기 위해 어설프게 웃으며 고개를 까딱거렸다.

"차…… 유림이에요."

어색하게 자기소개를 한 유림은 영민이 눈치 채지 못하게 조심스레 다시 손목을 비틀어보았다. 하지만 그는 더욱 세게 그녀의 손목을 거머쥐었고, 덕분에 영민의 관심은 단숨에 그들의 지분거리는 손동작에 쏠리고 말았다. 이거 뭐야? 분위기가 야릇한데? 영민의 귀여운 얼굴에 장난기 서린 미소가 스치듯 지나갔다.

"오빠, 연습 이제 막 끝났나 봐?"

영민은 윤우의 젖은 상의를 눈으로 훑으며 물었다. 그는 평소와 다름없이 일상적으로 대답했다.

"지금 막. 넌 웬일이냐? 오늘 연습 없는 걸로 아는데."

"꼭 연습이 있어야 오는 건가? 그냥 왔어."

거짓말이다. 연습 없는 날은 당연히 놀아야 한다는 게 영민의 지론이었다. 윤우도 그녀의 말은 믿지 않는 듯 눈썹을 찡끗 끌어 올렸다. 얘가 갑자기 왜 이래, 하는 표정이었다. 영민은 전혀 이상할 것 없다는 얼굴로 시치미를 뚝 떼곤 고개를 슬쩍 비틀며 물었다.

"근데 오빤 그 몰골을 해서 어디 가는 거야?"

"잠깐 밖에."

"바래다주는 거야?"

영민이 유림을 향해 작은 턱짓을 하며 물었다.

"차를 안 가져왔대서."

너무나 자연스러운 윤우의 대답에, 유림은 깜짝 놀라 윤우를 돌아봤다. 마치 그녀가 차를 안 가져왔다는 핑계를 대고 태워달라고 졸랐던 것처럼 들리는 그의 말이 심히 거슬렸다. 영민이 그녈 뭐라고 생각하겠는가.

"그대로 가려고? 웬만하면 샤워하고 옷도 좀 갈아입고 나가지?"

"아, 그런가? 바쁘대서 서두르느라 그냥 나온 건데."

영민의 말에 윤우는 제 옷을 내려다보며 중얼거렸다. 가슴팍이 땀으로 흥건해 지도를 그리고 있었다. 척 보기에도 찜찜하기 짝이 없는 모습이라 영민은 혀를 차지 않을 수가 없었다. 깔끔하게 갈아입고나 뭘 해보든지 하지. 이렇게 지저분하고 땀 냄새 풀풀 나는 모습으로 어떻게 여자에게 잘 보일 수 있겠나. 윤우는 언뜻 겉보기엔 바람둥이 같은데, 영 여자의 마음을 모르는 경향이 있어서 참 안타까웠다.

"이게 뭐냐? 가서 옷이나 먼저 갈아입고 와."

영민이 타박하듯 말하며 윤우의 팔을 툭 쳤다. 그러더니 그의 셔츠 자락을 아무렇지도 않게 들추고 흔들며 제 코를 손으로 쥐었다.

"아우, 냄새. 이런 비위생적인 상태로 어딜 가겠다고?"

그리곤 급기야 그의 옷자락을 잡아당겨 냄새를 맡기 시작했다. 너무나 자연스럽게 그의 옷을 잡아당기고 코를 들이미는 행위에 유림은 제 얼굴이 다 화끈거리는 걸 느꼈다. 뭐야, 이 둘? 스캔들은 류민찬이랑 났는데 왜 이 둘이 친한 거냐고—

"오빠는 아이돌이야. 이미지 관리 안 하냐? 아우, 칠칠맞아."

영민은 신경질적으로 쏘아붙이며 혀를 쯧쯧 찼다. 그런 그녀의 모습은 딱 남편한테 바가지 긁는 마누라 모양새였다. 유림은 경악스런 얼굴로 두 사람을 번갈아 바라보았다. 윤우와 영민이 설마 그렇고 그런 사이?

그럴 수도 있었다. 윤우는 분명 영민과 민찬의 스캔들을 두고 '아니 땐 굴뚝'이라고 했으니까. 그만큼 아무것도 아닌 해프닝에 불과함을 확신하고 있다는 건, 다른 쪽으로 생각해 보면 영민의 연인이 민찬이 아니라 자신이기 때문일 수 있었다. 만약 그렇다면 윤우는 유림에게 무슨 짓을 하고 있는 걸까? 양다리? 아니면…… 집적거림? 그것도 아니면 스캔들 무마용 방패막이? 대체 뭐야?

"그렇게 많이 나?"

유림이 무슨 생각을 하고 있는지 전혀 모른 채, 윤우는 셔츠 자락을 들어 코로 가져갔다. 그 바람에 얼마 전 화보로 공개되어 화제가 되었던 '아름다운 식스팩'이 드러났고, 번들거리는 영민의 검은 선글라스는 유림을 향해 반짝였다. 그녀의 눈치를 살피는 거였다. 영민의 예상대로 유림은 당황해하고 있었다. 너무나 당황한 나머지 윤우의 손에 잡혀 있는 제 손목을 비틀며 달아나려고 했다. 하지만 터프하신 우리의 아이돌, 윤우께서 그 손을 놓아줄 리 없었다.

"왜?"

냄새 맡다 말고 윤우가 유림을 돌아보며 물었다. 여전히 유림의 손목을 붙들고 있는 중이었다. 유림은 영민의 눈치를 살피며 뒷걸음질을 치기 시작했다. 어마어마하게 당황해하는 그녀를 보고 영민은 깜찍하게 웃으며 쪼르르 유림의 옆구리로 다가갔다.

"언니! 오빠 샤워하고 나올 때까지 나하고 있어요."

"네, 네?"

영민이 유림의 어깨에 팔을 끼고 애교있게 샤르르~ 웃어 뵈자 유림은 정색하며 말까지 더듬었다. 갑자기 '언니'라 부르는 것도 놀라웠지만 윤우가 샤워하고 나올 때까지 함께 있자는 말은 더욱더 놀라웠다. 왜 함께 있자는 거야? 의도가 뭐야?

"네가?"

영민의 돌발 행동을 윤우도 뜻밖이라 여긴 듯 물었다.

"왜? 그러면 안 돼?"

"그건 아니지만."

대충 오케이 사인이라 알아들은 영민은 본격적으로 유림에게 매달려 웃는 얼굴에 침 못 뱉는다는, 만고의 진리를 손수 리얼 재연해 주기 시작하였다.

"언니, 언니라고 불러도 되죠?"

"아, 저, 전……."

"나, 아직 스물둘이거든요. 언니 맞죠?"

"네……."

어색하고 난처한 얼굴로 유림이 대답했다.

"그럼 언니라고 부를게요?"

"그, 그러세요."

마지못해 유림이 허락을 하자 이번엔 앙탈부리듯 작은 주먹을 말아 쥐곤 유림의 어깨를 콩콩 찍는 영민.

"아우— 언니는 나한테 말 놔야죠."

"네?"

"말 놔요. 그래야 나도 편하게 언니라고 부를 수 있죠."

"그, 그게……."

윤우에게도 편하게 말 놓지 않는 유림에게, 만난 지 몇 분밖에 안 된 영민이 말을 놓으란다. 윤우는 쿡 웃어버리고 말았다. 그에겐 대체적으로 딱딱하고 쌀쌀하게 대하는 유림이 영민의 애교에는 꼼짝 못하는 모습이 꽤나 흥미진진했다. 저런 분위기라면 마음 놓고 샤워를 하고 나와도 될 듯했다. 당분간은 유림은 영민의 마수에서 쉽게 빠져나가지 못할 것 같았다.

"언니 걱정 말고, 오빤 얼른 샤워하고 와. 내가 같이 있어줄게. 그래도 되죠?"

영민이 유림의 어깨를 꼭 붙들고 방실거렸다. 유림은 거절해야 함을 알면서도 차마 말을 못하고 어색하게 웃고 말았다.

"예……."

"연습실에서 기다릴까? 다른 오빠들도 다 거기에 있지?"

"아마도. 조금 있다가 데모송 나오기로 되어 있거든."

"어머, 벌써 데모가 나와?"

영민이 깜짝 놀라며 두 눈을 휘둥그레 뜬다. 셀피쉬가 사무실에서 가장 잘나가는 그룹이고, 그래서 언제나 스페셜 대접을 받는다는 걸 모르는 바가 아니었지만, 이 정도면 정말 초 스피드 급이었다. 일본 활동 끝난 게 엊그제인데 벌써 녹음 일정이 잡혔다는 건 이미 회사 차원에서 그들의 한국무대 컴백을 오래전부터 준비하고 있었다는 뜻이 되기 때문이다. 역시 셀피쉬는 셀피쉬야. 영민은 부러우면서도 뿌듯한 기분이 들었다. 그녀의 '그'와 관련된 일이다 보니 내 일처럼 기뻐하고 자랑스러워지는 이 기분.

"몰랐어? 우리 다다음 달에 컴백이야."

계단을 오르며 윤우가 싱긋 웃었다. 얼핏 자랑 섞인 말투에서, 오랜 외국 활동을 접고 국내 활동에 돌입하게 되었다는 사실에 행복해하고 있음을 알 수 있었다. 그동안 일본에서 지내면서 음식이며 언어며 도통 맞는 게 없어서 많이 불편해했다는 말은 들었지만 꽤 씩씩하게 잘 지냈던 걸로 아는데. 한국에 돌아온 걸 이렇게 심하게 좋아할 줄이야. 영민은 유림의 팔을 잡아끌며 윤우의 뒤를 따라 계단을 올랐다.

"엄청 좋아하네. 그렇게 좋아?"

"좋지, 그럼. 앨범 낸 게 1년 반 만인데."

"그럼 나한테 고맙다고 해야겠네. 나 때문에 귀국 날짜 앞당겨졌으니까."

깜찍한 얼굴로 영민이 말한다. 민찬과의 스캔들을 말하는 거였다. 뭐, 확실히 귀국 날짜가 앞당겨진 건 영민의 탓이 컸다. 영민이 괜한 스캔들을 만들지 않았다면 그들은 지금도 일본에서 콘서트와 방송을 하고 있었을 것이다. 하지만 그 때문에 헝클어진 일정과 수많은 언론들의 집중포화는 어쩔 것임? 영민의 말도 안 되는 생색에 윤우는 핏 웃으며 고개를 갸웃거렸다.

"그건 별로 고맙지 않은데."

"왜에? 맞잖아. 오빠네 팬들도 인정한 거라고, 그건."

영민이 과장된 표정으로 항의의 말을 던졌다. 참 아무리 봐도 신기한 녀석이었다, 영민인. 어떻게 스캔들을 내놓고도 저리 태연할 수 있는 건지 알다가도 모르겠다. 겨우 스물두 살밖에 안 먹은 여자애가 어찌나 통이 큰지 원. 영민의 사전엔 망설임, 당황함, 수줍음 따위의 말이 아예 없는 것 같다. 하긴 그렇게 겁이 없으니 그토록 버티기 어렵다는 버라이어티 쇼에서 각광을 받고 있는 것일 테다.

"넌 스캔들 같은 거 신경 쓰이지도 않지?"

"무슨 소리야? 나도 여잔데 당연히 신경 쓰이지. 근데 내가 워낙 긍정적이잖아."

"스캔들도 긍정적으로 생각한다는 거냐?"

"솔직히 스캔들도 민찬이 오빠 같은 남자랑 나면, 여자 입장에선 좋지. 내가 또 언제 이런 스캔들이 나보겠어?"

"스웃― 뉘앙스 수상한데? 너 정말로 민찬이 좋아하는 거 아니냐?”

“뭐, 민찬이 오빠 정도면 좋아할 맛이 나긴 하지. 근데 엄두가 안 나. 오빠네 팬들이 보통 무서워야 말이지. 스캔들 터진 이후론 내가 미니홈피를 못해. 쪽지가 얼마나 살벌하게 날아오는 줄 알아?”

“쪽지?”

어느새 두 사람은 일상의 대화를 다정하게 나누며 계단을 올라가기 시작했다. 진지하게 마주 보며 애길 나누는 두 사람 사이에 끼어 유림은 애써 내려왔던 길을 다시 되돌아 올라가야 했다. 영민은 생긴 거랑 다르게 무진장 힘이 세서 머뭇거리는 유림을 거의 끌고 가다시피 하고 있었다. 유림은 입술을 질끈 깨물며 지금 사태에 대해 생각했다. 대체 이게 다 무슨 일인지, 그녀도 얼떨결에 이렇게 되어버린 상황이 황당하고 기막힐 따름이었다. 오늘로서 정윤우와는 완전 끝이라고 생각했는데, 이게 뭐냐고—

“어! 정윤우.”

막 계단을 거쳐 연습실이 있는 플로어에 도착하자 곁을 지나가던 안무 선생, 박환이 윤우를 발견하고 발길을 멈추었다. 윤우는 방금 전까지 얘기하고 인사까지 나누었던 선생에게 또다시 인사를 하며 물었다.

“아, 형. 가시는 거예요?”

“아니, 요 앞에 잠깐. 영민이도 같이 있네?”

“안녕하세요.”

환이 영민에게 아는 체를 하니 그녀도 밝게 인사를 건넸다. 환은 프리스타일 엔터테인먼트의 댄스그룹 안무를 거의 도맡아 해주고 있었기에 영민과도 아주 잘 아는 사이였다. 지금 활동 중인 프리티의 노래 ‘Cool shake’라는 노래의 안무도 환이 짜준 거였다. 환은 영민의 인사를 대충 받아넘기고 윤우에게 말했다.

“내가 생각해 봤는데, 아까 네가 말했던 그 친구 말이다.”

“예?”

환의 말을 못 알아듣는 듯 윤우가 두 눈을 크게 뜨며 반문했다. 환은 이마를 한 손가락으로 긁적거리며 윤우를 흘겨보았다. 뭔가 눈치를 주는 듯한 그 모습에 윤우가 금세 알아차렸다.

“아! 예.”

뭔가 상당히 비밀스러운 얘기가 오고 가는 듯한 분위기에 영민은 두 눈을 반짝였다. 윤우와 환이 비밀 얘길 나눌 일이 뭐가 있을까 뭔지 심히 궁금해졌다. 두 사람 모두 계집애들처럼 귓속말 따위 나눌 스타일이 못 된단 말이지. 이상하네, 고개를 갸웃거리며 영민이 중얼거렸다. 그렇게 영민의 호기심을 잔뜩 자극하며 윤우는 환과 저만치 떨어진 곳으로 가서 둘만 아는 얘기를 나누기 시작했다.

“무슨 일인지 알아요, 언니?”

영민은 두 남자의 뒷모습에서 시선을 떼지 않은 채로 유림에게 고개를 기울여 속삭였다.

"네?"

갑작스레 질문하는 영민을 돌아보며 유림이 반문했다. 약간 놀라고 당황하는 그녀의 모습에 영민은 빙긋 웃었다.

"말 놓으시라니까요. 되게 말 안 들으시네. 그냥 편하게 생각하세요. 어차피 나이도 한참 아랜데."

유림은 어떻게 반응해야 할지 몰라 두 눈만 계속 깜빡거리며 서 있었다. 영민은 좋게 보자면 활달하고 화끈하고 귀여운 앤데, 나쁘게 보면 심하게 버르장머리없는 애였다. 말을 안 듣는단 표현에선 살짝 기분이 나빠지려고 했다. 하지만 영민의 방실거리는 순수한 얼굴에선 전혀 나쁜 의도를 찾아볼 수가 없었다. 유림은 어색하게 고개를 끄덕이며 짧게 대답했다.

"그래."

"언니는 오빠랑 안무 샘님이랑 무슨 얘기하는지 아세요?"

"그, 글쎄."

알 리가 있나. 유림은 윤우를 만난 지 단 4일밖에 안 됐다. 대체 영민은 그녀를 윤우의 뭐라고 생각하는 걸까.

"언니한텐 말했을 것 같은데. 아니에요?"

"몰라요."

"또! '요'는 과감하게 빼버리라니까요."

영민이 사감선생님처럼 손가락 하나를 꺼내 유림의 눈앞에 대고는 까딱거리며 잔소리를 해댔다. 버릇처럼 나와 버리는

‘요’ 자를 어쩌라고. 유림은 쭈뼛쭈뼛 고개를 끄덕이며 어설픈 미소를 지어 보였다.

“언니 진짜 숫기가 없구나? 근데 어떻게 오빠 같은 남자랑 만나게 된 거예요? 신기하다.”

오빠 같은 남자? 만나게 된 거냐고? 이 묘한 뉘앙스는 또 뭐냐.

“근데 진짜 모르세요? 샘님이랑 무슨 얘기 하는지?”

“정말 모르는데.”

“스읏— 이상하네.”

영민은 윤우의 등짝을 찔러보며 고개를 갸웃거렸다. 그래 봤자 그들의 대화를 알아낼 길은 전혀 없어 보였지만.

“가자.”

용무를 마친 윤우가 박환과 가볍게 인사를 나누고 돌아서며 말했다. 즐거운 기색을 감추지 않는 그의 얼굴을 빤히 바라보며 영민은 열심히 머리를 굴려보았지만 도저히 윤우와 환의 대화 내용을 가늠해 볼 수가 없었다. 대체 무슨 이야기지? 정말 궁금해 미치겠네.

“무슨 일이야?”

“별일 아니야.”

궁금해서 묻는 영민에게 윤우가 대충 흘려 대답했다. 이야기해 주고 싶은 마음이 전혀 없는 모습이었다. 그렇다면 정말 멤버들도 모르는 비밀이라는 건데. 무슨 얘길 했던 걸까? 호기심이라면 남들에게 뒤지지 않을 만큼 강한 데다가 요 몇 년 동안 쭉 그녀의 관심 대상이 되고 있는 '그'와도 연관이 있을지도 모른다는 생각을 하게 되니 더욱 궁금해졌다. 문제의 '그' 때문에 영민은 셀피쉬에 대해서라면 팬클럽인 슈피리어(Superior)만큼이나 잘 알고 있었다. 사실, 영민 스스로 슈피리어 회원이기도 했다. 물론 아무도 모르는 비밀이지만.

"오빠 개인적인 일이야?"

"그게 궁금해?"

윤우가 곁눈질로 영민을 내려다보며 물었다. 왠지 모르게 뜨끔해진 영민은 조금은 과장된 표정을 지으며 부인했다.

"무슨 소리야? 당연히 저~언혀 안 궁금하지."

"그래, 그럴 줄 알았어."

간단하게 정리해 버리는 윤우에게 뭐라 말도 못하고 영민은 속으로만 끙끙 앓을 뿐이었다. 불평 가득 깃든 표정의 그녀를 바라보며 유림은 조심스럽게 결론을 내렸다. 영민은 윤우에게 관심이 있는 게 분명하다고. 얼마나 진지한 건지는 정확히 가늠할 순 없지만 관심이 있다는 것만큼은 확실했다. 별거 아닌 일에도 저렇게 촉각을 곤두세우는 것엔 그만한 이유가 있을 거고, 그 이유란 게 윤우에게 남다른 마음을 품고 있는 거 말고는 달리 추측할 만한 게 없었다.

'그래. 역시 잘 결정한 거야.'

윤우와 사귄다는 건 정말 너무나 비현실적인 일이었다. 저렇게 인기 많은 톱스타와 평범하기 짝이 없는 그녀가 만나는 건 여고생과 선생님이 이뤄질 확률만큼이나 낮다. 아니, 어쩌면 더 어려운 일일 수도 있었다. 꿈처럼 스쳐 지나가는 해프닝이라면 또 몰라도. 게다가 그녀는 모레쯤엔 출국을 해야 했다. 짧은 이 틀의 기간 동안 만나서 뭘 어쩌자고?

"어?"

그때 저벅저벅 걷던 윤우가 그 속도를 늦추었다. 벌써 샤워를 끝내고 나오는 멤버를 발견한 거였다.

"벌써 나왔네."

중얼거리는 윤우의 입가에 작은 미소가 감돌았다. 젖은 머리 카락을 흔들며 막 모퉁이를 돌아오는 남자를 발견한 영민의 표 정은 순식간에 굳어버렸다. 영민의 '그'였다. 데뷔 전, 별빛 아 래 혼자 노래를 부르는 그를 본 순간부터 마음을 빼앗겨 버린 영민은 지금도 그를 보면 가슴이 저절로 뛰었다. 아, 머리카락 터는 모습도 어쩌면 저렇게 멋진 거야…….

"어? 형, 왜 다시 와?"

윤우를 발견한 그가 얼굴이 발그레해진 채로 상큼한 미소를 지으며 걸어왔다. 영민은 바짝 긴장한 채로 저도 모르게, 정말 반사적으로 윤우의 팔에 어깨를 끼우곤 다정하게 몸을 밀착했 다.

"오빠!"

그를 향해 한 손을 들고 아는 체를 하는 영민의 심장은 두근

두근 미친 듯이 뛰었다. 그녀의 그는 특유의 눈웃음을 지으며 영민에게도 인사를 건넸다.

"어, 영민아. 오늘 웬일이냐, 넌? 연습도 없으면서."

"그냥 나왔어. 오빠들도 보고 싶고 해서."

진심 100%가 담긴 말이었다. 하지만 그가 그녀의 진심을 알아줄 리 없었다. 역시나 그는 그녀의 말을 농담으로 받아들이며 웃었다.

"하여튼 넉살은. 영민인 정말 알아줘야 된다니까."

"진짜야. 진짜 오빠들 보고 싶어서 왔다니까."

오빠들이 아니라 '오빠' 이지만 사실은 사실. 정색을 하고 우겨봐도 그는 웃기만 했다. 이렇게 생각하게끔 만든 책임은 물론 영민에게 있었다. 그에게 자신의 마음을 들키지 않기 위해 정말 엄청나게 공을 들였으니까. 하지만 가끔은 이런 상황이 지겨울 때도 있었다. 그는 정말 영민을 동생으로만 생각하는 것 같았다. 아무리 질투를 유발해 보려고 해봐도 안 됐다. 가끔 충동적으로 그에게 고백해 볼까 생각도 해봤지만 그것도 마음처럼 쉽게 되지도 않고, 참 답답할 따름이었다. 대체 저 오빤 왜 저렇게 눈치가 없는 거야?

"알았어. 알았으니까 윤우 형한테선 좀 떨어져라."

영민더러 떨어지라는 듯 손가락질을 하며 시후가 말했다.

"형, 임자 있는 몸이야. 형수님이 오해하면 어쩌려고 그래?"

"형수님? 어머!"

그의 말에 영민은 깜짝 놀라 두 눈을 크게 뜨며 얼른 윤우에게서 떨어졌다. 미쳤었나 보다! 머릿속이 온통 시후가 질투하게 만들어야 한다는 일념으로 꽉 차버려서 앞뒤 재볼 생각조차 해보지 못했던 거였다. 아— 오영민, 너 정말 제정신이 아니구나!

"미안해요, 언니. 나, 난 다른 뜻이 있어서가 아니라……."

"저요?"

영민은 당황해 말까지 더듬었는데 정작 유림은 되물었다. 형수님이란 표현이 자신을 두고 한 말인 줄은 전혀 모르고 있었다. 이게 다 무슨 소리야?

"괜찮아. 그냥 동생인데 뭐. 이런 얘기 하는 게 더 웃긴 거 알지?"

상황이 많이 쑥스러운 듯 윤우가 영민의 어깨를 툭툭 쳤다. 친한 남자 후배 대하듯 힘이 실린 손길에 영민은 눈살을 찌푸렸다. 윤우를 비롯한 사무실 식구들 모두 영민을 사내아이 대하듯 하고 그것에 너무나도 익숙한 그녀였지만 시후 앞에선 늘 어색하고 찜찜한 기분이 들었다. 그녀도 여자이고, 시후 앞에선 당당히 여자 대접을 받고 싶었다.

"오빠 얼른 들어가서 샤워나 해. 냄새나 죽겠어."

영민은 인상을 구기며 짜증스레 말했다. 윤우는 은근슬쩍 유림의 눈치를 살피곤 자리를 떴다. 아닌 척하긴 했지만 그도 내심 유림의 반응이 의식되는 것이었다. 참 답답한 인사로고. 어째 수많은 여심을 쥐고 흔드는 아이돌 스타씩이나 되는 분께서 여자 마음 하나 못 잡고 눈치나 실실 보시는 거야. 뭐, 그건 영민도 마찬가지 신세이긴 하지만. 그래도 그는 남자가 아닌가. 확 리드를 해주는 터프함을 보여야지. 쯧쯧, 혀를 차며 영민은 유림을 이끌고 연습실로 들어갔다. 그녀의 '그', 시후가 뒤를 따랐다.

연습실 안에선 몇몇 댄서들과 민찬, 은형이 수다를 떨고 있었다. 어찌나 분위기가 좋은지, 벌써 다들 몇 년 알고 지내온 친구들 분위기였다. 정말 대단하지 않을 수 없는 최강사교술 아닌가? 이젠 별명도 바꿔줘야 하나 보다. '잠적은형'이 아니라 '사교은형'으로.

"어? 안 갔어? 윤우는?"

유림을 발견하고 은형이 물었다. 민찬이 유림을 돌아봤다.

"어, 형수님!"

민찬이 하얗고 말끔한 얼굴로 방긋 웃었다. 장난기 가득한 말투였지만 순간, 좌중의 시선은 온통 유림에게 쏠려 버렸다. 시후에 이어 민찬까지 자신을 형수님이라 부르는 것에 놀라 유림은 그 자리에서 굳어버렸다. 바로 그때였다. 그녀가 뭐라 해명할 새도 없이 갑자기 민찬이 자리에서 벌떡 일어났다.

"무슨 소리야? 형수님이라니."

꼴찌로 들어서고 있던 시후의 뒤에서 누군가가 물었다. 굵직하게 떨어지는 목소리에 유림의 뒤통수가 쭈뼛 곤두섰다. 유림은 화들짝 놀라 훨쩍 열린 두 눈동자를 굴렸다. 뻣뻣해 돌아가

지 않는 고개를 천천히 뒤로 돌리자 매우 낯익은 얼굴이 눈에
들어왔다.

　한참 뒤, 샤워를 마치고 막 연습실로 들어선 윤우는 문을 열
자마자 걸음을 멈추었다. 연습실 분위기는 그야말로 정적 그 자
체였다. 다들 숨도 제대로 쉬지 않은 상태로 얼어붙어 있었다.
긴장감이 흐르는 연습실 입구에 전혀 예상치 못한 인물이 서 있
었다. 나름 남의 눈치 보지 않는 성격인 윤우도 그의 뒷모습 포
스에는 멈칫할 수밖에 없었다.
　"어. 정윤우, 너 나 좀 잠깐 보자."
　그가 윤우의 인기척을 느끼고 뒤를 돌아봤다. 90년대를 풍미
한 최고의 힙합댄스그룹의 일원이었던 전적을 가진 사장, 이현
진이었다. 40대를 갓 진입했을 뿐인 그는 후배들에게나 직원들
에게 굉장히 카리스마있는 존재로 소속 가수들의 사생활과 일
을 철두철미하게 관리하는 사람이었다. 셀퍼쉬가 해외 활동을
접고 한국 들어와 처음 갖는 연습 시간을 챙기는 것도 그런 관
리의 일환일 것이다.
　"예."
　간단히 대답하고 윤우는 밖으로 빠져나가는 사장을 뒤따랐
다.
　"형."
　민찬이 윤우의 소매를 붙들었다. 민찬을 돌아보자, 매우 불안

해 보이는 그가 걱정스레 윤우를 지켜보고 있었다. 자신 때문에 본의 아니게 윤우가 피해를 보게 될지도 모른다는 생각이 들어서일 것이다. 쓸데없이 시끄러운 민찬의 스캔들 때문에 사장이 요새 매우 예민해 있었다. 사적인 만남을 이어가는 건, 아이돌의 생명은 철저한 자기 관리라는 사장의 생각에 반하는 짓이었다. 그는 늘 평소에도 입버릇처럼 말하곤 했었다. 가수 활동을 하는 동안엔 여자 만날 생각 절대 하지 말라고.

"미안해, 형. 대충 둘러대려고 했는데 그게 잘 안 됐어."

민찬의 목소리엔 걱정이 가득했다. 윤우의 눈썹이 쓱 올라갔다. 생각보다 상황을 심각하게 받아들이는 모습에 저절로 유림에게 눈이 갔다. 잔뜩 긴장한 듯 온몸에 힘을 주고 서 있던 그녀는 윤우와 눈이 마주치자 흠칫 놀라기까지 했다. 겁을 잔뜩 먹은 그 모습에 윤우는 피식 미소를 흘렸다.

"걱정 마."

민찬의 어깨를 손으로 짚으며 그는 말했다. 하지만 그의 시선은 여전히 유림의 눈을 들여다보고 있었다. 마치 그녀에게 말하듯 그득하고 편안한 목소리에 유림은 그에게서 눈을 뗄 수 없었다. 그는 씩 미소를 짓고는 다시 한 번 짧게 걱정하지 마라는 눈짓을 유림에게 보냈다. 그리고 뒤를 돌아 연습실을 나가자마자 비로소 유림은 참고 있던 숨을 푹 내쉬었다.

"나 갈래."

"뭐? 왜에—?"

유림의 옆에 서 있던 은형이 다급하게 속삭여 물었다. 그녀도 엄청 놀란 듯 두 눈이 휘둥그레 떠져 있는 상태였다. 지금 이 상황에도 가지 말자는 말이 나올까 싶어 유림은 눈살을 찌푸렸다.

"몰라서 물어?"

"그래도 네가 그냥 가면 좀……."

"가지 마세요, 형수님."

민찬이 끼어들어 말했다. 유림은 찌릿 날카로운 눈빛을 쏘았다.

"그 형수님이란 말, 듣기 되게 거북하거든요?"

"아, 저, 그게……."

갑자기 정색을 하며 말하는 유림의 반응에 민찬이 당황했다. 부드럽고 순한 사람이겠거니 했더니만 은근히 매서운 데가 있는 유림이었다. 그러니까 뭐야? 유림은 윤우를 별로 탐탁지 않게 생각하는 건가?

"그 말 한마디 때문에 상황이 이 지경까지 됐는데, 또 그 말이 나와요?"

"넌 무슨 말을 그렇게 하니? 민찬이가 다 잘못한 건 아니잖아."

은형이 옆에서 역성을 들었다. 분위기가 갑자기 험악해지기 시작했다. 하지만 유림의 입장에선 화가 나지 않을 수 없었다. 민찬이 '형수님'이란 말만 하지 않았더라도 사장이 유림의 존재에 대해 추궁할 일도 없었을 것이고, 순식간에 윤우의 친구로

둔갑할 일도 없었을 것이다. 윤우의 친구인데 왜 '형수님'이란 말이 나오냐는 사장의 두 번째 추궁도 없었을 것이고, 윤우의 작곡 공부를 도와주고 있다는 말도 안 되는 영민의 변명도 이어지지 않았을 것이며, 바이올린 전공한다는 은형의 쓸데없는 부연 설명도 없었을 것이다. 유림이 바이올리니스트라는 걸 알게 된 민찬은 급기야 유림이 이번 레코딩 작업에 바이올린을 담당하게 될 것 같다는 기막힌 소릴 하고 말았다.

문제는 그다음이었다. 사장은 그 모든 변명과 설명에도 불구하고 '형수님'이란 말이 왜 민찬의 입에서 흘러나왔는지에 대해 납득하지 못했다. 그 상황에 윤우가 등장한 것이었고 사장은 아무것도 모르는 윤우를 데리고 나가 버렸다.

"너도 이제 정신 차려."

유림이 은형을 돌아보며 싸늘하게 말했다.

"뭐라고?"

은형은 황당한 표정으로 유림을 봤다. 이게 대체 무슨 소리야? 하는 약간은 뺑진 표정이었다. 유림은 제 잘못을 아무것도 모르는 은형이 더 밉상이고 짜증이었다. 여기까지 오겠다고 결심한 것 자체가 잘못된 거란 걸 은형은 정말 모르는 걸까? 훅, 한숨을 내쉬곤 유림은 얼어붙어 있는 민찬과 영민, 그 외 댄서들을 외면하며 출입문 쪽으로 걷기 시작했다.

"어딜 가는 거야?"

은형이 뒤따라오며 물어왔다.

“여긴 우리가 있을 곳이 아니야.”

유림이 중얼거리듯 대답했다. 맹렬히 걷는 그녀는 연습실 문을 거칠게 열었다.

“그게 무슨 소리니? 일이 이렇게까지 됐는데.”

“아무 사이도 아닌데 오해받는 거 싫어. 그럴 이유도 없고, 그러고 싶은 마음도 없어. 왜 그래야 하는데?”

“그래도 그렇지. 윤우를 궁지에 빠뜨려 놓고 그냥 이렇게 도망치는 건…….”

“도망치는 거 아니야.”

유림이 걸음을 멈추고 은형을 돌아봤다. 열심히 유림의 걷는 속도를 따라잡고 있던 은형도 딱 걸음을 멈추었다. 넓고 서늘한 복도 한가운데에 두 사람이 마주 보고 섰다.

“못 들었어? 여자 사귀면 탈퇴시킨다고 했다잖아, 그 사장이. 지금은 우리가 없어져 주는 게 정윤우를 도와주는 거야.”

“……걱정이 되긴 되니?”

우울한 어조로 은형이 물었다. 그녀도 윤우가 엄청 걱정되는 모양이었다. 유림은 지끈거리는 이마를 손으로 짚으며 한숨을 내쉬었다.

“당연하지. 우리 때문에 일이 이렇게 됐는데.”

“다 나 때문이야.”

“…….”

“뭐 그런 사장이 다 있냐? 완전 노예계약이 따로 없잖아.”

시무룩하게 은형이 중얼거렸다.

"정윤우가 노예계약을 했든 안 했든, 그건 우리랑 상관없는 일이야. 그딴 걱정할 생각 하지 말고 빨리 따라오기나 해."

유림은 신경질적으로 은형에게 대꾸하고는 휙 뒤를 돌았다. 이 상황이 정말로 마음에 들지 않았다. 자신이 이런 상황에 처했다는 사실 자체보다도, 이렇게 될 때까지 아무 생각 없이 끌려 다녔다는 생각에 화가 났다. 왜 더 강하게 거부하지 못했을까? 왜 더 확실히 못을 박지 못했을까? 이런 애매하고 불편한 상황에 빠지게 될 줄 뻔히 알고 있었으면서도 그녀는 윤우를 더 차갑게 밀어내지 못했다.

어쩌면 그녀는 정윤우에게 조금이라도 마음이 있었던 것인지도 모른다. 어찌 됐든 그는 여러모로 그녀를 도와주려고 했던 고마운 사람이었으니까. 영혼이 빈곤한 상태에서 정윤우를 만났다는 게 불행이라면 불행이었다. 그녀는 이제 힘든 사랑 같은 거, 하고 싶지 않았다. 사랑할 땐 더할 나위 없이 행복하겠지만 그 사랑이 끝날 땐 행복한 만큼 커다란 상처를 받는다는 걸 이미 알고 있는 그녀로서, 톱스타 정윤우는 받아들이기 힘든 상대였다.

"차유림!"

이래저래 복잡한 심경으로 걷는데, 누군가 크게 그녀의 이름을 불렀다. 복도를 쩌렁쩌렁 울리는 그 목소리는 분명 윤우의 것이었다. 절로 걸음의 속도가 느려졌다. 은형이 그녀의 팔을

잡아당겼고 유림은 어색하게 걸음을 완전히 멈추고 뒤를 돌아
봤다. 윤우가 이쪽으로 달려오고 있었다.

"어디 가는 거야, 또?"

그가 웃으며 물었다. 그의 뒤에 사장의 모습이 보였다. 유림
은 자동으로 긴장하게 되었다.

"난……."

"가자."

윤우가 뒤쪽으로 고갯짓을 하며 말했다. 다시 안으로 되돌아
가자는 뜻의 제스처에 유림은 인상을 찌푸렸다. 뭐가 어떻게 되
어가는 거야?

"사장님이 너 좀 보재. 할 말이 있다는데?"

"네?"

유림의 눈동자가 훌쩍 커졌다.

"사장님 앞에선 나한테 말 놔야 할 거다."

그가 말하자 유림의 인상이 험악하게 일그러졌다. 이게 다 무
슨 소리야? 어리둥절해하는 그녀를 향해 윤우가 심술궂게 웃으
며 말했다.

"너, 내 친구라고 말했다며?"

Step By Step

"내가 왜 그분을 만나야 하는지 아직도 모르겠어요."

다음날, 유림은 윤우의 차 안에서 신경질을 부리고 있었다. 녹음실 건물 주차장에 파킹을 마친 윤우는 유림을 돌아보며 깊이 눌러져 있던 모자를 한 번 벗었다 가볍게 다시 눌러썼다. 커다란 선글라스 표면에 유림의 얼굴이 맑게 비추어졌다. 그의 눈동자를 볼 수는 없지만 유림은 그의 시선을 확실히 느낄 수 있었다.

"참 어지간히도 말 안 듣는다."

윤우가 가볍게 고개를 끄덕이며 말했다. 혀를 찰 것 같은 분위기에 유림은 미간을 찌푸렸다.

"내가 뭘요."

"그 말투 말이야. 그러다가 실수라도 하면 어쩌려고 그래?"

"그러니까 안 만난다니까요."

"안 만나면 어쩌겠다는 건데. 다 거짓말이었다는 걸 이제 와서 인정하라고?"

윤우의 입가에 빙긋 웃음기가 감돌았다. 물론 절대적으로 기분 좋은 웃음은 아닐 것이다. 거짓말이었다는 걸 인정하게 되면 사태가 더 나빠질 거란 걸 그도 잘 알고 있을 테니까 말이다. 어쩌면 전날 사장이 지시했던 바대로 유림이 진짜 작곡자와 만나 바이올린 전공이란 사실을 확인받아 내는 게 최선의 방법일지도 몰랐다. 그렇다면 적어도 윤우와의 사이를 의심받을 일도 없을 것이고, 그렇다면 그도 유림 때문에 피해를 보는 일도 없을 테니까 말이다. 하지만 그건 전적으로 그의 입장이고 생각이었다. 그녀는 작곡자 따위 만날 의향도 없고 바이올리니스트라는 확인을 받고 싶은 마음도 결단코 없었다.

왜? 그녀가 왜 그런 비생산적이며 절대적으로 소모적일 뿐인 짓을 해야 하는 건데? 정윤우와 진짜 사귀는 것도 아닌데 왜 그딴 연극을 해야 하는 것인지 유림은 정말 억울하고 답답하고 모든 게 귀찮았다.

"이제라도 사장님한테 사실대로 말하는 게 더 낫지 않겠어요?"

빤히 지켜보는 그의 시선을 느끼며 그녀는 퉁명스럽게 대꾸했다.

"뭐라고. 내가 널 좋아한다고?"

그가 참으로 뻔뻔스럽게 말하며 희희낙락했다. 그녀가 신경질을 내는 것도 아랑곳 않고 너무나 태연한 그의 모습에 유림은 짜증을 낼 수밖에 없었다.

"지금 농담이 나와요?"

"농담 아닌데."

"됐어요. 내가 말을 말아야지."

유림은 자동차 문을 열고 밖으로 나가 버렸다. 윤우는 킥 웃으며 차에서 내렸다. 쿵, 문을 닫고 엘리베이터를 향하는 유림의 뒤를 따라 걸어가는 그의 얼굴은 희색이 만면했다. 전날, 이현진 사장에게 불려간 그는 뜻밖의 말을 들었다.

"애들 입조심시켜야겠다."

아무것도 모르는 윤우는 사장이 하는 말을 가만히 듣고만 있었다. 사장은 유림이 윤우와 전부터 잘 알고 지내는 친구 사이로 알고 있었다. 그녀가 바이올리니스트라는 것도 알고 있었고 더 웃긴 건, 윤우가 그녀를 이번 셀피쉬 음반 작업에 참여시키기 위해 회사로 데려왔다는 걸로 이해하고 있었다. 어찌 보면 굉장히 허술하게 들리는 변명이었는데, 그게 또 믿을 수밖에 없는 상황이었다. 이번 음반 작업을 맡은 프로듀서는 클래식 선율과 신서사이저의 조화로운 분위기를 원하고 있었고, 그래서 실

제로 적당한 바이올린 연주자를 물색하고 있는 중이었기 때문
이었다.

"친한 사람이랑 함께 작업하는 건 좋은데, 그게 오버되면 치명
적이란 거 네가 더 잘 알 거야."

사장이 가장 걱정하는 건 그것이었다. 루머. 스스로가 아이돌
이었고, 그래서 항상 따라다니는 악성루머에 휩쓸려 우울증을
겪거나 좌절하여 모든 걸 포기하게 되는 아이돌 스타들을 수도
없이 많이 보아왔기 때문인지 그 점에 있어서는 굉장한 노파심
을 갖고 있는 사장이었다. 그래서 더욱 철저한 관리로 절제시키
고 훈련시키는 것인지도 모르겠다. 하여튼 그는 최정상인 그들
이 사생활로 인해 지금의 자릴 위협받는 경우가 생기는 걸 원치
않았다. 적어도 지금은 아니었다. 그리고 윤우는 그런 사장의
생각을 가장 잘 이해하는 사람 중 하나였다. 분명히 지금까지는
그랬었다.
"뭘 그렇게 쫄아? 그냥 가벼운 미팅인데."
엘리베이터 앞에 서서 그가 히죽거리며 물었다. 말은 않지만
유림의 얼굴에는 걱정과 불안, 초조함이 가득 들어 있었다. 당
대 최고의 작곡가라는 김유석을 만나는 자리이니만큼 긴장을
하지 않을 수 없는 거였다. 진짜 오디션을 보는 것도 아닌데 왜
이리 떨린담.

그녀는 이 일을 맡을 생각도 없었고 그러니 당연히 간절함 따위도 없었다. 사장이 김유석으로부터 인정을 받는다면 객원연주자로 받아주겠다고 했지만, 유림이 여기까지 온 건 그 때문이 아니었다. 셀피쉬의 객원연주자는커녕 그들과 진정으로 엮이고 싶지 않은 그녀였다. 단지 은형과 민찬, 시후, 영민이 합작해서 지어낸 황당무계한 스토리가 진짜라는 걸 증명하고 그의 여자 친구가 아니라는 사실을 사장이 믿게 하기 위해서일 뿐이었다.

"내가 왜 쫄아요? 잘못한 것도 없는데."

신경질적으로 그를 째려보며 유림이 말했다. 뭐가 저리 즐거워 자꾸만 히죽거리는지, 그녀는 윤우가 완전 못마땅했다.

"아니면 다행이고. 그나저나 말실수하면 큰일인데. 너, 자신 있어?"

"내 걱정은 하지 마요. 알아서 할 테니까."

가시 돋친 목소리로 유림이 싸늘히 대꾸했다.

"아무리 봐도 그 뚱한 표정은 좀 위험해서 말이야."

"알아서 한다고요, 글쎄."

짜증스레 그녀가 대꾸하자 그는 킥, 소리를 내며 웃었다. 어찌나 깜찍한지. 잔뜩 긴장해 있으면서도 유림은 애써 안 그런 척 연기하고 있는 중이었다.

"좋아. 기대해 보겠어."

윤우가 씩 웃으며 무거운 손을 턱하니 그녀의 어깨에 내려놓았다. 툭, 내려오는 그의 팔뚝에 그녀의 어깨가 휘청거렸다. 유

림은 짜증나는 얼굴로 휙 그의 얼굴을 돌아봤다. 이게 뭣 하는
짓이냐, 하는 표정이었지만 그녀가 확인할 수 있는 건 그의 반
들거리는 선글라스 렌즈와 부드러운 곡선을 그리며 휘어진 입
술이었다. 일순 그와 굉장히 가까이 붙어 있다는 생각이 퍼뜩,
아주 퍼뜩 들었다. 그녀의 가슴 안에서 뭔가가 쿵, 바닥으로 떨
어졌다.

선글라스 안에 갇혀 그 뜻을 가늠할 수 없는 시선이 뜨겁게
그녀를 주시하고 있음을 너무나 선명하게 느낄 수가 있었다. 그
의 숨결과 체온이 강하게 의식되었다. 느끼지 않으려고 해도 어
쩔 수 없이 느껴지는 순간의 달뜸이 유림의 두 볼을 붉게 달아
오르게 했다.

"뭐, 뭘 기대하겠다는 거예요?"

유림은 제 얼굴을 휙 돌려 엘리베이터를 정면으로 바라보며
물었다.

"몰라서 물어? 자연스런 친구 연기."

"자연스러운 건 모르겠지만 남들 앞에서 친구 이상으로 보이
게 되는 불상사는 없을 거니까, 염려 붙들어 매세요."

얼굴이 점점 더 달아오르고 있었다. 그것을 알아챘는지 어쨌
는지, 그의 입가가 조금 더 깊이 파이는 게 느껴졌다. 그의 미소
는 깊어지고 있었다. 그녀는 자신의 이 떨리는 심장 소리가 그
의 귀에까지 전달될까 봐 두려웠다. 그런 일이 일어난다면 정말
자존심 상해서 죽고 싶어질 거다.

"좋아. 뭐, 그건 나도 원하는 바이니까."

즐거운 듯 말하고 그는 엘리베이터 숫자판을 올려다보았다. 4층에 있던 엘리베이터는 맹렬히 지하 주차장으로 내려오는 중이었다. 유림은 그의 팔이 당당히 올라와 있는 어깨를 꿈틀거리며 그를 찔러보았다.

"이건 좀 내려주시죠?"

"왜? 친구 사이인데."

"지금은 아니잖아요."

가시 섞인 목소리로 그녀가 말했지만 윤우는 그다지 기분 상하지 않은 듯 어깨를 으쓱할 뿐이었다.

"미리 예행연습을 해보는 것도 나쁘지 않잖아."

"그딴 거 필요없어요."

"이거 봐. 이건 내게 엄청나게 중요한 문제라고. 대충 아무렇게나 했다가 거짓말이란 게 들통나면 어떻게 되는 줄 알아?"

선글라스 너머 동그랗게 뜬 그의 눈동자가 희미하게 보였다. 그의 검은 윤곽을 뚫어져라 바라보며 유림은 꾹 입을 다물었다. 잠시 텀을 두고 그녀가 말할 수 있도록 배려해 주었던 윤우는 그녀가 아무 말도 하지 않자 이내 표정을 굳히고 한 손을 들어 턱 밑으로 가져갔다.

"끼익—"

목이 잘리는 시늉을 하는 그의 표정은 심각해 보였다. 적어도 그 순간 유림의 눈엔 그리 보였다. 그의 눈동자 안에 장난기가 둥실둥실 떠올라 있다는 사실을 전혀 모른 채 유림은 한숨을 푹 내쉬었다. 대체 어쩌다가 이런 지경까지 오게 됐는지, 알다가도 모를 일이었다. 그와는 아무 일도 없었고 무슨 일을 벌일 생각도 없는 그녀가 왜 그의 사장님 눈치를 봐야 하느냐고.

'아— 답답해!'

그녀의 눈동자가 위아래로 사정없이 굴려졌다. 당장이라도 기절하고 싶은 마음이 굴뚝같을 것이다. 윤우는 그녀의 어깨에 두른 팔에 더욱 힘을 주며 그녀를 끌어당겼다. 동시에 상체를 숙이고 몸의 중심을 그녀에게 기울이니 두 사람은 굉장히 가까워졌다. 그녀는 무거운 그의 몸을 지탱하며 그를 찌릿 째려보았다. 그러나 그 볼은 붉게 타오르고 있었다. 분명 그의 행동은 남녀 간의 육체적 접촉이라고 하기엔 너무 건전하고 씩씩한 몸짓인데 가슴이 떨렸다. 친한 친구 사이라면 언제나, 충분히 가능한 어깨동무일 뿐인데 심장이 두근거렸다.

'미쳤어? 왜 이러니?'

그는 정윤우다. 한국의 톱스타, 정윤우. 그녀는 전혀 사귀고 싶지 않은, 아니, 사귈 수도 없는 남자, 정윤우. 그런데 왜 이렇게 떠는 거니? 이 작고 의미없는 몸짓에 왜 흔들리는 거야? 그저 어깨동무일 뿐인데. 자신의 알 수 없는 이 반응에 머리가 복잡해지는 유림이었다.

"가자."

땅, 소리가 나자 윤우가 말했다. 엘리베이터 문이 열리기 시작했고 유림은 심호흡을 하며 천천히 안으로 들어갔다.

　김유석의 녹음 작업실은 온통 어두운 색감으로 뒤덮여 있었다. 어둑어둑한 녹음 부스와 최첨단 장비가 작업실 한가운데에 자리하고 있었고, 그 양옆으로는 쉬고 얘기할 수 있는 공간들이 배치되어 있었다. 새까만 가죽소파와 탁자가 자리하고 있는 응접세트로 안내된 그녀는 앉으라는 유석의 손짓에도 불구하고 얼어붙어 꼼짝 못하고 있었다. 먼저 자리에 앉은 윤우가 잡아당겨 억지로 앉히지 않았다면 아마 계속 서 있었을지도 몰랐다.
　"윤우 친구라고?"
　입에 물고 있던 추파춥스 사탕을 한 손으로 쥐고 책장 근처에서 뭔가를 뒤적거리며 그가 소리쳤다. 멍하게 앉아 있던 유림은 쿡, 옆구리를 찔러오는 윤우의 손길을 느끼고서야 자신이 대답해야 할 타이밍이란 걸 깨달을 수 있었다. 유림은 엉겁결에 조금 큰 목소리로 대답했다.
　"네!"
　"오, 목소리 씩씩한데? 윤우 친구답네."
　유림은 강약 조절 실패한 제 입을 주먹으로 꾹 눌렀다. 잔뜩 찌푸려진 그녀의 얼굴을 흘낏 바라보는 윤우의 얼굴엔 뜻 모를 미소가 피어올라 있었다.
　"어디서 유학 중이라고 했던가? 미국? 영국?"
　"미, 미국이요."

"미국?"

그가 고개를 돌려 유림 쪽을 보았다. 선한 눈매가 인상적인 김유석은 상대의 기를 죽이는 묘한 오라를 갖고 있는 듯했다. 그저 돌아보았을 뿐인데 저절로 긴장이 되는 유림이었다.

"거짓말은 아니겠지?"

"예?"

이게 무슨 소리야?

"아— 선생님, 제 친구라니까요. 저 못 믿으세요?"

윤우가 벌떡 몸을 일으키며 물었다. 커다란 두 손을 쫙 벌리며 항의하는 듯한 제스처에 유석의 눈매가 가늘어졌다. 그는 검지로 검정 뿔테안경을 쓱 치켜올려 쓰더니 시니컬하게 미소 지었다.

"네 친구라서 하는 말이야. 난 너한테 이런 친구 있다는 소리 들어본 적이 없거든."

"에? 무슨 소리세요? 저 음악 하는 친구 많아요."

"음악 하는 친구는 많지만 클래식 하는 예쁜 아가씨는 없는 걸로 아는데."

"얘가 예뻐요?"

그가 슬쩍 고개를 돌려 유림을 보았다. 아무리 봐도 예쁜 쪽은 아니라는 듯. 유림은 저도 모르게 인상을 찌푸렸다. 뭐야, 이 두 사람?

"네 기준에선 예쁜 거 아니야? 너, 안 예쁘면 상대도 안 하잖아."

“예?!”

너무나 황당하다는 듯 눈썹을 한껏 치켜올리고 윤우가 물었다. 당장이라도 ‘와— 미치겠네’ 란 말이 튀어나올 것 같은 억울한 표정에는 장난기 가득한 웃음이 머물러 있었다. 언뜻 봐도 김유석과 윤우는 매우 친해 보였다. 데뷔 때부터 지금까지 6년간 늘 함께 작업을 해왔기 때문이겠다.

“이 무슨 망발이세요? 남들 들으면 진짠 줄 알겠네.”

윤우가 기막히다는 듯 고함을 버럭버럭 질러댔다.

“진짜잖아.”

책장에서 한 움큼의 악보를 챙겨 들고 나오며 유석이 생긋 웃는다. 유림 앞에서 그를 일부러 곤혹스럽게 하려는 듯 그의 말투에도 장난기가 다분했다.

“중상모략 그만 하세요. 제가 언제 예쁜 여자만 밝혔다고. 친구도 옆에 있는데 너무하는 거 아니에요?”

“친구라며. 아직도 네 실체 몰라?”

“실체라니요!”

윤우가 소리를 지르며 강하게 손짓했다. 하지만 여전히 웃고 있었다. 황당하다는 그의 표정을 훑어보며 유림은 인상을 찌푸렸다. 대체 뭐가 어떻게 돌아가는 건지 알 수가 없었다. 유석은 소파에 털썩 앉고는 손에 쥐고 있던 악보시트들을 탁자 위로 던져 놓았다. 한 손에 들고 있던 사탕을 입에 물고 그는 몸을 돌려 소파 뒤쪽에 있는 자신의 책상에 놓여 있는 사탕 그릇을 들어 유림 앞에 내밀었다.

"먹어."

얼떨떨한 채로 멍하게 사탕 그릇을 내려다보는 그녀에게 윤우가 말했다. 그는 이미 막대에 끼워진 동그란 사탕을 하나 꺼내 들고 있었다.

"여긴 손님이 오면 커피가 아니라 사탕을 권하는 곳이야."

윤우가 싱긋 웃으며 덧붙여 말했다. 유림이 멍하니 유석을 돌아보니 그는 유림을 관찰하는 시선으로 빤히 바라보고 있었다. 유림은 주저하며 노란색 껍질에 싸인 사탕 하나를 집어 들었다. 이게 뭣들 하는 시추에이션인지, 머릿속에선 본능의 목소리가 열렬히 지금 당장 이 자리를 벗어나야 한다고 속삭이고 있었다. 하지만 그녀는 꾹 자리를 지키고 앉아 사탕 껍질을 까고 있었다.

"그래. 윤우 친구라니까 학력 같은 건 대충 넘어가고……."

사탕을 입에 문 채로 유석이 악보를 뒤적거리기 시작했다. 그 순간 유림은 무슨 간 큰 행동이었는지, 아주 충동적으로 입을 열어버렸다.

"그러실 필요 없어요."

유석의 눈이 휙 치켜떠졌다. 그가 빈틈없는 눈빛으로 유림의 표정을 확인했다. 그녀는 전혀 반항적이지 않고 오히려 순진한 표정으로 긴장한 채 앉아 있었다. 유석의 눈꺼풀이 빠르게 감았다 떠졌다.

"뭐라고요?"

그가 물었다. 유림은 아랫입술을 핥으며 어깨를 으쓱했다.

"윤우 친구이긴 하지만 그 때문에 꼭 필요한 절차를 대충 넘기고 싶지는 않아요."

유석의 눈이 더 커졌다. 의외의 당돌함이라고나 할까. 엄청나게 긴장하고 있는데도 제 할 말을 또박또박 하는 차유림이 유석은 마음에 들었다. 유석의 눈동자가 슥 윤우에게로 향했다. 그는 매우 자랑스러운 미소를 지으며 입술을 삐죽거렸다. 뭘 이 정도 갖고 놀라세요, 라고 말하는 듯. 유림은 어떻게든 절차를 지연시켜서 시간을 때울 생각으로 한 말이었지만 그걸 유석이 알 리 없었다. 음악을 하려면 어느 정도 배짱이 있어야 한다고 생각하는 유석에게 유림은 꽤 괜찮은 인재로 보였다.

"아, 뭐, 아가씨 뜻은 뭔지 알겠어요. 확인 절차가 필요하면 꼭 요구할 테니까 걱정 말아요."

그는 싱긋 웃으며 고개를 숙여 뒤적거리고 있던 악보들을 마저 뒤적거렸다.

"그런데 그거 알아요? 애초 이렇게 아무 면식도 없는 나와 만날 수 있는 거, 또 녹음하게 되는 거, 그거 모두 아가씨가 윤우의 추천을 받아서라는 거."

"네?"

"어차피 우리 음악의 메인은 바이올린이 아니야. 윤우, 민찬, 시후, 영재. 네 명의 보컬라인이 메인이지. 바이올린은 내 음악에서 들러리야. 알고 있지?"

유림은 말없이 입술을 질끈 깨물었다. 무슨 말을 하려는 거야, 이 사람? 종잡을 수 없는 그의 말에 유림은 점점 더 초조해졌다. 그때 정말 난데없는 질문이 터졌다.

"그 뭐냐. 비발디의 사계. 그거 연주할 수 있어요?"

아— 드디어 연주를 시키려나 보다, 싶은 마음에 유림은 잠시 고민을 하지 않을 수 없었다. 비발디의 사계는 음악학도로서 당연히 연주할 수 있었다. 하지만 연주할 수 있다고 말해 버리면 녹음 적임자로 낙점될까 봐 무서웠고, 연주할 수 없다고 말하면 사이비 연주자로 몰릴까 봐 그게 겁이 났다. 잠시 시간을 두고 생각하던 유림은 결국 가장 적당한 대답을 내놓았다.

"못하는 건 아니에요. 하지만……."

무대에 설 정도로 잘하는 건 아니다, 라고 말하려는 찰나였다. 유석이 불쑥 악보 하나를 꺼내 유림에게 건네며 말했다.

"그럼 됐네. 이거 연주할 수 있겠죠?"

"네?"

"기교 거의 필요없고, 담백하고 깔끔하게 연주해 주면 돼요. 뭐, 간단하니까 몇 분만 시간 내서 연습하면 될 거라고 보는데. 어때요?"

"……."

유림은 한 방 맞은 얼굴로 멍하게 유석을 쳐다볼 뿐이었다. 한쪽 볼에 사탕을 물고 두 눈을 동그랗게 뜬 채로 뻥져 있는 유림은 꽤나 귀여웠다. 윤우는 터지는 웃음을 꾹 참으며 그녀의 옆구리를 슬쩍 건들었다.

"뭐 해? 대답 안 해?"

"어? 어, 어…….."

갑자기 당황한 유림은 뒷골 당기는 목덜미를 잡고 쓰러져 버리고 싶은 마음을 꾹 참고 어색하게 웃음 지었다.

"그, 그렇긴 한데요. 제가 일정이 빠듯해서요."

"아! 곧 미국 들어가야 한다고 했죠? 윤우한테서 들었어요. 일정은 내가 최대한 조정해 볼게요. 뭐, 이 곡은 거의 다 나왔으니까 당장 녹음 들어가도 상관은 없는데……."

그는 그럼에도 불구하고 일정상의 이유로 녹음을 2~3일 뒤로 미뤄야 한다는 말을 했다. 하지만 그녀의 귀에는 아무 소리도 들리지 않았다. 그러니까 지금 무슨 소리야? 그녀가 그룹 셀피쉬의 객원 연주자가 되어버린 거야? 정말? 진짜로? 아시아의 슈퍼스타, 셀피쉬의?

"잠깐만."

전화벨이 울리자 그가 자리에서 일어났다. 양해를 구하고 사라지는 유석의 뒷모습을 멍하게 바라보는 그녀의 시야로 뭐가 살랑살랑 왔다 갔다 했다. 정신을 겨우 차리고 초점을 맞춰보니 그의 손가락이었다.

"몇 갠지 알겠냐?"

장난스럽게 그가 물었다.

"사람 놀려요?"

“스읏! 쉿—”

그가 손가락을 들어 제 입술에 댔다. 조용히 하라는 거였다.
뭐야? 유림이 미간을 접었다.

“선생님 듣고 계신다.”

“무슨 슈퍼맨 귀예요? 저쪽에 있는 사람이 어떻게 우리 얘길
들어요?”

“거의 슈퍼맨 귀지? 아마.”

“재미있어요? 나 갖고 장난치는 거?”

“장난 아니라니까 그러네. 진짜야—”

또 똥그렇게 뜬 눈으로 소리치는 윤우. 마치 결백을 주장하는
피고인 같은 모습이었다. 유림은 짜증스레 한숨을 푹 내쉬곤 머
리를 쥐어뜯었다.

“이제 어쩌면 좋아. 난 정말 하기 싫은데.”

“어려운 것도 아닌데 뭘 그리 빼냐?”

“난 내일 미국으로 들어가야 한다고요!”

유림이 고개를 휙 들고 빽— 소리쳤다. 순간 윤우의 민첩한
팔뚝이 움직였다. 커다란 그의 손이 그녀의 입술을 틀어막고 나
서야 유림은 깨달았다. 자신이 윤우와 친구 사이라는 설정 안에
서 행동해야 함을 망각하고 ‘요’ 자를 붙여 버렸음을. 윤우는 화
남과는 거리가 먼 표정으로 빙글거리며 말했다.

“이 정도 목소리면 천 리 밖에서도 들리겠다. 사오정도 알아
듣겠는데?”

유림의 눈동자가 이리저리 굴러다녔다. 윤우의 따스한 체온이 입술과 뒤통수를 타고 그녀의 피부로 찌릿찌릿 전달되어졌다. 유림은 목에 깁스한 것처럼 꼼짝도 할 수 없게 되어버렸다. 아— 대체 어떻게 되어버린 걸까? 그를 밀어낼 수가 없었다. 거절하기에 그는 너무 매력적인 남자였다. 너무 많이 그를 느껴버린 건가?

"이 손 치워요."

라고 말했지만 그의 손바닥에 갇힌 그녀의 입술은 '어버버—' 말이 아닌 잡소리만을 만들어내고 있었다. 그는 싱긋 웃었다. 그리곤 조금 아래로 고개를 끌어 내리며 속삭였다.

"여기서 내가 키스하면 어떻게 될까?"

"……!"

유림의 눈동자가 휘둥그레 커졌다. 윤우의 고개가 살짝 옆으로 기울어졌고 이미 선글라스의 검은 렌즈에서 해방되어 있는 그의 눈이 반쯤 감기기 시작했다.

"슈퍼맨 귀에 버금가는 청력을 갖고 계신 우리 선생님께서는 우리 둘 사이를 금세 알아채겠지? 눈치도 빠르신 그분께선 사장님과도 친분이 두터우니 곧바로 사장님께 알려지겠네."

그의 숨결이 뺨 위를 간질이고 있었다. 그의 반쯤 감긴 눈은 그녀의 입술을 주시하고 있었고 살짝 벌어진 입술은 아까보다 훨씬 가까운 곳에 위치해 숨을 쉴 때마다 달콤하고 따뜻한 입김을 새어냈다. 아무리 그에게 관심없다고 강력주장하고 있는 유림이라도 지금 상황에선 긴장하지 않을 수 없었다.

"사장님은 곧바로 날 호출하실 거고, 난 탈퇴를 강요당하게 되겠지."

꼴깍, 마른침이 삼켜졌다. 그가 유림 때문에 셀피쉬에서 쫓겨나는 일은 생각하기도 싫은 악몽 같은 일이었다. 말도 안 돼. 여자와 사귀는 것만으로도 6년이나 활동했던 그룹에서 쫓겨날 수도 있는 걸까? 아니, 사귄 것도 아니고 단지 잠깐 만난 것뿐인 경우라도? 사실 유림과 윤우는 제대로 된 데이트조차 해보지 못한 사이가 아닌가. 데이트가 뭐야? 오늘 만난 게 겨우 다섯 번째 만남인데.

"난 그럼 6년간 머물렀던 셀피쉬를 떠나야 할 거고, 딱히 할 일이 없는 난……."

"뭐 하는 거예요?"

최악의 시나리오를 만들어내는 윤우의 말을 가로막으며 유림이 짜증스레 소리쳤다. 그리곤 턱을 비틀어 그의 손바닥에서 벗어났다. 빙긋 웃고 있던 윤우는 순순히 그녀를 놓아주었다. 그는 소파 등받이에 한 팔을 걸고 그녀를 빤히 지켜보고 있었다. 겉보기와 다르게 마음이 약한 게 틀림없는 유림의 표정은 이미 잔뜩 일그러져 있었다. 정말 생각만 해도 끔찍한 일이었다. 자신 때문에 윤우가 피해를 보게 되는 걸 유림은 절대로 원치 않았다.

"설레발 좀 치지 마요. 왜 그쪽이 나 때문에 쫓겨나요?"

“말했잖아. 우리 사장님은 활동 중에는 사생활을 갖지 않길 바란다고.”

“그게 말이 돼요? 연예인도 사람인데.”

“우리 넷 모두 그 점에선 동의하고 시작한 일이거든.”

“동의했다고요? 넷 모두?”

유림이 인상을 구기며 물었다. 아무리 스타가 되고 싶다지만 사생활을 포기하면서까지 그러고 싶을까, 하는 표정이 그녀의 얼굴에 적나라하게 드러났다. 안다. 그도 그게 얼마나 위험하고 무모한 발상인지. 악마에게 영혼을 판 것만큼이나 말도 안 되는 일이었다. 하지만 세상엔 그렇게 하고서라도 스타가 되고 싶어 하는 사람들이 쌔고쌨다. 윤우도 그런 사람들 중 한 사람이었고, 지금도 그 선택을 후회하지 않았다. 그는 정말 너무나도 음악을 하고 싶었고 운 좋게, 정말 운 좋게 기회를 잡아 데뷔할 수 있게 된 것에도, 또 이렇게 큰 성공을 거두게 된 것에도 감사해하는 중이다. 다만 유림은…….

글쎄, 모르겠다. 뭐라고 해야 할까?

잠깐 한국에 나왔을 뿐이고 정말 말도 되지 않는 우연으로 만나게 된 것뿐이지만, 그래서 더 애가 닳았다. 다시는 만나지 못할지도 모른다는 생각이 들어 지금 붙들어놓지 않으면 신기루처럼 사라져 버릴 것만 같았다. 내일 아침, 그녀의 얼굴을 볼 수 없을지도 모른다는 생각이 들면 더욱 조바심이 쳐진다.

“왜? 안 믿어지냐?”

“아니요.”

“그럼 왜 그런 표정을 짓는 거냐?”

그는 씩 웃으며 턱을 슬쩍 올렸다. 그 덕에 눈꺼풀이 반쯤 감겼고 길게 휘어진 속눈썹이 나른하게 감겼다 떠졌다.

“웃겨서요. 그렇게 사생활을 포기했다면서 왜 나한텐 사귀자고 했어요?”

“그냥.”

그가 가볍게 대꾸했다. 그 이유에 대해선 그조차도 확신을 가질 수가 없었기 때문에 아무런 답을 내어줄 수가 없었다. 그냥, 정말 말 그대로 ‘그냥’이었다. 그냥 그녀와 친해지고 싶었다. 그냥 그녀와 만나고 싶었고, 정말 그냥 그녀를 사귀고 싶었다. 그게 범죄는 아니잖아? 그는 그저 자신의 감정에 충실하고 싶을 뿐이었다.

“그냥이라고요?”

무슨 이런 미친 자식이 다 있어? 유림의 눈초리는 그리 말하고 있었다.

“왜? 그냥 좋아하면 안 돼?”

“가수를 못하게 될 수도 있다면서요.”

“알아.”

“그래도 날 만나겠다고요?”

“뭐가 문제냐? 바람피우자는 것도 아니고 양다리도 아닌데. 너, 내가 그렇게 싫어?”

"네."

그녀는 두 눈에 힘을 싣고 단호하게 대답했다. 윤우는 도무지 이해할 수 없는 표정으로 되물었다.

"왜? 왜 싫은데?"

"싫은 데 이유가 필요해요?"

"필요하지, 당근."

그의 대답이 떨어지자마자 기다렸다는 듯이 그녀가 대답했다.

"다 싫어요. 됐죠?"

까칠하게 대꾸하고 유림은 그를 외면하며 대화를 갈무리 지으려 했다. 하지만 가만히 있을 윤우가 아니었다. 그는 그녀의 팔을 다급하게 잡아끌며 큰 눈을 더욱 크게 뜨고 펄쩍 뛰었다.

"노노노노, 안 되지. 무슨 그런 이유가 다 있어."

"왜 없어요? 그쪽은 아까, '그냥'이라고 했거든요? 어느 모로 보나, 내 대답이 그쪽 대답보다 훨씬 나은 대답이에요."

그를 쏘아보며 날카롭게 대꾸하는 유림. 윤우는 잠시 하던 말을 멈추고 그녀를 빤히 바라보았다. 차유림표 튕김, 이거 은근히 중독이었다. 자꾸 말도 안 되는 말로 튕기니까 오기도 생기고 그러면서도 까칠한 그녀의 매력에 점점 빠져드는 것 같았다. 어차피 포기하기엔 너무 멀리 와버린 지금, 더 깊이 빠져드는 것도 나쁘지 않을 거란 생각을 하며 그는 툭 다음 말을 내뱉었다.

"너, 사실은 내가 마음에 드는 거구나?"

"뭐라고요?"

이 무슨 망발? 뜨악한 유림이 날카로운 눈으로 그를 돌아보았다.

"나한테 끌리지?"

해도 해도 정말 너무하네. 뭐야, 이거? 왕자병도 아니고.

"너도 내가 좋은 거잖아."

"진심이에요, 그 말?"

"싫은 이유가 마땅치 않다는 건, 너도 모르는 네 자아가 날 원하고 있다는 거야."

"그런 말 하면서 낯뜨겁지도 않아요?"

"너무 자책하진 마. 날 좋아하게 되는 건 당연한 거니까."

으, 밥맛. 그가 일부러 그녀를 놀려먹기 위해 이딴 소릴 하고 있다는 사실은 꿈에도 모른 채 유림은 점점 더 그를 표독스럽게 찔러보았다. 이 대단한 자신감은 대체 어디서 나오는 건지 모르겠다, 마음속으로 욕하고 저주하면서 그녀는 이를 악물었다. 정말 자존심 상하지만 그의 말이 아주 틀린 말이 아니었기에 더 짜증났다. 은근히 섬세하게 자상한 면이 있는 그가, 자신의 일에 열중하는 멋진 모습을 연출했던 그가 싫지 않았다. 그의 말대로 그를 좋아하게 되는 건 정말 당연했다. 진짜, 진짜진짜 짜증나게 그는 거의 완벽에 가까운 남자였다.

"나 갈래요."

　그녀는 자리에서 일어나며 신경질적으로 말했다. 더 이상 듣고 있으면 토 나올 것 같다는 티를 팍팍 내며 거칠게 자리를 박찼다.

　"아— 야!"

　그가 그녀의 팔을 잡아당기며 갑자기 박장대소를 하기 시작했다. '뭐야, 왜 이래?'의 표정으로 유림은 그를 돌아봤다. 그러자 그는 웃겨 미치겠다는 표정으로 그녀를 올려다보며 소리쳤다.

　"농담이야, 인마! 어떻게 또 속냐? 지난번에도 속더니. 붕어도 아니고, 원 참."

　아, 나—

　"뭐예요?!"

　유림이 빽 고함을 지르자 그가 다시 입가에 손가락을 대며 히죽거렸다.

　"쉬잇— 우리 선생님 청력 장난 아니다, 조심해라."

　어찌나 얄미운지. 유림은 기막힌 얼굴로 헛웃음만 연신 내뱉었다.

　"하여튼 넌 날 아주 싹수가 노란 놈으로 보는 게 확실해. 네 눈엔 내가 불한당처럼 보이지?"

　"잘 아니 다행이네."

　"나야 눈치 하나는 빠르지. 어려서부터 눈칫밥을 워낙에 먹어서 말이야."

눈칫밥? 정윤우가? 미심쩍은 표정이 되어 유림은 그를 내려다보았다. 그는 소파에 몸을 뉜 채로 비스듬한 미소를 짓고 있었다. 표정 위로 아련한 그림차가 스쳐 지나간다고 느낀 순간, 그녀는 퍼뜩 정신을 차렸다. 주머니에서 진동으로 되어 있던 휴대전화가 울린 거였다. 며칠 사이에 이 휴대전화로 전화를 걸어온 이는 은형, 성재, 윤우, 그리고 어머니뿐이었다. 갑자기 긴장이 되어 유림은 온몸을 굳혔다.

"전화 왔네. 안 받아?"

윙— 소리를 내는 진동 소리를 알아듣고 그가 끼어들었다. 유림은 어색하게 이마를 짚었다. 은형이라면 다행이지만, 만약 성재라면? 아니면 어머니라면? 유림은 두 눈을 빠르게 깜빡이며 자리를 빠져나가기 위해 움직였다.

"잠깐만요."

그를 돌아보지도 않고 그녀가 중얼거렸다. 윤우는 그가 녹음실을 빠져나가는 걸 빤한 눈길로 지켜보았다. 갑자기 긴장하는 기색의 그녀가 조금 걱정이 되어 뒤따라가고 싶어졌다. 하지만…… 전화일 뿐이었다. 남 전화하는 걸 뒤따라가서 엿듣는 건 그의 스타일이 아니었다.

"내, 그럴 줄 알았지."

뒤통수가 쭈뼛할 정도로 냉소적인 목소리가 날아온 건 그때였다. 걱정스런 눈빛으로 출입문을 뚫어져라 바라보고 있던 윤우는 움찔했다. 반대쪽 공간에서 전화를 받고 나오며 유석이 혀를 차고 있었다.

"현진이 형도 이거 알고 있냐?"

사장과 형동생 하는 막역지간답게 유석은 사장 얘길 먼저 꺼냈다. 그가 알면 난리날 게 뻔했기 때문에 윤우를 걱정해 주는 거였다. 사실, 연예계 데뷔를 하는 스타지망생들은 대부분 어느 정도의 사생활을 포기하며 계약을 하게 되어 있었다. 대중의 인기를 먹고사는 연예계의 시스템상 그건 어쩔 수 없는 것이었고, 특히나 소녀팬들이 대부분인 아이돌 스타라면 그 제약이 더 클 수밖에 없었다. 하지만 그렇다고 정말 모든 사생활을 포기하는 경우는 드물었다. 몰래, 소리 소문 없이 잘만 사귀는 녀석들을 유석은 수도 없이 봐왔다. 물론 그 녀석들 중에서 윤우는 제외다. 순진한 건지, 바보 같은 건지, 녀석은 아직 데뷔 이후 진지하게 누굴 만나는 걸 본 적이 없었다.

"뭘요?"

윤우가 유석을 돌아보며 어색하게 웃었다. 유석의 눈 가장자리가 가늘게 좁혀졌다.

"오리발은. 너 인마, 저 아가씨랑 친구 사이 아니잖아."

"친구예요."

윤우가 훌쩍 눈 사이즈를 키우며 변명했다. 유석은 고개를 가로저으며 쯧쯧, 혀를 연신 차댔다. 아무래도 이대로 모르는 척 해줘야 할까 보다, 싶었다.

"그래, 친구겠지. 여자친구도 친구는 친구니까."

“여자친구 아니라니까요.”

“그래, 그래. 알았어. 믿어줄게. 믿어줄 테니까 현진이 형 앞에선 절대로 지금 같은 모습 보이지 마라.”

“저요? 제가 왜요?”

윤우의 오리발 작전에 유석은 두 손 두 발 다 든 얼굴로 썩소를 지어 보였다. 사탕이 꽂힌 입가에 날이 잔뜩 선 미소가 그려졌다. 그는 성격답게 아주 시니컬하게 다음 말을 뇌까려주며 소파에 털썩 주저앉았다.

“눈에 하트가 뿅뿅뿅 그려져 있다, 인마.”

"왜 전화했어?"

성재의 전화를 받으며 그녀는 심호흡을 했다. 그의 전화번호를 확인하는 순간 머리끝까지 치밀어 오르는 격분을 가라앉히기 위해서였다. 대체 그는 왜 또 전화를 걸어온 걸까? 이제 와서 매달리기라도 할 셈일까? 그런 경우는 정말 생각하기도 싫은 그녀다.

[역시 아직 미국 안 들어갔구나, 너.]

그럴 줄 알았다는 듯한 말투로 성재가 비아냥거렸다. 말투만 들어서는 결코 그녀에게 되돌아올 마음이 있는 건 아닌 듯. 그럼 대체 무슨 일로 전화한 걸까? 유림은 싸늘하게 물었다.

"나 미국 들어갔는지 안 들어갔는지 확인하려고 전화했어?"

[확인할 필요까지도 없었는데. 혹시나 했던 내가 바보지.]

"무슨 소리야? 알아들을 수 있게 말해."

[너 진짜 웃긴 애더라?]

난데없이 그가 거칠게 비꼬았다. 순간 그녀의 눈썹이 세차게 요동쳤다.

"뭐라고?"

[내가 너 그렇게까지 안 봤는데 뒤끝 추잡스럽게 애가 왜 그러니?]

"오빠 말 다했어?"

[아니. 다 못했다. 너, 내가 혜영이 만나지 말라고 했지?]

혜영이라면 성재의 새 연인이다.

"내가 그 여잘 만나기라도 했단 말이야?"

[어설픈 연기 하지 마시지. 모르는 척한다고 내가 속을 줄 알아?]

"무슨 근거로 그런 말을 하는 거야? 내가 그 여자 찾아갔다고 누가 그래? 그 여자가 그래?"

[네가 이러면 내가 다시 돌아갈 것 같지? 어림없어. 정나미가 떨어질 대로 떨어졌는데 이런다고 내 마음이 바뀔 것 같아?]

그녀가 거짓말을 하고 있다고 여긴 듯 그는 계속 그녀를 추궁했다. 어이상실. 기가 막혀서 말도 제대로 안 나왔다. 어떻게 이럴 수가 있을까? 사람으로서, 자신이 변심해 상대에게 상처를 준 장본인으로서, 이렇게 나올 수가 있는 걸까? 이런 사람인 줄 모르고 몇 년간을 사랑하며 살아온 자신이 한심해지는 순간이었다. 너무했다, 이건. 아무리 안 좋게 헤어졌다고 해도 추억이란 게 있는데. 정말 이런 사람과의 추억이라면 바닥까지 득득 긁어 성난 강물 속으로 처박아 버리고 싶었다.

"정나미는 오빠만 떨어진 줄 알아? 나도 떨어졌어. 오빠라면 나도 지긋지긋하다고."

[그래? 듣던 중 반가운 소리네. 그런데 우리 혜영인 왜 만났을까?]

우리 혜영이? 듣자 듣자 하니까 정말.

"내가 그 여자를 왜 만나? 나도 오빠에 관해서라면 털끝 하나조차도 모조리 다 털어내고 싶은 사람이야. 오빠랑 연관되는 거 이젠 나도 끔찍하게 싫다고."

[그러니까~ 그러면서 왜 만났냐고?]

"안 만났다니까!"

결국 인내심이 바닥까지 떨어지자 유림은 버럭 소리를 질러버렸다. 지금 이곳이 어디이고 무엇 때문에 와 있는지, 현실감각이 전부 다 망각의 강으로 사라져 버린 거였다. 겨우 아물기 시작하는 상처에 소금을 뿌리는 성재가 유림은 너무나 미웠다. 화가 났다. 아무리 참고 이해해 보려고 해도 이건 정말 아니었다. 왜 신경 날카로워져 있는 그녀를 자꾸 건드는 거야? 왜? 겉으론 아닌 척, 강한 척하고 있었지만 사실 성재 때문에 가슴이 너무 아팠던 그녀였다.

처음엔 그를 욕하고 비난했었다. 배신한 남자에게 억하심정을 가지는 건 당연한 거고 그 정도의 비난, 할 만하다고 생각했다. 하지만 그에 대한 미련이 아주 없었던 것도 아니었다. 스스로 바보 같다고 여기면서도 가슴속에 여전히 떠도는 안타까움은 어쩔 수가 없었다. 사랑하고 있던 사람에게서 버림받는 일은, 양치질 한 번 빼먹은 것처럼 일상적인 일과는 차원이 달랐다. 지금까지 단 한 번도 이런 식의 아픔을 겪어보지 못했던 유림에게 이건 시련이었다. 아프고 슬프고, 죽고 싶을 정도로 스스로를 비하하기도 했었다.

하지만 아무리 그녀가 괴로워해도 그는 돌아오지 않을 사람이었다. 그걸 깨달은 건, 그가 전화해서 그녀더러 혜영이란 여자를 만나지 말라고 했을 때였다. 상처받은 쪽은 유림인데, 그녀보다 자신의 새로운 연인을 걱정하는 성재는 너무도 먼 사람이었다. 서운하고 속상했지만 어쩔 수 없었다. 그는 그녀를 버린 지 이미 오래된 상태였다.

"미쳤어? 왜 자꾸 이래? 내가 아니라잖아. 아니라는데 왜 자꾸 물어?"

[거짓말하는 거잖아. 왜 거짓말을 하니? 빤히 보이는데.]

"내가 오빠한테 왜 거짓말을 해? 안 만났으니까 안 만났다고 하는 거야. 내가 그 여잘 왜 만나겠어? 아까 말했잖아. 나도 이제 오빠라면 지겹다고."

일주일도 안 됐다. 다른 여자를 사랑하게 됐으니 헤어져야겠다고, 성재에게서 통보를 받고 한국으로 돌아온 게 지난주 토요일이니까. 아무리 강철 같은 심장을 가진 사람이라도 사랑했던 사람에게서 받은 상처를 곧바로 극복하기는 힘들다. 아직도 그녀는 완전히 회복되지 않은 상태란 말이다. 자존심과 자존감에 깊은 내상을 입은 그녀에게 그의 이런 추궁은 또 다른 상처였다. 잔인하고 못된 남자 같으니라고.

[널 만난 게 아니라면, 우리 혜영이가 어떻게 우리 사일 알아? 네가 만나서 얘기한 거잖아. 전에도 그렇게 말했잖아. 다 말해 버리겠다고. 복수라도 해버릴 것처럼 굴었잖아, 너.]

"그건……!"

유림은 정말 어처구니가 없었다.

"내가 그렇게 한가한 사람인 줄 알아? 그래, 만날 생각을 아주 안 했던 건 아니야. 처음엔 욱한 마음에 정말 그렇게라도 해버리고 싶었어. 그래야 속이 시원할 것 같았거든."

하지만 그래 봤자 달라지는 것은 없었다. 오히려 자신만 더욱 비참해질 뿐이란 걸 알 정도로 그녀는 현명했다. 깨끗하게 잊어주고 멋진 인생을 구가하는 게 더 큰 복수라고 생각했다. 보란 듯이 성공하고 행복한 모습 보여주는 게 훨씬 질 좋은 복수가 아니겠는가. 더러운 족속들에게 복수 나부랭이 한답시고 똑같이 진흙탕에서 뒹굴 필요는 없었다.

[이제 좀 솔직해지시네.]

수화기 안에서 성재가 비아냥거렸다. 그를 무시하며 유림은 자신의 말을 이어나갔다.

"그런데 생각해 보니 그럴 만한 가치가 없는 일이더라고. 내가 왜 오빠 일에 시간을 허비해야 해?"

[그럼 아니란 말이야?]

"그래, 미안하지만 난 아니야. 잘못 짚었어."

[그럼 걔가 어떻게 알았단 말이야?]

"낸들 알아? 초능력이 있나 보지, 그 여자한테."

[장난해? 너랑 나랑 캠퍼스 커플이었다는 게 밝혀졌다고! 혜영이가 알아버렸단 말이야.]

"그게 나랑 무슨 상관이야?"

[상관이 왜 없어? 너랑 내가……!]

"없어!"

유림은 그의 말을 가로막으며 단호하게 외쳤다.

"뭔가 단단히 착각하고 있는 것 같은데, 오빠는 이제 나와 아무 상관 없는 사람이야. 오빠가 누굴 만나든 헤어지든 나한테 보고할 필요도 없다고. 마찬가지로 그 여자가 우리 사이 안 걸 가지고 나 때문이라고 말할 자격도 없어. 알겠어? 다시는 나한테 이딴 전화 하지 마. 뭐, 전화해도 받지 않겠지만."

입술을 비틀며 그녀는 그를 실컷 비웃어주었다. 꼴좋다는 소리가 목구멍까지 흘러나왔다. 어떻게 안 건지는 모르지만, 솔직히 그와 유림이 CC라는 사실은 알려고 들면 쉽게 알 수 있는 거였다. 성재가 워낙 마당발이고 잘 떠드는 스타일이라 주변의 많은 사람이 유림에 대해 알고 있을 것이다. 그러게 주변인 입단속 먼저 잘하지 그랬어?

[너, 진짜야?]

거친 숨을 몰아쉬며 그가 물어왔다. 지금까진 정말로 유림이 발설한 거라 생각했었던 모양이었다. 강력하게 말하는 그녀의 어조에 주춤한 기색이 역력했다.

"거짓말할 이유가 없잖아. 진짜 복수를 했다면 오빠한테 당당히 말했겠지. 내가 한 짓이라고 말 못할 이유가 없잖아?"

[……]

"이제 됐어?"

[어떻게…… 어떻게 알았는지 모르겠어.]

초조한 듯 그가 중얼거렸다. 혼잣말인지 그녀에게 한 말인지 알 수 없는 애매한 어조였다. 유림은 숨결이 저절로 거칠어졌다. 감정이 무딘 건지, 인간이 못돼먹어서인지, 알 수가 없었다. 어떻게 이런 소릴 아무렇지도 않게 그녀에게 할 수 있을까. 유림은 짜증스럽게 머리카락을 훑어 올리며 눈을 감았다.

"얘기 끝났지?"

고요하게 묻는 그녀는 거의 보살 수준이었다. 여기서 평정심을 잃고 싸우려 든다면 그가 다 알아버릴 것이다. 그녀가 그에게 얼마나 큰 상처를 받았는지. 지금까지 대차게 잘해왔는데 이제 와서 다 들통 낼 수는 없었다. 아무렇지 않게, 정말 쿨하게 멋진 엔딩을 끌어내야 했다. 하지만…….

[정말, 너 아니지?]

소심하게 그가 다시 물어오자 더 이상은 참기 힘들어졌다. 유림은 번쩍 두 눈을 떴다. 겨우겨우 가라앉히고 있던 짜증이 다시 솟구치는 것 같았다. 사람을 물로 보는 것도 아니고, 어떻게 이렇게 계속해서……!

"야, 이리 줘봐."

누군가가 어깨 너머로 불쑥 손을 내밀며 말했다. 다른 사람이 자신의 통화 내용을 듣고 있을 거란 가능성은 전혀 고려하고 있지 않던 그녀는 깜짝 놀랐다. 의심할 여지 없이 정윤우의 목소리였다.

"뭐, 뭐예요?"

뒤를 돌아보며 그녀가 물었다. 하지만 뒤를 돌아본 순간 그녀는 더욱더 놀라고 말았다. 윤우는 혼자가 아니었다. 작곡가 선생인 김유석과 함께였다. 그의 앞에선 이놈의 '요' 자를 붙이면 안 되는데! 그녀는 혀를 깨물고 싶은 걸 꾹 억누르며 어색하게 웃음을 보였다. 유석은 흥미진진한 얼굴로 입 안의 사탕을 반대쪽으로 굴렸다.

"어, 너였구나."

어색하게 말하며 유림은 쭈뼛쭈뼛 송화구를 손바닥으로 막았다.

"내놔보라니까."

“으, 응? 네가 왜……?”

“일단 내놔봐.”

윤우가 손을 흔들며 재차 말하자 유림은 휴대전화를 건네주지 않을 수 없었다. 대체 무슨 말을 어떻게 하려고 이러는 건지, 유림의 심장은 콩닥콩닥 뛰기 시작했다. 둘을 지켜보고 있던 유석은 야릇한 미소를 입가에 띠고는 윤우와 유림 사이를 스쳐 지나가며 윤우에게 말했다.

“먼저 내려가 있으마.”

“예, 선생님.”

윤우는 유석에게 깍듯하게 인사를 하고는 유림에게서 받은 휴대전화를 제 귀에 댔다. 유석은 윤우와 유림을 한 번 더 삐딱한 시선으로 훑으며 복도를 걸어가기 시작했다. 저 시선은 뭐지? 유림으로선 궁금증이 안 생길 수 없었다. 마치, 마치 꼭…… 엄청난 비밀을 알고 있는 것 같은 눈빛이었다.

“여보세요. 누구십니까?”

유림이 유석의 알쏭달쏭한 눈빛에 혼란스러워하고 있는 사이, 그가 통화를 시도했다. 유림의 관심은 저절로 유석에게서 윤우에게로 향했다.

“아니, 누구신데 우리 유림이한테 전화한 거냐고요.”

우리 유림이? 유림은 윤우를 빤히 바라봤다. 이 남자가 미쳤나?

“나요? 유림이 애인이요.”

헉! 유림의 턱이 쭉 아래로 떨어졌다. 뻔뻔스럽게도 그는 아무렇지도 않게 거짓말을 늘어놓고 있었다.

"아아— 맞아요. 새 애인이죠."

그가 생긋 웃으며 상냥하게 대답해 주었다. 유림의 표정이 기이하게 일그러져 가고 있었다. 웃어야 할지 울어야 할지 모르는 그녀의 심정이 그 얼굴에 고스란히 드러나 있었다.

"그럼 댁이 그 예전 애인입니까? 다른 여자한테 한눈팔고 적반하장 격으로 헤어지자고 했던 그 천하의 나쁜 놈, 맞죠?"

유림은 두 눈을 점점 키웠다. 이 남자, 지금 뭐 하는 거야?

"아— 꽤나 시끄러우시네."

윤우가 손가락으로 귀를 후비며 인상을 찌푸렸다. 보나마나 성재가 버럭 고함을 쳤을 게 뻔했다. 그는 생전 처음 대하는 사람으로부터 비난의 말을 듣고도 참고 있을 사람이 아니었다. 험악한 소리가 흘러나왔을 게 뻔했지만 윤우는 귓등으로 흘려듣는 듯 따분한 표정을 지으며 중얼거렸다.

"미안한데요, 댁의 생각은 별로 듣고 싶지 않거든요. 내가 하고 싶은 말은, 내 여자한테 다시는 전화하지 말라는 거예요. 당신이 당신 여자 중요하게 생각하듯이 나도 내 여자가 아깝거든요. 일주일 전까진 당신의 여자친구였을지 모르지만 지금은 아니란 걸 아셔야죠."

유림의 눈꺼풀이 천천히 나풀거렸다. 그러니까 이 남자가 지금…… 나를 위해 남자친구인 척해주고 있는 건가? 나의 자존심을 지켜주고 싶어서?

"믿든 안 믿든, 그건 그쪽 마음이죠. 마음대로 하세요, 그건."

성재가 못 믿겠다고 으름장을 놓는 걸까? 그는 여전히 따분한 표정을 지은 채로 가볍게 말했다. 어쩌면 거짓말을 저렇게 진짜처럼 잘할 수 있을까? 유림마저도 한순간 착각해 진짜로 믿어버릴 수도 있겠다.

"한 가지만 명심하시면 됩니다. 앞으로 유림이한테 전화하지 마세요. 오늘까지만 봐드리죠. 유림이 옆에 다른 사람이 있다는 걸 몰랐던 모양이니."

유림의 맑은 눈은 윤우를 빤히, 아주 정말 심하게 빤히 바라보고 있었다. 함부로 남의 전화를 가로채 쓸데없는 소리를 지껄이고 있는 정윤우가 왜 이렇게 멋져 보이는 건지. 심장이 점점 더 쿵쿵 큰 소리로 뛰는 것 같았다. 사실, 윤우에게 마구 면박을 주며 네가 뭔데 남의 일에 끼어드는 거냐고 쏘아붙여 줘야 정상이었다. 생판 남인 그가 그녀의 일까지 나서서 도와주는 거, 실은 자존심 상한 일이기도 했기 때문에. 하지만 지금은 그럴 수가 없었다. 가슴이 찡해지면서 울컥 치미는 감정은 분명……

탁. 유림의 휴대전화 슬라이더가 닫혔다. 윤우를 바라보며 자신만의 생각에 빠져 있던 유림은 흠칫 정신을 차렸다. 그는 손목을 꺾어 유림에게 전화기를 내밀었다. 얼굴엔 여전히 그 특유의 따분한 표정이 서려 있었다. 유림은 복잡한 심경을 감추고 그의 손바닥에 올려져 있는 제 휴대전화를 조심스럽게 집었다.

"이 녀석 잘생겼냐?"

뜬금없이 그가 물어왔다. 유림은 그를 흘낏 보고는 이내 아무 말 없이 바지 주머니에 휴대전화를 집어넣었다.

"아니면 돈이 많아?"

"그런 건 왜 물어요?"

계속 질주하려는 심장의 움직임을 애써 억누르며 그녀는 퉁명스럽게 물었다.

"궁금해서. 뭘 보고 이 녀석과 사귀었는지."

"나름 잘생겼어요. 돈도 있고."

성재는 아버지가 의사이고 어머니가 변호사인, 나름대로 잘나가는 집안 출신이었다. 깐깐하기로 유명한 유림의 어머니, 이원자 여사조차도 그녀와 성재가 사귀는 걸 반대하지 않을 정도였으니 오죽할까.

"나보다 더?"

윤우가 물었다. 살짝 고개를 숙이고 있던 유림의 눈이 번쩍 커졌다. 이건 무슨 의미지? 그녀는 조심스럽게 윤우를 올려다봤다. 그는 여전히 심드렁해 보였지만 그녀의 대답을 기다리고 있었다. 유림은 터질 것 같은 자신의 심장 소리를 들으며 중얼거렸다.

"아닐걸요?"

"음, 그럼 됐네."

그가 고개를 끄덕이며 씩 웃었다.

“뭐가 돼요?”

“복수.”

“네?”

“복수 몰라? 리벤지.”

무슨 소릴 하는 거야, 이 사람? 유림의 눈꺼풀은 또다시 멍하게 깜빡거리기 시작했다. 그는 킥 장난스런 웃음소릴 내더니 유림의 어깨에 무거운 팔을 턱 올려놓았다. 그리곤 유림을 실컷 깔아보며 말했다.

“그 자식보다 더 잘난 사람을 만났잖아. 아주 통쾌한 복수 아니야?”

“누굴 만났다는 거예요?”

“누구긴 누구야? 나지.”

엄지를 세워 자신을 가리키며 그가 말한다. 만면에 뿌듯함이 가득 들어차 번지기 시작했다. 자신이 잘났다는 사실에 완전 도취되어 있는 것 같은 표정이었다. 저 왕자병을 진짜 어째야 해? 유림은 인상을 찌푸리면서도 화를 낼 순 없었다.

“댁은 연예인이잖아요.”

“그게 뭐?”

“당연히 일반인들이랑은 다르죠.”

“그래서? 뭐, 핸디캡이라도 줘야 한다는 소리야?”

“대체 무슨 소릴 하는 거예요?”

핸디캡은 뭐고 복수는 또 뭐냐고요. 설마 정말 성재와 비교라

도 당하고 싶은 건가? 전에도 언급했지만 두 사람을 비교한다는
건 정말 말이 안 되는 소리다. 성재가 아무리 잘났다고, 꽃미남
아이돌 윤우와 대적할 정도는 못 된단 말이다. 겨우 그런 상대
와 비교당한 윤우는 지금 이 순간 자존심 상해해야 정상이었다.
한데,

"자긍심을 가져도 된다는 거지, 내 말은."

이러고 있다.

유림은 정말 할 말을 잃어버렸다.

＊

"해도 되겠어."

원래 유석은 단도직입적으로 결론부터 던져 놓는 습성이 있
었다. 듣기에 따라선 답답할 수도 있는 버릇이지만 그와 동고동
락하면서 지금의 거대 엔터테인먼트를 이룩한 동업자이자 친한
선후배 사이인 이현진에게는 전혀 문제될 게 없었다. 그가 무슨
말을 하든 현진은 금세 알아듣고 대화를 이어갈 수 있었다. 현
진은 유석의 옆에 나란히 앉은 차유림을 슥 찔러보았다. 그녀는
완전히 얼어붙어 꼼짝도 하지 않고 있었다. 그녀의 머리 위로
'윤우는 대체 어딜 갔을까?' 란 생각말풍선이 떠 있는 것만 같았
다.

"진짜 바이올린 연주자야?"

미심쩍은 어조로 현진이 물었다.

"시켜봐."

유석이 피식 웃으며 말했다. 못 믿겠으면 직접 눈으로 확인해 보란 뜻이었다. 현진은 작은 한숨을 내쉬며 소파 뒤로 몸을 내던졌다.

"윤우랑은 언제부터 아는 사이예요?"

여전히 날이 선 목소리로 현진이 물었다. 유림의 얼굴은 금세 X썹은 표정이 되어버렸다. 사실대로 일주일도 안 됐다고 말할 수는 없었다.

"하, 학교 다닐 때부터……."

"어디? 고등학교? 그 녀석 남고 나온 걸로 아는데?"

"중학교……."

"남자 중학교 아니었어?"

현진이 유석을 향해 물었다. 유석은 입에 물고 있던 사탕을 빼며 자연스럽게 대답했다.

"중간에 공학이 됐다지, 아마? 그렇죠?"

하며 그는 유림을 돌아보았다. 그리곤 씩 예의 그 비밀스러운 미소를 지어 올렸다. 유림은 멍하게 있다가 퍼뜩 정신을 차렸다. 지금 이 사람, 그녀를 도와준 거?

"예."

유림은 겨우 한마디 대답하고는 푹, 고개를 숙였다. 화장실 다녀온다는 정윤우는 대체 뭘 하느라고 이리 안 오는 건지 속이 부글부글 끓었다. 아까까진 정말 멋져 보였는데 한순간에 저주하고 싶어졌다. 사장실로 그녀를 데리고 올 땐 자기가 다 알아서 할 테니 걱정 말라고 했단 말이다.

"걱정 마. 넌 그냥 가만히 앉아 있기만 해. 나머진 내가 알아서 다 할게."

그 말을 들을 때만 해도 그녀는 은혜 갚는 제비의 심정이었다. 그녀를 위해 성재와 통화를 해준 그의 행동에 약간 감동해 그 보답으로 그의 부탁을 들어주기로 한 거였다. 어쨌든 일정을 며칠만 미루고 쉬운 연주, 잠깐 해주면 되는 거니까. 일정 바꾼다는 게 쉬운 일은 아니었지만 그가 해준 일에 비하면 아무것도 아니었다.

"좋습니다. 윤우의 추천도 있고 하니까 그럼 해봅시다."

현진이 그녀에게 말했다.

"예."

당연한 거지만, 현진은 유림이 이 일을 완전 환영하는 줄 아는 모양이었다. 유림의 말은 들을 필요도 없다는 듯이 대답이 끝나기도 전에 유석을 돌아보며 물었다.

"녹음 일정이 어떻게 되지?"

"그게 말이야. 원래는 B—side트랙이라 좀 느긋하게 잡았는데, 이분이 곧 출국해야 한다네? 미국에 유학 중이신데 잠깐 나왔다나 봐."

"그래서?"

"먼저 바이올린만 따지 뭐."

"월요일에 한다는 거야, 뭐야?"

"그래야지. 아니면 먼저 시간을 내서 미리 녹음하든지."

녹음할 당사자인 그녀를 제쳐 두고 자기들끼리 대화를 나누시는 사장님과 작곡가님. 유림은 탁구공 구경하듯 고개를 이쪽저쪽 내돌리며 두 사람의 대화를 열심히 들었다. 제발, 제발 진짜 월요일로 결정 내려줘. 더 이상은 미루고 싶지 않다고.

"그게 낫겠네. 오전에 미리 녹음을 끝내놓자. 보컬도 아니니까 목 풀 필요도 없고, 오전에 하면 되겠어. 오전에 다 끝낼 수 있겠지?"

"그럼~ 몇 소절 되지도 않는데 뭘. 멜로디 라인이 어려운 것도 아니니까 문제없을 거야."

"어때요, 차유림 씨?"

갑자기 휙 유림을 돌아보더니 현진이 물었다. 갑작스런 행동에 유림은 흠칫 놀랐다.

"저, 전……."

"출국은 오후로 미루면 될 것 같은데. 괜찮죠?"

"저희 쪽에서 많이 배려해 준 겁니다. 이렇게 일정 안 맞으면 원래는 같이 일 못해요. 윤우 친구라니까 봐드리는 겁니다."

사장에 이어 유석도 한마디 했다. 유림은 조용히 고개를 끄덕이며 웃어줄 수밖에 없었다. 이 자리에서 뭐라고 말하겠나. 속마음 그대로, 나도 정윤우 부탁 아니었으면 당신들이랑 일 안 해요, 라고 말해줄 수는 없지 않나.

'그나저나 이놈은 대체 어딜 간 거야?'

라고 생각하는 찰나다. 양반은 못 된다는 걸 증명이라도 하듯 정윤우가 벌컥 문을 열며 등장했다.

"얘기 벌써 끝났어요?"

"어, 월요일 오전에 하는 걸로 결정지었다."

"오전에요?"

사장의 말에 윤우의 시선이 유림에게로 뚝 떨어졌다. 밝게 웃으며 등장했던 것과는 다르게 그의 표정은 굳어 있었다. 유림은 그를 빤히 마주 보았다. 왜 그랬는지, 그녀 자신도 알 수 없었다. 그냥 그의 시선에 갇힌 것처럼 그에게서 시선을 뗄 수 없었다. 그는 새까맣고 깊은 눈동자를 가지고 있었다.

"할 수 있겠냐?"

그가 조용히 물었다. 별다른 감정이 들어 있지 않은 목소리였지만 그의 시선은 전혀 달랐다. 뭔지 모르지만 굉장히 깊은, 수많은 감정이 담긴 것처럼 그윽이 반짝이고 있었다.

"녹음, 보통 오전에 안 하거든. 목이 덜 풀려서."

"난……."

괜찮아, 라고 말해야 하는데 말문이 턱 막혀서 말을 할 수가 없었다. 그를 만나고 지금까지 단 한 번도 이런 진지한 모습을 본 적이 없어서일까? 착 가라앉은 목소리도, 애틋한 감정을 가득 머금은 듯한 저 눈동자도 낯설었다.

"바이올린을 목으로 연주하냐?"

두 사람 사이에 형성된 기묘한 분위기를 감지한 유석이 불쑥 끼어들었다. 두 사람이 이런 식으로 5초만 더 서로를 빤히 바라본다면 현진이 모든 걸 알아채게 될 것이다. 기본적으로 윤우가 여자를 사귈 적절한 시점이 아니란 현진의 생각에 전적으로 동의하는 유석이지만 그럼에도 녀석의 감정은 존중하고 또 지켜주어야 한다고 생각했다. 사람 감정이란 게 자기 마음대로 조율되는 게 아니지 않나. 사랑이 뭔지 아는 사람이라면 누구나 유석과 같은 생각일 것이다. 어찌 됐든 유석은 감정을 멜로디에 쏟아붓는 예술가다. 당연히 사업가인 현진의 입장과는 다를 수 있었다.

"아— 손은 아침에도 풀리나?"

윤우가 킥 웃으며 농지기를 던졌다. 언제 그랬냐는 듯 넉살 가득한 표정에 유림은 잠시 멍해졌다. 방금 그녀가 본 건 뭐지? 분명 그가 진지하게 뭔가를 호소하듯 그렇게 그녀를 바라봤는데. 분명 그랬었잖아.

"뭐, 잘 결정했다. 한 시간이라도 빨리 끝내면 우리야 좋지."

윤우는 유림의 시선을 피하듯 살짝 비껴가며 사장을 돌아보았다.

"그럼, 전 이만 가도 되죠?"

"왜? 같이 안 가고?"

사장은 윤우를 올려다보며 물었다. 함께 왔으니 함께 가려니 했던 거다. 당연한 거 아닌가. 유림도 그가 자신을 기다려 줄 거라고 생각했었다. 그런데 뭐야? 혼자 가버리겠다고?

"곡 받았잖아요. 연습도 해야 하고, 환이 형이랑 할 얘기도 있고요. 너, 집에 혼자 갈 수 있지?"

윤우가 눈을 내리깔고 유림을 내려다보며 물었다. 환이 누구였더라, 멍하게 생각하고 있던 유림은 갑작스런 그의 질문에 깜짝 놀랐다.

"어? 어."

얼떨결에 대답을 해버린 그녀는 황당한 채 그대로 남겨졌다. 윤우는 사장과 작곡가에게 차례로 허리를 굽혀 인사를 하고는 뒤도 돌아보지 않고 방을 나가 버렸다. 영문 모르고 멍하게 있다가 혼자 남겨져 버린 그녀는 마치 내팽개쳐 버린 기분에 어찌할 바를 모르고 앉아 있어야 했다.

예정된 일의 진행 일정을 꼼꼼히 듣고 페이나 악기 대여에 대한 사항까지 모두 들은 후에는 윤우의 친구이기 때문에 자신이 나서서 직접 얘기를 해주는 거라 생색내는 사장의 발언을 재차 또 들어야 했다. 하지만 지루하게 이어지는 설명들보다 석연찮은 분위기를 풍기며 사라져 버린 윤우가 더 신경 쓰이는 건, 그녀 스스로도 어찌할 수 없었다. 왜 갑자기 태도를 바꿨을까? 그 깊고 진했던 눈빛과 느닷없는 행동은 무슨 상관이 있는 걸까?

머릿속엔 수많은 질문이 맴을 돌았고 심경도 그래서 더 어지러워졌다.

모든 설명을 다 듣고 월요일 아침 일찍 녹음실을 찾기로 하고 자리를 뜬 시각은 윤우가 사라진 순간으로부터 30분쯤 후. 짧다면 짧은 시간이었지만 듣고만 앉아 있었던 유림에겐 고문 같은 시간이었다. 자리에서 일어나며 사장과 작곡가 모두와 차례로 악수를 할 때도 마음은 윤우에게 가 있었다. 만나서 무슨 일이냐고 묻고만 싶었다. 아무리 생각해도 혼자 그리 가버릴 사람이 아니란 생각이 들어 좀이 쑤시기까지 했다. 밖에서 그녀를 기다릴 게 틀림없다고, 유림은 거의 확신하고 있었다.

하지만 사무실을 나오고, 사무실이 있는 건물을 나오고, 혹시 몰라 주차장까지 찾아가 봤지만 그의 자취 따위는 눈 씻고 찾아봐도 없다는 사실을 알았을 때 그녀는 깨달았다. 그는 정말 가버렸다고. 주차장 앞에서 유림은 축, 어깨를 늘어뜨리고 말았다.

'뭘 기대한 거니, 차유림?'

바쁜 일이 있었겠지. 노래 연습도 해야 하고, 만날 사람도 있었다잖아. 자기 일정까지 망가뜨리면서까지 그녀를 배려하고 싶지 않았나 보지. 그럴 이유가 없었나 보지. 그걸 서운하게 생각하면 안 되는 거잖아.

"이 기분은 뭐야?"

중얼거리게 되는 유림이었다. 그녀는 쓸쓸한 심정을 가슴에

담고 택시를 잡기 위해 터벅터벅 길가로 향했다. 자기 마음이
왜 이리 서늘한지, 뭣 때문에 이리 서운한 건지에 대해선 전혀
생각조차 못하고 있었다. 그냥 더 이상 정윤우와는 얽히지 않아
도 될 거란 사실에 흡족해하려고 노력할 따름이었다.

✳

"그냥, 생각있는지 물어보는 거야. 저번에 하는 얘기 들어보
니까 이쪽 일에 대해 아직 미련이 있는 거 같아서."
　월요일 오전. 윤우는 녹음실 주차장에서 전화 통화를 하며 자
동차를 주차하고 있었다. 차에서 내리기 전에 그는 늘 그렇듯이
룸미러를 향해 눈을 치뜨고 얼굴을 살폈다. 뿔테안경과 모자로
얼굴을 최대한 가렸지만 여전히 메이크업하지 않은 얼굴이 마
음에 걸렸다. 사실 방송 출연을 하지 않을 땐 언제나 생얼로 돌
아다니고 또 그게 편한 그였지만 요샌 그것도 여의치가 않았다.
어찌나 카메라들이 좋은지. 저 멀리에서도 줌을 당기면 땀구멍
에 잡티까지 다 보이는 통에 엽사(엽기사진) 아닌 엽사가 나오기
가 일쑤다. 인터넷에 엽사직찍이 올라오면 참, 아이돌로서 당황
스럽지 않을 수가 없었다.
　[혹시 그쪽에 네가 미리 내 얘기를 해놓은 건 아니지?]
　형진이 잔뜩 경계하는 목소리로 물어왔다. 그쪽이란 셀피쉬
의 백댄싱을 전담하고 있는 '노이즈크루' 팀을 말하는 것이다.

안무가 선생인 박환이 바로 이 '노이즈크루' 팀을 이끌고 있었다. 당연히 그는 환에게 미리 형진에 대해 얘기를 해놓았다. 환의 성격이 어떤지 아는 사람은 결코 미리 말하지 않을 수 없을 것이다. 까다롭고 얄짤 없는 그는 윤우의 부탁이 아니었으면 형진처럼 몇 년 춤을 끊은 댄서의 오디션 따위 보려 하지 않았을 것이다.

"아니야—"

어쩔 수 없이 거짓말을 하게 되는 윤우다. 뭐, 상관없다. 어차피 환의 성격상, 형진이 영 아니다 싶으면 가차없이 '땡'을 외칠 것이다. 윤우와 친분이 있다고 해서 무조건 오케이할 사람이라면 형진을 추천하지도 않았을 것이다.

"아까도 말했지만 이건 공채의 성격이 크다니까. 너뿐 아니라 여러 명이 오디션을 보게 될 거야."

[…….]

"그 형, 소문 들어서 알잖아. 얼마나 까다로운지. 내가 널 추천했다 해도 무조건 받아주는 사람 아니야."

혹시나 기분 상한 건 아닌지 형진의 눈치를 살피며 윤우는 아주 조심스럽게 말했다. 형진이 얼마만큼 큰 자격지심을 가지고 있는지 알게 된 이후 쭉 이런 상태였다. 그가 형진에게 잘못한 것은 없지만 형진의 콤플렉스가 형성되는 데 얼마간은 일조했다는 생각이 들어서 그는 내내 찜찜한 상태였다. 그는 친구지간에 이런 감정의 골이 생기는 게 싫었다. 해묵은 감정 같은 건 털어버려야 직성이 풀리는 스타일이라, 힘든 건 늘 윤우 쪽이 되었다.

[몇 명이나 뽑는데?]

형진이 뭉그적거리며 천천히 물었다. 아닌 척하고는 있지만 내심 반가운 것도 사실일 터. 윤우는 비로소 굳어 있던 표정을 풀며 피식 웃었다. 철컥, 자동차 문을 열고 나오며 그는 사실대로 말해주었다.

"정해진 건 아니야. 원래 이쪽은 실력이 어느 정도 되면 다 뽑아두잖아."

[노이즈크루 팀에서 오디션을 하는 거면, 난다긴다하는 사람들이 다 보러올 텐데.]

"뭐 어때. 떨어져도 경험이다, 생각하는 거지. 어차피 몇 년을 쉬었잖아. 부담없이 한번 봐. 난, 네가 춤을 다시 시작하기엔 더없이 좋은 기회이다 싶은데."

쾅. 자동차 문을 닫고 경보기를 켜는데 형진이 조심스럽게 물었다.

[언제…… 라고 했지?]

"그건 아직 모르겠고, 네가 나가겠다고만 하면 알아봐 줄 수는 있어."

자동차를 돌아 나오는 그는 슥 주위를 훑어보며 말했다. 움직일 때마다 주위를 살피는 건 직업병이었다. 혹 자신에게 렌즈를 맞추는 카메라가 있는 건 아닌지 경계하는 거였다. 연습실과는 달리 녹음실은 팬들에게 아직 공개되지 않아 조금 여유롭긴 하지만 그래도 사람 일은 모르는 거다. 활동 중이 아니긴 해도 민찬의 스캔들로 인하여 세간의 주목을 받고 있기 때문에 모든 행동을 조심해야 했다.

“어때? 생각있어? 만약 이쪽 일에 미련이 있다면, 그래서 다시 시작해 보고 싶다면 아주 좋은 기회가 될 거야. 알지? 박환이라고 하면 우리나라에선 최고라는 거.”

[알지. 그런데 자신이 좀 없다.]

기운없이 중얼거리는 형진은 평소의 기백을 전부 다 잃어버린 것 같았다. 자신의 지금 현실에 대해선 강한 불만을 가지고 있지만 현실을 극복하려는 의지는 별로 없어 보였다. 함께 춤 연습을 하다가 그가 먼저 낙오된 이유도 바로 이런 약한 의지 때문이었다. 나중에 후회하지 않기 위해서 최선을 다한 윤우와는 분명 다른 태도다.

“뭘 망설여? 잃을 것도 없잖아. 떨어지면 떨어지는 거고, 붙으면 좋은 거고. 가볍게 생각하고 도전해 보라니까.”

[나도 그러고는 싶은데…….]

“그럼 해. 하고 싶은 일을 왜 안 하려고 해. 그러니까 나중에 후회하잖아.”

[넌 인마, 내 심정 몰라.]

“뭘 또 몰라— 알아, 네 심정. 아니까 이런 정보도 알려주는 거지. 네가 이쪽 일에 미련있다는 거 진짜 몰랐어. 알았다면 진작 알아봐 줬을 거다."

[휴—]

하고는 싶은데 용기는 없고, 포기를 하자니 기회가 너무 아깝고. 형진의 심정을 대변하는 한숨이 흘러나왔다. 윤우는 그의 마음을 이해할 수 있었다. 겨우 마음잡고 대학 공부를 하고 있는 그가 아닌가. 춤을 안 춘 지 꽤 됐고 그사이 군대까지 다녀왔다. 몸도 굳을 대로 굳어 있는 상태에 미래도 불투명하다. 그래서 더욱 꾸준히 한 우물을 파지 못한 게 아쉽고 후회되는 것일 테다.

"좋아. 그럼 조금 더 생각해 봐. 아직 시간 있으니까 충분히 생각하고 나한테 다시 전화 줘라."

[그래도 될까?]

"당연하지. 이제 공고가 났으니까 접수까진 아직 시간이 있……."

엘리베이터를 향해 걷던 그의 걸음이 그 속도를 현저하게 늦추었다. 주위를 훑던 그의 시선에 뭔가가 걸려들었기 때문이다. 휙, 스치듯 사라진 형상은 분명 사람의 그것이었다. 지프자동차 운전석에 앉아 있던 그것은 너무 빨리 옆으로 쓰러졌다. 자연스럽지 못한 그 행동이 윤우의 의심을 부추겼다. 또 도촬인가?

"있을 거야. 천천히 생각해."

늦추었던 걸음을 다시 빠르게 걸으며 그는 하던 말까지 마무리했다. 전혀 눈치 채지 못한 것처럼 자연스럽게 행동하고 있었지만 그는 알 수 있었다. 저런 자동차는 그의 소녀팬이 타고 다닐 만한 것이 아니라는 걸. 잡지사인가? 아니면 신문사?

"그래, 그럼. 언제 만나서 소주 한 잔 하자."

다시 한 번 심사숙고해 보겠다는 형진의 말에 그는 통화를 마무리했다. 형진은 '네가 바빠서 자주 못 만나는 것'이라며 윤우의 무심함을 찍었다. 윤우는 머쓱하게 머리를 긁적거리며 웃을 수밖에 없었다. 너무 바빠서 친구들에게 예전만큼 신경 쓰지 못한다는 건 그도 인정하는 거라서.

그는 스륵 열리는 엘리베이터 문을 통과해 안으로 들어갔다. 형진과의 통화를 끝내고 휴대전화를 접는 그는 고개를 약간 숙이고 있었고 그 기회를 이용해 다시 몸을 일으킨 그 누군가는 망원렌즈를 들어 그 모습을 포착하고 있었다.

오늘 셀피쉬의 앨범 녹음 첫날이라는 사실을 입수하고 오전부터 죽치고 앉아 있던 이 사람은 리더인 정윤우가 도착했으니 앞으로 다른 멤버들도 속속 도착할 거란 기대를 가지고 뿌듯한 미소를 지었다. 기자는 정윤우가 예정보다 꽤 많은 시간을 앞당겨 도착했다는 사실을 전혀 모르고 있었다.

"일찍 왔네? 어쩐 일이냐?"

녹음실에 도착하자마자 윤우를 맞이한 건 유석이 아니었다. 녹음부스 안에서 바이올린을 켜고 있는 유림의 실루엣이었다. 시각이 마비된 듯 그녀의 모습 외의 것은 그 어느 것도 들어오지 않았다. 그녀는 연주에 완전히 몰입해 있었다. 지그시 눈을 감고 고개를 옆으로 돌려 턱과 어깨 사이에 바이올린을 걸친 채로 부드럽게 춤을 추듯 팔을 움직이며 음표들을 멜로디로 승화시키는 유림이 정말로 음악가처럼 보였다. 새로운 면을 발견한 기분이랄까. 다른 사람 같다는 생각이 들 정도로, 그녀는 아름다웠다.

"멋진 연주잔 거 같아."

윤우가 부스 안을 뚫어져라 보는 걸 알아챈 유석이 씩 웃으며 말했다.

"제법이더라고. 은근히 승부욕도 있어서 마음에 드는 소리를 찾을 때까지 계속 연주하고 있어. 누가 프로듀서인지 모르겠다니까."

"겉보기하고 많이 다른 애죠."

은근히 뿌듯해졌다. 유림이 누군가로부터 인정받았다는 게. 음악적으로 무척이나 까다롭고 깐깐한 유석에게 인정받는 건 흔한 일이 아니었다. 그만큼 유림의 근성이 마음에 든다는 거겠다. 그럴 줄 알았지, 생각하며 윤우는 흐뭇한 미소를 지었다.

"근데 너, 웬일이냐? 너무 빨리 온 거 아니야?"

그의 날카로운 지적에 다소 깊숙이 눌러쓰고 있던 모자를 벗어 살짝 얹으며 윤우가 말한다. 슬쩍 눈을 키우는 모양새가 일부러 일찍 온 게 아니란 강변을 하려는 듯했다.

"왜요? 원래 일찍 오잖아요, 저."

"거짓말도 신빙성이 있게 해야 믿어주지."

"선생님, 저 정윤우예요. 셀피쉬의 리더. 전 원래 준비성이 철저하다고요. 아시잖아요."

윤우는 눈을 크게 뜨고 항변하듯 말했다. 과장된 그의 목소리에 엔지니어가 흘깃 윤우를 돌아봤다. 윤우는 어색하게 웃으며 기사와 눈인사를 나누었다. 일에 방해가 될까 봐 조심하며 한쪽 구석에 마련된 소파로 향하는 윤우의 표정은 금세 굳어졌다. 눈동자를 굴리며 윤우는 조용히 냉소했다. 사실 이렇게 일찍 온 이유에 대해선 그도 뭐라 설명할 길이 없었다.

"수상쩍어, 너."

그의 뒤를 따라오며 유석이 말했다. 예민한 작곡가답게 그는 상대의 감정 변화를 매우 민감하게 감지하곤 했었다.

"아우, 수상은 무슨. 제가 무슨 스파이라도 돼요?"

"꿍꿍이있는 거잖아, 인마."

"아, 진짜. 저, 다시 가요? 갈까요?"

손가락으로 문 쪽을 가리키며 윤우가 오버액션을 취한다. 저 큰 눈을 부리부리하게 뜰 때면 유석은 터지는 웃음을 참지 못한다. 녀석이 덩치에 안 어울리게 선배나 윗사람에게 깍듯하고 귀염을 떨 때면 늘 이렇게 약해지는 그다. 하여튼 화를 못 내게 하는 녀석이라니까.

"누가 가래?"

"만날 일찍 오라고 닦달하던 사람은 선생님이잖아요. 그래서 일찍 온 거라고요. 아침에 시간 맞춰 일어나려고 얼마나 신경 썼는데 잔소리세요?"

넉살 좋게 말하고 윤우는 털썩 소파에 걸터앉았다. 소파에는 이미 그녀의 가방이 얌전히 앉아 있었다. 가방 안에서 휴대전화가 울리는 것 같다는 생각이 들어 그는 잠시 스치듯 가방에 시선을 두었다. 그러나 누구에게서 오는 전화일까, 대신 받아줄까 말까 등, 여러 생각해 보기도 전에 전화벨 소리는 끊겨 버렸다. 이어, 유석이 맞은편에 뒤따라 앉으며 버릇처럼 테이블에 놓여 있는 사탕 그릇에 손을 담그자 윤우는 곧 유림의 가방 속에 대해선 신경을 꺼버렸다.

"염불보다는 잿밥이라더니, 네가 딱 그 짝이니 하는 소리다. 너 솔직히 말해. 유림이 없었어도 이렇게 일찍 올 생각 했겠냐? 작업하려면 아직 4시간도 더 남았는데."

"도대체 무슨 말을 하고 싶으신 거예요?"

얼굴을 찡그리며 윤우가 물었다. 유석은 알 수 있었다. 윤우가 내심 당황하고 있다는 걸. 그의 표정 안에서 꿈틀거리며 피어오르는 진실의 안개는 유석이 정곡을 찔렀음을 보여주고 있었다. 그는 씩 웃으며 윤우에게 물었다.

"유림이 미국 들어가기 전에 한 번 더 보려고 온 거지?"

"그런 것 같아요? 그럼 그렇게 믿으시든지요."

"관심없는 척하긴. 너 후회하는 거잖아. 지난번에 유림일 놔두고 그냥 가버린 거. 홧김에 놔두고 와버리긴 했는데, 보고는 싶고. 보고 싶지만 따로 만나기는 민망하고. 그래서 녹음 핑계 대고 일찍 온 거 아니냔 말이지, 내 말은.”

“아— 선생님의 상상력이란.”

정말 정확하군. 감탄하지 않을 수 없는 예리함이란 말이지. 이렇게 황당한 소린 생전 처음이라는 듯 어이없는 표정을 짓고는 있지만 윤우는 혀를 내두를 수밖에 없었다. 유석은 정말로 정확히 그의 마음을 짚어내고 있었다.

그녀가 최대한 빨리 녹음을 끝내고 저녁 비행기를 타기로 했다는 사실을 들었을 때, 그는 정말 이기적이고 유치한 감정에 휘둘려야 했다. 일시적으로 끓어오른 서운함과 좌절감은 그를 열네 살 사춘기 소년으로 만들어놓았다. 그는 정말 그녀가 며칠이라도 더 묵을 줄 알았었다. 그리 금방 떠날 생각을 했다는 사실이 못내 서운하고 화났었다. 둘 사이는 여전히 미래를 기약할 수 없는 수평선상에 있는 게 현실인데 그녀는 정말 아무런 미련도 없는 모양이다 싶으니, 못된 성미가 도드라진 거였다.

하지만 그 충동적이고 모난 행동 때문에 그는 주말 내내 고민하고 괴로워해야 했다. 집 안을 뭐 마려운 강아지처럼 돌아다니고, 휴대전화를 들었다 놓았다 안절부절못하는 것은 물론, 은형의 집으로 그녀를 찾아갈 생각까지 했었다. 그녀를 어려운 자리에 내버려 두고 온 건 정말 그답지 않은 일이었다. 결국 생각다 못해 그녀의 녹음 현장을 이렇게 빨리 찾아온 거였다. 일찍 준비하기 위해 왔다는 핑계를 들고.

"아니라고 말할 셈인 거냐? 무려 내 앞에서?"

유석이 윤우의 약을 올리려는 듯 가슴 근처로 팔짱을 끼고 비스듬히 웃었다.

"아, 네, 뭐."

심드렁한 표정을 지으며 윤우는 모자 속으로 손을 집어넣어 머리를 긁적거렸다. 나름 유석의 말이 맞다는 걸 인정한다는 제스처였다. 유석은 승리의 미소를 지으며 고개를 끄덕였다.

"그래, 그래야지. 나한테까지 속이면 안 되는 거지. 내가 사장님한테도 함구하고 있는데. 목숨 내걸고 입 다물어주는 거야. 알지?"

"무슨 목숨씩이나 거세요? 아직 사귀는 것도 아닌데."

"유림이가 너 싫대? 톱스타 정윤우를? 설마~"

말도 안 된다는 듯 깜짝 놀라는 유석을 윤우는 떫은 표정으로 가만히 지켜보았다.

"지금 저 놀리는 거 맞죠?"

"아~니~ 그럴 리가 있나."

능글맞게 부정하는 유석의 표정은 그러나, 쌤통이라 말하고 있었다. 제대로 임자 만났다 생각하는 거다. 세상에 어떤 여자가 윤우와 같은 대어(?)를 쉽사리 거절할 수 있겠는가. 사실 셀피쉬의 작곡자라는 게 알려지면서 유석도 굉장히 피곤해진 상태다. 워낙 셀피쉬 멤버들이 제각각 인기들이 많아서 소개해 달라는 부탁이 폭주하고 있는 것이다. 그 부탁은, 십대에 데뷔한 셀피쉬가 성인이 되면서부터 부쩍 늘더니 최근 아시아 시장을 석권하고 세계 시장 진출을 준비하고 있다는 소식이 전해지면서 더욱 극성이었다. 정말이지 대한민국 전체가 셀피쉬를 향한 열병을 앓고 있다는 생각이 들 정도다. 그들의 거의 유일한 걸림돌은 군대 문제뿐이었다.

'그나저나 진짜 궁금하네.'

유림인 왜 대한민국 여성들의 로망, 정윤우를 거절하고 있는 걸까? 외모는 말할 것도 없고, 성격도 꽤나 바람직한 데다가 매너도 좋은 편인데 말이지. 예의 바르고 착한 걸로 따지면 연습생들보다도 더한 그다. 무엇보다 엄청난 노력파라서 윤우 앞에선 절대 운이 좋아 이 자리까지 올라왔다고 말할 수가 없다. 인생의 밑바닥을 처절히 경험해 본 적도 있는 녀석이라 지금의 위치가 얼마나 달콤한 것인지 아주 잘 알고 있기도 하다. 그래서 한결같이 성실할 수 있을지도 모르겠다.

"야, 근데 아까부터 계속 전화가 울리는데. 유림이 거냐?"

사탕 껍질을 벗기며 유석이 물었다. 아련하게 들리는 벨소리는 귀에 익은 클래식 곡이었다. 윤우는 그녀의 가방을 흘낏 내려다보았다.

"그런 거 같은데요."

"받아봐야 하는 거 아니야? 중요한 전화일 수도 있잖아."

"가방 속에 있잖아요. 뒤져서 받기는 좀……."

좀 그렇다고 말하려는 찰나, 머릿속으로 스치는 장면이 있었

다. 그날 유림이 복도에서 소리를 질러대며 핏대를 올렸던 바로
그 통화. 그 양다리 녀석이 또 전화한 거 아니야? 생각이 거기까
지 미치자 순간, 윤우는 유석이 자신을 지켜보고 있다는 걸 잊
고 냉큼 손을 뻗어 유림의 가방을 잡아챘다.

"뭐 하는 거냐?"

사탕을 입 안에 넣으며 아주 의아한 얼굴로 유석이 물었다.
유림의 가방을 열고 전화기를 찾아낸 윤우는 액정을 확인하며
어설프게 웃어 보였다.

"선생님 말이 맞는 것 같아서요. 중요한 전화일 수도 있잖아
요."

액정에는 이름이 아닌 전화번호만 떠 있었다. 수상쩍은 기분
에 그는 두 번 생각하지 않고 곧바로 전화기 슬라이더를 밀어
올렸다. 그렇게 그가 정신을 놓고 있는 사이, 덜컹거리며 녹음
실 부스가 열렸다.

"여보세요?"

[…….]

그의 목소리를 알아들은 듯 상대는 말이 없었다. 또각또각 구
두 소리가 들리자 유석이 흘낏 뒤쪽을 돌아봤다. 녹음을 끝내고
점심을 간단히 챙겨먹은 후 곧바로 공항으로 갈 요량으로 머리
서 발끝까지 외출복으로 잘 차려입은 유림이 이쪽으로 다가오
고 있었다. 이미 윤우를 발견하고 약간 의아해하고 있는 중이었
다. 이 시간에 웬일인지 궁금한 거다. 그가 그녀의 휴대전화를

들고 있다는 걸 알면 어떤 반응을 보일지 유석은 내심 궁금해졌다. 이거 또 드라마 같은 상황이네. 유석은 최근 들어 자꾸 가사 소재를 만들어주는 이 커플이 흥미진진하기만 했다.

"여보세요, 전화를 하셨으면 말을 하시죠."

[…….]

역시 대답이 없는 상대방. 그 녀석이 분명해. 확신이 들기 시작하자 윤우는 싸늘한 미소를 지어 올렸다.

"당신, 내가 경고했던 거 같은데. 다시는 전화하지 말라고."

[…….]

"도대체 뭣 때문에 전화한 건지는 모르겠지만 유림인……."

"뭐 하는 거예요, 지금?"

불쑥 유림의 목소리가 끼어들었다. 윤우는 고개를 틀어 그녀를 돌아봤다. 어떻게 가방 속의 휴대전화를 빼 들고 당당하게 전화를 받고 있는 건지 윤우의 행동에 황당해하는 중이었다. 그녀의 시선을 정면으로 받은 게 삼 일 만이란 생각이 퍼뜩 들자 윤우의 입가에 부드러운 미소가 떴다. 차유림의 시선은, 언제나 느끼는 거지만, 그를 전율하게 하는 묘한 매력이 있었다.

그때 싸늘하고 엄격한 어조의 말투가 윤우의 청신경을 찔러 왔다.

[바꿔요.]

여자였다. 유림의 목소리를 그쪽에서 알아듣고 바꾸라 말하는 거였다. 전화해 온 사람이 성재일 거라 생각했던 윤우의 눈썹이 일순 꿈틀거렸다.

"누구시죠?"

[유림이 바꿔요!]

좀 더 강력한 어조의 날카로운 목소리가 날아왔다. 강렬한 어투 때문에 쇳소리가 휴대전화 바깥으로 튀어나왔고 유림의 귀에까지 들어왔다. 조금 전까지 어처구니없는 듯 윤우를 내려다보고 있던 유림의 표정은 서서히 크게 열리기 시작했다. 두 눈이 크게 떠지고 입은 훤히 벌어져 다물어질 줄을 몰랐다. 유림은 거의 사색이 되어가고 있었다.

"누구신지 말씀을 하셔야죠."

그 와중에 윤우가 침착하게 대꾸했다.

[당신이 누군지 묻지 않겠어요. 궁금하지도 않으니까. 그러니 얼른 유림이나 바꿔요.]

"누군지 먼저 밝혀주셔야 바꿀 게 아닙니까?"

[이게 무슨 무례한……!]

분노한 여자가 화를 내려는 찰나였다. 옆에 꼼짝 않고 서 있던 유림이 갑자기 윤우의 손에서 휴대전화를 빼앗아 들었다. 휙 그녀를 돌아보는 윤우의 눈망울로, 유림의 꽉 깨문 입술이 보였다. 앞니로 아랫입술을 짓누르고 있는 그녀의 표정은 겁을 잔뜩 먹은 얼굴이었다. 당황을 뛰어넘은 그 표정에 윤우는 멈칫할 수밖에 없었다. 유림의 이런 모습, 처음이었다.

"여보세요. 엄마?"

유림이 전화기를 귀에 대고 말했다. 윤우의 미간이 순식간에 접혔다. 엄마?

"휘유—"

유석의 입에서 작은 휘파람 소리가 흘러나왔다. 윤우의 시선이 유석에게로 향했다. 유석은 여자와 사귀기도 전에 여자의 어머니께 밉보인 윤우에게 축하의 박수를 쳐주었다. 짝짝. 윤우의 표정은 저절로 일그러졌다.

"어, 어떻게 된 거냐면……."

어찌할 바를 모르고 쩔쩔매는 유림은 서둘러 녹음실을 나가 버렸다. 분위기로 봐선 굉장히 뭔가를 심하게 잘못한 모양새였다.

"너 은근히 머리 굴린다."

그녀가 사라지자 유석이 빙글빙글 웃는 얼굴로 소파 등받이에 몸을 뉘며 말했다. 잔뜩 일그러진 얼굴로 윤우는 그를 찔러 보았다.

"머리를 굴리다니요?"

"유림이가 널 거절하니까 어머니한테 먼저 인사를 드리려는 속셈 아니야."

"유림이 어머님인 줄 몰랐어요."

"글쎄, 난 안 믿겨지는데?"

믿거나 말거나. 윤우는 초조하게 입술을 핥으며 자리에서 일어났다. 엉뚱하게 일이 꼬이기 시작한 것 같다는 생각이 자꾸만 들어서 가만히 앉아 있을 수가 없었다. 유석은 다급하게 그녀의 뒤를 따라나서는 윤우를 지켜보며 입 안에 들어 있는 사탕을 반대편 구석으로 몰아넣었다.

"형민아! 녹음 다 땄냐?"

엔지니어를 향해 고함을 치며 그는 자리에서 일어났다. 윤우를 삼키고 닫힌 녹음실 문을 한 번 더 찔러보며 유석은 씩 웃었다. 여자 앞에서 쩔쩔매는 정윤우라, 정말 가관인걸. 50만 정윤우 팬클럽이 알면 까무러쳐 넘어갈 일이었다. 그는 따끈따끈한 녹음본을 돌려 듣고 있느라 대답도 하지 않는 엔지니어를 향해 다가가며 고개를 살랑살랑 저었다.

녹음실을 나간 윤우는 유림을 쉽게 찾았다. 그녀는 구석진 복도 끝에 서서 제 머리카락을 쥐어뜯고 있었다. 유리창 바깥에서부터 쏟아지는 환한 햇살을 고스란히 받으며 서 있는 그녀의 뒷모습은 유난히 청초해 보였다. 암담한 상황과 정반대의 모양새가 참으로 아이러니했다. 그는 천천히 그녀에게 다가갔다.

"무슨 일이야?"

그가 묻자, 그녀의 등이 움찔했다. 하지만 그뿐. 그녀는 아무 대답도 해주지 않았다. 그는 계속 다가갔다.

"어머님이 뭐라고 하셔? 내가 전화받아서 놀라신 건가? 난 그냥 네, 그 자식이 또 전화한 건 줄 알고……."

"입은 비뚤어졌어도 말은 바로 해야죠."

여전히 두 손으로 머리를 쥐어뜯고 있는 채인 유림이 말했다. 앙심 품은 듯한 목소리에 어금니를 사리문 어조였다. 엄청 화났군. 골치 아프게 됐는데, 생각하며 윤우는 손가락으로 이마 근처를 긁적거리고 인상을 찌푸렸다.

"어떻게 유성재, 그 자식이 내 그 자식인데요?"

유림이 핏발 선 눈으로 환한 창문을 째려보며 잔뜩 힘을 준 입술을 놀려 물었다. 그녀의 눈동자는 부글부글 끓어오르는 분노를 가득 머금고 있었다. 화가 머리끝까지 뻗쳐 기절하기 직전이었다. 짜증나는 정윤우. 확 때려주고 싶은 정윤우. 남의 일엔 왜 끼어들어서 일을 이렇게 어렵게 만들어놓는지 신경질이 나 죽을 것 같았다.

"유성재, 그 자식이랑 난 이제 아무 사이도 아니거든요?"

유림은 유리창 너머에 어머니가 있는 듯 잔뜩 허공을 째려보며 중얼거렸다. 그리곤 휙 윤우를 돌아보았다. 일을 복잡하게 꼬아놓은 장본인은 아주 멀쩡한 얼굴로 그녀에게 다가오고 있었다. 너무나 멀쩡해서 확, 그 반반하고 잘생긴 얼굴에 상처라도 내주고 싶었다. 그녀를 낭떠러지로 떨어뜨려 놓고 저렇게 한가한 모습으로 서 있다니. 아─ 정말 미치겠네.

"전화를 왜 받았어요? 남의 전화를 왜 받냐고요. 당신이 지금 무슨 짓을 저질렀는지 알아요?"

"어머님이……?"

"어머님, 어머님, 하지 마세요! 우리 엄마가 어떻게 당신 어머님이야?”

　유림은 윤우의 말끝을 잡아채며 사납게 소리쳤다. 윤우 때문에 어머니인 이원자 여사는 모든 걸 알아버렸다. 그녀가 한국에 있다는 사실을, 그녀가 성재와 헤어진 사실을. 게다가 윤우는 또 누구냐며 닦달하는 이원자 여사 때문에 유림은 아무 말도 할 수가 없었다. 결국 전화를 받은 지 1분도 안 되어 유림은 어머니로부터 소환장을 받게 되었다.

　“당장 집으로 들어와.”

　집에 들어와서 무릎 꿇고 모든 진실을 토설하라는 뜻이었다. 어머니는 아마 그녀를 용서하지 않을지도 몰랐다. 성재와 헤어진 사실은 그렇다 치고, 그것 때문에 공부까지 내팽개쳐 두고 한국으로 들어왔다는 건 어머니 상식으론 도저히 이해할 수도, 용납되지도 않는 일일 테다. 이원자 여사에게 유림은 꼭 성공시켜야 할 인생의 목표요, 숙제였기 때문에.
　“난 그냥…….”
　윤우는 하려던 말을 그냥 멈추고 유림을 빤히 내려다보기 시작했다. 그녀는 신경이 매우 날카로워져 있었다. 뭔가 굉장히 당혹스러운 일이 생긴 게 틀림없었다. 윤우는 가만히 적대적이고 원망 가득한 유림의 눈동자를 들여다보았다. 이윽고 입을 열었을 때는 그녀의 시선이 어느 정도 무뎌져 가고 있을 무렵이었다.

“해명이 필요하다면 말해. 내가 직접 얘기할게.”

“당신 해명 필요없어요.”

“내가 잘못해서 일이 이렇게 된 모양인데 그렇다면…….”

“아니에요.”

그의 말을 가로막고 유림이 단호하게 말했다. 끓던 화기도 절반쯤은 가라앉은 상태라 사고능력이 어느 정도 되돌아오고 있었다. 생각해 보면 딱히 윤우 때문에 벌어진 일이라고 단정 지을 수 없는 일. 결국 그녀가 저지른 일에 대한 정당한 상황이었다.

“아니야. 당신 잘못 아니에요.”

“도대체 어머니께서 뭐라고 하신 건데?”

그녀의 웃기지도 않는 화풀이에도 무덤덤하고 의연히 대처하고 있던 그가 조용히 물었다. 유림은 여전히 혼미한 정신을 붙들고 한숨을 푹 내쉬었다. 흘러내리는 머리카락을 뒤로 쓸어 넘기는 그녀는 꽤나 피곤해 보였다. 생전 연주녹음이란 걸 처음 해보는 거라 내심 설레고 가슴 떨려 어젯밤 잠을 못 이뤘던 탓이었다. 눈 밑에 드리워진 짙은 그림자를 유심히 살피는 그의 시선을 느끼며 유림은 찔끔 눈을 감았다.

“지금 당장 집으로 들어오래요.”

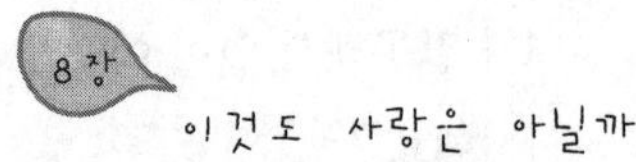

　들어오란다고 냉큼 들어갈 수는 없었다. 일을 어떻게 설명해야 할지 생각도 정리해야 하고, 마음의 준비도 나름 해야 했다. 게다가 그녀를 공항까지 태워다 주기 위해 녹음실까지 와주기로 했던 은형과의 약속이 있었기 때문에 그녀와 연락이 되기 전까진 녹음실을 뜰 수가 없었다. 수업 중인 은형과는 통화가 안 되었다. 결국, 그녀가 도착할 때까지 유림은 녹음실에 죽치고 앉아 있을 수밖에 없었다. 은형이 도착한 건, 유림이 윤우와 함께 간단한 점심을 먹고 들어와 한참 동안 그가 일하는 모습을 지켜보고 있을 때였다.

　"그럼 비행기 티켓은 어떻게 되는 거야?"

유림의 사정 애길 듣고 은형이 처음 꺼낸 말이었다. 친구라는 게 참.

"지금 티켓이 문제니? 나, 죽어. 우리 엄마 얼마나 무서운지 알잖아."

"좀 짱이시긴 하지."

"난 그런 엄마보다 내가 더 짜증나. 지금 이 나이에도 엄마 말이라면 무서워서 쩔쩔매는 나. 나 정말 왜 이러니? 내가 너무 싫어."

길들여진 기분이랄까. 하기 싫은 일인데, 엄마가 하라면 하게 된다. 싫다고 생각하면서도 어느새 군소리없이 이행하는 자신을 보는 기분, 정말 끔찍하다. 지금까지 늘 이런 인생을 살아왔다는 건 더 끔찍하다. 앞으로도 이렇게 살아야 한다는 생각을 하면 자살 충동 백만 배다. 한 가지라도 좋으니, 그녀가 원하는 대로 원하는 일을 하면서 살아보고 싶었다.

"넌 그럼, 음악도 엄마가 시켜서 한 거야?"

"그건……."

아니다. 음악은 그녀도 좋아하고 하고 싶은 일이기도 했다. 하지만 이 여사의 원대로 세계적인 바이올리니스트가 되고 싶은 원대한 꿈은 없었다. 그럴 깜냥도 못 되고 그러고 싶은 마음도 딱히 없었다. 그냥, 음악이 좋아서 하는 것일 뿐. 이런 소심하고 소박한 꿈을 꾸는 그녀를 이원자 여사는 너무도 혐오했다. 그녀에게 치열한 열정이 부족하다는 게 이원자 여사의 최대 스트레스인 듯했다. 그녀는 자신이 못다 이룬 꿈을 딸을 통해 이루고 싶어하는 만큼 세계 최고가 되길 바랐다. 어머니와 유림의 의견 대립은 바로 여기서 생기는 거였다.

"그건 아니야."

시무룩한 얼굴로 고개를 숙이며 유림이 말했다. 은형은 답답한 마음에 한숨을 푹 내쉬었다.

"왜 엄마한텐 윤우한테 하듯이 못하니? 참 답답하다야."

"뭐?"

유림이 고개를 들며 묻는다.

"할 말 다 하고, 하기 싫은 건 똑 부러지게 안 한다고 말하고. 너 그래, 윤우한텐. 어떨 때 보면 내가 좀 민망할 정도로 심하게 군다고. 몰랐어?"

내가 그랬나?

"난 네가 원래 그런 성격인 줄 알았어. 근데 아닌가 보다? 엄마한테만 주눅이 들어서 그렇게 답답한 거니? 아니면 윤우한테만 유독 똑 부러지는 거니? 어느 쪽이야?"

"그건 그냥……."

유림은 뭐라고 해야 할지 몰라 잠시 머뭇거렸다. 정확히 정답을 내릴 수 없는 질문이었다. 둘 다 어쩌면 정답일지도 모르겠다는 생각이 들었다. 유독 어머니 앞에서만큼 기를 못 펴는 것도 사실이고, 윤우에게만 유독 까칠하게 굴었던 것도 사실인 것 같았다. 어머니한테 기를 못 펴는 건 어려서부터 길이 들여져서라지만, 정윤우에게는 왜 유달리 가시를 세웠던 걸까? 정말 그녀는 그의 말처럼, 그에게 빠져들까 봐 스스로를 방어하고 있었던 걸까?

"어? 서은형!"

누군가 은형을 큰 소리로 불러 녹음실 복도 끝에서 심각하게 얘기를 나누고 있는 두 사람을 현실로 이끌었다. 은형은 듣자마자 누구의 목소리인지 금세 알아들은 듯 피어나는 꽃처럼 활짝 웃는 얼굴로 뒤를 돌아보았다. 복도 반대편에서 카키색 모자에 보잉선글라스를 쓴 키 큰 남자가 천천히 달려오고 있었다. 해맑은 미소의 주인공은 민찬이었다.

"어머, 민찬아!"

"여기 어쩐 일이야? 어? 형수님도 오셨네요?"

민찬은 유림에게 인사를 건네며 환히 웃고 있었다.

"아, 안녕하세요?"

이런, 또 형수님이라니. 이젠 지긋지긋해진 그 호칭에 유림의 표정은 저절로 굳어지는 것만 같았다. 그녀의 기분은 아랑곳 않고 두 사람은 완전 반가운 얼굴로 두 손까지 맞잡고 빙글빙글 돌기 시작했다. 얼떨떨한 얼굴로 유림은 두 사람이 하는 양을 멍하게 바라봤다. 무슨 어릴 때 헤어졌던 소꿉친구 만난 분위기였다. 다 큰 애들이 어린애들처럼 뭐 하는 짓이람.

"무슨 이산가족 상봉했어? 왜들 호들갑이야?"

녹음실을 나오던 윤우가 두 사람을 향해 한소리 한다. 한 손을 주머니에 반쯤 끼워 넣고 침울한 표정을 하고 있는 그는 유림 쪽으로론 시선조차 주지 않고 있었다. 마냥 신이 나 웃고 있던 민찬은 윤우의 표정이 심상치 않음을 감지하고 폴짝거리던 움직임을 멈추었다.

"어? 형, 완전 일찍 왔네? 무슨 일…… 있는 거야?"

물으며 슬쩍 분위기 파악에 나서는 민찬. 그가 은형을 향해 눈썹을 치떴지만 은형은 애매하게 웃을 뿐이었다. 무슨 일이지?

"시후는?"

시후와 민찬은 집 방향이 비슷한 데다가 시후가 운전하는 걸 귀찮아하는 편이어서 대부분 민찬이 운전하는 차를 타고 함께 움직였다. 당연히 이번에도 그런 줄 아는 모양으로 윤우가 물어왔다.

"좀 늦을 것 같다고 하던데. 알아서 오겠지 뭐. 오다가 영재 형한테 연락해 봤는데 형도 지금 오는 중이래. 30분 내로 도착할 것 같다고 하더라고."

"30분?"

윤우가 손목을 틀어 시간을 확인했다. 짜증이 얼굴 위로 도드라져 보였다. 약속했던 시간이 거의 다됐기 때문이었다. 윤우는 평소엔 굉장히 편하고 쉬운 성격인데, 일에 있어서는 아주 칼이었다. 시간관념도 너무 철저해 융통성없다는 소리가 절로 나올 정도였다. 처음엔 민찬도 그런 윤우에게 불만이었지만, 결과적으로 그의 사감 같은 태도로 인해 불편한 점보다 효율적인 점이 훨씬 더 많다는 걸 깨달은 이후엔 나름 고맙게 받아들이는 중이었다.

"비행기가 연착되었었나 봐. 기상 문제로 이제 겨우 도착했대."

제주도에서 올라오는 영재의 변을 열심히 하는 민찬을 윤우는 가만히 지켜보았다. 그리곤 못마땅한 표정을 싸늘하게 짓고는 중얼거리듯 말했다.

"따라와. 우선 우리 파트부터 시작하는 게 낫겠다."

"어머! 이제 녹음 시작인 거야?"

은형은 두 손으로 마주 잡아 깍지를 끼고는 기대감에 부푼 눈망울을 반짝거렸다. 은형의 말은 들은 척도 않고 녹음실 안으로 들어가 버리는 윤우 대신 민찬은 은형을 향해 방긋 웃었다. 크림처럼 희고 달콤한 그의 미소에 은형의 심장은 거의 흐물흐물해지는 것만 같았다.

'아— 딱 내 스타일이야—'

두 살이나 어린 민찬에게 은형은 흑심을 품고 있었다.

"들어와서 구경할래?"

민찬이 웃으며 호의를 베풀었다. 착하기도 하지.

"나야 좋지. 근데 그래도 될까? 윤우 보니까 엄청 살벌한데."

"녹음 때문에 곤두서서 그래. 되게 중요한 앨범이거든. 형수님도 혹시 서운하셨어요?"

고개를 살짝 기울여 은형의 뒤편에 서 있는 유림에게 민찬이 물었다. 형수님이란 호칭이 영 거북살스러운 유림은 여전히 당혹스러운 표정이었다. 민찬은 전매특허인 샤방스러운 눈웃음을 흩뿌리며 부드럽게 말했다.

"일할 땐 원래 저래요. 이해하시죠?"

"아, 뭐, 저야……."

"어? 저, 동생인데. 말 편하게 놓으세요, 형수님."

형수님! 아무리 들어도 들을 때마다 쇼킹한 말이다. 대체 왜 저렇게 부르는 거냐고. 아무리 농담이라지만 상대가 반기는 눈치 아니면 웬만큼 하고 말아야지.

"그래, 애. 네가 말을 안 놓으니까 다 이상하잖아. 난 애랑도 말 놓는단 말이야."

은형이 곱게 눈을 흘기며 애교스럽게 유림을 타박했다. 평소답지 않게 살랑거리는 분위기에 또 한 번 경악하게 되는 유림이다. 애는 또 왜 자꾸 닭살 짓이야? 적응 안 되게.

"들어가요, 형수님. 구경하는 것도 꽤 재미있을 거예요."

"저기, 전요……."

형수님이란 호칭, 도저히 못 듣겠다 싶어 유림은 작정을 하고 말을 꺼내기 시작했다. 하지만 눈치 캡 빠른 은형이 유림의 말꼬리를 확 잡아채 말문을 틀어막았다.

"아까 너, 집에 들어가 봐야 한다고 했지?"

"집에 가신다고요? 아니, 왜요? 여기까지 왔는데 윤우 형 녹음하는 거 보고 가셔야죠."

영문 모르는 민찬이 커다란 눈망울을 끔벅거리며 물었다. 민찬에게 대답해 줄 새도 없이 은형이 새침하고 얄미운 표정을 지으며 말했다.

"지금 들어갈 거면 그렇게 해. 뭐, 나 같으면 좀 늦게 들어가겠지만 너야 엄마가 너무도 그리워서 한시바삐 들어가고 싶을 테니까."

전혀 아니거든요. 일찍 들어가 봤자 시달릴 시간만 더 늘어나는 꼴인데, 지금 들어가고 싶을 리가 있겠나. 유림은 어떻게든 이원자 여사와 마주치는 순간을 뒤로 미루고 싶은 마음만 간절했다. 결국 유림은 한숨을 푹 내쉬며 어깨를 축 늘어뜨렸다. 은형은 유림이 대낮에 집에 들어가는 간 큰 짓은 절대 못할 거라 장담하며 씩 웃었다.

"들어가자."

민찬의 팔에 제 팔을 끼워 넣고 녹음실 문을 여는 은형의 뒤로 터벅터벅 한풀 심하게 꺾인 차유림의 걸음이 따랐다.

녹음은 아주 순조롭게 진행되었다. 시후는 녹음이 시작되자마자 헐레벌떡 도착했고, 30분 후에나 도착한다던 영재 역시 15분쯤 일찍 도착했다. 둘 다 윤우에게 혼날까 봐 정신없이 왔다며 호들갑을 떨었고, 그중 시후는 정말로 그런 듯 뛰어오다 넘어져 무릎이 까진 상처를 손바닥으로 연신 문질러 댔다.

처음 만나는 영재는 새하얀 피부에 새빨간 입술, 새까만 눈동자를 가진, 정말 엄청난 미인형(?)이었다. 남자가 저렇게 예쁘게 생길 수도 있을까 싶을 정도여서 웬만한 여자들은 그의 앞에 명함도 못 내밀 지경이었다. 게다가 인상이 어찌나 차가운지. 도도한 '여자' 같다고나 할까. 그러다 보니 화장에 치마를 입혀놓으면 어떻게 될까, 하는 미친 생각이 유림의 뇌 속을 둥실둥실 떠돌아다녔다.

"형수님? 왜 형수님이야?"

새빨갛고 그래서 섹시한 입술을 움직여 영재가 시후에게 물었다. 시후는 똘망똘망 빛나는 눈으로 영재와 유림을 번갈아 보았다. 우연찮게 그는 둘 사이에 끼어 앉아 있었다. 언제나 그렇듯 죽이 척척 맞는 커플, 민찬과 은형은 저쪽 소파에 앉아 열심히 제들끼리 수다를 떨고 있었다.

"몰랐어? 윤우 형, 여자친구잖아."

"윤우?"

영재의 새까만 눈동자가 부스 안에서 열심히 자신의 파트를 녹음 중인 윤우에게로 향했다. 윤우와는 굉장히 사적인 영역까지 공유하는 절친 영재로서 그가 여자를 만나고 있다는 소린 금시초문이었기 때문에 매우 의아한 시선이었다. 대체 어찌 된 건지 그는 굉장히 궁금해졌다.

"형도 몰랐지? 와— 난 완전히 이번에 까무러칠 뻔했잖아."

"저기, 여자친구 아니에요."

시후의 과장된 말에 불편해진 유림이 끼어들었다. 딱히 시후나 영재에게 화를 내고 싶지 않은 유림이라 어색하게나마 웃는 낯이었다. 하지만 눈치 없는 시후는 유림의 기분 따위 전혀 알아채지 못하고 특유의 베이비페이스를 방실거리며 킥킥거렸다.

"아휴— 아직도 윤우 형 거절 중이세요? 형수님도 참. 웬만하면 그냥 받아주세요. 우리 형 아무 여자한테나 매달리는 스타일 아니에요."

"매달려? 윤우가?"

놀란 듯 영재가 되물었다.

"그, 그런 게 아니고요."

"윤우 형이 찜했잖아. 알지? 윤우 형, 엄청 연애 쪽으로 약한 거. 찜만 해놓은 상태에서 진전이 없어. 아— 내가 코치해 준 대로 할 것이지, 참."

뭔가 제대로 된 설명을 하려는 유림의 말을 가로채더니 시후는 이상한 소릴 해댄다. 코치? 진전? 대체 무슨 말이 오고 갔길래 저런 소리가 나오는 것일까 생각하니 저절로 미간이 찌푸려지는 유림이었다.

"정말이야?"

영재가 믿을 수 없다는 듯 다시 또 되물었다. 눈을 부릅뜨며 놀라는 모습이 유림에겐 묘하게 다가왔다. 그가 유림에게 관심을 갖고 있다는 사실이 저렇게 놀랄 일인가 싶은 게, 괜히 좀 기분이 상한다고나 할까. 찜찜해졌다. 혹시 영재가 윤우를……?

"제수씨."

한데, 이상한 생각을 하느라 정신 놓고 있던 유림에게 영재가 뚜벅 말을 건넨다. 퍼뜩 정신을 차린 유림이 영재를 쳐다보자 그는 씩 웃기까지. 그럼 그렇지. 아무리 예쁘다지만 남자가 남자 취향일 리 없잖아. 괜히 머쓱해지고 얼굴 화끈거려 유림은 영재의 얼굴을 제대로 쳐다볼 수가 없어졌다. 유림은 얼굴을 붉히며 말을 더듬었다.

"저, 저요?"

유림의 붉은 볼을 다른 쪽으로 오해한 영재가 더 큰 미소로 눈웃음을 작렬시켰다.

"윤우, 초장에 잡으려면 좀 더 애타게 하세요. 저 자식 그래도 웬만해선 안 떨어질걸요? 은근히 순정파예요."

"저희는 그런 사이가 아직……."

"좋아요!"

영재, 인형처럼 예쁘기만 한 줄 알았더니 은근히 목청이 장난 아니다. 갑자기 우렁차게 소리치는 그의 목소리에 유림은 깜짝 놀랐다.

"바로 그런 마인드로 쭉 가는 겁니다. 한…… 석 달? 석 달 어때요?"

"석…… 달이라니요?"

"석 달 동안 애태우게 하는 거죠. 손잡는 덴 한 달, 뽀뽀는……."

이미 했는데요. 목구멍까지 나오는 말을 유림은 꾹 잘 참아냈다.

"두 달!"

"두 달!"

시후와 영재가 동시에 소리쳤다. 그러더니 자기들끼리 하이 파이브를 하며 환호를 해댔다. 뭣들 하는 거야? 완전 유치한 짓들을 하며 노는 국내 최고 아이돌 스타들. 이들은 대화하는 것도, 뭔가 굉장히 대단할 거란 상상은 천천히 조금씩 깨지고 있었다. 민찬은 워낙 쾌활한 성격이니까 그렇다 쳤지만 수줍쟁이 시후와 바비처럼 예쁜 영재마저 이럴 줄이야.

그때다. 쾅! 녹음실 부스가 큰 소리를 내며 열렸다.

시끄럽게 몸을 움직이며 웃고 있던 시후, 영재가 뚝 웃음을 그쳤다. 밝은 얼굴로 얘길 나누고 있던 은형과 민찬도 나누던 대화를 뚝 그치고 뒤를 돌아봤다. 부스엔 윤우 혼자 자신의 솔로 파트를 녹음하고 있었다. 은근히 그쪽에도 귀를 열고 있던 유림은 놀란 토끼마냥 두 눈을 커다랗게 뜨고 매서운 기세로 부스를 나오고 있던 윤우를 바라봤다. 화기애애한 이쪽 분위기와는 달리 그의 인상은 험악했다. 미간을 찡그리고 있었고 표정은 완전히 굳어 있었다. 뭐가 잘못되었는지 화가 머리끝까지 난 그의 모습에 다들 숨을 죽였다. 그의 이런 모습은 멤버들마저도 낯설어서 그 이유를 가늠할 길이 없었다.

거의 걷어차듯 하며 부스를 나온 그는 기다란 다리를 이용해 저벅저벅 녹음실 문을 향해 걸어갔다. 그리고 아무 말도 없이 그는 녹음실 문을 부서져라 닫고 나가 버렸다. 그의 무서운 기세에 충격을 먹은 듯 남은 이들은 모두 그 자리에 얼어붙어 버렸다. 영재만이 엔지니어들과 작곡가를 향해 의문의 시선을 던질 뿐이었다. 물론 그들도 윤우가 화를 내는 이유를 전혀 모르고 있었다. 어깨를 으쓱하며 두 손을 펴 보였을 뿐 그들도 별다른 뾰족한 대책이 없어 보였다. 아직 녹음이 다 끝난 것도 아닌데 저러고 나가 버리면 어쩌겠다는 건지 답답한 마음뿐이었다.

하지만 가장 안절부절못하는 이는 유림이었다. 무슨 일인지 궁금해졌다. 그가 저렇게 화를 내는 걸 그녀도 지금껏 본 적이 없었다. 물론 만난 지도 얼마 안 됐으니 당연한 것일 수도 있겠지만 그녀가 아는 정윤우는 저렇게 무턱대고 화만 내는 남자가 아니었다. 딴사람 같아 매우 생소하면서도, 그러면서도 걱정이 되었다. 뭐가 그리도 그를 화나게 했을까. 유림은 자신도 모르게 자리에서 일어나고 있었다. 아마도 그를 따라가 보려고 했던 것 같다. 하지만 바로 그때였다.

쿵. 다시 녹음실 문이 열렸다. 당연히 모두 흠칫 떨었고, 앞으로 닥칠 재앙(?)에 대비하며 숨고르기를 했다. 맹렬한 속도로 문이 열리면서 그의 모습이 드러났다. 실제로 빠른 속도로 열리는 출입문은 그러나, 윤우의 표정에 집중하고 있는 모든 사람의 눈에 거의 슬로우비디오처럼 보였다. 반원을 그리며 안으로 펼치듯 입구를 개방하는 출입문 너머, 윤우의 표정은 무섭게 굳어 있었다. 혼자 서 있던 유림은 그의 모습을 놀란 얼굴로 바라봤다. 꿀꺽, 긴장이 되니 마른침이 저절로 삼켜졌고 시선은 윤우의 눈동자에 더욱더 집중했다.

텅, 문이 벽을 때리고 다시 안으로 접혀 들어갈 쯤. 그가 튕겨 오는 문짝을 손으로 잡아 멈춰 세웠다. 그리고…….

"놀랐지?"

방긋 웃는 게 아닌가?

"아— 뭐야! 형! 놀랐잖아!"

시후가 큰 소리를 지르며 웃어댔다. 속은 게 분하지도 않은지 낄낄거리기까지.

"오우, 난 진짠 줄 알았어. 아, 가슴이야."

지금까지는 꽤 멀쩡해 보이던 민찬까지도 두 손으로 가슴을 쥐어뜯으며 웃었다. 이게 지금 웃을 일이야? 유림은 기가 막혔다. 더 기막힌 건 은형마저도 거기에 호응하며 민찬의 손을 턱 밑으로 맞잡고 깔깔거렸다. 민찬홀릭도 아니고, 쟨 또 왜 저래? 은형은 저렇게 호락호락한 성격이 아니라고. 거기다 어처구니 없게도 영재는 박수까지 쳐주었다.

"야— 너 연기 완전 늘었다. 감쪽같은데?"

다들 왜 이래? 이 미친 분위기, 어쩔 거야. 황당한 시추에이션에 기막혀하고 있는 유림에게 윤우가 저벅저벅 걸어왔다. 화를 내야 할지, 말아야 할지 갈팡질팡하고 있는 유림을 윤우는 다가오자마자 손을 뻗어 낚아채며 말했다.

"차유림, 너 여기 앉아서 뭐 해? 늑대소굴인 거 모르겠냐?"

"뭐? 늑대?"

영재가 황당한 듯 소리쳤다.

"우리가 어떻게 늑대야? 시동생들이지."

"아아— 됐어, 됐어. 남잔 만 15세 이상이면 다 늑대야."

민찬의 항의에도 불구하고 윤우는 얄짤없이 말을 잘라 버린다. 그러면서 유림의 팔을 끌어당기는 거다. 안 그래도 황당해할 말을 잃은 유림은 얼떨결에 세 마리 늑대를 시동생으로 둔 여자가 되어버린 채 윤우의 품으로 딸려 들어갔다.

"형! 나야, 시후. 형의 사랑스런 동생, 김시후. 나도 늑대야?"

"너 스물셋이잖아. 늑대도 아주 원숙한 늑대지."

"아— 너무하네. 동생들까지 경계할 필요는 없잖아."

"우릴 못 믿는 거야, 뭐야? 우린 내내 형 칭찬만 했었다고."

쏟아지는 동생들의 비난에도 불구하고 윤우는 늑대란 발언을 철회할 생각이 없어 보였다. 오히려 느긋하게 미소를 짓더니 이리 말하는 걸 보면.

"그거야, 나한테 결점이 없으니까 그런 거겠지."

"아악—"

"아악—"

"아악—"

약속이나 한 것처럼 세 명의 멤버가 비명을 지르며 자리에서 일어났다. 영재는 탁자에 있던 악보를 집어 던지며 기분 상했다는 티를 팍팍 내주었다. 다분히 연극적이면서 코믹한 그 모습들에 경직되어 있던 유림의 기분도 조금씩 풀어졌다. 다들 서로를 굉장히 잘 알고 좋아하고 있다는 느낌이 들었다. 일종의 신의, 믿음 같은 게 느껴졌다.

"야, 안 되겠어. 뺏어와."

영재가 보스 분위기를 풍기며 훅, 입바람을 불어 앞머리를 날리더니 말했다. 그러니 또 약속된 것처럼 민찬과 시후가 똘마니 역할을 자처하며 윤우 쪽으로 다가왔다. 그리고 행동 빠른 민찬이 비호처럼 몸을 날려 유림의 손목을 낚아챘다. 뒤늦게 사태 파악을 한 윤우는 날렵하게 한 팔로 유림의 허리를 감았고 뒤늦게 날아온 시후는 유림의 다른 쪽 팔을 잡았다. 물론 장난으로 시작한 거겠지만, 이게 진짜 장난이 아니었다. 어찌나 힘들이 센지 몸이 세 조각으로 갈라지는 것만 같았다. 졸지에 세 남자 사이에 끼어 오지도 가지도 못하게 되어버린 유림은 저도 모르게 윤우의 가슴에 고개를 파묻고 비명을 질렀다.

"야, 그 손 놔!"

사건은 금세 일단락되었다. 윤우가 긴 다리를 이용해 발차기를 시도하니, 겁 많은 시동생(?)들이 추풍낙엽처럼 떨어져 나갔다. 그 순간을 이용해 윤우는 유림을 제 등 뒤로 몰아넣고 격하게 숨을 몰아쉬었다. 크게 웃음이 터졌고 실내는 완전히 웃음바다가 되어버렸다. 영재는 텅 빈 소파에 드러누워 배꼽을 잡고 뒹굴기까지. 윤우도 크게 웃으니 그의 등이 위아래로 움직였다. 유림은 윤우의 옷자락을 가볍게 잡고 고개를 빠끔히 내밀었다. 처음 표정은 놀라 뜨악해 있었지만 어느새 그녀의 표정도 조금

씩 풀어지고 있었다. 참 재미있게 작업하는 사람들이네.

"와, 형수님 좀 봐. 우리 편 들 것처럼 굴더니, 윤우 형 뒤에 숨어 있어."

민찬이 손가락으로 유림을 가리키자 모든 사람의 시선이 그녀에게로 쏟아졌다. 잔잔히 웃고 있던 유림의 얼굴이 금세 굳었다. 하지만 이미 그녀의 유해진 미소는 윤우에게 발각되고 난 이후. 윤우는 유림을 향해 의미심장한 미소를 지어 보였다. 순간 그녀의 심장은 쿵, 가슴 저 밑바닥까지 추락했다. 유림을 설레게 하는 달콤한 미소를 지어 보인 그는 휙 고개를 돌려 영재에게 외쳤다.

"네 차례야, 한영재. 녹음이나 하러 들어가."

"아─"

절망적인 신음 소리를 내며 영재가 벌레처럼 몸을 뒤틀었다. 평소 노래만 열심히 부르던 그가 처음으로 이번 곡에서 랩에 도전한다. 그래서인지 예전 같지 않게 긴장이 되는 그였다. 그는 랩에 대해선 도가 튼 윤우의 편안하기 짝이 없는 표정을 째려보았다.

"연습 많이 했지?"

윤우가 묻자 영재는 다시 한 번 몸을 틀었다. 두 손으로 얼굴을 가리는 그는 녹음을 뒤로 미뤄 버리고 싶은 모양이었다.

"내가 먼저 할까, 형?"

마음씨 착한 시후가 선심 쓰듯 물었다. 영재가 반가운 듯 소파에서 벌떡 일어났다.

"정말?"

"난 상관없어. 매도 먼저 맞는 게 낫다는데 해치워 버리지 뭐."

특유의 깜찍한 표정을 지으며 시후가 말했다. 녹음실 밖에서 누군가 큼큼, 헛기침을 한 건 바로 그 순간이었다. 윤우가 들어오면서 열어놓았던 문밖에 누군가가 서서 이 한바탕 소동을 다 지켜보고 있었다. 정면으로 보고 있던 시후가 먼저 그녀를 알아챘다. 빠끔히 고개를 내밀며 들어오는 그녀는 셀피쉬 멤버 전체와 친분이 돈독한 영민이었다.

"어? 영민이 네가 여기 웬일이야?"

영민은 손에 뭔가를 잔뜩 싸들고 있었다. 설마 간식? 유림은 호기심 가득한 얼굴로 영민을 돌아봤다. 지난번 연습실에서도 찾아왔던 영민이 이번엔 녹음실을 방문했다. 이건 대체 어떻게 받아들여야 하는 걸까? 영민과 민찬이 스캔들까지 난 사이라는 걸 상기하지 않더라도 그녀의 행동은 꽤나 수상쩍었다. 아니나 다를까, 은형의 표정이 굳어지고 있었다.

"완전 즐겁네. 보통 때랑 분위기가 왜 이리 달라?"

그녀가 녹음실을 휙 훑어보며 말하자 민찬이 자리에서 일어나며 눈을 빛냈다.

"너 뭐 사왔어? 웬일이냐?"

"지나가는 길에 들렀지. 앨범 발매일이랑 컴백 날짜 정해졌대서.”

그래서 응원차 들렀다는 뜻이겠다. 하지만 은형의 직감은 달리 말하고 있었다. 관심이 많지 않고서야 어찌 이렇게까지 챙길 수가 있겠는가. 아무리 친한 사이라고 하지만 자기 스케줄도 있을 텐데. 게다가 스캔들 때문에 몸 사려야 할 사이이지 않나? 함부로 이렇게 드나들면 괜한 오해만 사게 될 거다. 일부러 오해를 불러일으키고 싶지 않은 한 이렇게 뻔질나게 드나들 수는 없었다. 적어도 은형은 그리 생각했다.

“안녕하세요? 또 뵙네요.”

영민이 씩씩하게 인사를 해왔다. 은형은 어색하게 웃으며 고개를 끄덕이며 인사했다. 떨떠름한 표정의 은형을 외면하며 영민이 이번엔 유림을 향해 몸을 기울이며 방긋 웃었다.

“언니! 왔어요?”

반갑게 인사하는 그녀의 목소리에는 묘한 기운이 느껴졌다. 반가이 맞이하는 것 같으면서도 반갑지 않은. 게다가 ‘왔어요?’란 말은 뭐랄까. 유림을 이방인 취급하는 것 같달까. 늦게 도착한 사람은 영민인데 말하는 투는 오히려 그녀가 안주인 같았다. 묘한 경계심을 그녀는 영민에게서 느낄 수 있었다.

“안녕.”

유림은 옆으로 한 발 벗어나 윤우에게서 떨어지며 말했다. 윤우의 옷자락을 잡고 있던 손도 스르르 놓고 있었다.

“초밥 싸왔는데 좀 드세요. 선생님! 선생님도 어서 와요! 아저

씨도요."

영민은 테이블에 바리바리 싸들고 온 음식을 풀며 유석과 녹음 스태프들을 불렀다. 영민의 말이 채 끝나기도 전에 사람들은 우르르 테이블로 몰려들었고 윤우도 그 무리에 합류하기 시작했다.

"가자."

윤우의 손이 재촉하듯 유림의 어깨 모서리를 감싸 안고 힘을 주었다. 하지만 이미 이상한 기분에 휩싸여 있는 유림은 그 자리에서 꼼짝도 할 수가 없었다. 유림은 윤우의 손을 잡아떼며 그를 돌아봤다.

"나 잠깐만."

"왜? 어디 가려고?"

"화장실 좀."

어색하게 웃는 유림을 윤우는 빤히 바라봤다. 어쩐지 미소가 다른 때와 달라 보였다. 전엔 이런 상황에서 항상 툴툴거렸고 짜증스런 표정을 짓던 유림이었는데, 지금은 좀 더 뭐랄까…… 부드러우면서도 실망스러운 기운도 엿보였고 뭔지 모르게 굉장히 기운이 빠진 듯해 보였다. 딱히 정의 내릴 수 없는 유림의 표정에 윤우의 환히 웃고 있던 표정마저도 점점 사그라졌다. 무슨 일일까? 궁금해하는 윤우의 시선을 뒤로 그녀는 종종걸음을 치며 서둘러 쫓기듯 녹음실을 빠져나갔다.

'이건 아니야. 이건 아니라고, 차유림.'

화장실에 앉은 유림은 두 눈을 부릅뜨고 있었다. 거울이 붙어 있는 화장실 벽을 뚫어져라 바라보며 그녀는 자신을 향해 꾸짖고 있었다. 흔들리고 있는 자신, 자격도 없는 주제에 영민을 질투한 자신의 마음을 당장이라도 죽여 없애 버리고 싶었다. 머릿속으론 정윤우는 아니라고, 절대 자신과 정윤우 같은 남자는 어울리지 않는다고, 되뇌고 또 되뇌고 있었다.

그냥 좋은 감정일 뿐이었다. 아무리 생각해 봐도 자신이 정윤우를 좋아하고 있을 리 없었다. 워낙 사람이 괜찮지 않나. 나잇값 못하고 경망스럽다거나, 스타랍시고 거들먹거리지도 않고 자신의 일을 사랑하고 열심히 하는 사람이었다. 최고의 자리에 있으면서도 땀을 흘리는 모습은 매우 인상적이었다. 돌처럼 움직이지 않던 그녀의 마음도 조금씩 열릴 만큼. 게다가 멤버들과 장난치며 즐기는 분위기는 사뭇 남달랐다. 살아남기 위해서는 친구와 항상 경쟁해야 함을 강요받으며 살아왔던 그녀에게 그는 마치 '해답' 같았다. 그러면서도 그녀를 챙기는 모습은…….

"휴—"

그는 그녀를 흔들기에 충분했다. 그녀뿐 아니라 그 어떤 여자라도 그 앞에서는 흔들릴 것이다. 그는 매우 이상적인 남자였다. 모든 여자들이 한 번쯤 꿈꿔볼 만한. 그렇다, 그녀는 그를 그저 꿈꾼 것뿐이었다. 이 사람이 내 남자였으면, 하는. 대

한민국 여자들 대부분이 꿔봤을 법한 꿈. 그러니까 그녀는 정
상이었다.

"그래. 그냥 그랬던 거야."

괜찮은 남자에게 끌릴 수는 있는 거다. 그녀도 평범한 여잔데
자신을 좋아한다고 말하는 남자에게 요만큼도 흔들리지 않을
수는 없잖아. 그것도 다른 이도 아닌 정윤우인데. 당연히 좋은
마음 가질 수 있다. 하지만 그렇다고 그게 다 사랑은 아니지 않
나. 그를 사랑하거나 이성으로서 좋아하는 게 아니라, 그냥 '좋
은 마음' 딱 그거다.

"좋았어. 이제 된 거야."

혼잣말을 중얼거리며 그녀는 자리에서 일어났다. 너무 자리
를 오래 뜨면 사람들이 오히려 의심할 수도 있었다. 얼른 들어
가 대충 어울리다가 서둘러 빠져나와야겠다는 계획도 세웠다.
계속 있다가는 자신의 마음이 어떻게 변할지 그녀도 이젠 자신
할 수 없었다. 지금의 불안정한 마음은 정윤우의 멋진 미소 한
방이면 홀딱 뒤집혀질 것만 같았다.

"엄마한테 혼날 일이 까마득한데 무슨 헛생각이니, 차유
림."

정말 알 수가 없었다. 유림은 이제껏 살면서 이렇게 대책없이
루즈해 본 적이 없었는데. 정윤우와 있으면 모든 정상적인 생각
들이 다 날아가 버리는 것 같다. 처음부터 그랬다. 그가 나이트
클럽으로 놀러 가자는 뜬금없는 제안을 했을 때도 그녀는 정말

로 충동적으로 그를 따라나섰다. 지금껏 한 번도 해본 적도 없고, 할 생각조차 하지 않았던 비클래식 연주 피처링을 하게 된 것도 그러한 맥락이었다. 이 사실을 이원자 여사가 알면 가만있지 않을 거다. 독설에 가까운 야단을 들어야 한다는 생각을 하니 또 한숨이 푹 나온다.

"휴—"

이원자 여사가 얼마나 화를 낼지 그게 무서워 내뱉는 한숨은 아니었다. 정윤우와 함께 있으면 앞으로 또 이런 실수를 저지를 것만 같아서였다. 그녀답지 않은 충동적인 행동들, 다시는 하고 싶지 않았다. 그와 있을 때 그녀는 그녀가 아닌 게 되었고 그녀는 그게 불안했다. 자신답지 않게 정윤우라는 스타에게 푹 빠져버리게 될까 봐. 그건 지금까지 그녀가 저지른 충동적인 행동과는 차원이 다른 것이었다. 여기서 더 나아가면 수습은 영영 불가능하게 될지도 모를 일이었다.

"뭣 때문에 그렇게 한숨을 쉬어요, 언니?"

막 화장실 칸막이 안에서 나오는데 누군가가 물어왔다. 막 걸음을 내딛던 유림은 멈칫 그 자리에 멈춰 섰다. 세면대 앞에는 영민이 서 있었다. 언뜻 거울 앞에서 머리 모양을 다듬고 있는 것 같았지만 실은 유림이 나오길 기다리고 있었던 게 틀림없었다. 천천히 다시 걸음을 걸으며 유림은 긴장했다.

"어? 어……."

"한참을 기다려도 안 오길래 와봤어요. 무슨 걱정 있어요?"

영민은 염려하는 얼굴로 조심히 물어봤다. 실은 유림에게 털어놓고 싶은 말이 있어서 살짝 뒤따라와 봤는데 화장실 칸막이 안에 들어간 유림이 한숨만 푹푹 내쉬고 나오질 않아 의아해하고 있는 중이었다.

"아니야."

유림은 한 손을 내저으며 웃었다. 아니라고 말하곤 있지만 영민의 눈엔 절대 아닌 게 아니었다.

"에이— 있는 거 같은데? 무슨 걱정이에요? 윤우 오빠도 알아요?"

"아, 아니라니까."

윤우는 모르는 걱정인가 보다.

"무슨 걱정이길래 오빠한테도 말 안 했어요? 말해요, 언니."

"걱정 같은 거 없다니까."

이젠 두 손까지 내저으며 부인한다. 영민은 더 이상 추궁하지 못하고 어깨를 으쓱하고 말았다. 남의 일에 이 무슨 오지랖 넓은 간섭이냔 말이지. 제 앞가림도 제대로 못하는 게. 영민은 제 자신이 한심스러울 따름이었다. 그녀는 땅이 꺼질 듯이 한숨을 내쉬며 고개를 끄덕였다.

"그래요. 언니가 없다면 없는 거겠지 뭐. 솔직히 윤우 오빠 같은 남자랑 사귀는데 무슨 걱정이 있겠어. 딱 짱가 같은 스타일이잖아요. 어디선가, 누군가에 무슨 일이 생기면~ 여자친구한테 일이 생겼다 싶으면 당장 나서서 해결해 줄 타입. 완전 최고죠."

"……."

"남자친구를 사귀면 그래서 좋은 거 같아요. 함께 의논할 수 있잖아요. 내가 고민하면 함께 고심해 줄 거고, 내가 걱정하면 함께 걱정해 주면서 날 위로해 줄 거고. 연인이란 그런 거잖아요."

"그렇지."

유림이 조용히 대답했다. 무슨 생각을 하는지 유림의 눈망울은 새까맣기만 했다. 영민은 입 안이 바짝바짝 마르는 것 같았다. 유림이 윤우와 사귀는 게 확실하다면 그녀의 도움을 조금이라도 받아보고 싶은 소망 하나로 여기까지 온 영민으로선 유림의 애매한 태도가 답답했다. 정말 유림은 윤우와 깊은 사이인 걸까? 셀피쉬 멤버들 모두 유림을 형수님처럼 떠받드는 걸 보면 확실히 맞는 것 같은데. 아까 잠깐 그들과 어울려 노는 모습을 봐도 그렇고. 영민은 시후가 유림을 따르는 모습을 본 순간 유림이 좋아져 버렸다. 그녀라면 자신을 도와줄 것 같은 믿음이 생겼달까. 적어도 깔깔깔 웃으며 비웃을 것 같진 않았다. 전에도 느꼈지만 유림은 오히려 많이 신중한 사람인 것 같았다. 그런 생각들을 하며, 영민은 조심스럽게 다시 말문을 열었다.

"사실 언니, 제가 좋아하는 사람이 있거든요."

유림의 눈빛에 바짝 날이 섰다. 놀란 그녀의 눈은 이미 둥그

레져 있었다. 그 시선이 단지 놀람일 뿐으로 여긴 영민은 자신
없는 얼굴로 수줍게 미소를 지었다.
 "셀피쉬 멤버예요."

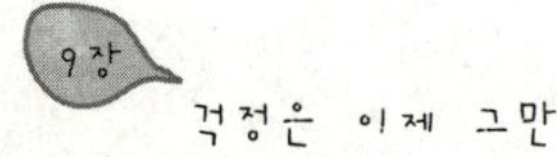

"나랑 정윤우랑은 정말 아무 사이도 아니야. 사귀는 사이는 물론 아니고, 서로 전혀 좋아하지도 않아. 그냥 친구. 아니, 친구도 아니다. 그냥 우연히 알게 되어서 안면만 겨우 튼 사이? 그쯤 되는 거 같아. 그러니까 걱정할 거 없어."

"네?"

영민은 유림이 무슨 소릴 하는지 이해하지 못한 듯 멍해져 버렸다. 이게 아닌데?

"그럼 난 이만 가봐야겠다. 나 먼저 나갈게."

혼자 하고 싶은 말 다 하고 유림은 화장실을 급하게 뛰쳐나왔다. 곧바로 녹음실로 달려가는 그녀의 심장이 터질 듯 빠르게 뛰고 있었다. 영민이 좋아하는 사람 이야기를 꺼내자마자 느꼈던 그 강렬한 절망감은 그녀를 패배 속으로 몰아넣고 있었다. 그녀는 실패한 거다. 정윤우에게 빠져들면 안 된다고 스스로를 채찍질하듯 몰아세웠지만 결국 실패한 거였다. 그녀는 이미 그에게 흔들려 버렸다. 가장 두려워했던 일이 생겨 버린 것이었다.

녹음실 문을 열고 들어서자, 영민이 한 보따리 사온 초밥을 나눠 먹고 있던 일행은 활짝 웃으며 유림을 반겼다. 손수 젓가락으로 집어 입에 넣어주려고까지 하던 시후의 밝은 표정은 곧, 유림의 온몸에서 풍기는 침울한 아우라에 사그라져 버렸다. 웃으며 여유있게 이 떠들썩한 분위기를 즐기고 있던 윤우의 표정도 유림을 발견하자마자 굳어갔다. 무슨 일일까? 그녀는 곧 울 것 같은 얼굴을 하고 있었다.

"무슨 일 있었어?"

은형이 자리에서 일어나며 물었다. 하지만 유림은 아무 대답도 하지 않고 제 가방을 주섬주섬 챙겼다. 꽉 다문 입가가 부들부들 떨리고 있는 유림은 은형이 보기에도 아슬아슬해 보였다. 무슨 일이 있었던 게 틀림없었다.

"영민인?"

시후가 누군가에게 물었다. 그러고 보니 영민이 유림을 쫓아갔었다. 은형의 눈매가 매서워졌다. 분명 그 앙큼한 계집애가 유림에게 무슨 말을 한 게 틀림없다는 생각이 드니 기분이 확

나빠졌다.

"무슨 일이냐니까? 영민 씨하고 무슨 일 있었어?"

은형이 재차 물었다. 하지만 유림은 아무 말도 하지 않고 뒤를 돌았다. 그녀가 막 녹음실 문을 나서려는데 헐레벌떡 영민이 뛰어왔다.

"언니!"

영민이 불렀지만 유림은 말없이 쫓기듯 녹음실을 빠르게 빠져나갔다. 순식간에 일어난 일인만큼 좌중은 썰렁해졌다. 영민은 황망한 얼굴로 서버렸고 윤우는 벌떡 자리에서 일어나 영민을 강하게 찔러보았다. 해명을 요구하는 눈초리였지만 달리 영민이 뭐라 설명할 새도 없이 그는 빠른 걸음으로 유림의 뒤를 쫓아갔다.

"뭐야? 왜 그래? 무슨 일 있었어?"

시후가 심각한 얼굴로 영민에게 다가오며 물었다. 여전히 유림에게 건네주려던 초밥을 젓가락으로 집어 든 채였다. 바닥으로 떨어질까 봐 한 손을 밑에 받치고 선 그는 심히 어리바리해 보였다. 속 터지겠네. 속으로 중얼거리며 영민은 퉁명스럽게 답했다.

"몰라."

"왜 몰라? 같이 있었으면서. 너, 뭐 또 이상한 소리 한 거 아니야?"

"아니야!"

"왜 신경질을 내냐? 아니면 아닌 거지."

앙칼진 그녀의 답에 시후가 두 눈을 동그랗게 뜨고 말한다. 답답한 인사 같으니라고. 시후는 이 모든 일이 누구 때문에 일어난 건지 전혀 모르고 있었다. 너무나 몰라줘서 영민은 돌아버릴 지경이다. 대체 어쩌자고 유림은 그런 착각을 해버린 걸까? 답답하고 기가 막히는 영민이다.

"저도 이만 가볼게요."

은형이 갑자기 자리에서 일어나면서 제 가방을 챙겼다. 은형이 자리에서 일어나니 민찬의 눈이 휘둥그레졌다.

"어? 왜? 형수님 곧 올 텐데. 윤우 형이 데리러 갔잖아."

"내 생각엔 쉽게 안 올 것 같은데?"

기분 상한 티를 내지 않기 위해 어색하게나마 웃으며 은형이 말했다. 물론 속에선 천불이 끓어오르고 있었다. 연예인들과 친구가 되는 게 즐겁고 신이 나는 게 사실이지만 그렇다고 자존심마저 없는 건 아니었다. 대구 대부호의 따님 근성이 있어선지, 이런 상황이 심히 못마땅했다. 성질 같아선 확 엎어버리고 싶은 걸 꾹 참고 은형은 눈가에 주름이 잡히도록 크게 웃었다. 기분 때문인지 싸늘하기 그지없는 미소가 은형의 입가에 그려졌다. 민찬이 움찔할 정도로.

"그, 그래도……."

"전화할게."

물론 거짓말이다. 아무리 사귀고 싶은 사람들이라지만 이런 대접을 받으면서까지는 아니다. 은형은 쌀쌀하게 고개를 틀며 서둘러 녹음실을 나섰다. 여전히 출입구 앞에 서서 난감해하고 있는 영민을 한 번 쏘아봐 주는 것도 잊지 않고, 시후의 인사도 받지 않은 채 은형은 열심히 엘리베이터를 놓치지 않기 위해 뛰었다.

하지만 그 시각 엘리베이터는 이미 유림과 윤우를 태우고 지하로 내려가고 있는 중이었다. 간발의 차이로 엘리베이터를 탈 수 있었던 윤우는 허리까지 굽히곤 가쁘게 숨을 몰아쉬었다. 엘리베이터 문이 스르륵, 닫히는 그 순간을 놓치지 않기 위해 순간 스퍼트를 엄청나게 냈더니 머릿골이 띵—할 정도였다. 유림은 얼떨결에 윤우의 동승을 허용해 버린 자신의 띨띨함을 탓하며 잔뜩 인상을 쓰고 있었다.

"조그만 게 되게 빠르네."

헉헉거리며 고개를 드는 그는 한 손으로 가슴을 누르고 있었다. 어찌나 빨리 뛰었던지 폐가 터져 버릴 것 같았다.

"무슨 일이야?"

"뭐가요?"

아무렇지도 않은 척 가장하고 유림은 뾰족한 어조로 말했다. 윤우 쪽으론 고개도 돌아보지 않고 있었다. 그는 인상을 쓴 얼굴로 그녀를 똑바로 내려다보았다.

"영민이랑 싸웠어?"

"아니요."

즉각 그녀가 대답했다. 명백히 그와의 대화를 거부하는 듯한 타이밍이었다. 그가 무슨 질문을 해도 그녀는 이렇게 무성의하게 대답할 게 빤했다. 뭐가 문제인지 그는 답답하기만 했다.

"어머님이 빨리 집으로 들어오래?"

"알 거 없잖아요."

"꼭 지금 가야 하는 거 아니라면 기다렸다가 저녁에 가. 아직 녹음이 남아 있으니까 지금은 안 되고, 이따 저녁에 내가 태워다 줄게."

"왜요?"

화가 난 듯한 말투로 그녀가 물었다. 그는 잠자코 그녀의 빳빳하게 경직된 옆모습을 보고만 있었다. 아무런 대답이 날아오지 않자 그녀는 휙 그를 찔러봤다.

"왜 그쪽이 날 태워다 줘요? 내가 집에 들어가는 거랑 그쪽이랑은 아무 관계 없잖아요. 당신은 당신 갈 길 가고, 난 내 갈 길 가면 되는 거예요."

그는 그녀의 비난 섞인 말투에도 잠자코 지켜보고만 있었다. 격앙되어 있는 그녀는 조금만 몰아붙여도 무너질 것처럼 위태위태해 보였다. 무엇이 문제인지 그는 걱정될 뿐이었다. 뭔지는 모르지만 불필요한 오해가 꼬여들어 있는 건 분명해 보였다.

"처음부터 그랬어야 했어요. 술에 취해 있는 날 도와주지 말았어야 했다고요. 내가 얼어 죽든 말든 당신이랑은 전혀 상관이 없었잖아요. 운 나빠 그날 내가 얼어 죽었다면, 그건 당신 탓이

아니라 친구한테 귀국 날짜 하나 제대로 알리지 못한 내 잘못이
죠. 아니, 어쩌면 남자친구가 변심한 것도 눈치 채지 못한 멍청
함 때문인지도 모르죠. 어찌 됐든 내가 잘못되는 건 다 내 잘못
이지, 당신 잘못이 아니에요."

"그 자식이 다시 전화한 거야?"

그의 눈썹이 불편하게 꿈틀거렸다.

"그딴 거 묻지 말아요. 그건 지극히 개인적인 내 사생활이잖
아요. 당신이 알아야 할 이유도 없고 알 필요도 없는 문제라고
요."

"전화해서 뭐랬는데?"

"관심 끄라고요, 글쎄."

그녀는 두 주먹을 불끈 쥐고 그를 휙 돌아봤다.

"내가 성재 오빠랑 통화를 하든 말든 그게 댁이랑 무슨 상관
이에요!"

제발 그만 다가와요. 관심 보이지 마요. 걱정해 주고 도와주
고 보호해 주는 거, 이제 그만 하라고요. 앙칼지게 내돌리는 혀
와 상관없이 그녀의 슬픈 눈빛은 그리 말하고 있었다.

더 이상 흔들면 그녀도 그녀 자신을 제어하지 못할 수도 있음
을 절감하며 유림은 간청했다. 제발 내버려 두라고. 그냥 이대
로 돌아가 버리라고. 하지만 그는 유난히 따스한 눈으로 그녀를
지켜보고만 있었다. 가만히. 아무 말도 하지 않고. 그녀가 무슨
말을 해도 다 받아줄 것처럼. 가슴에 상처 내는 말도, 탓하는 말

도, 심지어 말도 안 되는 비난마저도 다 들어줄 것처럼 그렇게
가만히 서 있었다.

그녀의 눈동자는 흔들렸다. 불안한 눈빛에는 그를 내치면서
도 잡아주길 바라는 이율배반적인 차유림의 내면이 고스란히
배어 있었다. 상처받기 두려워 가까이 다가오는 모든 사람을 찔
러 버릴 듯 날카롭게 가시를 세우는 그녀가 그의 눈엔 다 보였
다.

"정말 그렇게 생각해?"

이윽고 그가 조용히 물었다.

"내가 네 일에 관여하지 않길 바라는 거야?"

"난⋯⋯."

"정말 그게 네가 원하는 거라면, 그렇게 해줄게. 귀찮게 할 마
음은 없었어."

그가 말했다. 일순 그녀의 가슴 근처로 날카로운 아픔이 스쳐
지나갔다. 그녀가 원하는 대로, 더 이상 귀찮게 하지 않겠다는
건데도 그녀는 전혀 기쁘지 않았다. 오히려 가슴이 무너지는 것
같았다.

"그런데 차유림, 이거 알아? 너 그러면 안 돼."

그의 목소리는 유난히 차분했다.

"여자가 그런 눈빛으로 바라보면, 남잔 다른 생각을 하게 돼.
너, 나 좋아하지?"

그녀는 필사적으로 두 눈을 부릅뜨고 버렸다. 미간을 접고 두

눈에 힘을 준 채로 그를 똑바로 바라보는 그녀와는 달리 그는 아주 편안해 보였다. 마치 그녀의 마음을 다 아는 것처럼.

"나한테 빠져 버린 거야. 그렇지?"

"아, 아니야."

"그래서 두려운 거야. 내가 한 발 한 발 다가갈 때마다."

"그런 거 아니……."

"아니라면 날 밀어내 봐. 날 얼마나 싫어하는지, 증명해 봐."

그녀의 입술에 힘이 들어갔다. 그가 무슨 소릴 하는지 하나도 못 알아듣겠다. 정신이 하나도 없고 오로지 눈에 들어오는 건 그의 뜨겁게 이글거리는 눈빛뿐이었다. 그의 눈동자에 사로잡힌 듯 그녀는 다른 어느 곳에서도 시선을 줄 수가 없었다. 오로지 그에게만 시선을 맞추는 그녀를 향해 그가 엘리베이터를 탄 이후 처음으로 웃었다. 스르르, 한쪽 입가가 접히고 그곳에 아주 작고 소중한 미소가 떠올랐다. 그는 천천히 고개를 끌어 내렸다.

"……."

따귀를 때려야 했다. 고개를 조금 기울이며 다가오는 그를 밀어내야 했다. 그녀는 정말로 간절히 그걸 원했다. 하지만 그건 진심이 아니었다. 그녀는 부릅뜬 눈으로 내려오는 그의 입술을 노려볼 뿐이었다. 천천히, 그녀가 행동할 수 있는 시간을 주려는 듯 아주 느리게 다가오던 그의 입술이 결국 그녀의 코앞에서 멈추었다. 반쯤 내려뜬 그의 눈은 이미 그녀의 입술을 뜨겁게 내려다보고 있었다.

"지금이야, 차유림. 날 밀어내."

그가 낮게 속삭였다. 천천히 하강하는 엘리베이터 안으로 그의 그윽한 목소리가 가득 찼다. 유림의 입술에 더 힘이 들어갔다. 긴장하는 만큼 양손에도 땀이 배어났다. 그녀의 내면에선 그를 밀어내야 한다는 이성과 반대로 안기고 싶은 본성이 극렬히 싸우고 있었다.

"마지막이야, 차유림."

"……."

그는 친절하게 기회를 주었지만 어쩐 일인지 그녀는 꼼짝도 할 수가 없었다. 그를 밀어내기는커녕 오히려 달려들지 않기 위해 그녀는 미친 듯이 자신을 제어하고 있는 중이었다. 그녀의 마음을 읽었는지 윤우의 입술이 부드럽게 옆으로 늘어났다. 길고 나른한 곡선을 그리며 입술은 미소를 만들어냈다. 그는 천천히 눈을 감았다 뜨고, 그 그윽한 시선을 그대로 그녀의 입술로 가져갔다. 그리고 두 손을 움직여 그녀의 두 볼을 감싸 쥐었다.

촉촉한 입술이 그녀의 메마른 입술을 가볍게 눌렀다. 둘 다 입술을 딱 붙인 채였고 스킨십이라 하기도 민망한 친절하고도 어린 키스였다. 하지만 그 순간, 두 사람은 그 어떤 쾌감보다도 짜릿한 감각을 온몸으로 느끼고 있었다.

그는 천천히 입술을 뗐다. 고개를 들었지만 여전히 옆으로 살짝 기울인 채였고, 여전히 서로의 숨결을 느낄 수 있을 만큼 가까이에 있었다. 그녀가 발꿈치만 들면 입술이 닿을 만큼 그들은 가까이에 있었다. 그의 두 손이 천천히 그녀의 어깨 위로 내려왔다.

"널 많이 좋아해."

그가 진심으로 속삭였다.

"이게 사랑인지, 아닌지는 아직 잘 모르겠어. 하지만 널 그냥 미국으로 보내면 평생 후회할 것 같아."

그것뿐이었다. 평소 혼자 집 앞 마트에 가는 것도 힘겨워 매니저의 도움을 받는 주제에 유림을 붙드는 이유. 스스로가 같잖다 생각하면서도 유림을 놓아주지 못했던 이유. 그는 지금껏 후회할 일을 만들지 않았다. 해보지도 않고 미리 포기하는 타입도 아니었다. 이 강렬한 감정을 외면하며 살아갈 수 있는 무딘 타입도 아니었다.

"나랑 사귀어줄래?"

그가 들릴 듯 말 듯 속삭였다. 유림은 아직도 화끈거리는 입술을 꽉 다물고 그를 말갛게 올려다보고 있었다. 그의 질문에 그녀의 눈망울은 크게 흔들렸다.

"다른 건 약속 못해. 널 데리고 영화관에도 못 가고, 놀이동산에도 못 가. 명동 거리를 함께 손잡고 거닐 수도 없고, 사람들 앞에서 너랑 사귄다고 말할 수도 없어. 어쩌면 소속사 사장님께도 거짓말을 해야 할지도 몰라. 몇 달 동안 해외 생활을 해야 할지도 모르고 방송에서 다른 여자 연예인을 좋아한다고 말할 수도 있어.”

“……”

“아마 좋은 남자친구는 못 될 거야. 너한테 365일 충실할 수
도 없고, 네 마음을 때론 아프게 할지도 몰라. 그게 나도 걱정이
돼.”

이것은 그가 지금까지 여자를 사귀지 않았던 이유 중 가장 큰
부분이었다. 여자에게 상처를 주게 될까 봐, 힘들게 만들까 봐.
그는 연인을 외롭게 만드는 남자는 되고 싶지 않았다. 스타로
서, 가수로서의 생활이 그의 인생 전부를 차지하고 있는 지금은
여자에게 마음 한 켠 줄 여유가 없었다. 이런 생활 패턴으로는
여자를 사귄다 하더라도 오래가지 못한다. 수많은 선배들이 그
런 문제들로 괴로워했고 모두 결국 혼자가 되었다. 어차피 혼자
가 될 바에야 시작조차 하지 않는 게 더 편하다고 그는 늘 생각
했었다.

하지만 유림을 만나고 나서 모든 게 달라졌다. 결국 혼자가
될 거란 걱정보다는, 그녀를 자신의 것으로 만들고 싶다는 생각
이 한발 앞섰다. 그녀의 관심을 받고, 그녀의 따스한 말 한마디
로 위로를 받는, 그녀만의 남자가 되고 싶었다. 그녀라면 가능
할 것 같았다. 꼭 멋진 곳에 가서 데이트를 하지 않아도, 그저
바라만 봐도 행복할 수 있을 것 같았다. 말도 안 되는 착각이라
생각하면서도 결국은 그렇게 생각하게 되었다.

“하지만 한 가진 약속해. 너 아닌 여잔, 절대 마음에 담지 않

을게."

"……."

"내가 먼저 널 배신하진 않을 거야."

그가 말했다. 그리고 조심스럽게 눈을 들었다. 맑고 투명한 그의 눈동자는 그녀에게 굳은 약속을 보내는 듯 흔들림이 없었다. 유림은 두 눈을 깜빡이며 시선을 끌어 내렸다. 눈가가 시큰거리려고 해 그를 똑바로 바라볼 수가 없었다. 따끔거리는 눈이 그의 진실한 시선을 견뎌내지 못할 것 같았다. 가슴이 너무나 많이 아팠다. 몇 년 동안이나 사랑해 왔던 남자로부터 단 한순간 버림받은 충격에서 헤어나지 못하고 있는 그녀에게 윤우는…….

감동이었다.

그도 아는 것이다. 유림이 성재의 일로 얼마나 가슴 아파하는지. 무엇 때문에 윤우를 거부하고 있었는지. 아닌 척, 강한 척했지만 그녀도 여자였다. 남자친구로부터 이메일로 간단히 이별 통보를 받은 그녀가 상처받지 않을 길은 없었다. 오죽하면 한달음에 귀국을 했겠는가. 한 번 더 거절당하고 돌이킬 수 없을 만큼의 내상을 입고 쓰러져 버린 그녀에게 도움의 손길을 내밀어 준 이가 바로 윤우였다. 그 생각을 하니 더욱 울컥해졌다.

"약속해."

속삭이며 그가 그녀의 턱을 가볍게 쥐었다. 입술이 내려왔고, 유림은 조심스럽게 발꿈치를 들어 그의 입술에 다가갔다. 딩동

댕— 엘리베이터가 열리기 직전 알림벨이 울렸지만 그녀도 그
도 모두 알아채지 못했다. 유림도 윤우도 눈물 날 정도로 따뜻
하고 부드러운 촉감에 빠져들어 엘리베이터가 열리고, 닫히고,
다시 위로 올라갔지만 전혀 신경 쓰지 못했다. 그저 서로의 촉
촉함에 푹 빠져 들어갈 뿐.

✻

"언니, 저 영민이요. 방금 윤우 오빠한테서 전화번호를 땄어
요. 오빠 엄청 화났나 봐요. 사실은 제가 좋아하는 사람은 윤우
오빠가 아니에요. 누구냐면……."
시후라고? 무심코 장문의 문자메시지를 읽던 유림은 하던 말
을 멈추고 말았다. 영민이 시후를 좋아하고 있었단 말이야? 정
말로?
"왜 읽다 말아?"
운전석에서 운전을 하고 있던 은형이 조수석에 앉은 유림을
흘낏 돌아보며 물었다. 두 사람은 지금 유림의 집으로 향하고
있는 중이었다. 윤우는 유림이 녹음실로 돌아와 자신을 기다려
주길 바랐지만, 그렇게 이상한 분위기 조성하며 뛰쳐나온 주제
에 다시 되돌아갈 수는 없었다. 그건 은형도 마찬가지여서, 그
냥 은형의 차를 타고 집으로 가기로 결론을 내렸다. 아마도 윤
우는 녹음실로 되돌아가 영민을 닦달했나 보다.

“누굴 좋아한다는 거야? 민찬이?”

은형이 재차 물었다. 역시나 은형도 영민이 시후를 좋아하고 있을 거란 생각을 전혀 못하고 있었다. 유림은 아무 말도 하지 않기로 했다. 영민이 유림에게 이 사실을 털어놓은 건 분명 사방팔방 알리고 싶어서는 아닐 것이었다. 나름대로 고민을 털어놓는다고 진지하게 고백해 온 말인데 당사자의 생각과 전혀 상관없이 다른 사람에게 발설하고 싶지는 않았다.

“셀피쉬는 아니래.”

결국 유림은 거짓말을 해버렸다.

“셀피쉬 멤버도 아니면서 왜 너한테 그런 말을 해? 그만큼 친해?”

“언니처럼 생각했나 보지.”

“그것도 웃기지 않니? 너랑 만난 게 몇 번이나 된다고.”

“은근히 사람을 잘 따르더라고, 걔가.”

유림은 빙긋 웃으며 영민을 대신해 변명해 주었다. 은형은 뭔가 떨떠름한 표정을 지으며 께름칙해했다. 눈치 빠르게 유림이 뭔가를 속이고 있다는 걸 대강 파악한 거였다. 혹시 민찬을 좋아하는 거 아닐까? 신경이 쓰이는 은형이었다.

“그나저나 두 사람, 어떻게 된 거야?”

“응?”

은형이 묻는 말에 유림이 퍼뜩 놀란다. 딴생각에 빠져 있었던 듯 깜짝 놀라는 유림의 모습이 은형은 심히 수상했다. 아까 엘리베이터를 타고 다시 녹음실이 있는 층으로 올라온 유림과 윤우의 표정을 떠올리면 더욱더 그렇다. 빨갛게 상기되어 있는 두 사람의 얼굴은 엘리베이터 안에서 무슨 일이 있었던 거라 추측하게 만들었다.

"아까 보니 너 윤우랑 눈도 못 마주치더라?"

"무슨 소리야?"

"시치미 떼지 마, 계집애야. 내 눈치가 백 단이다. 어디 날 속이려고?"

은형은 가자미눈을 뜨고 유림을 흘겨보았다.

"둘이 뽀뽀했지?"

"아니야!"

저 강력하게 부인하는 거 보라지. 저러면 더 의심스러워진다는 것도 모르나? 은형은 킥 웃어버렸다.

"그래, 안 했다 치자. 그래도 사귀기는 할 거지?"

"……."

"다시 안 만나? 분위기 그렇게 멜랑콜리하게 만들어놓고 그냥 이렇게 헤어지는 건 아니지? 그럼 나 진짜 화낼 거다."

은형은 사귀기도 전에 지레 겁먹고 피하려고만 드는 유림이 답답했다. 윤우처럼 괜찮은 남자를 왜 마다하는지 이해 안 됐다. 성재 때문에 상처받고 그래서 더 쉽게 마음의 문을 못 여는 건 이해할 수 있지만, 그래도 상대가 정윤우다. 처음엔 은형도 스타라서, 멋지고 잘생기고 돈 많은 스타라서 괜찮다 생각했었지만 만나면 만날수록 진국이란 생각이 들었다. 오늘 녹음실에서 멤버들과 어울리는 모습을 보니 더 그랬다. 만약 그런 남자를 그냥 연예인이란 이유만으로 싫다 걷어찬다면 유림인 바보 멍청이쬬다인 거였다.

은형의 생각과 전혀 상관없이 유림은 잔잔한 미소를 짓고 있었다. 고개를 조금 숙이고 휴대전화 액정에 적힌 글자들을 더듬는 그녀의 눈동자는 유난히 반짝이고 있었다. 윤우가 엄청 화났나 보다는 영민의 메시지가 왜 이리 흐뭇한지. 분명 그가 진짜 격하게 화를 냈을 리는 없었다. 그는 원래 그런 성격이 아니니까. 아까 멤버들과 함께 장난치듯 그리했을 테지. 그는 영민과 그녀 사이에 오고 갔던 이야기에 대해 전혀 모르고 있었다. 상황을 보아하니 그건 지금도 마찬가지인 듯했다. 영민은 오직 유림에게만 그 비밀을 털어놓은 것이다. 아무래도 조만간 만나서 얘길 나눠봐야 할 것 같았다.

"참, 정말 난 널 이해할 수가 없다. 윤우만 한 애가 어디 있다고 그리 뻗대니? 네가 그리 대단한 애도 아니잖아. 아닌 말로, 네가 뭐 김태희처럼 예쁘길 하니, 전지현처럼 섹시하길 하니? 그렇다고 애교가 있는 것도 아니고. 뭐 하나 볼 것도 없는 널 좋아해 주는 것만도 감사해야지. 안 그래?"

일부러 자극적인 말만 골라가며 은형은 유림을 찔러보았다. 유림이 딴생각에 젖어 있다는 걸 전혀 모르고 혼자 떠벌거리는 거였다. 아직도 뜨거운 입술 표면을 손가락으로 쓸며 유림은 빙그레 웃고 있고 있었다. 아무리 생각해도 신기하고 경이로운 일이었다. 그저 살과 살이 문질러졌을 뿐인데, 그냥 맞닿았을 뿐인데. 온 세상이 다 아름다워지고 밝게만 보였다. 그저 입술과 입술이 만났을 뿐인데, 온몸이 붕— 떠오르고 출처도 모르는 흥분이 격렬하게 끓어올라 팔다리에 힘이 풀려 버렸다. 윤우가 그 순간, 강인한 팔로 허리를 휘감아주지 않았다면 그녀는 그 자리에서 쓰러졌을지도 몰랐다. 성재와 했던 두어 번의 키스와는 비교도 할 수 없을 만큼 달콤한 키스였다.

“사귀어봐, 일단. 물론 두 사람이 정상적으로 사귈 수 있을지는 나도 모르겠다. 너도 지금 유학 중이고 윤우도 엄청 바쁠 테고, 게다가 연예인이라 밝은 데선 거의 못 만날 테지. 내가 너라도 사귈 엄두가 안 날 것 같긴 해. 하지만 그래도 좋은 사람인 것만은 확실하잖아. 괜찮은 사람이 너한테 호감을 표시하는데 이런 기회를 날려 버리는 건 좀 바보 같은 짓이야. 나 같으면, 나중 일은 나중에 생각하기로 하고 일단 윤우의 마음을 받아줄 것 같아. 일단 부딪쳐 보는 거지 뭐.”

“…….”

“너 내 말 듣고 있는 거니?”

은형이 슬쩍 고개를 돌려 유림을 찔러봤다. 딴엔 생각해 준답시고 이런저런 충고를 해주고 있는데, 정작 유림인 딴짓을 하고 있는 느낌이었다.

“응?”

아니나 다를까, 나 지금까지 딴짓했소— 하는 얼굴로 은형을
바라본다. 은형은 자포자기의 심정으로 한숨을 푹 내쉬었다.

"말해 뭣 해. 내 입만 아프지."

유림은 친구의 한탄에도 아랑곳 않고 방그르르 웃기만 했다.
저렇게 웃는 걸 보면 분명 그 엘리베이터에서 무슨 일이 있었던
것도 같은데, 이상하네. 은형은 아무리 생각해도 뭐가 어떻게
돌아가는지 알 수가 없었다. 바로 그때, 유림의 손에 들려 있던
휴대전화가 울렸다. 딱히 전화 올 데라곤 은형, 집밖에 없는 유
림에게 누가 전화를 했을까 싶어 은형은 고개를 갸웃거렸다.

"여보세요?"

잉? 전화를 받는 유림의 목소리가 심상치 않다? 왜 저리 말랑
말랑하신지? 은형의 눈꺼풀이 빠른 속도로 나풀거리기 시작했
다.

"어? 어…… 아직."

표정도 이상하리만치 나긋나긋하고. 은형은 미간을 찌푸리며
수상쩍은 듯 유림을 위아래로 훑어봐 주었다. 뭐야, 너? 추궁하
는 은형의 시선을 느낀 듯 유림이 은형을 힐끔거렸다.

"가는 중이지 뭐."

어색하고 수줍은 듯 아주아주 어눌하게 말하는 유림은 시종
일관 웃고 있었다. 은형의 표정은 점점 더 험악해지기 시작했
다. 뭐야, 이거. 설마?

"어……. 받았어."

지금 윤우랑 통화하는 거 아니야? 은형의 입이 스르르 벌어
졌다. 심술궂게 얼굴을 일그러뜨리고 은형은 핸들을 돌려 자동
차를 세우기 시작했다. 아니, 사귀기로 했으면서 말을 해야지!
어떻게 이 몸에게는 일언반구도 없을 수가 있어?!

"그냥 말 안 할래. 말하면 안 될 것 같아."

영민과 잠시 생겼던 오해가 무엇인지 묻는 윤우의 질문에 유
림은 조용히 노코멘트를 선언했다. 영민의 사생활이니까 비밀
을 지켜주고 싶었다.

[떨리지 않아? 어머님 만나는 거.]

그가 조용히 물어왔다. 어딘지 모르지만 녹음실은 아닌 것 같
았다. 그의 목소리가 조금 울리듯이 들려왔고 주위는 아주 고요
했다. 그래서 더 낮고 따뜻하게 들리는 윤우의 목소리였다.

"떨려."

히죽 웃으며 유림이 말했다. 어쭈? 하는 표정으로 자신을 째
려보는 친구의 시선은 돌아보지도 않고 있었다. 차가 서자 유림
은 아예 몸을 돌려 은형의 시선을 등져 버렸다.

[떨린다면서 웃네?]

"어? 어……."

자신이 웃는 줄도 모르고 있던 유림은 또, 푸훗 웃고 말았다.
그러니까 이런 거다. 집에 들어가 어머니로부터 추궁받을 걸 생
각하면 짜증나고 귀찮고, 그래서 떨리는 것도 사실인데 지금 기
분은 마치 아득한 먼 옛날처럼 현실감이 없는 거. 지금은 구름

위를 걷는 듯 둥실둥실, 히쭉히쭉, 멍했다. 자꾸만 그와 나누었던 키스 생각이 떠올랐고 그의 격하면서도 다정했던 포옹이 생각났다. 그것 외에는 그 어떤 것도 그녀의 주의를 사로잡지 못하고 있었다.

[웃으니까 좀 마음이 놓인다.]

"걱정했어?"

[했지. 네 어머님이면 분명히 대단히 까칠하실 텐데.]

"뭐라고?"

발끈하는 것 같았지만 여전히 그녀의 목소리엔 웃음기가 담겨 있었다. 지금 그녀와 윤우에겐 그 어떤 문제도 문제가 되지 않았다. 현실감없이 그저 행복하기만 한 이 기분이 언제까지 갈지 윤우도, 유림도 알 수 없었다. 다만 윤우의 말대로, 지금 이 순간의 감정에 서로 충실하자는 생각뿐이었다.

[네가 편하게 말해주니까 좋다. 앞으로도 계속 이렇게 말 놓아줄 거지?]

"오빠라곤 안 할 테니까 걱정 마."

[어? 이제 보니 내 쪽이 손해인가? 내가 오빤데.]

"겨우 한 달 차이에 무슨 오빠?"

[이거 왜 이래. 한 달이 얼마나 큰 차이인데. 네가 응애 하고 태어날 때 난 이미 뒤집기 연습을 하고 있었다고.]

"한 달 만에 애가 뒤집는다고? 백일 아니야?"

[하여튼. 한 달, 그거 무시 못할 시간이라고. 안 되겠다. 너 그

냥 나한테 존댓말 써라.]

"풋!"

우기기 시작하는 윤우가 귀여워 유림은 그만 웃고 말았다.

[오빠라고 불러봐. 얼른.]

"싫어."

[왜 못 불러? 한 시간 전까지 꼬박꼬박 존대하던 사람이.]

"한 시간 전이랑 지금은 상황이 다르잖아."

유림의 귓가로 낮은 웃음소리가 들려왔다. 그 역시 동의하는 거였다. 씩 웃으며 유림은 이 달콤한 분위기를 음미했다. 그때 은형이 큼— 하며 목소리를 가다듬으며 눈치를 준다. 유림은 뒤를 돌아 은형을 보았다. 은형은 심술이 덕지덕지 붙은 얼굴로 유림을 째려보고 있었다. 표정을 보아하니 '이 내숭쟁이' 하며 그녀를 비난하고 있었다.

"녹음 끝났어?"

유림은 심히 나긋한 목소리로 물었다.

[아니, 아직 남았어. 오늘 생각보다 늦어질 것 같네. 은형이 차를 타고 가길 잘한 거 같아.]

"지금은 쉬는 중이야?"

[시후 파트 녹음 중. 같이 모니터링해 줘야 하는데 잠깐 나왔어. 집에 잘 들어갔는지 궁금해서.]

"집에 도착하면 전화할게."

[어머니한테 다 혼난 다음?]

윤우가 장난기 가득한 목소리로 물었다. 그 아무것도 아닌 말에도 유림의 입가는 헤벌쭉 찢어진다. 어쩌면 농담 하나를 해도 이리 사람을 즐겁게 하니. 내심 그도 걱정이 되어서 자꾸 묻는 게 틀림없었다. 그 마음이 농담 한마디에 실려 전달되어져 마냥 흐뭇해지는 것이다.

"아마도."

[많이 화내실까?]

"걱정돼?"

[내가 누구냐고 물으시면 뭐라고 대답할 거야?]

걱정된다는 말을 제 입으로 꺼내기 민망해서일까. 그는 그녀의 질문에 대답하지 않고 딴청을 피운다.

"사실대로 말하지 뭐."

지금까지 한 번도 어머니에게 거짓말을 해보지 않았던 유림으로선 당연한 거였다. 거짓말할 핑계도 있을 리 없고 거짓말해 봤자 눈치 빠른 이원자 여사의 날카로운 육감을 뛰어넘을 수도 없을 것이다.

[그래도 괜찮겠어?]

그런데 뭔가 걱정스러운 듯 윤우가 물었다.

"왜?"

[아니, 뭐…….]

윤우는 말끝을 애매하게 흐렸다. 그답지 않게 자신감없는 목소리가 좀 이상하단 생각이 들었지만 곧 그녀는 깨끗이 잊을 수 있었다. 윤우가 세상에서 가장 밝은 목소리로 파이팅을 외쳐 줬기 때문이었다. 마냥 기쁘고 마냥 행복한 기분에 젖어 유림의 입에선 탄성이 흘러나왔다. 유림은 주책없는 입술을 손끝으로 꾹 눌러주었다. 그런 그녀에게 그가 부드럽게 덧붙여 속삭였다.

[기죽지 마. 네 인생의 주인은 너니까.]

"……."

[뭐, 쫓겨나면 나한테 와도 되고.]

"킥!"

못 말려, 진짜. 진지하다가 장난스러워지고 부드럽게 속삭이나 싶으면 개구쟁이가 되는 윤우 때문에 유림은 현기증이 날 것만 같았다. 마냥 이렇게 즐겁기만 하면 얼마나 좋을까. 유림은 주체할 수 없는 웃음기를 얼굴 가득 머금고 수줍게 고개를 숙였다.

[아! 나, 지금 들어가 봐야겠다. 녹음실에서 부르네.]

"응. 그래."

[전화해. 문자할게.]

통화는 그렇게 끝이 났다. 유림은 전화기 슬라이더를 탁 소리나게 닫고는 그걸 조심스럽게 가슴에 품었다. 전화를 끊었는데도 아직도 즐거운 현기증은 계속되었다. 정말 모든 게 꿈만 같았다. 단 며칠 사이에 이렇게 푹 빠질 수도 있을까? 이런 것도 사랑인 걸까?

'사랑이 아니면 뭐겠어?'

내면의 목소리가 유림의 심장 한복판에서 울려 퍼졌다. 마음은 이미 그가 운명일지도 모른다고 속삭이고 있었다. 하지만 사랑이란 게 이리 빨리 속단할 만큼 쉬운 게 아니란 걸 그녀도 알았다. 수많은 검증 절차를 걸치고 위험 단계를 뛰어넘어야만 이루어지는 게 진짜 사랑이란 걸 그 누구보다도 절실히 깨달은 그녀다. 지금 당장 불타오른다고 사랑이라 단정 지을 순 없었다. 누굴 만나든 처음엔 끓기 마련이었다. 서로 맞는지 안 맞는지는 만나면서 차근차근 알아가는 게 아니겠는가. 과연 몇 번이나 제대로 만날 수 있을지 모르겠지만.

"아주 입이 찢어지는구나."

통화의 여운을 음미하는 유림에게 은형이 얄미운 말 한마디를 날렸다. 유림은 그제야 은형이 옆에서 자신을 뚫어지게 쳐다보고 있었다는 걸 깨달았다. 유림은 화끈거리는 볼을 양손으로 누르며 히죽거렸다.

"들었어?"

"그럼 듣지, 안 듣니? 귀머거리야? 옆에서 그 닭살을 떠는데 어떻게 내가 못 듣니?"

그리도 팅기더니 한순간에 홀딱 넘어가선 해롱해롱 정신을 못 차리는 친구를 은형은 기막힌다는 듯 바라보고 있었다. 결국엔 이리될 거면서 그리도 옆 사람들 마음을 불안하게 했나 싶은 거였다.

"닭살은 무슨."

"닭살 맞거든? 표정이 왜 그러니? 아주 버터 한 통을 다 발라 놓은 거 같네."

"무슨 소리야. 내가 뭘."

"언제부터 그렇게 된 거야? 사귀기로 한 거야?"

유림이 대답 대신 미소를 짓는다. 팔푼이가 따로 없는 그 미소로 대답은 충분했다. 유림이 이 정도이니 윤우는 얼마나 해롱거릴지 안 봐도 비디오였다.

"엘리베이터였지? 두 사람, 거기서 무슨 일 있었지?"

"아, 아니야!"

아니라고 부인하는 사람 표정 좀 보라지. 화들짝 놀라 두 눈만 깜빡거리는 유림의 표정을 보건대 분명 엘리베이터에서 뭔 짓을 저지른 게 분명했다. 키스한 게 분명해. 은형은 푹 한숨을 내쉬었다.

'부러워 죽겠네.'

사촌이 땅을 산 것도 아닌데 배가 아팠다. 윤우는 처음부터 유림에게 마음이 있었고, 그게 하도 신기하고 흥미진진해 나름 윤우를 도와 유림을 감언이설로 꼬시기도 했던 은형이지만 이렇게 이어지고 보니 기분이 이상했다. 딱히 윤우가 욕심나서라기보다 상대적 박탈감 때문이다. 누군 이번 크리스마스에도 옆구리 시린 채로 홀로 쓸쓸히 지내게 생겼는데 유림인 무슨 복을 타고나서 셀피쉬의 정윤우를 다 사귀게 되는 거냐고— 우울하다, 진짜.

“누군 좋겠다.”

은형은 씁쓸한 미소를 머금고 다시 운전대를 잡았다.

“왜? 넌 민찬 씨랑 친하잖아.”

“친한 거랑 사귀는 거랑 같냐?”

“사귀면 되지.”

누구 놀리나? 은형은 찌릿 괜히 얄미운 유림일 찔러보았다.

“나 혼자 좋다고 다 사귀니? 갠 완전 아무 생각 없다고.”

“네가 적극적으로 나가면 되지.”

“너 왜 그래? 너답지 않게.”

평소엔 연예인이랑 얽히면 무슨 큰 범죄라도 되는 양 굴더니. 윤우랑 사귀기 시작하니 모든 만남이 다 쉬워 보이나 보다. 그렇지만 그건 유림의 환상이고 착각일 뿐이다. 미안하지만 윤우의 경우와 민찬은 달라도 아주 많이 다르다. 윤우야 처음부터 유림일 찍었고 민찬은 은형이 찍은 거잖나. 그게 절대로 같을 순 없는 거다. 그녀답지 않게 시니컬해져 썩소를 머금고 있는 은형에게 유림은 세상에서 가장 달콤한 목소리로 대답해 주었다.

“도련님이잖아.”

"왜 이리 늦은 거니? 전화는 해도 받질 않고. 어디 있다가 이제 온 거야?"

집 안으로 들어서자마자 이원자 여사가 특유의 '숨도 안 쉬고 속사포로 말하기' 신공을 펼치기 시작했다. 몇 달 만에 딸의 얼굴을 보는 것임에도 그녀의 표정이나 말투에선 애틋함을 찾아볼 수 없었다. 그저 공부까지 내팽개치고 한국으로 돌아와 버린 딸에 대한 배신감과 분노만이 가득했다. 서운할 만도 했지만 유림은 아무렇지도 않게 넘길 수 있었다. 이런 반응일 거라곤 충분히 예상하고 있었기 때문에. 뭐, 대단히 서글프거나 서럽거나 아쉽지도 않았다. 유림에게 어머니는 편안함과 안식, 평화가 아닌 엄격함, 강요, 억압이었다.

"친구랑 어디 좀 갔었어."

"친구 누구?"

"은형이."

"걔가 누군데?"

"고등학교 때 친구였어."

"아버지가 뭐 하시는 앤데? 어떤 집안 애야?"

늘 이런 식이다. 그녀가 누굴 만나는지, 뭘 하는지 어머니는 항상 이렇듯 꼬치꼬치 묻고 캐내려 한다. 물론 묻는 거야 관심이 많으면 그럴 수 있다고 보지만 이원자 여사의 경우는 관심과는 약간 다른 차원의 것이었다.

"내가 너, 아무나 만나고 다니지 말라고 했지? 격에 맞는 애들을 만나고 다니란 말이야. 넌 도대체 누굴 닮아서 취향이 그 모양이니? 아―"

이원자는 지끈거리는 관자놀이를 손으로 쥐며 앓는 소리를 냈다. 얼마 전부터 그녀는 자꾸 꿈자리가 사나워서 딸 걱정을 굉장히 많이 했더랬다. 남편 없이 혼자 살면서 유일한 낙이라곤 유림을 훌륭한 음악가로 키우는 거 하나였던지라 유학을 보내놓고도 이원자는 노상 딸 걱정을 달고 살고 있었다. 가진 거라곤 바이올린 하나뿐이었던 남편 만나 지지리 궁상으로 살았던 지난날을 보상받기 위해서라도 그녀는 딸을 최고로 키워내고 싶었다. 그건 보험금만 남기고 허무하게 생을 버린 남편을 향한 일종의 반항이었다. 당신 없어도 잘 키워냈다는, 가열찬 일갈.

"누가 그 아비에 그 딸 아니랄까 봐."

바닥 태생인 주제에 바이올린 하나는 기가 막히게 켰던 남편을 떠올리며 이원자는 이를 갈았다. 그의 연주에 반해 바이올린을 가르쳐 달라고 쫓아다녔던 이원자는 철모르던 꼬마 숙녀에 불과했다. 부모님 밑에서 호의호식하며 잘살던 그녀에게 남편의 모습은 새로운 세계였고 동경이었다. 그와의 사랑으로 인해 가족들로부터 버림을 받아야 했지만 그녀는 그와 함께였을 때 가장 행복했었다.

"엄마도잖아."

납작 엎드려 잘못했다고 빌어도 시원찮을 판국에 빳빳이 고개를 들고 서 있던 유림이 마침내 입을 열었다. 이마를 짚은 채로 숨을 헐떡이고 있던 이원자의 눈썹이 꿈틀거렸다.

"뭐?"

"아빠 취향. 엄마도 아빠 취향이었던 거 아니야?"

취향이 저급하다는 말은 평생 어머니로부터 들어왔던 아버지 험담이었다. 들을 때마다 그녀는 머릿속으로 떠올렸었다. 아버지 취향이 그리도 형편없었다면 왜 어머니와 결혼했나요? 어머니도 그럼 형편없는 사람 아닌가요? 하지만 엄격한 어머니의 훈육에는 말대꾸란 있을 수 없었다. 생각은 생각으로 묻어둬야 했고 그래서 지금껏 한 번도 입 밖으로 내뱉지 않았던 말이었다. 한데, 그 말이 하필 지금 이 자리에서 불쑥 나와 버렸다.

"너…… 방금 뭐라고 했어?"

이원자가 깜짝 놀라 눈을 부릅뜬 채로 물었다. 원래 하얗고 팽팽한 피부를 가진 데다가 보톡스와 잔주름 제거 수술까지 받은 덕에 마흔일곱이란 나이가 믿기지 않을 만큼 젊어 보이는 그녀의 얼굴이 일순 암울해졌다.

"듣기 싫어. 이제 그만 좀 해. 엄만 아빠가 지긋지긋할지 모르지만 나한텐 아빠야. 비록 얼굴도 기억나지 않는 아빠지만 아빤 아빠라고. 자식인 나한테 아빠 흉을 보고 싶어, 엄만?"

"너 지금 나한테 말대꾸했니?"

"말대꾸라고 생각하지 않아. 하고 싶은 말 하는 것뿐이야."

"……!"

"이제 제발 그만 하자. 나한테도 아빠를 추억하고 그릴 자격쯤은 있잖아."

"네 아빤 자살했어! 제 손으로 제 명줄을 끊었다고!"

이원자가 고함을 질렀다. 눈동자에 핏발마저 선 그녀는 마치 딴사람처럼 구는 딸이 놀랍기만 했다. 언제부터 이렇게 발칙해졌는지. 순하고 착하기만 한 유림이 대체 무슨 자극을 받았기에 이리 변한 건지, 원자는 기가 막혔다.

"그게 어떤 의미인지 모르니? 날 버리고 널 버린 거야. 네 나이 겨우 세 살이었는데, 너도 나도 다 버리고 그 사람은 자살을 선택했어. 자기의 고뇌에만 빠져 있었을 뿐 가족은 안중에도 없었단 말이야! 어떻게 그렇게 죽니? 어떻게 그렇게 허무하게 자기 목숨을 내던져? 그게 남편이니? 아빠야?"

"교통사고였어. 자살이 아니었다고."

"멀쩡한 도로를, 바로 옆에 횡단보도를 두고 건넜단 말이니? 네 아버지, 그런 사람 아니었어. 바른생활만 실천하고 다니는 사람이었다고. 오죽했으면 내가 교과서란 별명을 붙여줬을까. 사람 하나 다니지 않는 오밤중에도 절대 신호등만은 지키는 사람이었단 말이야."

게다가 죽기 며칠 전부터는 술병을 달고 살았었다. 죽고 싶다는 소리를 하루에도 수천 번씩 해대면서. 아무리 돈이 없어 끼니를 굶게 생겼어도 군소리 한 번 하지 않는 아내에게 어찌 죽고 싶다는 말을 함부로 할 수 있었을까. 생활비를 벌기 위해 아기를 포대기에 들쳐 업고 파출부 노릇을 하고 다니면서도 남편이 바이올린을 놓지 않길 바랐던 그녀였기에 아픔은 더욱 컸다.

"그래도 난 아빨 이해해."

"뭐라고?"

"그러니까 이제 그만 해. 엄마가 왜 이러는지 모르는 거 아니야. 그래도 난 아빠를 미워하지 않을 거야. 죽고 싶을 만큼 괴로웠던 순간이 있었을 거라는 거, 이해할 수 있어."

"아, 세상에!"

원자는 충격에 휩싸인 채 딸을 바라봤다. 다리에 힘이 풀리면서 쓰러질 것 같은 몸을 간신히 붙들고 있었지만 숨만큼은 제대로 쉬어지지 않았다. 가쁘게 겨우겨우 숨을 내쉬며 그녀는 가까

스로 티테이블 의자로 다가갔다. 털썩, 좋지 않은 모양새로 착
석한 그녀는 곧이라도 앓아누울 것처럼 힘든 목소리로 말했다.

"내가 저를 어떻게 키웠는데……."

"……."

"그 뒷바라지를 다 해서 대학 보내고 유학 보내놨더니, 공부
때려치우고 돌아와서 뭐? 나더러 그만두라고? 그럼 내 인생은?
내 청춘은 어떻게 되는 거니? 누가 보상해 줘? 난 지금까지 너
만 바라보고 살아왔어. 너 하나 번듯하게 키우는 게 내 일생의
목표였다고."

"엄마 인생은 누구도 보상해 주지 않아. 그럴 수도 없어. 난
엄마 인생을 대신 살아줄 수 없다고."

"너 정말!"

순간적으로 불끈 끓어오르는 혈압에 원자는 핏대를 세우며
자리에서 일어나려 했다. 그러다 다시 털썩 주저앉으며 그녀는
딸을 뚫어져라 노려보았다.

"너…… 그놈 때문이구나? 아까 네 전화를 받았던 그놈. 맞
지?"

캐는 듯한 이원자의 말에 유림이 꾹 입을 다물었다. 켕기는
게 있다는 뜻이었다. 이원자의 눈초리는 점점 더 매서워졌다.
내로라하는 큰 병원집 아들에 수재라 장래가 촉망되는 유성재
와 헤어졌다는 건 그녀도 이미 알고 있었다. 썩 성에 차는 자리
는 아니었지만 제들끼리 좋다니 그럭저럭 보아 넘겨주고 있었

던 성재였기에, 원자는 그와 헤어진 문제에 대해 대수롭지 않게 여겼었다. 한데 이제 보니 성재와 헤어진 게 아까 전화를 받던 그 녀석 때문인 모양이었다.

"그 녀석이야. 가만히 있는 너한테 헛바람 집어넣은 녀석."

"무슨 소리야? 여기서 윤우 얘기가 왜 나와?"

"윤우? 그 녀석 이름이 윤우니?"

유림은 아랫입술을 지그시 깨물었다. 뭔가 큰 실수를 해버린 기분이었다. 애초 어머니에게 윤우의 존재를 숨길 생각이 아니었음에도. 예감이 좋지 않았다.

"뭐 하는 애야? 어떤 집 애야?"

"……."

"흥! 네 표정을 보니 대강 짐작이 가는구나."

원자는 싸늘한 표정을 지으며 가슴 밑으로 팔짱을 꼈다. 유림은 잔뜩 굳은 얼굴로 서 있었다. 윤우라는 녀석의 이야기가 나오자마자 빠르게 긴장하는 모습이 보통 심각한 사이가 아닌 듯했다. 분명히, 확실히, 불한당 같은 놈일 게다. 아까 잠시 통화할 때 느꼈던 불쾌감을 떠올리며 이원자는 눈살을 찌푸렸다.

"헤어져."

원자는 45도 각도로 턱을 들며 날카롭게 명했다.

"못 헤어져요."

유림이 즉각 말했다. 너무나 빠른 대답에 유림 스스로도 놀라고 있었다. 생각할 틈도 없이 아주 반사적으로 튀어나온 대답이었다. 이원자의 눈빛이 더욱 살벌해졌다.

"뭐라고?"

"비행기표 구해지는 대로 미국 들어갈 거예요. 엄마 소원대로, 최선을 다해서 공부할게요. 아빠처럼 천부적인 재능을 타고나진 못했지만 노력할 거예요."

"그래야지."

한풀 꺾인 목소리로 원자는 말했다. 원래의 유림으로 되돌아온 것 같아서 마음이 놓였다. 그래, 이래야지. 이 이원자의 딸이라면 이렇게 넓은 포부로 최고가 되어야지. 그래야 이원자의 딸이지. 바로 이러한 야망이야말로, 지금의 이원자를 만들어낸 원동력이었다. 남편의 보험금을 밑천으로 구멍가게를 얻었을 때, 그것으로 만족했다면 지금처럼 거대 할인마트의 소유자가 될 수는 없었을 것이다.

"근데 윤우랑은 못 헤어져요."

"뭐?"

난데없는 말에 원자가 휙 유림을 돌아봤다.

"헤어지더라도 내 의지로 헤어져요. 엄마가 시켜서 헤어지는 거, 이제 안 해요."

"도대체 어떤 자식이길래……!"

"엄마보다는 더 날 이해해 주는 사람이야."

"너, 정말 많이 빠졌구나?"

황당한 얼굴로 원자가 물었다. 아무래도 보통 심각한 사이가 아닌 것 같았다. 너무 위험할 정도로 많이 남자에게 빠져 있는 게 확연히 느껴졌다. 지금은 음악에 전념해야 하는데 대체 어쩌다가 남자를 알게 되어서……!

"빠지고 싶어. 그런 사람이야."

"너 대체 어쩌려고 이래? 왜 이리 변한 거야? 너 원래 안 이랬잖아. 왜 이러니? 왜?"

이게 원래 내 모습인지도 모르겠어. 유림은 조용히 속으로 읊조렸다. 늘 이렇게 말하고 싶었더랬다. 어머니의 잔소리, 강요, 명령을 들으면서 늘 그녀는 마음속으로 대꾸하고 있었다. 입 밖으로 꺼내지만 않았을 뿐. 그래서인지 조금은 편안해진 기분이었다. 마음에 앙금처럼 남아 떠돌던 말들을 다 쏟아내니 후련했다.

"피곤해요. 쉴래요."

"유림아."

어머니의 허락 없이는 훈계 도중 자리를 뜬 적도 없는 유림이었다. 원자는 기가 막힌 얼굴로 딸을 바라봤다. 처음 보는 딸의 반항적인 면모에 뒤통수를 얻어맞은 것처럼 황당했다. 유림 애비가 살아 돌아와도 이리 놀라지는 않을 것이다. 대체 윤우라는 녀석이 어떤 녀석이관데 애를 이 지경으로 만들어놓은 거야?

이원자가 너무 놀라 입을 다물지 못하는 사이, 유림은 자신의 짐가방을 수습해 이층으로 올라갔다. 살벌한 두 모녀의 싸움을 지켜보고 있던 도우미 아주머니가 냉큼 달려와 그녀를 도와주었다.

"됐어요, 아줌마. 나머진 제가 할게요."

방 안으로 들어오자마자 유림은 아주머니를 돌려보냈다. 어차피 며칠 안으로 다시 짐을 싸야 하는 상황이라 딱히 짐을 풀고 싶지도 않았다. 탁, 소리를 내며 아주머니가 밖으로 나가자 유림은 후— 한숨을 길게 내쉬었다. 자신도 모르게 긴장하고 있었던지 혼자가 되자마자 맥이 탁 풀리는 것 같았다. 유림은 텅 빈 침대에 털썩 주저앉았다. 가슴은 뻥 뚫린 듯 시원한데, 마음 한구석은 여전히 답답해서 심란했다. 그녀를 위해 일평생 한눈 한 번 못 팔고 일만 해왔던 어머니에게 그녀가 너무한 것 같기도 해서 마음이 너무 불편했다.

메시지가 도착한 건 그때였다. 유림은 가방에서 휴대전화를 꺼내 메시지를 확인했다. 예상했던 대로 보낸 이는 윤우였다. 메시지는 두 개가 와 있었다. 유림은 도착한 순서대로 확인에 들어갔다.

녹음이 한 시간이나 더 지연됐어. 이러다가 자정 넘기겠다. 넌 집에 들어갔어?

일곱 시 조금 넘은 시각에 보내온 메시지였다. 차 안 소음 때문에 알림벨 소리를 못 들었던 모양이었다. 유림은 방금 온 메시지를 확인했다. 막 확인한 순간, 짧고 굵은 그의 메시지 한 방에 그녀는 웃음을 터뜨려 버렸다.

울지 마.

연락이 안 되니 그녀가 엄마한테 혼나고 우는 줄 알았나 보다.

"아— 어떡해—"

이 얼마나 감동적인 메시지인가. 눈물이 나올 것 같았다. 그녀를 걱정하는 그의 마음이 너무나 강하게 전달되어졌다. 수많은 위로의 말보다도 직설적이고 덜 세련된 이 말 한마디가 그녀의 마음을 흔들었다. 정말로 위안이 되었다. 가슴에 묵직하게 남아 있던 죄책감도 어느덧 가벼워지는 것 같고 기분도 훨씬 좋아졌다. 생각은 좀 더 긍정적이고 밝아졌다. 모든 게 그의 문자 메시지 한 통 때문이었다.

유림은 뜨거워진 눈시울을 손바닥으로 꾹 누르며 눈을 감았다. 입가엔 흔흔한 미소가 떠올라 있었다. 그는 아무래도 유림의 수호천사인 모양이다. 언제나 그녀를 웃게 만드는. 생각해 보면 항상 그랬었다. 유림을 이렇게 늘 미소 짓게 하는 사람은 윤우뿐이었다. 듬직하게 그녀를 지켜주는 이도 그뿐이었다. 유림은 스며난 눈물을 닦으며 협탁에 놓여 있는 유선전화 수화기를 들었다.

[이제 도착했어?]

한참 만에 전화를 받은 그는 통화가 되자마자 가쁜 숨을 고르며 물어왔다.

"어, 아까. 뭘 하다가 전화받는 거야?"

[아— 녹음 중이었어. 나와서 받느라고. 알잖아, 애들 짓궂은 거. 너한테 전화 온 거 알고 애들이 날 안 놔주는 거야.]

킥, 유림은 기분 좋은 웃음을 흘렸다. 그림이 딱 나오지 않나. 다들 윤우가 녹음실 부스에서 못 나가게 바지 잡고 목덜미 헤드락 걸고 난리도 아니었을 게다. 듣기만 해도 형제 같고 가족 같은 그 분위기를 느낄 수가 있었다.

"녹음 중이었으면 그냥 받지 말지. 괜히 방해만 해버렸잖아."

[무슨 소리야? 방해가 왜 돼? 오히려 힘이 됐음 됐지.]

"괜히 나 때문에 또 지연됐잖아."

[어차피 네 전화만 눈 빠지게 기다리느라 집중 안 되고 있던 중이야. 이제 잘 들어간 거 확인했으니까 마음 편하게 쭉~ 녹음할 수 있겠네. 어머님이랑은 얘기 잘 끝냈고?]

"그럭저럭."

수화기 속에서 그가 한숨을 푹 내쉬었다.

[그럭저럭의 의미가 뭘까?]

"음— '잘' 과 '별로' 의 중간쯤?"

[썩 만족스러운 결과는 아닌가 보네? 나에 대해선 뭐라고 말씀하셔?]

이원자 여사가 자신을 어떻게 생각하는지 자꾸 마음에 쓰이는 듯 그가 조심스레 물어왔다. 유림은 사실대로 얘기해 주었다.

"셀피쉬의 정윤우란 건 아직 말 안 했어. 그렇게까지 다 밝힐 필요는 없을 것 같아서."

[왜? 너무 좋아하실까 봐?]

그가 농담을 던진다. 그러나 그가 썩 좋은 기분은 아니란 걸 그녀는 알 수 있었다.

"그냥. 우리, 만난 지 얼마 되지도 않았잖아."

[음.]

담백한 어조로 그가 짧게 대답했다. 실망한 걸까? 어머니에게 그에 대해 다 털어놓았어야 했을까? 하지만 벌써부터 윤우에 대해 말해 버리고 싶진 않았다. 어머니의 반응이 무서워서가 아니라 윤우를 위해서였다. 딸이 대중가수와 사귀고 있다는 걸 알면 어머니는 분명 대대적으로 반대할 게 뻔했고, 그렇게 되면 윤우에게 해가 되는 일이 생길지도 몰랐다. 언제나 이원자 여사는 너무 과했다. 자신의 주장과 신념을 관철하기 위해서 너무 전투적으로 행동하는 게 문제였다. 윤우를 유림에게서 떨어뜨려 놓기 위해 무슨 짓을 할지 알 수 없었다.

"미리 선입견 줄 필요는 없잖아."

[좋은 거야?]

아무렇지도 않은 듯 그가 물었다. 유림은 일부러 씩씩하게 대답했다.

"당연히 좋은 거지. 앞으로 정윤우에 대해서 더 잘 알 기회가 남아 있는 거잖아."

훗, 그가 엷은 웃음소릴 흘렸다.

[네가 좋은 거라면 좋은 거겠지.]

"……."

[있잖아, 난 뭐든 한 가지로만 보는 타입이다? 긍정적이고 발전적인 쪽. 비관적인 관점은 과감하게 버리는 사람이야. 잘될 거라고 생각하면서 앞으로 나아가고, 실패를 하더라도 다시 시작할 수 있을 거란 희망을 절대로 버리지 않아. 그게 지금까지 내가 살아왔던 방식이야. 난 너도 그랬으면 좋겠다.]

"……."

[어쩌면 우린 지금보다 앞으로가 더 힘들지도 몰라. 우리가 서로를 선택한 게 실수일 수도 있어. 서로가 속한 부류에서 이탈해 버리고 말았으니까. 넌 유학 중이고, 난 자유롭지 못한 신분이고, 최악의 선택이지. 그런데 난 지금도 걱정은 하지 않아. 단지 조금 떨어져 있을 뿐이니까. 그 시간만큼만 잘 견뎌내면 되니까.]

"……."

[대신 서로 마음의 거릴 좁히면 된다고 생각해.]

"……."

[자냐?]

응? 그의 다정다감한 목소리와 진지하고 성찰하는 듯한 어투에 집중되어 심각한 표정이 되어 있던 유림은 난데없고 뜬금없는 그의 질문에 확 깨고 말았다. 웃음이 절로 나왔다. 정말 못 말리는 정윤우. 어찌나 유치한지.

"아니야!"

그녀가 강력하게 부인했지만 그는 이미 약점 잡았다는 목소리로 소리를 쳤다.

[거짓말 마. 잤었지? 졸았지? 좋게 사실대로 말해. 방금 졸았던 거 맞지?]

"그래! 졸았다! 피곤해서 좀 졸았어, 왜?!"

마지못해 인정하는 분위기로 유림은 소리 높여 외쳤다. 아무래도 윤우는 쑥스러워서 이러는 것 같았다. 처음으로 진지한 말을 꺼낸 이후 밀려드는 쑥스러움을 어찌해야 할지 몰라 쩔쩔매는 모습이 눈앞에 훤히 보였다. 그래서 괜히 유림이 졸았던 거라고 몰아붙이는 게다.

[쉬어라. 피곤하겠다, 오늘. 녹음도 하고 엄마한테 혼도 나고.]

어느새 농지거리를 주거니 받거니 하다가 침대에 누운 자세가 되어버린 유림에게 그가 나직이 속삭였다. 저절로 미소가 지어지게 만드는 편안한 목소리였다.

"응."

[노래 불러줄까? 잘 때까지.]

끝까지 농담을 흘려주는 센스. 유림은 깔깔거리며 괜찮다고,

부드럽게 거절했다. 지금도 바쁜 시간에 주변 사람들에게 피해를 주면서까지 전화를 받고 있는데 어떻게 더 그의 시간을 빼앗을 수 있겠는가. 말만이라도 고마웠다.

[명색이 나도 가순데 너무 단박에 거절한다.]

"뭐, 그럼 대신에 지금 녹음하는 곡, 나한테 헌정하든지."

[푸른 꿈을 향해 날아?]

노래 제목 한 번 멋지지. 그가 가사를 붙인 거란다. 그가 은근히 '달', '꿈', '낭만', 같은 단어를 좋아해서 가사가 꽤나 멋지게 나오는 거라고들 했다. 그래서 대부분의 발라드송은 그가 작사를 도맡아하고 있다는 말도 얼핏 들은 기억이 났다. 녹음할 때 들은 가사를 떠올려 보자면, 〈푸른 꿈을 향해 날아〉도 꿈속에서 여자친구를 만나 함께 어두운 밤하늘을 향해 날아오른다는 내용이었다. 가사를 떠올리니 마음이 참 많이 따뜻해지는 유림이었다. 유림은 부드러운 미소를 입에 걸고 대답했다.

"응."

[그러지 뭐.]

대답하는 그는 한층 더 깊어진 목소리로 나지막이 속삭였다.

[먼저 날아가 있어. 나도 곧 뒤따라갈게.]

다음날 오전, 윤우에게서 전화가 왔다.

〈오늘 녹음실 안 올래? 내가 오늘도 꼼짝없이 녹음에만 매달려 있어야 해서.〉

당연히 그녀도 가고 싶었다. 비행기 좌석이 없어 앞으로 3일 간은 더 체류해야 하는 상황이긴 해도, 앞으로 떨어져 있어야 할 시간에 비하면 형편없이 짧은 시간이었다. 앞으로 그녀는 다음 방학 때나 한국에 들어올 테고, 그 기간에 맞춰 윤우가 한국에 있을지 어떨지도 지금 상황으로선 장담 못했다. 셀피쉬가 워낙 다국적으로 활동하는 그룹인데다가 최근엔 일본 활동이 잦아서 한국에서 체류하는 시간이 매우 짧아졌기 때문에, 그녀가 한국으로 나온다고 해서 꼭 만날 수 있는 것도 아니었다. 사실 이럴 줄 알고 애초 그에게 정을 주지 않으려고 했었던 건데…….

"좋지?"

어제 녹음한 노래를 들려주며 그는 핸들을 움직였다. 두 사람은 함께 녹음실로 가는 중이었다. 함께 있는 시간을 늘리기 위해 그는 유림의 집 앞까지 와주었고, 이렇게 함께 출근하는 신혼부부처럼 나란히 차에 앉아 있을 수 있는 거였다. 외출하는 유림을 두고 이원자는 도끼눈을 뜨고 째려보았지만 별다른 말은 하지 않았다. 대신 서슬 퍼런 눈초리로 창가에 서서 윤우의 자동차를 찔러보았다. 뭐 하는 녀석일지 가늠해 보며 평가하는 눈으로 자동차를 눈여겨보았겠지만 다행히 당사자인 윤우는 눈치 채지 못했다.

"난 이 곡이 마음에 들어. 곡을 받았을 때부터 타이틀곡으로 찍어뒀었는데, 아무래도 이 곡보다는 더 강렬한 템포의 곡이 타이틀로 정해질 것 같아."

"아쉽겠네."

"댄스가수의 비애지."

"지난번에 연습실에서 연습했던 그 곡은 뭐야?"

"수록곡 중 하나."

"곡마다 다 그렇게 안무를 짜는 거야?"

"그런 건 아니야. 콘서트 아이템으로 좋은 곡을 선곡해서 미리 안무를 짜놓는 거지. 어차피 방송 활동을 하게 되면 타이틀곡만 부르고 말 게 아니라서."

"힘들겠다."

지난번 연습하던 모습을 떠올리니 힘들겠단 말이 입에서 절로 나온다. 앞으로 두어 곡을 더 그리 연습해야 한다는 거 아닌가. 그녀는 가수들이 앨범 내면 소위 '미는' 곡만 죽어라 연습해서 나오는 줄 알았다. 생각해 보니 콘서트라는 걸 하려면 앨범 수록곡들을 죄다 죽어라 연습해야 할 것도 같았다.

"힘들긴 힘들지. 그런데 그건 당연한 거잖아. 그게 내 일이니까."

시무룩해져 있는 유림을 곁눈질로 훑으며 그는 씩 웃었다. 그녀가 자신을 걱정해 주는 모습이 참 고맙고 그래서 마음이 따뜻해졌다. 어머니와 여동생이 걱정해 줄 때와는 또 다른 느낌. 그들이 걱정해 줄 땐 무조건 괜찮다, 힘들지 않다, 씩씩하고 멀쩡한 척, 남자다운 척, 믿음직스러운 아들과 오빠의 모습으로만 보이도록 노력해야 했다. 어머니와 여동생에게 그는 가장이고 기둥이며, 특히 어머니는 그를 볼 때마다 미안해하며 속죄의 눈물을 흘리는지라 더욱 그녀 앞에선 힘든 내색을 할 수가 없었다. 그가 힘들어하면 어머니는 더 많이 힘들어하고 더 많은 죄책감으로 괴로워해야 할 테니까. 그러도록 놔둘 순 없었다. 결국 그들 앞에서 그는 늘 강한 아들, 강한 오빠일 수밖에 없었다. 그래서 겉으로 힘든 모습을 내보이는 것 자체가 그는 어색했다.

"예전에도 느끼는 거지만 넌 참 세상 편하게 사는 거 같아."

그녀가 뾰로통한 얼굴로 말했다.

"누구? 나?"

그가 묻자 유림은 고개를 끄덕였다. 씩, 입아귀를 비틀며 그는 되물었다.

"왜?"

"힘들어도 힘든 걸 당연하다고 생각하잖아. 넌 세상에 불만 같은 거 없어?"

"있어야 돼?"

"그런 건 아니지만…… 누구나 다 있잖아."

"아예 없다고 말한다면 거짓말이겠지. 나도 사람인데 당연히 걱정도 있고 스트레스도 받아. 세상에 고민 없는 사람 없잖아. 아마 스트레스는 내가 너보다 더 많이 받을걸?"

"보기엔 안 그런 것 같은데? 엄청 긍정적이잖아. 나쁘게 말하면 그거 대책없는 거야."

지금의 경우만 봐도 그렇다. 삼 일 뒤엔 그녀가 미국으로 되돌아가야 하고, 그럼 다시 또 언제 만나게 될지 모르는 상황인데도 그는 너무나 태연했다. 안타까워하지도 않고 걱정하는 것 같지도 않았다. 아무리 사귀기로 한 지 얼마 안 됐고 사랑을 논하기엔 많이 이른 사이라곤 하지만, 좀 너무한 거 아닌가? 서운했다. 초침 움직이는 것만 봐도 한숨지어지고 휴대전화나 짐가방만 봐도 심란해지는 그녀에 비해 윤우는 아무리 봐도 천하태평이었다.

"대책이란 거 꼭 세워야 해?"

그가 물었다.

"뭐?"

기가 막힌 얼굴로 유림은 되물었다. 그의 말이 그녀의 귀엔, 떨어져야 하면 떨어져 지내면 되고 그러다 헤어지게 되면 헤어지면 되는 거란 말로 들렸다. 원래 정윤우가 이런 애였나, 하는 생각이 들어 아연실색해졌다.

"사실 어떤 일이든 그 일에 딱 맞는 대책이란 건 없어."

"그래도……!"

"한 가지만 빼고."

마구 뭐라 잔소리해 줄 요량으로 입을 열었던 유림의 말을 그가 딱 잘랐다. 유림은 하려던 말을 멈추고 가만히 그의 옆모습을 보았다. 언제나 느끼는 거지만, 정윤우의 얼굴선은 굉장히 매력적이었다. 팬들로부터 '신이 내린 옆모습'이란 찬사를 듣는 바로 그 얼굴선이겠다. 그는 운전 중이라 전방을 바라보는 중이었고, 희미하게 미소를 머금고 있었다. 유림이 발끈할 걸 예상했던 것처럼 아주 여유만만이었다. 유림은 그가 뭐라 하는지 두고 보자, 하는 심정으로 잠자코 그의 대답을 기다렸다.

"최선을 다하는 거."

그가 핸들을 꺾으며 말한다. 최선을 다한다고? 유림의 미간엔 주름이 잡혔다.

"실패하기 전까지는 후회없이 노력하는 거, 그게 내가 생각하는 최선의 대책이야. 힘들다고 손 놓고 괴로워할 시간에 한 번 더 노력해 보는 거지. 지금까지 난 언제나 모든 일에 그렇게 최선을 다했고, 그래서 안 됐던 일은 거의 없었어. 뭐, 머리가 나빠서 그 이상의 해답을 못 찾는 것이기도 하고."

뭐래. 그래서 뭘 어쩌겠다고? 최선을 다한다고 해서 모든 일이 다 잘 해결되는 건 아니잖아. 그딴 건 일할 때나 해당되는 말이다. 그녀가 말한 대책은, 두 사람의 관계를 어떤 식으로 유지해 나아가야 하는지에 대한 것이었단 말이다.

'욕심인 걸까?'

그녀도 안다. 젊디젊은 스물다섯 살의 나이에 이미 정상을 밟았고 이제는 더 높은 곳을 향해 한 발 한 발 내딛는 중인 그에게 지금이 얼마나 중요한 시기인지. 그에게는 연애보다, 사랑보다 더 중요한 것이 있다는 걸. 지금이 어릴 때부터 꿔왔던 꿈을 실현할 적기이며 한눈팔 시간 따위 없다는 걸. 다 알고 이해하는

데, 그럼에도 서운했다. 겨우 사귀게 되었는데, 겨우 조금씩 그
가 좋아지게 되었는데, 그가 얼마나 좋은 사람인지 이제 조금씩
알게 되었는데…….

"네 말이 맞아. 노력해야지. 그 방법밖에 없겠다."

유림은 기운없이 대답하곤 고개를 돌려 버렸다. 연예인의 차
답지 않게 선팅조차 하지 않은 자동차 전면 유리에 시선을 두고
있으려니 차 안에는 무거운 침묵이 깔렸다. 무슨 생각을 하는지
그는 꾹 입을 다물고 있었다. 그녀가 얼마나 심란한 상태인지
전혀 모르는 것 같기도 했다.

유림은 자신의 마음을 헤아려 주지 못하는 그가 섭섭했다. 그
녀의 마음을 모르는 건 그가 그녀와 같은 마음이 아니라는 증거
라고 유림은 생각했다. 그래서 속이 상했다. 그에게 많은 걸 기
대하면 안 된다는 걸 알면서도, 저절로 기대하게 되는 자신에게
화가 났다. 적당히, 조금씩만, 그의 말대로 서서히 마음을 주고
싶은데 그게 잘 안 된다. 당분간은 특별히 아주 가까운 친구 정
도로만 지내다 서서히 그의 마음이 열리는 걸 보면서 함께 보조
를 맞추고 싶은데, 미련하게 한꺼번에 마음을 줘버리고 나중에
아파하고 괴로워하는 일은 절대 하고 싶지 않은데, 그런데 그게
잘 조절되지 않았다.

유림은 무거운 마음으로 꾹 입을 다물고 정면을 주시했다. 냉
랭한 기운이 돌기 시작했고 이런 분위기는 녹음실 주차장에 차
를 주차할 때까지 지속되었다.

“어. 여기 아래 주차장.”

유림이 말없이 차에서 내리는데 그가 전화를 받았다. 누군가가 위치를 체크하는 것 같았다. 그는 금세 전화를 끊고 뒤따라 차에서 내렸다. 캡모자에 선글라스를 쓴 채인 그는 차체를 빙 돌아 그녀가 서 있는 곳까지 성큼성큼 걸어왔다. 유림은 그가 다가오는 걸 보면서도 기다려 주지 않고 먼저 걷기 시작했다. 어둡고 음침한 주차장 안에는 그와 유림밖에 없는 듯 텅 비어 있었다.

“유림아.”

뒤에서 그가 그녀를 조용히 불렀다. 멈춰 서 그를 돌아봐야 했지만 유림은 계속 걸어갔다. 삐친 것도 아닌데 그가 부르는 소리에 대답하고 싶지 않은 이 마음은 뭔지. 스스로 생각해도 참 유치한 짓이었지만 그러고 싶었다. 이러면 그가 좀 알아줄까? 그녀의 마음을.

“차유림.”

타이르듯 그는 느리고 부드럽게 그녀의 이름을 불렀다. 그러나 멈춰 서는 대신 유림은 더욱 걸음을 재촉했다. 엘리베이터 앞에 멈춰 콕, 버튼을 누르고 엘리베이터가 열리길 기다리기 시작할 즈음, 윤우의 체취가 등 뒤에서 느껴졌다. 뭐라 말을 걸어올 줄 알았지만 그는 조용히 그녀의 뒤통수를 응시하기만 했다. 그는 무슨 생각을 하고 있을까? 따갑게 쏟아지는 그의 시선을 느끼며 유림은 긴장했다.

띵―

엘리베이터가 신호음을 울렸다. 약간의 간격을 두고 승강기의 문이 서서히 열리기 시작했고, 유림은 깊은 숨을 들이쉬며 천천히 안으로 들어가기 시작했다. 이제 잠시 동안 그와 밀폐된 공간 안에 갇혀 있다시피 해야 한다는 사실을 상기하는 유림은 점점 더 긴장해 가고 있었다. 침묵은 계속 이어질까?

"차유림."

막 엘리베이터 안으로 들어가 몸을 돌리려는 찰나였다. 그의 목소리가 깊게 울렸다. 유림은 천천히, 지극히 자연스럽게 몸을 돌렸고 순간 그의 얼굴이 크게 클로즈업되었다.

"나도 싫어."

뭐가 싫다는 건지 정확치 않은 의미의 말이 그녀의 귓속을 스며들었다. 그리고 혼란스러워할 새도 없이 그의 커다란 손이 그녀의 뒤통수를 감아 쥐어왔다. 그의 고개가 틀어졌고 굽어 내려오는 그의 얼굴 아래로 그녀의 고개는 뒤로 젖혀졌다.

"……!"

순식간에 따스하고 촉촉한 그의 혀가 그녀의 입 안으로 들어왔다. 불과 몇 초 만에 일어난 이 갑작스러운 상황에 유림의 두 눈은 커다래졌다. 그는 마치 스탠드마이크를 쥐고 노래하는 듯한 자세로 그녀의 입술을 앗아갔다. 누가 가수 아니랄까 봐.

유림은 허리를 감아 돌아 등으로 미끄러지는 그의 손길을 느끼며 천천히 눈을 감았다. 감은 그녀의 눈앞으로 스르륵, 엘리베이터 문이 닫혔다.

"뭐야, 저거?"

그 순간, 주차장에는 환한 불을 삼키며 닫히는 엘리베이터 문을 발견하고 제 눈을 비비는 사람이 있었다. 배소희 기자는 옆에서 쿨쿨 소리를 내며 자고 있는 사진기자의 어깨를 툭툭 쳤다.

"야, 방구. 봤어? 방금 정윤우 키스했지? 정윤우 맞지?"

며칠 동안 내내 잠을 제대로 못 잔 덕에 배 기자는 몽롱한 상태였다. 지난주 데스크에서 던져 준 기사거리는 셀피쉬의 류민찬 열애설. 소희는 방만한 기자와 단둘이서 류민찬의 뒤를 쫓고 있었다. 어제부터 시작된 녹음작업 일정도 당연히 꿰고 있는 그들은 밤에는 잡지 기사 준비로 잠을 설치고 낮엔 녹음실 주차장을 지키는 미친 일과를 계속 이어가고 있었다.

"아― 무슨 헛소리야. 잠 덜 깼냐?"

수염이 임꺽정 수준으로 자란 방만한은 몸을 뒤척이며 짜증을 부렸다. 그들이 쫓고 있는 인물은 정윤우가 아니라 류민찬이었다. 소속사에선 류민찬과 영민의 스캔들을 그저 스캔들일 뿐이라 치부하며 별다른 대응을 하지 않고 있었지만 방만한과 배소희는 둘의 열애를 확신하고 있었다. 어제도 영민이 뭔가를 사들고 녹음실 건물로 들어가는 걸 목격하고 또 증거 사진까지 찍어놓은 그들이 아닌가. 하지만 그것으로는 물증이 될 수 없었다. 빼도 박도 못하게 확실한 증거를 잡으려면 두 사람의 애정 행각이 이뤄지는 광경을 포착해야 했다. 그 장면 하나를 위해 이리 음침한 주차장 안에서 때를 기다리고 있는 거 아니겠는가. 한데 이건 또 뭐냐고? 정윤우도 열애 중이란 말이야?

"방금 정윤우였다고. 여자랑 키스했어."

배소희는 아직도 자신이 본 광경을 믿지 못하고 있었다. 정윤우가 함께 차에서 내린 여자는 전혀 신상정보가 없는 인물이었다. 연예계 쪽이 아닌 거였다. 어제 점심 식사하러 나갈 때 함께였던 여자인 게 틀림없었다. 스태프나 연주자들일 거라고 생각했는데…….

"아닌가?"

"아니겠지. 류민찬 아니야? 류민찬? 너 잘못 본 거지?"

"야, 방구. 내가 아무리 멍 때렸다고 류민찬이랑 정윤우를 헷갈리겠냐? 두 사람은 100m 뒤에서 봐도 구분할 수 있다고. 명색이 연예부 기자한테 무슨 그런 험한 소릴 다 하니?"

"야, 그 냄새나는 별명 좀 그만 부르면 안 되냐? 아— 또 냄새 나려고 하네."

몸을 뒤척이며 만한이 짜증을 냈다. 어릴 때부터 사람들은 자신의 성을 두고 수많은 별명을 붙였었지만, 소희처럼 냄새나는 별명을 지어줬던 친구는 없었다. 소희가 방구, 라고만 해도 코끝에서 야릇한 냄새가 나는 착각이 들곤 하는 그다.

"너나 배퀸이라고 부르지 마."

만한은 소희를 배퀸이라 부르고 있었다. 뱃살퀸을 줄여 만든 말이었다. 결국 피장파장인 건가? 그나저나 아까운데. 그 장면만 딱 찍었더라도 특종은 따놓은 당상인 건데 말이다. 정윤우가 거기서 키스를 할 줄 누가 알았겠나.

"완전 셀피쉬 시간차 공격인데? 뭐야— 스물다섯 살이라고 아이돌그룹 이미지 포기한 거야?"

"야, 솔직히 그렇지. 걔들도 평범한 남자인데 여자 안 사귀고 싶겠냐? 내가 벌어먹고 살려고 이 짓을 하고 있긴 하지만 좀 그렇다. 왜 걔들 연애하는 걸 꼭 터뜨려야 하는 거냐고. 사생활 침해야, 이건— 야, 연예인들은 여자 사귀면 안 돼? 셀피쉬는 만날 상큼이여야 하고 샤방샤방한 얼굴로 노래만 불러야 해?"

"뭐야, 너? 왜 갑자기 게거품을 물고 난리야? 사진기자 주제에 결정적인 장면도 놓친 자식이 무슨 할 말이 있다고. 너 이 사실 편집장님이 아시면 그날부로 끝이야."

"같은 남자로서 안쓰러워서 그런다. 까짓것, 키스할 수도 있는 거지. 좋아하면 하는 거 아니야. 넌 한 번도 안 해봤냐?"

"뭐, 뭐?!"

소희가 얼굴을 붉히며 버럭 고함을 질렀다. 만한은 쯧쯧 혀를 차며 6년을 한 회사에서 동고동락한 노처녀 여기자의 몰골을 훑어보았다. 언제 감았는지 심히 궁금해지는 부스스한 머리, 화장은커녕 세수도 하지 않은 듯한 까칠한 피부, 기미와 다크로 점철된 눈자위, 작업복으로도 겨우 입을 만한 구질구질한 옷차림. 참 파란만장한 여인네의 몰골이었다.

“하긴, 네가 해봤을 리가 없지.”
“야! 방구!”
“왜! 뱃살퀸!”
두 사람은 녹음실 주차장 안, 한쪽에 세워진 자동차 안에서
서로를 째려보고 있었다.

Think I'm In Love

　녹음이 그럭저럭 끝이 나고 저녁 식사를 하기 위해 모두 근처 음식점에 모인 건 저녁 7시쯤이었다. 저녁 식사 시간대라 굉장히 북적거릴 거라고 생각했지만 의외로 가게는 한가했다. 덕분에 윤우 일행은 따로 방 안으로 들어가지 않고 넓은 홀에 그냥 앉아 식사를 청하게 되었다. 셀피쉬 멤버들과 유석, 그 외 녹음 스태프들, 그리고 매니저인 창현이 함께였다. 창현은 일주일간의 휴가를 마치고 돌아온 직후부터 꼬박 이틀 동안 회사 홍보팀장, 셀피쉬 전담 스타일리스트들과 함께 다음 앨범 콘셉트에 대한 회의를 해왔다고 했다.

　홍보팀장은 조금 강렬한 비트의 음악 스타일인만큼 화려한

의상과 강한 메이크업 등을 주문했지만 스타일리스트들은 스물 다섯 살이나 된 멤버들의 나이를 고려해 너무 아이돌스러운 모습은 조금씩 벗겨 나아가야 하지 않나, 하는 의견을 내놓았다. 이에 창현이 멤버들의 의견을 듣기 위해 파견되어졌다. 회사에선 그들의 위상에 걸맞게 많은 부분을 당사자인 멤버들의 의견을 존중해 주는 편이었다. 사실 말이야 바른 말이지, 셀피쉬가 소속사인 프리스타일을 먹여 살리고 있는 거나 다름이 없질 않나. 이런 대접쯤 당연한 거였다. 그런 점에서 창현도 자신이 셀피쉬의 매니저라는 사실에 뿌듯해하며 일하고 있었다.

"이런 건 좀 애 같지 않나? 우리도 이제 스물다섯인데."

"그래, 이건 전형적인 아이돌 아이템인데? 이걸 팀장님이 원츄하셨단 말이야?"

"장난이지, 형?"

식사가 나오기 전, 윤우를 제외한 멤버들은 사진첩 앞에 다들 모여 앉아 이런저런 의견을 나누고 있었다. 치렁치렁하고 화려한 스타일의 옷들을 보니 저절로 데뷔 때의 모습이 떠오르면서 웃음이 나오는 모양이었다. 윤우는 옆 테이블에 앉은 스태프들과 얘기를 나누는 중이었다.

"진짜라니까. 겨울도 오고 하니까 이렇게 긴 코트를 입고……."

창현은 팀장이 제안했다는 콘셉트에 대해 자세히 얘기하기 시작했다. 유림은 민찬과 윤우의 사이에 앉은 채로 물잔을 기울이다, 탁자에 팔꿈치를 괴느라 몸을 틀고 있는 윤우의 등을 흘 낏 훔쳐보았다. 언제 봐도 넓고 믿음직스러운 그의 뒷모습은 여 자로 하여금 다가가 끌어안아 주고 싶은 충동을 불러일으키는 묘한 매력이 있었다. 굉장히 따뜻할 것 같으면서도 동시에 아픔 이 전해질 듯. 남자답고 단단한 등인데도 이상하게도 모성애가 느껴지는 등이었다.

"나도 싫어."

그의 등을 지그시 응시하고 있자니 엘리베이터 안에서 속삭 이던 그의 목소리가 떠올랐다. 무엇이 싫다고 딱히 말한 건 아 니었지만 그녀는 알 수 있었다. 그 역시 그녀와 헤어지는 게 싫 다는 말이란 걸. 아무렇지도 않은 척, 힘들지 않은 척하고 있지 만 마음은 안타까운 거란 걸. 그래서 그의 등이 더 넓어 보이는 거란 걸.

〈차유림…….〉

단지 이름을 불러주었을 뿐이었는데, 그 속삭임 하나로 그녀 는 그의 마음을 모두 알아버렸다. 강렬하고 거친 키스 한 번으 로 그가 어떤 상태라는 걸 알아버렸다. 몇 시간이 흐른 지금까 지도 떠올리면 얼굴이 새빨개질 만큼 그의 키스는 자극적이었 다. 순수해서 더 진심이 느껴졌던 어제의 뽀뽀와는 또 다른 기 분…….

갑자기 입 안이 바짝바짝 타 들어가는 것만 같아져, 유림은
물 한 모금을 들이켰다. 꿀꺽. 기분 탓인지 유난히 물 삼키는 소
리가 크게 들렸다. 혹시 자신의 상태를 누군가 알아챈 건 아닌
지 지레 겁먹고 유림은 냉큼 눈치를 살피었다. 다행히 아무도
알아듣지 못하고 순간을 모면하게 되자, 유림은 긴 한숨을 몰아
내쉬었다. 다들 자기들끼리 얘기를 나누느라 그녀에게 신경 쓸
겨를이 없다는 사실이 얼마나 다행스럽게 느껴지는지. 하지만
그때, 윤우의 따뜻한 손이 그녀의 손을 꼭 잡아왔다.

"랩을 더 줄여도 될 것 같아요. 대신 시후의 솔로 부분을 더
강조해 보죠?"

깜짝 놀라 윤우를 돌아봤지만 그는 여전히 그녀에게 등을 보
인 채 녹음실 스태프들과 얘기 중이었다. 한 손으로 턱을 괴고
녹음 중인 곡에 대해 얘기를 나누는 그는 겉으로 봐선 전혀 그
녀에게 신경 쓰지 않는 것 같았다. 하지만…….

'따뜻해.'

유림은 조심스레 고개를 떨구었다. 무릎 위에 있는 그녀의 손
은 그의 커다란 손에 둘러싸여 있었다. 그는 그녀의 손을 꽉 쥐
고 있었다. 흔들리지 않는 그 단단함은 마치 약속처럼 느껴졌
다. 무슨 일이 있어도 그녀의 곁을 떠나지 않겠다는. 따뜻한 그
의 체온이 손등에서부터 천천히 온몸으로 흘러들어 와 그녀의
눈물샘을 자극했다.

"형수님."

옆에 앉아 있던 민찬이 갑자기 말을 걸어오자 유림은 펄쩍 뛰었다.

"예?"

"왜 그렇게 놀라세요? 무슨 좋은 생각 하셨나?"

민찬이 뽀송뽀송한 얼굴로 생긋 웃으며 물었다.

"아, 아니야."

어색하게 말을 놓은 채로 유림이 대충 얼버무렸다. 당연히 그녀가 무슨 생각을 했는지 인간 확성기, 류민찬이 알게 할 수는 없었다. 여전히 윤우는 그녀의 오른손을 꼭 잡고 있었다. 유림은 민찬이 보지 못하도록 천천히 손을 아래로 늘어뜨렸다.

"은형이, 지금 올 수 있는지 연락해 보면 안 될까 해서요. 전화해서 어딘지 한 번 물어봐 주세요. 가까운 데 있으면 와서 밥 먹고 가라고."

"은형이 전화번호 몰라?"

그럴 리가. 두 사람은 엄청 친해 보였는걸.

"번호는 아는데 실제로 전화는 한 번도 해본 적이 없어서 좀……."

"아……."

그렇구나. 생각보다 그다지 친한 건 아니었구나. 만나서 수다 떨고 친하게 얘기하는 건 자연스럽지만 거기까지였던 모양이다. 비로소 유림은 은형의 말뜻을 알 것도 같았다. 민찬과 잘해 보라는 유림의 말에 시무룩해졌던 이유도.

"그래, 그러지 뭐."

이럴 줄 알고 오늘 오전 발신제한을 풀었지. 유림은 휴대전화를 빼기 위해 가방을 찾았다. 대화 중인 그의 주의를 흩뜨리고 싶지 않아 아주 조심스럽게 그의 손에서 자신의 손을 빼려는데, 갑자기 그가 휙 그녀 쪽으로 고개를 돌렸다. 깜짝 놀라 석고상이 된 유림을 그는 무표정한 얼굴로 잠시 빤히 바라보더니, 이내 씩 웃었다. 마치 아까의 키스를 연상시키려는 듯 은밀하고 섹시하게. 훅, 순식간에 일어난 화기가 유림의 얼굴 전체로 번졌다.

"전 중간."

갑자기 그가 고개를 틀어 열띤 토론을 벌이고 있는 스태프들 쪽을 돌아보며 말했다. 한 손을 얼굴 높이로 들어 올리며 자신의 의견을 말하는 그의 목소리는 아주 멀쩡했다. 아무 일도 없었다는 듯이 자연스레 대화에 다시 합류하는 그는 랩을 앞부분에 넣냐, 중간에 넣냐, 아니면 두 군데에 다 넣냐의 문제에 아주 적극적으로 자신의 의견을 피력하고 있었다. 저 장난기를 정말 어쩌면 좋담. 유림은 그를 슬쩍 찔러보며 입술을 꾹 다물었다.

"은형이니?"

윤우가 놓아주지 않는 오른손은 포기하고 왼손만으로 휴대전화를 찾아낸 유림은 은형에게 전화를 걸었다. 앨범을 보며 스타일에 대해 이러쿵저러쿵 얘기를 하던 민찬이 슬쩍 유림에게 시선을 두었다. 내심 그도 은형이 신경 쓰이는 걸까?

“여보세요!”

굉장히 시끄러운 듯 은형은 유림의 말을 못 알아들었다. 소리를 치고 싶어도 주변에 사람들이 꽤 되는지라 마음대로 소리치지도 못하고, 결국 유림은 자리에서 일어나고 말았다. 아무래도 밖으로 나가서 통화를 해야 할 것 같았다. 그녀가 일어나니 그의 손까지 딸려 올라왔다. 윤우는 그녀를 돌아보았다.

“어디 가려고?”

그가 물었다.

“밖에 나가서 통화 좀 하고 오려고.”

“은형이?”

안 듣는 척하면서도 다 듣고 있는 저 엉큼함을 보라지.

“지금 밖인가 봐. 엄청 시끄럽네.”

그의 손이 아쉬운 듯 떨어져 나감과 동시에 그의 한쪽 눈썹이 치켜떠졌다. 나가보라는, 단순한 신호였다. 그런데도 그를 마주 보는 그녀는 얼굴이 화끈거리는 걸 느껴야 했다. 큰일이다. 자꾸만 그를 보면 아까 나누었던 키스가 떠오른다. 아주 짧은 키스였는데, 그 파장과 여운은 너무 길고 큰 것 같았다.

그의 눈동자만 봐도 가슴이 두근거린다. 그의 시선은 예전보다 더 깊어지고 은밀해졌고, 그의 미소는 마치 암호를 담고 있는 듯 신비로워서 그녀는 그걸 보는 것만으로도 들떠 버렸다. 뭔지 모를 뿌듯함과 기쁨으로 그녀를 떨게 했다. 이런 게 교감이란 걸까? 점점 더 그의 늪에 빠져 버리는 기분이다. Slowly,

Step by step, 이라 속삭이던 자아는 몽땅 제 정체성을 잃고 헤매는 중.

그에게 너무 많이 빠질까 봐 두려워졌다. 이런 기분에 도취되고 익숙해져 버려서 혼자가 되었을 때 힘들어질까 봐 무서웠다. 미국으로 돌아간 이후, 그가 너무 보고 싶어질까 봐 겁났다. 그가 없이는 그 어떠한 희열도 느낄 수 없게 될까 봐 걱정이 됐다. 이럴까 봐 그를 너무 많이 사랑하지 않으려고 했는데…….

"어디니?"

밖으로 나와 그녀는 좀 더 소리를 높여 물었다. 은형은 친구들과 무슨 음악 프로그램 녹화장에 가 있다고 했다. 야외공연이라 기분 전환 겸 놀러 왔다는데 딱히 신나거나 즐거운 목소리는 아니었다.

"나 녹음실 근처에서 밥 먹고 있는데 올 수 있으면 올래?"

[별로. 내가 거기 왜 가니?]

기운이 쫙 빠진 목소리로 은형이 말한다. 전 같지 않은 시무룩한 목소리에 유림은 인상을 찌푸렸다.

"어디 아파? 목소리가 왜 그래?"

[아프긴— 멀쩡하다. 너무 멀쩡해서 탈이야.]

"아픈 거 같은데? 힘이 없어."

[우울증인가 봐. 의욕이 없네. 네가 있다가 없어서 그런지 집에 들어가기도 싫고.]

은형답지 않은 투정이었다. 은형은 언제나 씩씩하고 쿨하면서도 단순명료해서 절대 복잡한 감정에 휩싸이지 않는 애였다. 어깨 축 늘어뜨리며 이렇게 울적해하는 건 전혀 은형의 스타일이 아니었다. 대체 무슨 일이기에 이럴까?

"내가 집으로 들어간 지 얼마나 됐다고 그래. 겨우 하루 지났어."

[그러게. 나도 내가 이렇게 오두방정인지 전혀 몰랐다.]

"그럼 오늘은 센티멘털버전 서은형인 거야?"

장난스레 묻는 유림의 말에 한숨을 땅 꺼지게 내쉬고 하는 은형의 말은 참 가관이었다.

[응. 거리를 좀 걸어보려고. 비록 옆구리 데워주는 늑대는 없지만 기분은 낼 수 있겠지.]

남들이 센티해져 무작정 거리를 걸어보고 싶다고 말하면, 무슨 궁상스러운 짓이냐 면박을 줄 만한 은형이 도대체 웬일? 유림은 고개를 틀어 음식점 유리벽을 돌아봤다. 저만치 안에는 윤우 일행이 앉은 테이블이 보였다. 주문한 음식이 나와 종업원이 음식이 담긴 접시들을 테이블 위에 올려놓고 있었다. 민찬에게 저절로 시선이 갔다. 설마 은형이 정말로 민찬을 좋아하는 건 아니겠지? 그러니까, 그냥 좋아하는 거 말고 재미로 만나는 거 말고, 진짜로 좋아하는 거 말이다.

"은형이 너 혹시……."

[왜?]

무료한 목소리로 은형이 되묻는다. 아니야, 그럴 리가. 설마~ 연애 9단인 서은형은 절대로 쉽게 사랑에 빠지는 일 따위 하지 않는다. 지금까지 그래 왔었고, 앞으로도 그럴 거라고 공언하고 다니는 은형이었다. 그런 은형이 민찬처럼 어리고 귀엽기만 한, 그야말로 남동생 같은 애한테 빠졌을 리 없었다. 유림은 고개를 살랑살랑 흔들며 피식 웃어버렸다.

"아니야."

[앤. 뭐야? 싱겁게.]

"내가 있다가 없어서 그러나 보다. 외로움 타나 본데, 오늘은 내가 가서 자줄까?"

[아서라. 조만간 미국으로 뜰 거면서. 괜히 어설프게 있어줘서 나중에 더 외로움 타게 만들까 봐 겁난다.]

"그런가?"

[미국엔 언제 가니?]

시끄러운 곳에서 벗어났는지 은형의 목소리가 점점 작아지고 주변 소음도 잦아졌다. 유림은 3일밖에 남지 않은 일정에 대해 담담한 어조로 얘기했다. 모든 걸 다 인정하고 받아들이는 그녀의 말투에 은형은 놀랐다. 사귀게 된 지 겨우 며칠 만에 떨어지게 되었는데, 정말 아무렇지도 않냐며 재차 물어오기까지. 성재를 두고 유학을 가게 되었을 몇 년 전을 떠올려 보자면 정말 놀라운 변화였다. 그때는 몇 날 며칠을 울며불며 못 간다고 엄마에게 떼를 쓰고 통사정하던 그녀가 지금은 의연히, 담담하게 대처하고 있으니.

[안 슬퍼? 나 같으면 그렇게 쉽게 못 떠날 것 같아. 어떻게 윤우 같은 남자친구를 놔두고 떠날 수가 있니? 너 없을 때 누가 확채가면 어쩌려고 그래? 정윤우 노리는 여자들이 얼마나 많은데.]

은형의 말을 들으면서 유림은 조용히 미소를 지었다. 어쩌면 은형의 말도 맞는 말이라서. 그녀의 마음 한구석에선 아직도 공부를 포기해야 한다 주장하는 중이라서. 한 번 빼앗겨 봐서 더 그런지도 모르겠다. 하지만 공부를 포기할 생각은 없다. 모든 걸 포기해도 좋을 것처럼 사랑했던 성재도 사실은 그녀의 사랑이 아니었다. 지금은 다 포기하고 싶을 만큼 사랑하고 좋은 마음이라 해도 그게 얼마나 오래갈지는 누구도 예상 못하는 게 바로 사랑이었다. 공부를 마칠 동안, 윤우나 그녀의 마음이 바뀐다면 그건 진짜 사랑이 아닐 것이다.

어쩌면 이건 시험인지도 모르겠다. 진짜 사랑인지 아닌지 가늠할 수 있는, 마지막 테스트 같은.

"최선을 다하면 되지 않을까?"

유림은 달관한 얼굴로 중얼거렸다.

[최선?]

이건 무슨 뜬금없는 소리냐는 듯 은형이 물어왔다. 유림은 아까 윤우가 했던 것처럼 여유있는 표정을 지으며 어깨를 으쓱했다. 그리곤 윤우가 했던 말을 고대로 읊어주었다.

"열심히 시도하고 노력하고 도전하는 거지."

[뭔 소리야?]

"누가 윤우를 채가면 도로 뺏어오겠다는 소리야. 뭐, 채가려고 해도 쉽게 잡히지 않는 사람이긴 한데 그래도 누군가가 성공해서 윤우를 낚아채 간다면 어쩌겠어? 열심히 노력해서 내가 다시 되찾아와야지."

[무슨 태평한 소리냐? 너 참 답도 없다.]

은형이 한숨을 쉬며 혀를 쯧쯧 찼다. 유림은 킥 웃어버렸다. 윤우가 그런 말을 할 때 자신도 이리 생각했었다는 걸 생각하니 웃지 않을 수가 없었다. 점점 윤우ism에 빠져드는 것 같은 이 기분, 나쁘지 않았다.

[웃어? 윤우 뺏기고도 웃음이 나올까 싶네.]

"뺏기는 거, 그건 별로 안 무서워."

[어라? 얘, 진짜 답이 없네. 그게 무슨 소리야?]

은형이 황당하다는 듯 놀라며 말한다. 하지만 유림은 진심으로 윤우를 빼앗기는 게 무섭지 않았다. 빼앗긴다는 건 엄밀히 말해 윤우의 의지와는 상관없이 헤어지게 됨을 의미하는 것이었다. 그건 윤우의 말대로 노력해서 다시 되찾아오면 되는 거였다. 진짜 문제는 윤우가 그녀를 떠났을 때다. 성재처럼 그도 마음이 변할 수 있지 않을까, 하는 걱정이 하나도 없다면 그건 거짓말일 것이다. 은형의 말대로 윤우의 주위에는 수많은 여자들이 두 팔을 벌리고 기다리고 있으니까. 그의 개인 팬클럽의 회원 수가 몇 명이더라?

"갑자기 궁금해지네. 네가 어떻게 날 되찾아올지."

갑자기 귓전으로 윤우의 목소리가 환청처럼 들려왔다. 유림은 펄쩍 뛰며 뒤를 돌아봤다. 그가 허리를 굽혀 유림의 귓가에 입술을 대고 속삭이고 있었다.

"뭐, 뭐야?"

남의 통화는 왜 엿듣고 난리람. 놀란 그녀가 말까지 더듬으며 당황하자 윤우가 굽혔던 허리를 펴며 씩 웃었다.

"뭐긴. 하도 안 들어와서 데리러 왔지. 통화 아직이야?"

"다 끝났어."

"전화를 뭘 그리 오래해? 민찬이가 오란다고 전하기만 하면 되지."

[뭐야, 차유림? 방금 윤우가 뭐라고 한 거야? 민찬이가 오라고 했다고?]

귀도 참 밝지. 윤우의 말을 어느 틈에 들은 은형이 냅다 고함을 질러주셨다. 귀청이 떨어져 나갈 것 같아 찔끔 두 눈을 감으며 유림은 인상을 찌푸렸다.

"아오, 시끄러워. 목소리 좀 낮춰. 누구 귀머거리 만들 일 있니?"

[대답해! 민찬이가 오라고 한 거야?]

"그게 그렇게 중요해?"

[맞구나?]

애가 점점. 정말 민찬을 좋아하는 건가?

“응.”

유림의 대답에 휴대전화 안에선 은형이 비명을 질러대기 시작했다. 그러더니 호들갑을 떨면서 오겠다고, 장소가 어디냐고 묻기 시작했다. 방금 전까지 우울증이 어떻고 센티멘털이 어떻고 스산한 밤길을 혼자 걸어보겠다는 둥 집에 들어가기 싫다는 둥, 앓는 소리하던 그 서은형이 맞아? 유림은 얼이 뼁 나가 버렸다.

“온대?”

멍한 얼굴로 전화를 끊는 유림의 어깨로 윤우의 팔이 뚝 떨어졌다. 고개를 들어 유림은 윤우를 올려다봤다. 빤히 그를 바라보고 있자니 윤우의 눈빛이 점점 아련해진다.

“안 온대?”

그윽한 눈빛과 정반대로 그의 말투는 아주 무덤덤하시다. 하지만 그의 진짜는 저 깊고 그윽한 눈동자라는 걸 유림은 알았다. 그녀는 그의 눈동자를 들여다보는 채로 중얼거렸다.

“민찬이랑 은형이랑 사귀면 어떻게 될까?”

“민찬이? 둘이 사귄대?”

윤우가 별로 관심없는 듯 심드렁하니 물었다.

“아니. 그냥 그러면 어떻게 되는지 궁금해서.”

“뭐—”

그가 말끝을 길게 늘이며 대답을 미뤘다. 민찬이 누굴 만나 뭘 하든 별로 관심 갖고 싶지도 않고 관여하고 싶지도 않은 그였지만, 지금은 솔직히 반대의 입장이었다. 민찬뿐 아니라 멤버 중 그 누구도 여자를 만나서는 안 되었다. 꼬리가 길면 밟히는 법이라고, 누군가 연애하다가 스캔들이라도 나면 윤우까지도 위험했다. 그는 유림의 사생활을 꼭 지켜주고 싶었다.

"대답하기 곤란하지?"

유림이 씩 웃으며 깜찍하게 물었다. 그의 마음을 다 알고 있다는 듯.

"그래 보여?"

"민찬이 좀 더 아깝다고 생각하는 거 아니야?"

픽 웃고 말지요. 두 사람이 사귄다면 별로 달가워하지 않는 입장이 될 건 확실하지만, 그 이유라면 절대 누가 더 기울고 아까워서는 아니다. 누가 누구에게 더 아깝다는 건가. 그딴 걸 평가하는 건 너무 편협하고 단세포적인 행동이라 생각하는 윤우다. 하지만 지금은 차라리 유림이 그리 생각해 줬으면 싶었다. 미리 알게 해서 윤우를 만날 때마다 스캔들이네 사생활 침해네 하는 문제를 걱정하게 하고 싶진 않았다.

"연하인데, 그것도 꽃미남. 당연한 거 아니야?"

"꽃미남? 그럼 뭐, 나도 황송해야 하는 거야?"

어처구니없다는 듯 말하며 유림이 윤우를 찔러본다. 윤우가 이런 말을 할 줄 정말 몰랐다는 듯한 표정이지만 그다지 기분 나쁜 얼굴은 아니었다. 윤우가 농담하고 있다는 걸 아는 거다.

"봉 잡은 거지."

“연하도 아니면서.”

“원래 꽃미남 연하보다 꽃미남 오빠가 훨씬 더 멋진 거야. 메리트가 얼마나 많은데.”

뭘 좀 알아라, 하는 표정으로 윤우는 유림의 어깨를 톡톡 두들겼다. 앞으로 이 오빠한테 잘해라, 라고 말하는 듯. 그러면서 음식점 입구를 향해 몸을 틀었다. 유림은 어깨에 윤우의 팔을 두르고 따라 걸었다.

“오빠는 무슨 오빠. 겨우 한 달 가지고.”

“한 달이 얼마나 큰데. 내가 지난번에 말했잖아!”

“아휴, 그러셔요? 이제부턴 윤우 오빠라고 불러야겠네요.”

유림이 짐짓 연극조로 윤우의 비위를 맞춰준다. 물론 유쾌하게 비꼬인 말투라 윤우의 입가엔 웃음기가 감돌았다.

“진짜 그럴래?”

“장난해?”

유림이 윤우의 옆구리를 팔꿈치로 부드럽게 찌른다. 윤우는 간지러운 옆구리를 한 손으로 붙들고는 킥킥거렸다.

“난 그것도 좋은데. 오빠라는 말, 들어보고 싶었어.”

“만날 들으면서 뭐.”

“팬들이 불러주는 오빠와 네가 불러주는 오빠는 엄연히 다르지.”

“정말 오빠라고 불러줘?”

“난 좋다니까.”

"소원이야?"

"응."

기대감에 부푼 얼굴로 윤우가 대답한다, 그녀가 대충 그냥 해본 말에 저리 흥분된 표정을 지으면 어쩌라는 거냐. 유림은 잠시 윤우를 물끄러미 바라봐 주었다. 알아서 포기하겠지, 하는 마음으로. 하지만 윤우는 두 눈을 슬쩍 키우며 은근히 재촉했고 유림은 결국 평소엔 입에 담기 어려운 말을 내뱉고 말았다.

"오빠~앙."

으— 자기가 내뱉은 말에 자기가 이렇게 끔찍한 표정을 지어도 될까, 싶을 정도로 유림의 얼굴이 얼어붙었다. 온몸에 닭살이 짜르르 돌아버렸다. 하다 보니 애교작살 전도연표 콧소리가 나와 버렸지 뭔가. 하지만 더 당황스러운 건 윤우의 반응이었다. 갑자기 푸하하 소리를 지르며 웃더니 그녀를 내팽개치고 저만치 달려가 버리는 게 아닌가. 오빠라고 불러보라고 재촉하던 사람이 누군데!

"야!"

유림이 분노의 고함을 질렀다. 윤우는 껄껄거리며 냉큼 음식점 안으로 들어가 버렸다. 유림은 헛웃음을 치며 윤우를 찔러보았다. 참 미워하고 싶어도 할 수가 없는 남자라니까. 슬그머니 미소를 띤 채로 그녀는 음식점 안으로 천천히 들어갔다.

"저건 도대체 어떤 분위기야?"

멀리 음식점 주차장에서 이 광경을 보고 있던 배소희는 방구

기자에게 물었다. 소희의 눈은 유림의 뒷모습에 고정되어 있었다. 방만한 기자는 사진기를 내려놓으며 입술을 삐죽거렸다.

"난 사진기자야. 기사는 네가 써야지."

"알 수가 없네. 친구 같기도 하고 애인 같기도 하고."

"키스했었다며, 두 사람."

"보긴 봤는데 확신이 안 서니까 그렇지. 잠결이었잖아."

"뭐야, 너— 확실하다고 생난리를 쳐놓고. 류민찬 보류하고 정윤우 쫓고 있는 것도 다 네가 확실하다고 해서잖아."

방만한이 발끈하며 몸을 일으켜 세운다. 대체 일이 어떻게 되어가는 거야? 이러다가 류민찬도 정윤우도 다 놓치는 거 아니야? 별의별 생각이 다 들었다.

"정윤우가 덮친 건 확실해. 근데……."

"근데 뭐?"

"끝까지 못 봤다는 게 문제지. 장난처럼 한 걸 수도 있잖아, 실제로 한 게 아니라. 저런 분위기라면 충분히 그러고도 남는데."

"그게 무슨 대수야. 키스를 했으면 의심받는 건 당연한 거지. 공인이잖아."

방만한은 가슴을 쓸며 다시 몸을 좌석에 뉘었다. 연예인들의 사생활을 캐는 건, 까발려서 고발하려는 게 아니었다. 그냥 가십거리를 만들고 이슈화시켜서 잡지 판매부수에 기여하면 되는 거다. 모든 기자가 다 그런 건 아니지만 대부분은 그리 생각할 것이다. 국민의 알 권리? 어느 누구도 남의 사생활을 알 권리는 없다. 다만 연예인의 사생활에 대해 무척이나 궁금해하는 독자층들이 있을 뿐.

"그래도 양심이 있지. 대충 보도해서 애먼 사람 피해 보게는 말아야지."

배소희가 생각에 잠긴 얼굴로 중얼거렸다.

"인권운동가 하나 나셨네. 대충하자, 응? 대충."

방만한이 신경질적으로 핀잔을 준다. 소희는 만한을 찔러보며 썩은 미소를 지어 올렸다.

"하여튼 누가 찌질이 아니랄까 봐."

"뭐?!"

만한이 고함을 지르자 소희는 손에 들고 있던 빵 조각을 만한의 입에다 확 집어넣어 버렸다. 이거나 먹고 입 다물어라, 인마야.

✳

"그 윤우라는 아이니?"

집 안으로 들어서자 유림을 맞이한 건 이원자의 싸늘한 얼굴이었다. 여전히 기품있고 아름다운 그녀는 가슴 밑으로 팔짱을 끼고 취조하는 얼굴로 딸을 살피고 있었다. 유림이 윤우의 차에서 내리는 걸 창문으로 내다본 게 틀림없었다.

“네.”

유림은 굳은 얼굴로 대답하고는 이원자를 스쳐 지나쳤다. 표정만 봐도 어머니가 무슨 생각을 하는지 다 아는 유림으로서 불편하기 짝이 없었다. 이원자는 윤우를 싫어하고 있었다. 윤우가 어떤 사람인지 전혀 모르면서. 그건 아주 중요한 문제였다. 그가 뭘 하고 어떤 성격이고 인간성은 어떤지, 전혀 개의치 않고 싫어한다는 뜻이니까. 이런 생각을 가진 어머니와는 따로 하고 싶은 말도 없었다.

“한 번 보자.”

제 방으로 올라가는 유림의 발목을 이원자가 붙들었다. 고혹적인 목덜미를 틀어 이원자가 딸을 돌아봤다. 유림은 뒤를 돌아보지 않은 채로 멈춰 서 있었다. 어머니가 이런 말을 하는 저의가 뭔지 생각하느라 그녀는 뒤통수를 꼿꼿이 세우고 있었다.

“네가 그렇게 좋다는데 낸들 어쩌겠니. 유학을 포기한다는 것도 아니고. 열심히 음악하면서 만나는 건 나도 반대할 생각 없다. 성재 군 만날 때도, 반대는 하지 않았잖니.”

“……”

“성재 군이 성에 찬 것도 아니었어. 너도 알잖니, 내가 그때 얼마나 많이 양보했었는지. 나도 그렇게 널 꽉 졸라매고 싶지 않아. 너도 사람이고 여잔데 당연히 남자친구도 만나야지.”

유림이 천천히 고개를 틀어 어머니를 돌아봤다. 여전히 냉기가 도는 얼굴로 차갑게 딸을 바라보는 이원자는 그러나, 생각

탓인지 어딘지 모르게 풀어진 표정이었다.

"내가 만나보마."

"엄마가 만나야 할 정도는 아직 아니야."

"그만큼 진지한 사이는 아니란 말이니?"

이원자의 눈썹이 씰룩 움직였다.

"어차피 친한 친구 이상의 관계를 가지긴 힘든 상황이잖아."

"친구일 뿐이다?"

친구일 뿐이란 말에는 딱히 대답하지 못하는 유림. 사실이 아니기 때문이겠다. 이미 마음은 많이 기울어져 버린 지금, 그저 친한 친구일 뿐이라고 해봤자다. 짧은 시간 안에 너무 빨리 그에게 빠져 들어버린 건 아닌지 스스로 무서워질 만큼 유림은 윤우에게 의지하고 있었다.

"그럼 내가 더 괜찮은 남자친구 감을 물색해 주면 헤어질 수도 있겠구나?"

"무슨 소리야?"

더 괜찮은 남자친구 감이라니. 그딴 게 있을 리 없잖나.

"더 나은 조건, 더 괜찮은 집안의 자제로 알아봐 주마."

"엄마!"

그러면 그렇지. 그녀를 이해해 준다고 할 때부터 뭔가 이상하다 했다. 이해해 줄 이원자 여사가 아닌데. 유림은 미간에 힘을 주고 반항기 가득한 눈으로 어머니를 마주 보았다.

"왜? 그건 싫으니? 인생을 걸 만큼 사랑하는 건 아닌데, 그렇다고 딱히 헤어지고 싶진 않다는 거야?”

이원자 여사가 쌩한 미소를 짓는다. 소름이 쫙 돋는 것만 같아 유림은 어금니를 질끈 사리물었다.

“그만 해. 날 좀 내버려 둬. 이제 질리려고 해.”

“네가 이렇게 막 나가는데 내가 어떻게 그만둬. 이 바닥이 어떤 곳인지 모르니? 네가 저런 양아치를 만나면 사람들이 널 얼마나 무시하고 괄시할 거란 거, 생각 못해?”

“사람들 생각이 무슨 대수야? 나만 행복하면 되는 거 아니야?”

“철없는 것. 네가 그렇게 세월 좋은 소리나 해대고 있으니, 내가 이러는 거야. 왜 넌 요즘 애들처럼 실속을 못 챙기니? 저런 양아치 같은 녀석보다……!”

“윤우에 대해서 뭘 안다고 자꾸 양아치래!”

결국 소리치고 말았다. 참아보려고 했는데 참지 못하고 끝내는 터뜨리고 말았다. 유림은 잔뜩 힘이 들어간 눈으로 이원자 여사를 찔러보았다.

“너……!”

이원자 여사의 눈초리는 점점 냉혹해졌다. 딸이 정말 많이 달라져 버렸다는 사실을 다시금 깨닫고 놀라는 중이었다. 이게 다 그 윤우라는 녀석 때문이라 생각하니 분통이 터졌다. 상류층 며느리가 될 수 있도록, 그에 걸맞게 차분하고 다소곳한 아이로 키우기 위해 얼마나 공을 들였는데! 차분하고 얌전한 유림의 모습을 본 사람이면 누구나가 다 며느리 삼고 싶다고, 입에 침이 마르도록 칭찬하곤 했었단 말이다. 그런데 한순간 저렇게 이상한 아이로 만들어 버리다니!

"걔 그런 애 아니야. 멀쩡히 자기 일 잘하고 있고 인정도 받고 있다고."

"그래? 그럼 그 녀석이 뭐 하는 녀석인지, 어떤 집안 앤지 말할 수도 있겠네?"

그건 당연히 말할 수 없었다.

"왜 말을 못하니? 말해봐. 어디 얼마나 대단한 집 자식인지 들어보자."

"엄만 집안이 그리도 중요해?"

유림이 되묻는다. 이원자는 싸늘히 웃었다. 이걸로 됐다 싶었다. 저를 낳아준 어머니를 속물 취급하는 저 말투 하나로 모든 건 분명해졌다. 윤우라는 녀석은 이원자의 꿈을 실현시켜 줄 만한 인물이 못 되는 것이다. 대충 감은 잡고 있었지만 확인해 버리고 나니 더욱 화가 났다. 도대체 제가 뭐가 부족해서 아무나 만나고 다니는 건지. 가만히 음악에만 전념하고 있으면 어련히 다 알아서 짝을 맞춰줄까.

"난 중요해. 집안과 학벌, 재산 규모, 사회적 지위, 다 중요하다. 속물이라고 해도 상관없어. 난 평생 그것들 때문에 무시당하면서 살아왔어. 너까지 무시당하면서 살게 하고 싶지 않아. 다 널 위해서라고. 너만큼은 남부럽지 않은 곳에 시집보내 큰소리 펑펑 치고 살게 해주고 싶은 것뿐이야.”

“누가 우릴 무시한대? 그건 엄마의 피해의식이지.”

“모르는 소리 마. 철부지 어린애처럼 사랑 타령이나 할 생각이니? 사랑이 밥 먹여주는 줄 알아?”

“엄마는 사랑 때문에 가족도 버렸었잖아!”

유림이 두 주먹을 불끈 쥐고 날카롭게 소리쳤다. 난데없는 말에 이원자는 순간 움찔했다.

“사랑에 모든 걸 걸었잖아. 사랑이 밥 먹여주는 거 모르고 그랬던 거야?”

“너……!”

“한 번 걸어봤기 때문에 안다는 말은 하지 마. 그래서 한사코 말린다는 말도 하지 마. 사랑의 끝이 언제나 같은 건 아니니까. 엄마와 난 달라.”

“그래. 네 말대로 너랑 난 달라. 여잔 순종적이어야 하고 내조 잘하는 게 미덕이었던 그때와 지금이 다르듯이, 너도 나처럼 어리석은 선택을 하면 안 되는 거야.”

“정말 엄마는 아빠를 선택한 게 어리석은 짓이었다고 생각해?”

“그…… 뭐?”

하던 말을 멈추고 원자는 멍하게 딸을 바라보았다. 갑자기 날아온 질문에 그녀는 말문이 막혀 버렸다. 지금까지와는 달리 아무 말도 못하고 원자는 그대로 얼어붙어 버렸다.

“아빠와 내가 엄마 인생을 엉망진창으로 만들었어? 정말 그런 거야?”

“…….”

가슴 저 밑바닥에서부터 끓어오르는 뭔가가 원자의 감정을 건드렸다. 가뭄 든 논바닥처럼 쩍쩍 갈라지고 피폐해졌다 생각했던 가슴이 울렁거리고 아릿해져 왔다. 아내를 끔찍이도 사랑했던 남편이 떠올랐고, 연탄이 다 떨어져 냉골이 된 방에서도 유림으로 인해 웃음이 끊이질 않았던 짧은 신혼 생활이 생각났다.

“아빠도 사랑에 목숨을 걸었어.”

유림은 시뻘겋게 충혈되어 가는 눈으로 원자를 바라봤다. 그리고 마지막 한마디를 남기고 제 방을 향해 몸을 틀었다.

“후회하고 계시진 않을 거야.”

원자는 다리에 힘이 풀려 쓰러질 것만 같은 몸을 간신히 가누어야 했다.

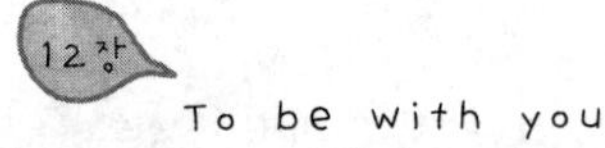

　다음날 점심 즈음, 유림은 모 찻집에 앉아 짜증 섞인 한숨을 내쉬고 있었다. 열이 뻗쳐 죽을 지경. 만나기로 약속한 사람이 약속 시간 30분이 지난 지금까지 나타나지 않고 있으니 참을성에 한계가 오는 거였다. 늦으면 늦는다고 연락이라도 할 수 있는 거 아닌가? 어떻게 이렇게 감감무소식일 수가 있지? 먼저 전화해 만나자고 한 사람이 이럴 수 있는 거냐고. 아무리 사장이라지만 이건 정말 너무했다.

　전화 통화를 할 때만 해도 완전히 쫄아 제대로 대꾸도 하지 못했었던 그녀였지만 상황이 이리 돌아가니 절로 화가 났다. 일부러 작정하고 자신을 물 먹이려는 게 아니면 이렇게 아무 연락도 하지 않을 수는 없다고 그녀는 생각했다. 그는 의도적으로 그녀를 기다리게 하고, 지치게 하고 화나게 만들고 있는 거였다. 그걸 눈치 챈 이상 그녀가 먼저 연락할 수는 없었다. 그녀가 전화를 걸어 어디인지, 왜 이리 늦는 건지, 물어보는 거 어렵지 않지만 그러기 싫었다. 기싸움이랄까. 상대 쪽에서 원하는 바대로 끌려가기는 싫었다. 그쪽에서는 유림이 한 수 접고 고개를 조아리길 원할 테지만.

전화벨이 울린 건 그 뒤로도 10여 분 뒤. 전화번호가 떴고, 프리스타일 엔터테인먼트의 사장, 이현진임을 확인한 유림은 냉큼 슬라이더를 올렸다.

[차유림 씨?]

"네. 어디세요?"

빈정 상한 마음을 숨기고 그녀는 최대한 공손히 물었다.

[미안하게 됐네요. 지금 차가 너무 밀려서 꼼짝할 수가 없네. 아무래도 내가 거기까지 가는 건 무리일 것 같아요. 한 시간 뒤에 다른 약속도 있어서.]

뭐시라? 유림의 인상은 단박에 찌푸려졌다. 30분 넘게 기다리게 해놓고 이제 와서 못 온다고? 뭐 이런 사람이 다 있어. 이럴 것 같으면 미리 연락을 해줬어야지.

"그러세요?"

약간 빈정거리는 말투로 유림이 말했다. 미묘한 그 뉘앙스를 알아들었는지 못 알아들었는지, 이현진은 제가 하고 싶은 말만 줄줄 읊어댔다.

　[그냥 전화로 말할게요. 뭐, 유림 씨가 사람 말뜻 못 알아먹을 것 같지도 않고 하니.]

　"감사합니다."

　전혀 감사하지 않은 목소리로 유림이 중얼거렸다. 이미 표정은 싸해져 있는 상태였다.

　[요새 유림 씨, 우리 녹음실에 자주 드나든다고 들었어요.]

　자주? 어제 하루뿐인걸? 전날은 그녀도 녹음 일정이 잡혀 있었기 때문에 갔었던 거였다. 그래 봤자 겨우 두 번뿐인데 그게 과연 '자주' 라는 범주에 들어갈 수 있는 건가?

　'가만, 내가 어제 녹음실 찾은 건 어떻게 알았지?'

　윤우가 말했을 리는 없다. 그럼 멤버들이? 설마. 멤버들은 사장이 싫어하는 걸 알면서도 유림에게 '형수님' 이라고 부르는 녀석들이다. 사장의 눈치를 보면서도 윤우와 유림을 인정하고 두 사람의 사랑을 축복해 주는 이들이 바로 멤버들인데, 그들이 사장에게 그런 얘길 했을 리 없었다. 사장이 알지 못하게 둘의 사이를 함구해 주는 건 유석도 마찬가지다. 그럼 다른 스태프들인가? 아니면 매니저?

　[윤우랑 친구라서 그렇다는 건 알겠는데, 그래도 눈치는 좀 있어야지.]

　"네?"

　눈치가 없다니. 이건 또 무슨 소리야?

[차유림 씨가 자꾸 그렇게 드나들면 윤우한테 나쁜 일이 생길 수도 있다는 거, 생각 안 해봤어요?]

"나쁜 일이라니요?"

[요즘 안 그래도 윤우, 굉장히 힘든 상태예요. 지난번에 터진 그 말도 안 되는 스캔들 때문에 얼마나 시달리는 줄 알아요?]

"그건 민찬 씨 소문이었던 걸로 아는데요."

[멤버 한 사람의 일이 그룹 전체의 일이죠. 특히 셀피쉬처럼 그룹 활동만 하는 애들은 더 그렇습니다. 조금만 생각해 보면 알 수 있지 않나요?]

"……."

[정말 윤우 친구라면 윤우를 위한 게 어떤 일인지 잘 알 겁니다. 주변 사람들한테 윤우 여자친구라고 떠벌리고 다닌다거나 하는 일은 안 할 걸로 알아요.]

"뭐라…… 고요?"

윤우가 힘들다는 말에, 그녀가 더 힘들게 하는 것일 수도 있다는 말에, 잠시 할 말을 잃었던 유림의 눈빛이 순간 날카롭게 번쩍였다. 뉘앙스가 상당히 이상하게 들리는 말이었다. '여자친구라고 떠벌리고 다니지 않을 걸로 안다' 는 말이 유림에겐 '그러지 말라' 는 압력으로 들렸다. 이건 이현진은 이미 모든 걸 눈치 채고 있다는 뜻도 된다. 알면서도 모르는 척 눈감아주고, 그럼과 동시에 둘 사이가 더 이상 진전되지 못하도록 조종하려 한다는 느낌이 강하게 들었다.

[아, 뭐, 그저 노파심에서 하는 말입니다. 새겨듣진 마세요. 차유림 씨야 윤우의 절친한 친구인데 윤우나 셀피쉬가 지금 얼마나 중요한 시기를 맞고 있는지 모를 리가 없지 않습니까? 그만큼 분별력이 없는 사람은 아니고. 그렇죠?]

현진의 말투는 아주 예의있고 정중했다. 아이를 타이르는 듯 자상하기까지 했다. 하지만 유림의 기분은 점점 땅바닥으로 곤두박질치고 있었다. 윤우에게서 떨어지란 말보다 더 무서운 말이 아닌가. 중요한 시기를 맞고 있는 윤우에게 유림은 분명 걸림돌이 될 거란 말이었다. 거의 협박 수준이었다.

"윤우랑 아는 사이라고 떠벌리고 다닐 생각은 없어요. 그게 걱정이라면 염려 마세요, 사장님."

유림은 또박또박 천천히 자신이 하고자 하는 말을 전달했다. 목소리가 떨려오려고 했지만 최대한 자제하려고 애썼다. 사장 앞에서만큼은 약한 모습 보이고 싶지 않았다.

[아, 그래요?]

비꼬는 듯한 말투로 이현진이 되물어왔다. 유림은 떨리는 입술을 꽉 다물었다. 대체 윤우는 어떤 세계에서 살고 있는 걸까? 데뷔 때부터 항상 이렇게 보호막에 둘러싸여 살아왔던 걸까? 뭐가 이리 복잡하고 어려워? 왜 모든 게 꽉 막혀 있는 느낌인 거야?

유림은 복잡한 생각들 때문에 머리가 아파왔다. 당장 현진에게 이딴 전화 걸지 말라고 소리쳐 주고 전화를 끊어버리고 싶은 원초적 욕구가 끓어올랐다. 하지만 정말 그럴 수는 없었다. 어찌 됐든 윤우의 뒤를 봐주고 있는 사장님이 아니신가. 괜히 이 사람에게 잘못했다가 그 화살이 윤우에게 갈까 봐, 그게 두려워지는 유림이다.

[그럼 다음에 또 이런 전화를 걸 일은 없겠군요. 그렇죠?]

이현진이 다시 물어왔다. 유림은 크게 숨을 들이쉬며 눈동자에 잔뜩 힘을 주었다. 그리고 전혀 흔들림이 느껴지지 않고 오히려 강단마저 담긴 목소리로 당차게 말했다.

"어쩌면 제가 사장님께 전화를 걸게 될지도 모르겠네요."

[뭐라고?]

현진이 물었다. 그가 당황해 인상을 찌푸리는 광경이 저절로 연상되었다. 요것 봐라, 하는 표정.

"사장님 말씀대로 윤우에게 지금은 굉장히 중요한 시점이죠. 멤버의 스캔들 문제도 있고 국내 복귀 문제도 있고. 음악적으로도 예전과는 상당히 많이 달라진 걸로 알아요. 비주얼적인 면모가 강조된 십대 아이돌그룹에서 음악성도 함께 겸비한 전국민적 아이돌로 거듭나는 게 목표라고 하더군요."

그녀가 하는 말을 현진은 가만히 듣고만 있었다. 유림이 무슨 말을 하려는지 감을 못 잡아서일 것이다. 사실 유림도 자신이 무슨 소릴 할는지 알 수 없었다. 단지 현진의 이런 방식은 옳지 못하다는 걸 알려주고 싶었다. 이렇게 윤우 몰래 윤우가 아끼는 사람들에게 전화해 협박하는 것은 결코 윤우를 위한 일이 아니었다.

"저도 윤우가 목표에 도달할 수 있기를 바라요. 윤우가 꿈을 이룰 수 있도록 사장님이 많이 도와주실 거라고 믿어요. 아니, 믿고 싶어요."

[믿고…… 싶다?]

현진이 코웃음을 치며 유림의 말을 따라 했다.

[그 말 꽤 흥미롭네. 믿고 싶지만 믿음은 안 간다, 뭐 이런 뜻인가?]

"죄송한 말이지만 맞아요. 사장님한테선 진심이 느껴지지 않아요. 윤우를 위하는 게 어떤 건지 정말 알고 계시는지 의심스럽습니다. 윤우를 돈 벌어주는 기계로 생각하신다는 느낌이 너무나 강해서요."

[뭐?]

이현진이 수화기 안에서 날카롭게 되물었다. 이 무슨 말도 안 되는 소리냐는 듯 그 말투에는 불쾌감이 상당량 배어들어 있었다. 마치 어린애들 잡아다가 구걸시키고 동냥질해 온 돈 갈취하는 못된 깡패가 된 기분일 테다.

"물론 한 회사의 사장님이시고 이윤을 추구하는 건 당연한 거겠지만요. 그래도 이렇게까지 하시는 건 이해가 안 되네요."

[윤우는 내 아들이고 동생입니다. 윤우뿐 아니라, 난 내가 키우는 애들 전부 다 내 자식이다 생각하고 있는 사람이에요.]

현진이 심기 불편한 목소리로 딱딱거렸다. 유림은 흔들리지 않고 차분히 대꾸해 줬다.

"그건 사장님만의 착각이고 자기합리화 같은데요."

[나만의 착각이 아니라 그건 다른 사람들도 인정하는 거고……]

"그럼 사장님 자제 분에게도 이러신가요?"

[뭐요?]

"아드님 친구한테도 이렇게 직접 전화해서 일일이 타일러 주셔요? 동생 친구한테 전화해서 내 동생 앞길에 방해되는 짓 하지 말라고, 이렇게 협박하시나요?"

[그거야……!]

아직 할 말이 많은지 현진이 목소리를 높였다. 유림은 그의 말을 가로막으며 하던 말을 계속 이어나갔다.

"저한테도 자식 일에 유난 떠는 어머니가 계시지만, 그분은 한 번도 제 친구들한테 이런 전화 거신 적 없거든요? 윤우가 사생활을 간섭하고 정리해 줘야만 하는 어린애도 아닌데, 좀 너무하단 생각이 드네요. 이렇게 관리를 하지 않아도 열심히 할 애인데요, 윤우. 이래야만 할 정도로 게으르고 가망없는 애 아닌 걸로 알아요."

말문이 막히는지 현진이 이번엔 침묵을 지켰다. 윤우가 얼마나 노력파인지는 그 누구보다도 현진이 잘 알 것이다. 연습생 시절부터 지금까지 근 10년을 보아왔으니 그 한결같음을 모를 리 없었다. 유림은 잠시 기다렸다가 조용히 하던 말을 마저 마쳤다.

"윤우 잘못되면 제가 사장님께 전화드릴 겁니다."

[…….]

"이런 통화, 다시는 안 했으면 하네요. 가시던 길, 안녕히 가시길 바랍니다."

그는 아무런 대답도 해오지 않았다. 그럼에도 유림은 끝까지 정중하게 인사를 했다.

"이만 끊겠습니다."

끝까지 흥분하지 않고 차분하게 말을 마친 그녀는 천천히 전화기 슬라이더를 내려 닫았다. 통화가 끊겼고, 통화 화면이 종료됨과 동시에 유림은 참았던 숨을 한꺼번에 몰아쉬었다. 심장이 벌렁벌렁해 곧이라도 기절할 것만 같았다. 말할 땐 별로 떨지 않았는데 오히려 통화를 끝내고 나니 더 떨렸다. 아— 뭐 잘못 말한 거 없지? 눈동자를 굴리며 미친 듯이 생각해 보았지만 자신이 뭘 어떻게 말했는지 기억도 안 났다. 그저 생각나는 건 '윤우는 내 아들'이라 말하던 사장의 목소리였다.

'나쁜 사람 같진 않은데…….'

좋아할 수 있을 것 같진 않았다. 그 어떤 경우라도 본인도 모르게 뒤에서 이런 전화로 사람 놀라게 하는 건 문제가 있었다. 이런 일이 그동안 얼마나 비일비재했을까 생각하니 윤우가 갑자기 불쌍해졌다. 6년이란 시간 동안 여자를 한 명도 사귀지 못할 만한 이유가 정말 확실하게 있었던 거다. 쯔읍, 씁쓸한 입맛을 다시며 유림은 한숨을 내쉬었다.

과연 그녀는 계속 윤우의 옆에 있을 수 있을까?

처음으로 그게 쉽지 않은 일이란 걸 알게 되었다. 처음으로, 그가 평범하지 않은 사람이란 걸 절실하게 깨닫게 되었다. 그는 유림이 아는 유림만의 정윤우일 수가 없었다. 이미 그럴 수 있는 수준을 넘어버린 대스타였다.

유림은 쓸쓸히 자리에서 일어났다.

그날 하루 종일 유림은 집에 있었다.

심란한 마음에 녹음실에 놀러 오라는 윤우의 부탁에도 응하지 않았다. 피곤해서 쉬겠다는 그녀의 말을 윤우는 별 의심 없이 받아들이는 것 같았다. 그가 딱히 꼴 보기 싫은 것도 아니었고, 피하고 싶은 마음도 없었던 그녀로선 조금 서운한 반응이었다. 이틀만 지나면 그녀는 미국으로 가게 되는데 흘러가는 시간이 그는 아깝지도 않을까? 안타까운 마음이 조금이라도 있다면 무슨 이유를 들어서라도 그녀를 불러내야 정상 아닌가? 하다못해 무슨 일이 있는 거냐고, 왜 와주지 않는 거냐고 물어봐 줄 수도 있었다.

하지만 그는 아무 말도 없이 조용히 쉬라고 말한 뒤 전화를 끊어버렸다. 끊긴 전화기를 내려다보며 유림은 제 머리통을 쥐어박았다. 왜 마음에도 없는 소릴 해버렸냐며. 하지만 이미 전화는 끊어져 버렸고, 알량한 자존심에 다시 전화를 걸지도 못한 채 그렇게 하루를 그냥 넘겨 버렸다.

"멍청이."

유림은 감감무소식인 휴대전화를 빤히 내려다보며 중얼거렸다. 자신에게 하는 말인지, 그에게 하는 말인지 그녀도 잘 몰랐다. 그냥 오늘 하루를 이렇게 무료하고 아무 의미 없이 보냈다는 사실이 멍청하게만 느껴졌다. 바보멍청이, 해삼, 멍게, 말미잘, 닭똥집 같으니라고.

"아—"

유림은 철퍼덕 침대 위에 누워버렸다. 그리곤 손에 들린 휴대전화를 힐끔 내려다보고는 휙 베개 근처로 던져 버렸다. 연락 오지도 않을 휴대전화를 쥐고 있는 자신도 참 바보 같다, 중얼거리면서. 하지만 오늘 그를 만나는 건 포기하고 음악이나 듣자 싶어, 서랍에서 MP3플레이어를 꺼내 들고 이어폰을 막 한쪽 귀에 꽂는 순간, 내내 울리지 않던 전화기가 번쩍거리기 시작했다. 윤우였다.

"웬일이야?"

유림은 이어폰을 냅다 내팽개치고 냉큼 전화를 받았다.

[웬일은. 무슨 일 있어야만 전화하나? 지금 집에 있지?]

"응. 녹음 끝났어?"

[나와라.]

녹음 끝났냐는 질문에는 대답도 하지 않고 난데없이 나오란다. 휴대전화를 쥔 유림의 손에 힘이 들어갔다.

"어디로…… 나오라는 거야?"

[집 앞.]

"지금 집 앞에 있어?!"

너무 놀라 고함을 질러 버리고 마는 유림. 수화기 안에서 윤우가 '크―' 하며 괴로워한다.

[귀청 떨어지겠다. 뭘 그렇게 놀라?]

"갑자기 집 앞에 와 있다고 하니까."

[내가 네 집을 모르는 것도 아닌데, 집 앞에 와 있는 게 뭐 그리 놀랄 일이라고 그래?]

"너 무진장 바쁜 사람이잖아. 여기까지 왕림해 주시고, 어쩐 일이야?"

[말속에 뼈가 있네. 바가지 긁는 거냐?]

재미있다는 듯 그가 장난스럽게 물었다. 유림의 입가에도 작은 미소가 떠올랐다.

"바가지는 무슨, 이런 걸 가지고. 잠깐만 기다려. 금방 나갈게."

전화를 끊은 유림은 침대 위로 신나게 튀어 오르기 시작했다. 방금 전까지 축 늘어져 있던 그 차유림이 맞는지 의심스러울 정도로 정반대의 모습이었다. 유림은 재빨리 옷을 챙겨 입고 머리 모양과 메이크업 상태를 확인한 뒤 휴대전화와 지갑만 챙겨 방을 나왔다. 퉁퉁퉁, 나무계단을 빠르게 뛰어내려오자 거실에 앉아 신문을 읽고 있던 이원자가 쓰고 있던 안경을 벗으며 인상을 썼다.

"이 시간에 어딜 가니?"

"잠깐 집 앞에 나갔다 올게요."

"집 앞엘 왜?"

어머니의 질문을 뒤로 유림은 쌩하니 현관문을 나가 버렸다. 이렇다 할 대답도 없이 급하게 나가 버리는 딸의 뒷모습을 보며 이원자는 자리에서 일어났다. 벽시계는 7시를 가리키고 있었다. 곧 저녁 먹을 시간인데 내내 집에 있다가 어딜 갔다 오겠다는 거야? 이원자는 베란다를 향해 걸어갔다.

"저 차는……."

윤운가 뭔가 하는 녀석의 차였다. 멀리서도 자그르르한 자태가 눈에 확 띄는 고급차라 더 눈살이 찌푸려지는. 대체 나이가 몇이나 된 녀석이관데 저런 고급차를 아무렇지도 않게 타고 다니는 건지 이원자는 심히 궁금했다. 유림이 '윤우' 라고 하는 걸 보면 유림과 비슷한 연배이거나 어리다는 건데, 그 나이에 저런 차를 끌고 다닌다는 건 아무리 생각해 봐도 문제가 있어 보였다. 재벌 2세가 아니면 쥐뿔도 없는 게 겉멋만 잔뜩 든 양아치이 겠지. 이원자는 후자 쪽에 무게를 두고 있었다. 재벌가 자제라 면 유림이 말하지 않을 리가 없었다.

창문 너머로 유림이 집 밖으로 나가는 게 보였다. 심히 나풀 거리는 걸음걸이는 많이 들떠 있음이 여실했다. 고상치 못한 딸 의 뒤태에 원자는 눈살을 찌푸렸다. 유림의 저런 모습은 아주 어릴 때 이후 처음이었다. 철이 들고부터는 늘 조신하고 참하게 행동해 왔고, 성재와 사귈 때도 자기감정을 저렇게 주체하지 못한 적은 별로 없었다.

'큰일이네. 저러다 또 얼마나 큰 상처를 받으려고.'

이원자의 근심 섞인 시선을 오롯이 받고 있는 줄도 모르고 유림은 윤우의 차에 올라탔다. 텅, 차 문이 닫히고 시끄럽고 복잡한 세상으로부터 완전히 차단되자마자 유림은 활짝 웃으며 윤우를 돌아봤다.

"오늘은 진짜 일찍 끝났……."

유림의 말이 채 끝나기도 전에 윤우가 덥석 그녀의 얼굴을 두 손으로 감싸 쥐었다. 유림은 졸지에 목을 길게 뺀 채로 그를 올려다보는 자세가 되어버렸다. 두 눈을 깜빡거리며 유림은 영문 모르는 표정을 지었다. 윤우는 싱긋 웃으며 유림의 얼굴을 이리저리 돌려 보았다.

"어디 보자―"

이, 이건 뭐 하는 자세야?

"혈색도 좋고 피부도 깨끗하고."

혼잣말을 중얼거리더니 스윽, 그녀의 얼굴을 앞으로 잡아당기는 정 군. 유림의 눈은 더욱더 커졌다. 그는 유림의 동그란 눈동자를 향해 제 얼굴을 가까이 들이밀었다. 순식간에 그와 유림의 사이는 손톱만큼보다도 더 가까워졌다. 그의 뜨거운 숨결이 느껴지자 유림은 저도 모르고 꿀꺽 침을 삼켰다. 윤우의 한쪽 입아귀가 희미하게 움직였다.

"눈동자도 맑고. 괜찮아 보이네."

"도대체 뭐, 뭐 하는 거야?"

겨우 쥐어짜 내듯 유림이 물었다. 윤우는 유림의 볼을 감싸고 있던 엄지를 움직여 콧잔등을 쓸었다. 그리고 씩 웃는다.

"오늘 피곤했다며. 너무 피곤해서 날 만날 수도 없었잖아."

"그래서 진짠지 아닌지 확인하는 거야?"

"피곤이 풀렸는지 확인하는 거야. 보니까 다 풀린 거 같은데? 하루 푹 쉬게 해주니까 좋냐?"

그가 반짝 눈을 크게 뜨고 씩 웃었다.

"어째 생색내는 걸로 들린다. 네가 날 쉬게 해준 거야? 내가 그냥 쉰 거지."

"내가 쉬게 해준 거지. 억지로 와달라고 안 졸랐잖아."

그녀를 쉬게 해주려고 일부러 안 졸랐다는 말인가. 이런 바보.

"날 생각해서 일부러 그런 것처럼 들리네."

유림은 퉁명스럽게 말했다.

"스트레스받은 게 있으면 쉬기도 해야지."

"내가 스트레스받았다고 누가 그래?"

"우리 사장님."

윤우가 냉큼 대답하고는 씩 웃는다. 사장님? 오늘 오전 그녀에게 전화해 이상한 소리 지껄였던 바로 그 사장님? 유림의 얼굴이 험악하게 일그러졌다. 덕분에 윤우에게 잡힌 두 볼이 점점 쪼글쪼글해지면서 볼 살들이 앞으로 밀려오고 있었다. 그녀의 귀여운 입술이 빵빵한 볼 살 사이에 뾰족하게 튀어나와 그를 유혹하는 모양새가 되자 윤우는 킥 웃음이 터질 것 같았다.

"사장님이라니? 그 이현진 씨 말하는 거야?"

"우리 회사에 이현진 사장님 말고 다른 사장님이 또 있던가?"

그 이현진이 맞다는 말이다. 유림의 두 눈은 더욱 휘둥그레졌다. 그 인간이 윤우에게 무슨 말을 했다는 건지 내심 두려워졌다. 설마 그새를 못 참고 전화 통화한 사실을 윤우에게 말해 버린 건 아니겠지? 그건 정말 생각하기도 싫은 얘기다. 그런 식으로 윤우의 걱정거리가 되고 싶진 않았다.

"그, 그 사람이 뭐랬는데?"

"궁금해?"

윤우가 빙긋 웃으며 묻는다. 유림은 인상을 팍 쓰며 험악하게 중얼거렸다.

"빨리 말하셔."

"뭐— 딱히 뭐라고 말하신 건 아니고……."

"숨길 생각 말고 다 말해. 그 사람이 뭐라고 했어?"

말끝을 늘이며 말하기를 미루는 윤우에게 유림은 거의 윽박지르고 있었다. 그러면 그럴수록 더 귀여워진다는 걸 모르나? 빵빵한 볼에 병아리 부리처럼 뾰족 튀어나온 입술로 인상을 쓰니 당장 입을 맞추고 싶을 만큼 사랑스러워졌다. 결국 참지 못하고 윤우는 그녀의 입술에 쪽, 입을 맞추고 말았다.

"네가 마음에 든대."

얼굴을 든 그가 속삭였다. 생각지도 못한 키스에, 생각지도 못한 말. 뭐라는 거야, 이 녀석이? 유림의 두 눈이 훌쩍 커졌다. 어안이 벙벙해져 있는 유림의 볼을 그는 비로소 가만히 놓아주었다. 그리곤 씩 웃으며 천천히 두 눈을 감았다 뜬다.

"우리 사장님, 웬만해선 그런 소리 잘 안 하는데. 네가 원하면 연예인으로 키워주고 싶다는 말까지 하던걸? 대체 어떻게 꼬드긴 거냐?"

"꼬드기긴 내가 누굴 꼬드겼다고 그래."

듣다듣다, 생전 이런 소린 처음이다. 윤우에게서 떨어지라 협박할 땐 언제고 뭐시라? 키워줘? 무슨 그런 뜬금없는 소리가 다 있어? 대박 싸워놓고.

"풋!"

당장이라도 놀라 자빠질 것 같은 표정의 유림이 너무 귀여워, 그는 웃음을 터뜨렸다. 한 팔을 창틀 근처에 세우고 척, 턱을 괸 그는 조수석에 앉아 있는 유림을 구경하듯 빤히 바라보기 시작했다.

"하긴. 꼬드기려고 마음먹었으면 그리 맞장을 떴을 리도 없었겠다."

"맞장?"

여전히 정신줄 놓고 있는 유림은 멍하게 중얼거리며 뒤늦게

후끈 달아오르고 있는 제 입술을 손끝으로 꾹 눌렀다. 맞장이라
니, 이건 또 무슨…….

"가만……!"

혹시 사장이란 작자가 대화 내용까지 다 말해 버린 거야? 더
이상 키울래야 키울 수 없는 눈이 이젠 완전히 일그러졌다. 휘
둥그레 뜬 상태에서 인상을 팍 쓰니 보통 우스꽝스러워지는 게
아니었다. 그 모습이 또 귀여워 윤우는 한 손으로 얼굴을 문지
르며 킥킥거리게 되었다.

"말했어? 다?"

유림이 곧이라도 기절할 것처럼 물었다. 머릿속으론 자신이
이현진에게 했던 말들을 하나하나 떠올리고 있었다. 그 당시엔
뭐라 했는지 생각나지도 않았던 발언들이 신기하게도 번쩍번쩍
떠올라 그녀의 뇌리를 강타했다.

"사장님에게선 진심이 느껴지지 않아요."

"윤우를 돈 벌어다 주는 기계로 생각한다는 느낌이 너무나 강해
서요."

"윤우 잘못되면 제가 사장님께 전화드리겠습니다."

'오, 노! 안 돼─'

설마 그녀가 한 말들이 죄다 윤우의 귀로 들어가 버린 건 아
니겠지? 아닐 거야. 설마─ 그래도 사장인데 유림 따위에게 그

런 소릴 듣고도 아무렇지도 않게 다른 사람들에게 떠벌리고 다
닐 리가 있나. 자존심 상해서라도 절대 그런 짓은 안 했을 것이
다. 암— 그렇고말고.

"나더러 널 매니저로 고용해 보래. 아주 잘할 거라던데? 너
같은 친구 둘만 더 있으면 이 험난한 세상을 아주 행복하게 살
수 있을 것 같다고도 하더라."

"다 말했구나?"

"날 이용해 먹지 말라고 했다며?"

히죽거리며 윤우가 말한다. 그녀의 입술을 후끈후끈 달구던
화기가 이젠 얼굴 전체로 번져 가기 시작했다. 아! 창피해— 사
장이란 작자가 입도 싸지. 대체 어디까지 말해 버린 거야. 턱을
괸 채로 슬쩍 비껴간 시선으로 유림을 보고 있던 윤우의 입가에
짓궂은 웃음기가 지나갔다. 그는 아직도 제 입술을 누르고 있는
유림의 손을 잡아당기며 말했다.

"걱정해 줘서 고마워."

"걱정해서 한 말 아니야. 네 일은 네가 잘 알아서 하겠지. 난
그냥……."

유림은 눈동자를 이리저리 굴리며 적당한 말을 열심히 생각
해 보았다.

"그냥 화가 나서……."

그녀의 손을 잡고 있던 그의 손에 힘이 들어갔다. 꽉. 유림은
하던 말을 멈추고 윤우의 눈을 올려다봤다. 그는 어느새 진지한

눈으로 그녀를 바라보고 있었다.

"고마워."

그가 조용하고 나직이 한 번 더 속삭였다. 민망해 몸 둘 바를 모르고 이 상황에서 발버둥 치려 노력하던 유림은 그만 멍해지고 말았다.

"너 때문에 오늘 하루 힘이 났어."

정말이지 정윤우는 왜 이리 아무것도 아닌 걸로 사람을 감동시키는 거니. 그냥 고맙다는 말 한마디인데 어떻게 사람을 이리 울컥하게 만들 수 있는 거냐고. 유림은 그만 울고 싶어졌다.

"그런데 너무 걱정하지는 마."

윤우가 빙긋 웃으며 손가락을 움직여 유림의 손가락 사이로 깍지를 꼈다.

"우리 사장님 그렇게 나쁜 사람 아니야. 진짜 큰형님 같은 분이셔, 나에겐."

"나쁜 사람이라고 생각하진 않았어. 그냥 좀 너무하다 싶었지. 아무리 연예인이지만 연예인도 사람인데, 사생활 같은 건 보장해 줘야 하는 거 아니야? 네 사생활까지 간섭할 권리는 없잖아."

코끝이 찡해지는 걸 꾹 참으며 유림은 뚱하니 말했다. 저 순진무구하신 아이돌께서 사장님을 무슨 구세주쯤으로 여기는 것 같아서 심술이 솟았다. 이현진이 아무리 윤우를 발굴하고 데뷔시켜 주어 지금의 위치까지 올 수 있도록 물심양면으로 도움을

줬다고는 하나, 그게 어디 괜히 그랬겠는가. 다 돈이 되니까. 될 성싶으니까. 그래서 정윤우라는 인간에게 투자를 했던 것이 아니겠는가. 뭐, 지금은 그 투자비의 배는 더 벌었겠네. 배가 뭐냐. 배의 배는 더 벌었겠다.

"다, 나를 위해서 그러시는 거야. 내가 다칠까 봐."

윤우는 좌석 등받이에 몸을 뉘며 한가하게 눈을 감으며 중얼거린다.

"누가 널 다치게 하는데? 내가?"

저도 모르게 뾰족한 말투가 되어 유림이 물었다. 그러자 윤우는 픽 웃으며 반짝 두 눈을 떴다. 고개를 그녀 쪽으로 돌리더니 그는 유림을 아주 빤히 응시했다. 너무나 빤해 얼굴이 그만 뻥 뚫어져 버릴 것만 같았다.

"물론 아니야."

그가 흔들리지 않은 눈빛으로 속삭였다. 유림은 금세 고요해졌다.

"그저 진심은 그렇다는 뜻이야. 난 그 진심을 알고 있는 거고. 너도 사장님과 친해지면 그분에 대해서 더 잘 알게 될 거야."

그다지 친해지고 싶지는 않은데. 유림은 혼자 뚱하니 생각했다. 말은 하지 않았지만 표정으로 그녀의 생각을 읽어버린 윤우는 깍지 낀 손의 엄지를 움직여 그녀의 손을 문질렀다. 다정한 손짓에 유림은 흠칫 떨었다. 윤우는 씩 웃으며 다시 두 눈을 감았다.

"난 가끔씩 생각해 봐. 그분이 아니었으면 난 지금쯤 뭘 하고 있을까? 노래하는 거 외에 뭘 할 수 있었을까? 그냥 평범한 삶을 살고 있었겠지? 평범하지만 자유로운 삶과 특별하지만 구속되어 있는 삶 중, 난 어떤 것을 더 원하고 있을까?"

"……."

"생각해 봤는데, 아직까지는 이런 생활이 좋아. 노래하고 춤추고 사랑받고. 누군가가 내 노래를 듣고 행복해한다는 거, 그거 굉장한 거거든. 축복이라고 생각해. 아무나 느낄 수 있는 감흥이 아니잖아. 너도 음악을 하니까 내 기분을 이해할 거라고 생각해."

그가 눈을 뜨고 다시 유림을 돌아봤다. 유림은 조용히 그를 응시하고 있었다.

"사장님은 내가 노래할 수 있게 해준 사람이야. 지금 내가 누리고 있는 것들, 인기, 성공, 성취감. 이런 것들은 사장님이 아니었으면 결코 느껴보지 못했을 거야."

"너한텐 그만큼의 자질이 있었잖아."

"그 자질을 처음으로 알아봐 준 분이야, 사장님은. 그분이 없었다면 지금의 나도 없었을 거야. 그래서 그분은 내겐 은인 같은 분이셔."

그래도 인정하기 싫은걸. 아무리 고마운 분이라도 그렇지. 친구에게 전화를 걸어—그것도 윤우 모르게—가까이하지 말라고 하는 건 윤우를 무시하는 처사였다. 만약 유림이 이런 일을 겪었다면 절대 이렇게 조용히 이해하고 넘어가지 않았을 것이다. 하지만 이렇게 착하고 이해심 많은 정윤우에게 뭐라 할 말이 없는 그녀다. 유림은 잠자코 그의 말을 듣고만 있었다.

"좋아. 사실을 말해줄게."

유림의 표정을 모두 읽고 있는 윤우는 한숨을 푹 쉬며 몸을 일으켰다. 허리를 세운 그는 깍지 낀 유림의 손 위로 자신의 다른 손을 턱 얹었다. 유림의 왼손은 윤우의 양손 사이에 끼어 샌드위치 신세가 되어버렸다. 따뜻한 그의 체온이 한 손 가득 느껴짐과 동시에 그의 그윽한 시선이 그녀의 눈동자에 내려앉았다.

"실은 사장님이 너에게 전화를 걸었었다는 걸 알고 굉장히 화가 났었어."

유림의 미간이 꿈틀거렸다.

"너한테 전화까지 하실 줄은 솔직히 예상 못했었거든. 사장님이 사적인 자리에선 굉장히 다정하고 진솔하신데, 일에 있어선 너무 철두철미해서 인간미가 없어 보이기도 해. 그래서 더 걱정이 됐고 더 화가 났었던 게 사실이야. 그런데……."

잠시 말을 멈추더니 그가 씩 웃었다. 새하얀 이가 드러났고 유림의 심장은 두근, 뛰기 시작했다. 무슨 말을 하려는 걸까.

"네가 했다는 말을 들으니까 웃음밖에 안 나오더라. 사장님은 너라면 믿을 수 있을 것 같대."

"그분이 그런 말을 했단 말이야?"

믿을 수 없는 말에 유림은 중얼거리듯 물었다. 윤우는 유림의 머리카락을 흩뜨리며 말했다.

"그래, 인마. 네 배짱 좋은 태도가 마음에 든대. 사장님한테 안 좋은 소리 듣고 눈물 질질 짜고 있을 줄 알았는데, 그 말을 들으니까 마음이 좀 놓이더라."

"내가 눈물을 왜 짜니? 바보처럼."

"그래, 잘했어. 앞으로도 그렇게 쭉 씩씩해 줘."

"앞으로도 종종 이런 일이 있을 거란 말로 들리네."

귀엽게 퉁퉁거리는 유림의 말에 윤우는 잠시 아무 말도 하지 않았다. 그저 유림을 가만히 바라보기만 하는 그의 까맣게 반짝이는 눈동자는 수많은 의미를 담고 있는 듯 깊었다. 깊게 눌러 쓴 모자 아래로 흘러내린 앞머리와 짙은 눈썹으로도 감출 수 없을 만큼 따뜻하고 강렬한 시선이었다. 유림은 조심스럽고 느리게 훑어 내리는 그의 시선을 고스란히 느끼며 가만히 그를 마주 바라보았다.

그리고 얼마나 지났을까. 그가 천천히 입술을 열었다.

"나랑 여행 갈래?"

"뭐?"

너무나 갑작스러운 말에 유림은 놀랐다. 여행이라니, 한창 녹음 중에 무슨 여행?

"하루만 함께 있다가 오자."

"그래도 돼? 녹음도 안 끝났잖아."

유림은 두 눈을 껌뻑거리며 물었다.

"원칙적으론 안 되지. 하지만 원래부터 넌 내 룰에 없었던 존재야. 어차피 깨진 룰인데, 한 번쯤 더 깬다고 달라질 거 없잖아."

"나, 난······."

어째야 할지 몰라 유림은 말까지 더듬었다. 윤우가 어떤 사람인지 알기 때문에 더 두렵고 당황스러운 거였다. 윤우는 녹음 시간을 조금만 어겨도 멤버들을 마구마구 무섭게 다그치던 완벽주의자였다. 방금 전까지 사장의 입장을 설명하느라 애를 쓰고, 자신을 위해 그만큼 사생활을 관리해야만 하는 사장 입장을 너무나도 잘 이해하고 있는 리더였란 말이다. 그런 그가 지금 뭐라는 거냐. 정해진 룰을 그녀를 위해 깨버리겠다고?

"싫어?"

그가 물었다.

"그건 아니지만."

"그럼 가는 거다?"

윤우는 유림의 손을 꼭 잡아주며 물었다. 그리곤 갑자기 한 손을 기어에 올리고 차를 출발시키려고 한다. 유림은 펄쩍 뛰면서 팔을 휘저었다.

"자, 잠깐만. 지금 가겠다고?"

"응."

너무나 아무렇지도 않게 그가 대답했다.

"어떻게 그렇게 해?"

"지금이 아니면 어쩐지 못 떠날 것 같아."

당황하고 놀라 잔뜩 긴장해 있던 유림의 어깨가 그 순간 축 늘어져 버렸다. 그가 무슨 뜻으로 이런 말을 하는지 이해해 버렸기 때문이겠다. 그는 원래 생각이 깊은 타입이라, 해야 할 일을 남겨두고 대책없이 떠나 버리는 짓 따위 못하는 사람이다. 이렇게 충동적으로, 갑자기 결정해 버리는 일 자체가 드문 사람이 정윤우다. 아마 하룻밤 지나고 나면 생각이 바뀔 것이다. 내일이면 그들 앞을 가로막고 있는 현실을 똑똑히 깨닫게 될 테니까. 절박한 지금 이 순간의 감정이 많이 무뎌져 버릴 테니까.

"따라올래?"

그가 천천히 물었다. 유림은 깊은 숨을 내쉬며 두 눈을 느리게 감았다가 떴다. 그러마, 대답하는 거였다. 윤우의 입가가 천천히, 그리고 깊게 파였다. 그는 천천히 시동을 걸기 시작했다.

붕— 떠나기 시작하는 윤우의 검은색 아우디에 눈동자를 고정하며 배소희는 뒤늦게 시동을 다급히 걸었다. 자동차 후방 유리를 통해 보이는 작은 움직임 하나하나도 놓치지 않기 위해 너무나 집중해 버린 탓이었다. 젠장, 혼잣말을 중얼거리며 소희는 고물지프를 움직였다.

"따라가게?"

멋진 샷을 건진 즐거움에 흠뻑 빠져 있던 방만한 기자가 물어왔다. 여자에게 키스하는 정윤우, 완전 특종이었다. 이런 대박

샷을 얼마나 기다려 왔던가. 며칠 밤낮을 새워가며 일한 보람이 있었다. 이렇게 빼도 박도 못할 완벽한 인증샷을 들이대는데 설마 오해다, 그냥 친구다, 라고 오리발 내밀지는 않겠지.

"뭐 하러 그래? 어차피 결정적인 단서는 찍혔는데."

"어디 가는지 목적지는 확인해야지."

"설마 기사에 호텔 방 번호까지 올려야 하는 건 아니겠지?"

"뭐?"

이 저질. 배소희는 만한을 째려보며 공격적으로 이를 드러냈다. 하여간 남자들이란. 생각하는 게 어쩜 하나같이 AV스럽냐.

"아서라. 저도 연예인인데 대놓고 호텔 들어가겠냐? 어디 저녁이나 먹으러 가나 보지."

"나도 알거든?"

소희는 저질, 찌질이 만한을 향해 빠드득 이를 갈았다.

"알면 포기해. 네가 무슨 변태냐? 숨어서 남의 애정 행각 훔쳐보게?"

"야, 방구! 너 말 다 했어?"

안 그래도 이런 짓 하는 거 신물나는 판국에 이 무슨 망발이냐. 하여간 이 인간은 좋아해 볼라야 할 수가 없다니까. 어찌나 그녀의 약점을 콕콕 잘도 집어내는지.

"너 설마, 정윤우 좋아하는 거 아니야? 짝사랑. 가만! 그럼 이건 뭐야? 스토킹인가?"

결국 소희는 차를 세우고 말았다. 무서운 얼굴로 차 문을 열고 나오더니 그녀는 차체를 빙 돌아 만한의 자리까지 걸어왔다. 제법 쌩한 기세로 조수석 문을 열고 소희는 깐죽거리는 밉상 만한의 멱살을 잡아 끌어 내렸다. 만한은 엄살을 있는 대로 부리면서도 순순히 차 밖으로 나왔다. 소희는 인도로 막 내려선 만한을 흠씬 두들겨 패줘 버렸다.

"나쁜 자식."

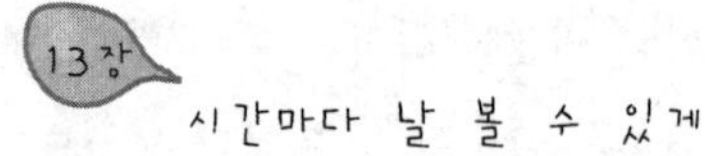

밤새 차를 몰고 새벽에 도착한 곳은 남해안, 어느 바닷가. 성수기가 아닌 해변은 한적하다 못해 고즈넉하기까지 했다. 잔잔하고 어두운 바닷가를 가로질러 새벽바람을 조금 쏘이다가 그들은 어느 작은 펜션에 여장을 풀었다. 여장이라 해봐야 달랑 그의 자동차 트렁크에 실려 있던 점퍼와 스포츠센터 옷가방이 전부였지만. 가지고 온 옷가지가 전혀 없는 그녀로선 그의 운동복이라도 입고 자야 할 판이었다.

"저 아줌마, 정말 널 못 알아본 걸까?"

숙소로 들어오며 유림이 조심스레 그를 올려다보며 물었다. 카운터에 앉아 그들에게 돈을 받고 방을 빌려준 아주머니는 윤우를 전혀 못 알아보는 것 같았다. 선글라스를 꼈고 모자를 푹 눌러썼다지만 이리도 광채가 나는데, 정말 연예인이라는 걸 못 알아봤을까? 유림은 조금 의심스러웠다.

"의외로 모르는 사람 많아. 아이돌이잖아."

"그런가?"

"셀피쉬가 뭔지도 모를걸? 닥터피쉬 아니냐고 묻지 않으면 그나마 다행."

"에이, 설마. 그 정도는 아니다. 나도 알고 있었잖아. 비록 끝까지 아는 노래는 없지만."

"넌 20대면서 좀 너무하다고 생각하지 않아? 어떻게 노래 하나 아는 게 없어?"

"셀피쉬 노래만 모르는 거 아니야. 원래 대중가요는 잘 몰라. 우리 엄마가 절대로 못 듣게 했거든. 클래식 감을 떨어뜨린다고."

"가요를 들으면 클래식 감이 떨어지나?"

윤우가 인상을 찌푸리며 묻는다.

"아주 없다고는 할 수 없지. 눈에 띄게 많은 영향을 받는 건 아니지만. 고등학교 때 학교 밴드부에서 나한테 건반 연주를 부탁한 적이 있었거든? 갑자기 건반주자가 손가락을 다쳐서 연주를 못하게 되어버려서 말이야. 공연은 내일모레고 건반주자는 구해야 하고, 사정이 참 딱하게 됐더라고. 그래서 좀 도와줬지. 근데 그 사실을 아신 우리 엄마가 어떻게 했는지 알아?"

"설마 네 손가락도 부러뜨려 버린 건 아니겠지?"

"그것보다 더 끔찍했어."

"어쨌는데?"

"교장선생님을 찾아가서 항의를 하셨어. 학교에서 애들 공부는 안 시키고 쓸데없이 밴드부 공연이나 하게 한다고. 직무유기네 뭐네 하면서 학교를 발칵 뒤집어놓았지 뭐야."

"흠좀무."

스포츠센터 가방을 든 채로 윤우가 고개를 살랑살랑 가로저었다. 얘기만 들어도 유림의 어머니는 굉장한 포스의 여인이란 걸 알 수 있었다. 엄격하고 까다로운 모습이 눈에 선했다. 쉽게 말하면 윤우의 어머니와 완전 정반대의 타입. 그런 어머니 밑에서 자란 유림이 새삼 참 대단하다는 생각이 들었다. 유림이 대한민국 최고의 딴따라와 사귀고 있다는 걸 알면 까무러치시겠군.

"그래도 '난 알아요'는 알아. 난 알아요~!"

나이에 안 맞게 유림이 한 팔을 흔들며 깜찍을 떤다. 윤우는 그녀를 흘낏 내려다보며 픽 웃었다.

"그 노랜 워낙 레전드잖아. 다른 거 뭐, 아는 거 없어?"

"H.O.T."

달랑 'H.O.T.'란 가수 이름 하나 대놓고 유림이 멀뚱멀뚱 그를 올려다본다. 설마, 그래도 셀피쉬에 대해 뭐라도 조금 아는 게 있지 않을까, 생각하며 내심 기대했던 윤우는 스스로가 한심스러워 푹 깊은 숨을 내쉬었다.

"정말 셀피쉬 노래, 하나도 몰라?"

"으, 응……."

그럴 리가. 정규앨범을 4장이나 냈고, 가요순위 프로그램에서 1위 한 것만도 7곡이나 되는데 어떻게 그중 한 곡도 모를 수가 있냐. 일본까지 가서 주름을 잡고 있는 판국에 정말 이럴 수 있는 거야? 살짝 자존심에 금이 간 윤우는 재차 또 확인에 들어갔다.

"진짜 몰라?"

"그래도 멤버들 이름은 알잖아. 그게 어디야?"

조금 미안하다는 듯 유림이 방긋 웃었다. 네네, 멤버들 이름도 알아주시고 황공무지로소이다. 윤우는 다 포기하고 그냥 웃어버리고 말았다. 어쩌다 50만 명의 팬클럽 회원을 가진 그가 이런 여자친구를 사귀게 되었는지 참, 웃음밖에 안 나오는 상황이시다.

"너 집으로 돌아갈 때까지, 셀피쉬 노래 한 곡 외워. 외워서 검사받아."

"뭐? 야, 그런 게 어디 있어?"

기껏 시간 내서 놀러 와놓고서 노래나 외우고 앉아 있으라고? 그건 좀 너무하잖아.

"비행기 제시간에 타고 싶으면 알아서 해. 못 외우면 안 보내주는 수가 있으니까."

"그……!"

열심히 발끈하며 그의 뒤를 따르고 있던 유림은 그만 그 자리에서 멈춰 버리고 말았다.

'비행기…….'

그 단어 하나에, 불쑥 상기되어졌다. 이틀이 지나면 그녀는 미국행 비행기를 타야 하고 그는 한국에 남게 된다는 사실이. 동시에 잠시 접어두고 있었던 안타까움과 슬픔이 떠올랐다. 그를 안 지 얼마 되지도 않았는데, 이제 겨우 편해지고 좋아하게 되었는데……. 고개를 천천히 떨구게 되는 유림이었다.

"유림아."

저만치 걸어가던 그가 걸음을 멈추고 뒤를 돌아보았다. 뒤따라오던 유림이 제자리에 서버린 걸 보는 윤우의 마음도 썩 좋은 건 아니었다. 그녀가 왜 저러는지 알기 때문이리라. 윤우 역시 말로 표현하지 않았을 뿐, 서운하고 가슴이 아팠다. 사실은 가지 말라고 붙잡고 싶었다. 쿨하지 못하게, 남자답지 못하게. 그깟 바이올린이 뭐 대수냐고, 그딴 거 한국에서도 얼마든지 배울 수 있는데 뭐 하러 외국까지 나가 배우는 거냐고, 할 수만 있으면 그렇게 말하면서라도 잡아놓고 싶었다. 하지만…….

그럴 순 없었다. 그에게 노래가 중요하듯이 그녀에게도 바이올린이 중요하다는 걸 알기 때문이다. 가수가 되고 싶어 부단히 노력하고 힘써왔던 윤우처럼 유림도 자신의 꿈과 미래를 위해서 노력하며 실력을 갈고닦을 권리가 분명히 있었다. 그녀를 위해 윤우가 노래를 포기할 수 없듯이, 그녀 역시 윤우를 위해 바이올린을 포기할 수는 없는 일이다. 그런 식으로 그녀에게 희생을 강요하는 건 옳지 않았다.

결국 그는 그녀를 웃으면서 보내주기로 했다. 유림이 원하는 공부를 마음껏 하고 왔으면 좋겠다고 생각했다. 자신이 꿈꿔왔던 모든 것을 다 이루고도 그에게 돌아오고 싶다면, 그땐 그도 기쁘게 그녀를 반길 수 있었다. 그녀가 미국에 가서도 잊지 않고 자신을 쭉 좋아해 줄 거란 기대 따윈 없었다. 그저 무사히, 아무 탈 없이 잘 지내고 돌아와 주기만 하면 그걸로 족했다. 사랑은…… 그다음에 해도 늦지 않다고 그는 생각했다.

"알았어, 알았어. 검사 안 할게. 농담 한 번 해본 것 가지고 쫄기는."

윤우는 애써 속마음을 숨기며 넉살 좋게 그녀에게 다가갔다. 그녀가 그딴 노래 검사 때문에 우울해하는 게 아니란 걸 알면서도 모르는 척 너스레를 떨었다. 울적해 있는 그녀의 모습을 보는 것만으로도 그는 마음이 아팠다. 차유림은 항상 웃어야만 하는데…….

"안 피곤해? 벌써 1시야. 빨리 들어가자."

윤우는 유림의 어깨에 팔을 두르고 걸음을 재촉했다. 등을 토닥토닥해 주면서 꽉 안아주는 그의 손길에 유림은 울컥해 버렸다. 눈시울이 빨개지면서 코끝이 찡해졌다. 재촉하는 그를 따라 걷기 시작하긴 했지만 걸음걸이는 느리고 힘에 겨웠다. 딱히 멋지고 경쾌한 위로의 말이 떠오르지 않아 윤우는 그저 그녀의 등을 다독여 주기만 했다.

마음은 참 스산했다.

"넓긴 넓네, 아주머니 말대로."

숙소 문을 열고 들어선 그가 제일 먼저 한 말이었다. 침실, 거실, 소파, 욕실, 주방이 모두 딸려 있어서 확실히 두 사람이 지내기에 큰 무리가 없어 보였다. 문제는 침실이 하나뿐이라는 사실이지만. 따로 빌릴 걸 그랬나?

사실 방을 한 개만 빌리자고 제안한 사람은 유림이었다. 넓고 쓰기도 편한데, 겨우 하룻밤 보내자고 쓸데없이 방을 두 개나 빌릴 필요는 없어 보였다. 그거야말로 돈 낭비다 싶어 두 개를 빌리려는 윤우를 만류했었다. 하지만 막상 숙소에 들어서려고 보니 은근히 신경이 쓰였다. 물론 윤우가 여자를 함부로 덮치거나 할 타입은 절대로 아니었지만 그, 그래도…….

"내려가서 하나 더 빌릴까?"

윤우가 뒤를 돌아보며 빙긋 웃었다. 그녀가 무슨 생각을 하는지 죄다 알고 있는 듯. 하여간 재주도 좋은 남자다. 어찌 그리 유림의 마음을 다 꿰고 있는지. 유림은 어색하게 웃으며 아무렇지 않은 척 연기를 했다.

"아, 아니야. 됐어. 어차피 몇 시간만 지나면 아침인데 뭘."

"너 그러다 잠 못 잘 것 같아서 그래."

“내가 뭘?”

무슨 소리냐는 듯 유림이 어깨를 으쓱하며 두 눈을 동그랗게 떴다. 이 상황에선, 이상한 상상을 하는 쪽이 이상한 사람으로 몰리게 되어 있었기 때문에. 분명 그의 차를 타고 드라이브하는 기분으로 바닷가까지 왔을 땐 낭만적인 기분에 휩싸여 밝고 명랑한 그림만 가득 차 있었던 머릿속이었다. 하지만 지금 그녀의 머릿속엔 온통 침대와 상체를 벌거벗은 윤우와 뜨거운 키스가 난무하고 있었다.

‘이러지 마, 차유림. 이건 아니잖아— 멀쩡하게 바르고 바른 정윤우를 두고 이 무슨 옳지 못한 상상이냔 말이야.’

윤우는 세상에서 가장 믿을 수 있는 남자다. 그녀가 바로 코앞에서 스트립쇼를 해도 눈 하나 깜짝하지 않을 게 분명한, 정말 단정한 녀석이란 말이다. 유림이 아는 한 정윤우는 그녀를 함부로 범하려 하진 않을 것이다. 그걸 알고 있기 때문에 아무렇지도 않게 방을 하나만 빌린 것이고. 그랬는데, 왜 자꾸 이상한 생각이 드는 건지 알 수가 없었다. 이러다가 희고 깨끗한 정윤우를 그녀가 먼저 덮쳐 버리는 거 아니야?

“정말 후회 안 해?”

“후, 후회는 무슨 후회. 빨랑 들어가기나 해.”

유림은 윤우의 등을 한 손으로 밀며 떽떽거렸다. 딱딱한 등이 그녀의 손바닥 가득 느껴졌다. 움찔해 버린 유림은 냉큼 그의 등에서 손을 떼어버렸다.

"진짜 후회 안 할 거지? 나, 잠들면 절대 쉽게 일어나는 타입
아니거든? 네가 깨워도 안 일어날 거야. 나중에 방 하나 더 빌려
야 한다고 해도, 난 모른다. 네가 다 알아서 해."

"그런 말 안 할 거니까 걱정 말고 들어가기나 해. 무슨 잔소리
가 그렇게 많냐? 너, 내가 무서운 거지? 내가 너 덮칠까 봐 무섭
지?"

"내가? 너를?"

그가 자신을 손가락으로 가리키며 두 눈을 홀쩍 키운다. 유림
은 그를 향해 방긋 눈웃음을 지어주며 말했다.

"걱정하지 마. 손끝 하나도 안 건드릴 테니까. 하여간 남자가
겁도 많아요."

속내를 숨기고 심히 쿨한 말을 던져 주니, 윤우가 아주 황당
하다는 듯 헛웃음을 쳤다. 그는 신기한 생물체를 구경하는 눈으
로 그녀를 내려다보며 말했다.

"너 지금 농담한 거지?"

"내가 농담하는 걸로 보이니? 나 원래 농담 안 해. 알잖아—"

기가 탁 막히신 표정의 윤우를 흘낏 돌아보며 상큼하게 한말
씀 해주시는 유림 양이다. 그리곤 어이상실 직전의 윤우를 엉덩
이로 쿡 밀고 안으로 들어가신다. 혓바닥을 날름 내밀고 안도의
한숨을 내쉬며 유림은 하나도 떨리지 않은 듯 큰소리를 뻥뻥 쳤
다.

"야! 나 먼저 씻을 테니까, 넌 좀 기다려. 여기까지 운전해서

네가 많이 피곤하긴 하겠지만, 그래도 레이디 퍼스트잖니. 동의하지?"

유림이 씩 웃으며 뒤를 슥 돌았다. 윤우는 떨떠름한 표정으로 숙소 문을 닫고 들어오는 중이었다. 그는 시크한 미소를 지어 보이더니 한 손을 욕실 쪽으로 친절하게 내밀어주었다. 어서 들어가시지요~ 하는 포즈에 유림은 샤방한 미소를 마주 지어주었다.

잠시 후, 샤워를 마치고 나온 유림은 좁은 소파에 커다란 몸을 쭉 뻗어 반듯이 누워 있는 윤우를 발견했다. 어린아이처럼 배꼽에 양손을 댄 채 고개를 반대쪽으로 향해 꺾고 잠을 자고 있는 그는 많이 불편해 보였다. 얼마나 피곤했으면 그녀가 샤워하는 동안 잠이 들어버린 건지. 유림은 한숨을 내쉬며 텔레비전 위에 놓아둔 휴대전화를 확인했다.

내내 집에서 걸려온 전화를 의도적으로 받지 않았기 때문에 부재중 통화가 많이 찍혀 있었다. 걱정할까 봐 잠시 여행 다녀온다는 문자메시지도 남겼건만. 이원자 여사는 문자메시지만으로는 성에 차지 않은 듯하다. 당장 그녀를 끌고 올라오고 싶은 마음이겠지.

답답한 마음에 터지는 한숨을 내쉬며 유림은 방으로 들어가 이불을 가지고 나왔다. 윤우의 기럭지엔 조금 짧다 싶은 이불을 꼼꼼히 잘 덮어주고 보니, 녀석의 긴 목선이 눈에 들어온다. 모자와 선글라스는 이미 벗어 던진 후라 흐트러진 머릿결이 목덜미를 타고 내려와 흩어져 있었다. 꽤 많이 길어버렸지만 활동 중이 아니라 수수방관해 놓은 듯했다. 유림은 이마 위로 아무렇게나 흘러내린 머리카락을 잘 정리해 주고 빙긋 웃었다. 잠자고 있는 모습을 보니 갑자기 뽀뽀가 급 당겨주시는 정윤우 군.

"귀엽네."

유림은 씩 웃으며 말하곤 드러난 볼에 부드럽게 입술을 갖다 댔다. 쪽 소리도 나지 않은 짧고도 단순한 입맞춤이었지만 기분은 짜릿했다. 조금은 불안했던 마음이 일시에 편안해지고 구름 위를 걷는 것처럼 설레어지는 것이 꽤나 좋았다. 유림은 흥얼흥얼 셀피쉬의 〈푸른 꿈을 향해 날아〉의 멜로디를 콧노래 부르며 방 안으로 들어갔다. 고개를 반대쪽으로 꺾고 눈을 감고 있던 윤우의 입가에서 픽, 웃음이 흘러나오는 건 전혀 눈치 채지 못하고 있었다.

어느덧 펜션의 방은 정적에 휩쓸렸다. 달빛은 교교히 흐르고 이불 부스럭거리는 소리 외엔 아무 소리도 흐르지 않았지만 두 사람 분의 심장 박동 소리는 달콤하고 사랑스럽게 울렸다. 잊을 수 없는 그들의 첫 여행, 첫날밤은 그렇게 공기마저도 행복했다.

다음날, 그녀가 눈을 뜬 시간은 정오가 다 되어가는 시간이었다. 커튼이 쳐진 창문 사이로 들이친 햇살이 유림의 희미하게 열린 시야를 찌르고 들어왔다. 길게 기지개를 켠 유림은 조심스레 침대에서 빠져나오며 바깥에서 나는 소리에 귀를 기울였다. 윤우는 아직도 자는 건가? 밖은 너무나 조용했고 인기척이 느껴지질 않았다.

"하긴, 어제는 되게 피곤했을 거야."

유림은 늦었지만 아침 식사라도 준비해 볼 요량으로 조용히 문을 열고 방에서 나왔다. 소파에 잠들어 있을 그를 떠올리며 조심해서 문을 닫고 그녀는 고개를 기울여 거실 쪽을 돌아보았다. 이불이 길게 늘어져 있었고 거기엔…….

"응?"

없나? 뭔가 심히 푹 꺼진 기분. 유림은 더 자세히 보기 위해 더 깊은 각도로 고개를 기울였다. 그때다. 뒤통수 쪽에서 윤우의 목소리가 들려왔다.

"뭐 하는 거냐?"

"앗, 깜짝이야."

손으로 가슴을 짓누르며 유림은 두 눈을 휘둥그레 떴다. 생각보다 많이 놀라 뒤를 돌아보는 유림을 향해 윤우가 빙긋 웃었다.

"뭘 그렇게 놀라?"

"어, 언제 깼어?"

"좀 아까. 배고프지?"

'좀 아까'가 언제냐. 유림은 웃으며 괜찮다고 대충 말하곤 서둘러 화장실로 직행했다. 윤우에게 등을 돌리자마자 자연스러

웠던 표정은 완전히 일그러져 험악하게 찡그려지고 있었다. 정
말 적응 안 되는 거다. 어쩌자고 같은 방을 쓰자고 제안했던 건
지, 새벽의 자신을 저주하는 유림이었다. 그렇다고 이제 와서
당황한 티를 내는 건 더 웃기고―그녀가 먼저 한방을 쓰자고 제안
했던 터라―죽을 맛이었다.

화장실로 들어가는 유림의 뒤태를 훑는 윤우는 쿡쿡 웃고 있
었다. 말은 안 하지만 유림이 자신의 발등을 찍고 싶어한다는
걸 그는 대강 짐작하고 있었다. 어깨를 움츠리고 종종걸음을 치
는 저 허둥지둥 폼을 보면 딱 답이 나왔다. 그런 그녀가 윤우는
마냥 귀여울 뿐이었다.

"빨리 나와! 밥 먹으러 가자."

윤우는 씩 웃으며 거실로 걸어나갔다.

"여기 와본 적 있어?"

제법 따사로운 햇살을 맞으며 산책길에 나선 유림이 맨 처음
물어본 말이었다. 근처 식당에서 대충 아침 겸 점심을 때운 이
후라 배도 부르고 기분도 최고였다. 지방이라 그런지 식당에서
도 그를 알아보는 이가 전혀 없어 의외였지만 그래서 더 편하긴
했다. 그래 봤자 그는 여전히 선글라스와 모자로 중무장하고 있
지만요.

"그런 것 같아?"

"음. 느낌에. 처음은 아닌 것 같아."

뭔가 꽤나 능숙한 이 분위기는 분명 그가 이곳을 처음 와본 건 아닌 것 같단 생각이 들게 했다. 그는 씩 웃으며 유림의 말을 선선히 시인했다.

"세 번쯤 와봤어."

"누구랑?"

"한 번은 멤버들이랑, 또 한 번은 가족들이랑, 또 한 번은 나 혼자."

"혼자? 왜?"

윤우가 혼자인 그림은 도무지 상상이 안 되었다. 사람 좋은 그의 주변엔 언제나 사람들이 들끓고 있을 것만 같은데, 뭐가 부족해서 혼자 처량 맞게 여행을 온다는 건가. 그것도 휴양지를. 여자랑 함께 온 건데 거짓말로 둘러대는 거 아니야?

"여러 가지로 복잡한 일이 있었어. 생각을 정리해야 해서 이곳을 찾았지."

"왜 하필 여기였는데? 무슨, 남다른 의미가 있는 곳이야?"

"음—"

뭔가 말하기 매우 쑥스러운 듯 그는 비잉— 말을 돌리며 고개를 끄덕인다. 의미가 있는 곳이라는 뜻이긴 한데, 그 의미라는 걸 입에 올리긴 매우 망설여진다는 듯. 유림은 그 의미가 뭔지 굉장히 궁금해졌다. 그에게 의미가 있는 거라면 그녀도 당연히 알아야 하지 않을까. 여기까지 왔는데.

"말해주기 싫어?"

“어…… 뭐.”

정말 여자와 함께 왔던 거 아니야? 세월이 지났어도 잊지 못하는 첫사랑이 있고, 그 첫사랑과 함께 왔던 곳, 뭐 이런 사연이 숨겨져 있는 걸 수도. 만약 그렇다면 굉장히 찜찜할 것 같다. 다른 여자와 함께 왔던 곳을 자신과 왔다는 건…….

“아버지와 놀러 왔던 유일한 곳이야.”

점점 흉악하게 일그러지는 유림의 표정을 물끄러미 내려다보던 윤우는 비로소 진실을 털어놓았다. 유림은 두 눈을 반짝 뜨며 그를 올려다보았다. 그의 표정은 딱히 어둡거나 슬픈 기색은 아니었지만 왠지 모르게 초연한 것 같았다. 설마 돌아가셨다거나 뭐, 그런 건 아니겠지? 유림은 조심스럽게 입을 열었다.

“아버지가…….”

“부모님이 일찍 이혼하셨거든. 난 어머니와 함께 살았어.”

“아……!”

그나마 다행이다, 돌아가신 건 아니니. 하지만 유림은 씁쓸한 기분으로 고개를 떨구었다. 어쩌면 윤우와 유림은 이렇게 닮았을까. 부모님의 파경. 아버지를 향한 그리움.

유림의 아버지는 그녀가 세 살 때 돌아가셨다. 공식적으론 교통사고가 원인이었지만, 정황으로 봤을 땐 자살이었다. 극심한 빈곤으로 아내와 자식이 굶고 고생하는 모습을 지켜보며 극도의 우울증과 괴로움에 시달리다 그런 최악의 선택을 한 것으로 추정되었다. 아버지의 자살에 커다란 상처를 받은 어머니는 아

버지의 사진이며 유품들을 모조리 다 태워 없애 버렸고 덕분에
유림은 아버지의 얼굴도 모른 채 자라왔다. 그렇기 때문에 윤우
의 마음을 이해할 수 있었다. 얼마나 힘들었는지, 얼마나 아버
지를 그리워했는지.

"아주 어렸을 때."

그가 중얼거리자 유림은 고개를 끄덕였다. 그는 유림의 어깨
에 손을 올려놓은 채로 조용히 자신의 이야기를 해나갔다.

"그런데 난 15살 때까지 아버지가 돌아가신 줄로만 알고 있었
어. 어머니께서 그렇게 말씀해 주셨거든."

"왜?"

"아마도 나 때문이었던 것 같아. 아버지를 미워하게 될까 봐
걱정하신 거지."

"……"

"7살 때 부모님이 이혼하고, 2년 뒤에 어머니께서 재혼을 하
셨어. 9살 때부터 3년 동안 여동생과 함께 새아버지네 집에서
지냈고. 나쁘지 않았던 것 같아, 지금 생각해 보면. 새아버지는
자상한 성격은 아니었지만 속정이 깊으신 분이었고 새아버지의
두 딸도 착했어. 아들이 없다가 생기니까 꽤나 좋아하셨던 것
같아."

얼마나 다행인지. 그녀처럼 아버지를 그리워하며 평생을 살
아온 그였지만 그 점을 제외하고는 그다지 불행하게 자라오진
않았던 모양이다. 어머니로부터 끊임없이 아버지에 대한 험담

을 들으며 잊기를 강요받아 온 유림에 비하면. 다행이야, 정말.
유림은 조용히 미소를 지었다.

"그런데 13살이 되면서부터 모든 게 달라지더라고. 중학생이
되었고, 그즈음 난 꽤 성장하고 있었는데……."

입 밖으로 꺼내기 힘든 말일까? 그는 잠시 하던 말을 중단하
였다. 덜컥 심장이 내려앉는 기분에 유림은 숨을 죽였다. 그의
허리에 두르고 있던 팔에도 힘이 들어갔다. 그는 초조한 듯, 망
설이는 듯, 아랫입술을 혓바닥으로 연신 축이며 시선을 이리저
리 흩뜨렸다. 한숨을 깊이 내쉬더니 결국 그는 고백하듯 자신의
비밀을 털어놓았다.

"새아버지의 딸 중에 나보다 2살 위인 누나가 있었어."

유림의 눈가에 힘이 들어가고 미간이 가운데로 모아졌다.

"그 누나가, 어느 날 나에게 고백을 하더라. 날 좋아하게 됐다
고."

유림의 입이 천천히 벌어졌다. 그, 그 말은 그러니까……! 유
림은 휙 고개를 틀어 그를 돌아봤다. 놀라움이 가득한 그녀의
눈을 윤우는 우울하게 내려다보았다.

"그 뒤로 난 혼자 따로 나와 살기 시작했어. 처음엔 보육원에
서 지냈고, 그다음엔 쉼터, 보육원, 쉼터, 보육원. 알지? 몇 개월
마다 이곳저곳을 전전하는 생활."

"그러다가 아버지가 살아 계시다는 걸 알게 된 거야?"

"아니."

“······?”

“아버지가 돌아가셨다는 소식을 전해 듣게 되었어.”

유림은 그만 그 자리에 멈춰 서버리고 말았다. 너무나 잔인한 스토리였다. 아버지가 돌아가신 후에야 아버지가 그동안 살아 계셨었다는 걸 알게 되다니. 대체 그의 어머닌 무슨 생각으로 아버지가 돌아가셨다고 거짓말을 했던 것일까? 가슴이 아팠다. 윤우가 그런 일을 당했었다는 사실이 너무나 슬프고 마음이 아렸다. 세상에, 그 힘든 시기를 어떻게 보냈을까? 겨우 열다섯 살의 나이인데, 어떻게.

“어머닌 지금도 그 일로 많이 괴로워하고 계셔. 모든 게 당신 탓이라고 여기고 계시지. 하지만 어머니도 어쩔 수 없었을 거야. 아버진 처음부터 우릴 떠맡으려고 하지 않으셨거든. 양육권과 친권 모두를 포기한 상태에서 다른 여자와 재혼해 살고 있었기 때문에 어머니는 혼자 된 몸으로 우릴 키워내셔야만 했어. 우리에게 더 많은 상처를 주지 않기 위해서, 아버지가 돌아가셨다고 하셨던 거지.”

“넌 참. 애가 왜 그러니?”

울고 싶은 마음으로 유림은 인상을 찌푸렸다.

“어떻게 그렇게 다 이해하고 살아. 세상을 그렇게 살면 너만 힘들어지는 거야, 바보야.”

안타까운 그녀의 말에도 그는 빙긋 웃을 뿐이었다.

“내 걱정해 주는 거야?”

라고 말하면서.

'아, 바보.'

그녀도 알았다. 그가 이렇게 마음먹게 되기까지는 너무나 큰 아픔이 있었을 거란 걸. 세상에 분노하고 싶었을 것이고 신을 저주하고 싶었을 것이다. 그래서 그가 더 대단한 거다.

얼마나 아팠을까. 얼마나 힘들었을까.

그 어린 나이에 견뎌내기엔 너무 큰 상처였을 텐데, 그런 일들을 겪으면서도 이렇게 둥그렇고 어른스러운 남자가 되어준 그가 뿌듯하면서도 아렸다. 이렇게 큰 사람이 그녀의 남자라니…….

"정윤우, 이제 마음대로 슬퍼해도 되겠네. 걱정해 주는 사람이 옆에 있으니."

그가 세월 좋은 얼굴로 말한다. 마치 남의 이야기하듯 태연한 윤우의 모습에 유림은 더욱더 슬퍼졌다. 꼭, 그동안 옆에서 챙겨주고 걱정해 주는 사람이 없어서 마음대로 슬퍼하지도 못했다는 말처럼 들려서 눈물이 왈칵 쏟아질 것 같았다.

"넌 진짜…… 바보야, 정윤우."

흠뻑 젖은 목소리로 유림이 중얼거렸다. 얼굴이 잔뜩 구겨진 그녀의 얼굴을 내려다보며 윤우도 그만 가슴이 먹먹해졌다. 울 것 같은 유림이 걱정하는 이가 바로 자신이란 게 믿어지지 않았다. 윤우는 그녀의 어깨를 가슴 안으로 꼭 껴안았다. 그녀의 정수리에 입술을 꾹 누르고, 그녀의 뜨거운 볼을 어루만져 주었다. 그리고 조그맣게 속삭였다.

"큰일이다."

네가 너무 좋아져서.

"이렇게 눈물이 흔해서야 어디 마음 놓고 떨어뜨려 놓을 수 있겠나. 뚝!"

윤우는 장난처럼 손가락을 들어 올리며 눈을 부릅떴다. 유림은 찔끔 나온 눈물을 닦아내며 입술을 삐죽거렸다. 매번 오빠처럼 군다니까. 동갑인 주제에.

"미국 가면, 연락해."

선글라스를 벗으며 그가 아주 조용히, 너무나 조용히, 속삭였다. 고개를 숙였다 들어 올리는 그와 유림의 시선이 허공에서 천천히 마주쳤다. 그의 눈동자는 아주 맑았다. 오늘따라 유난히 청명한 가을하늘처럼 깨끗하고 반짝이는 듯했다. 수십 만 여성 팬의 마음을 설레게 하는 바로 그 눈동자가 온전히 유림만을 바라보고 있었다.

"할 거지?"

그가 물었다. 유림은 천천히 고개를 끄덕였다. 그는 주머니에서 뭔가를 꺼내더니 유림의 손에 쥐어주었다.

"이건 내 연락처야. 이메일 주소, 홈페이지 주소, 메신저 주소. 숙소 전화번호도 있어."

"숙소?"

"지금은 각자 흩어져서 지내고 있지만, 본격적인 활동에 들어가면 숙소에서 함께 합숙하며 지내게 될 거야. 그게 여러모로 효율적이니까. 그리고 이건…….”

윤우는 긴팔 셔츠를 걷어올리곤 팔목에 차고 있던 시계를 풀어내기 시작했다. 줄이며 알이 온통 검정색인데 그 안에 반짝이는 크리스털 점이 네 방향으로 박혀 있는, 아주 예쁜 디자인이었다. 특별히 주문 제작된 듯 시곗줄이 넓었고, 중간중간 비어 있는 공간과 공간 사이를 ‘Selfish’ 라는 넝쿨이 엉켜 있는 듯한 모양의 그룹 로고가 채우고 있었다. 무엇보다 이 시계의 백미는 로고의 선을 쭉 따라 박힌 수십 개의 큐빅이었다. 단순한 유리 알이라고 하기엔 너무나 아름답고 휘황찬란해서 보는 사람마다 갖고 싶어할 것 같은, 그런 시계였다.

“2집 뮤직비디오 촬영 때 의상 콘셉트에 맞춰 맞춘 거야. 너 줄게.”

“이걸?”

시곗줄이 팔목보호대처럼 넓은 데다 온통 까만색이라 전혀 여성스럽지 않은 것임에도 불구하고 너무나 예뻐서 유림은 넋이 나가 버렸다. 이걸 손목에 차고 가죽 장갑을 낀 채 열정적으로 춤을 추었을 스무 살의 윤우가 상상되어졌다.

“내 시간이라고 생각해. 몸은 떨어져 있지만, 마음은 언제나 네 곁에 있는 거라고.”

“난…… 준비한 게 없는데…….”

커다란 눈망울로 시계를 내려다보며 그녀는 멍하게 중얼거렸다. 그는 별로 신경 쓰이지 않는 듯 그녀의 빈 손목을 끌어 올려 시계를 채워줬다.

"조심해라, 이거 세상에 딱 하나밖에 없는 거다."

"난……."

"나중에 내가 미국 가서 검사할 거야. 잃어버려도 안 되고, 창피하다고 안 차고 다녀도 안 돼. 꼭 한순간도 몸에서 떼어놓지 마."

"미안해."

"미안하긴 뭐가 미안해?"

무슨 말을 해야 할지 모르는 유림에게 윤우가 부드럽게 말했다. 끝내 유림은 고개를 푹 수그리고 말았다. 눈시울이 갑자기 뜨거워지면서 눈물이 더 많이 쏟아지기 시작했다. 두 볼을 타고 흐르는 눈물을 그에게 보일 수는 없었다.

아무 말 없이 윤우는 그녀를 꼭 안아주었다. 토닥토닥, 큰오빠가 막냇동생 어르듯 어깨를 토닥여 주는 그의 손길은 너무도 따뜻했다. 유림은 바보처럼 더 그의 품에 안겨들었다. 그는 그녀의 머리를 턱으로 부드럽게 문질러 주며 속삭였다.

"잊지 마. 떨어져 있지만 우린 언제나 함께 있는 거야. 알지?"

"……."

"고개 좀 들어볼래?"

유림은 슬며시 고개를 들었다. 눈 밑으로 눈물이 번져 있었다. 코끝이 빨갛게 물들은 유림은 루돌프처럼 깜찍하기 짝이 없었다. 윤우는 눈 가장자리에 주름을 만들며 활짝 웃어버렸다. 그저 얼굴을 보고 싶었을 뿐인데, 이리 귀여운 유림을 보고 있자니 참을 수가 없어졌다. 윤우는 유림에게 키스를 하기 위해 천천히 고개를 끌어 내렸다.

'아무래도 널 사랑하게 된 것 같아.'

윤우는 생각하며 두 눈을 감았다. 느리게, 아주 천천히 감기는 그의 눈을 바라보며 유림도 고개를 들어 올렸다. 그녀의 눈도 서서히 감아 내려갔고 그는 입술을 열어 그녀의 것을 촉촉이 머금었다. 아주 미세한 흔들림이 그녀에게서 느껴졌다. 지금까지와는 다른, 진짜 키스가 시작될 것 같다는 느낌이 본능적으로 들자마자 그녀는 미간을 찡그리며 천천히 입술을 열어갔다. 그의 따뜻하고 뭉텅한 혀가 미끄러지듯 밀려들어 왔다.

"으음……."

그녀의 입에서 작은 헐떡임이 흘러나올 때쯤, 전화벨이 울렸다. 그의 것이었다. 윤우는 그녀의 어깨를 잡아 끌어당기며 더 깊이 그녀의 입속으로 침잠해 들어갔다. 휴대전화 벨소리는 계속해서 시끄럽게 울려댔다. 하지만 그들의 키스를 방해하기엔 너무나 미력했다.

쾅!

이현진은 사장실 전화기를 세차게 내던지듯 내려놓았다.

"젠장! 어디서 뭘 하는 거야?"

윤우와 연락이 안 되고 있었다. 일을 이 지경으로 만들어놓고 잠수를 타다니, 정말 기가 막혀서 팔짝 뛸 일이었다. 지금까지 윤우는 한 번도 이런 말썽을 부린 적이 없었다. 언제나 타의 모범이 되어왔고 반듯한 생활과 뛰어난 리더십으로 멤버들을 통솔해 왔으며 심지어 소속사와 멤버들 간의 불화와 오해도 윤우의 중재에 의해 풀렸다. 정말 차유림이 말한 대로 윤우는 누가 간섭하지 않아도 제가 다 알아서 하는 녀석이었다. 그런데 어쩌다가 이런 일을 만들어 버린 건지…….

"그렇게 화만 낸다고 뭐가 달라져? 그만 화내."

현진과는 금전적으로 동업 관계에 있는 유은지 이사가 팔짱을 낀 자세로 나무라듯 말했다. 다혈질인데다 뭐든 즉흥적이고 감정적인 현진과는 달리 유은지 이사는 이성적이고 계산적인, 전형적인 사업가였다. 사람들은 현진이 대표라고 생각할지 모르지만 실은 은지가 실세라고 할 수 있는 이유도 그 때문이었다. 음악과 관련된 일은 모두 현진이 결정하고 밀고 나가지만, 이런 대외적으로 중차대한 문제에 도달하게 되면 결정자는 늘 은지가 된다. 현진이 화를 내고 흥분하고 있는 사이, 은지는 대응책을 마련해 놓고 현진이 화를 가라앉히기를 기다리고 있는 것이다.

"이 자식 튀었어. 잠수 탔다고! 아— 내가 진짜 돌아버리겠네."

"확실한 건 아직 잘 모르잖아. 속단하지 마."

"뭘 속단하지 마! 사진이 이렇게 버젓이 나와 있는데."

현진이 책상 위에 놓여 있는 컴퓨터 모니터를 향해 삿대질을 해댔다. 모니터에 침을 튀겨가며 열렬히 소리치는 현진은 월간지 '아름다움'의 편집국에서 보내온 사진들을 태워 버릴 듯 강렬하게 째려보고 있었다. 아름다움의 편집국에서 이런 파파라치 사진을 보내온 의도는 빤했다. 정식 절차를 밟아 윤우와의 독점 인터뷰를 따내겠다는 속셈.

"민찬이 때, 인터뷰 고사한 걸로 아주 이를 갈고 있었던 거야. 작정을 하고 쫓아다닌 거라고. 아니면 나한테 이런 사진들을 보내왔을 리가 없지. 내 기를 꺾어놓겠다는 뜻이라고, 빌어먹을!"

현진이 주먹을 불끈 쥐며 소리를 쳐댔다. 은지는 한숨을 내쉬며 지끈거리는 머릿골을 손으로 짚었다. 민찬의 스캔들이 났을 땐 웃음밖에 안 나왔는데 윤우의 일은 그럴 수가 없었다. 너무나 명백한 증거 사진 때문에 그 어떤 변명도 통하지 않게 생겼다. 이건 윤우에게나 셀피쉬에게나 회사에나 아주 치명적이었다.

"그러게 언론과 친해져야 한다고 했잖아. 왜 그렇게 적대적이니?"

"그걸 몰라서 물어?"

"신비주의 전략이라고 말하려면 그만둬. 그런 차원이 아니란 거 잘 아니까. 자기, 예전 가수 활동할 때 난 스캔들 때문에 이러는 거잖아."

　　은지의 물음에 현진이 두 눈을 번뜩이며 은지를 째려봤다. 그 옛날고릿적 일을 왜 꺼내는지. 현진은 그때 그 일만 생각하면 지금도 혈압이 끓어오른다. 그 스캔들로 인해 그는 가수 인생을 완전히 접었었다.

　　"아름다움, 거기가 자기 예전에 가수 활동할 때 스캔들 냈던, 그 현세스포츠와 같은 계열사 잡지지?"

　　"그건 왜 물어?"

　　"꽤 악연이란 생각이 들어서. 어째 불길하네."

　　"재수없는 소리 하지 마. 불길하긴 뭐가 불길해?"

　　"그러지 말고 편집국장하고 진솔하게 얘기를 좀 해보지."

　　"아직도 이해 못했어? 그것들이 날 아주 작정하고 물 먹이려는 거라고. 얘길 한다고 해서 안 터뜨릴 놈들이 아니란 말이야. 이거 안 보여? 최정상 인기그룹, 셀피쉬의 정윤우 열애. 벌써 카피 문구까지 다 짜놨잖아."

　　"달리 방법이 없잖아."

　　은지는 차분한 목소리로 말했다. 하지만 현진의 흥분을 누그러뜨릴 수는 없었다. 그는 길길이 날뛰며 더욱 소리를 높였다.

　　"메일 말미에 뭐라고 적혀 있었는지, 내가 말 안 했어? 그 지긋지긋한 현세스포츠에서 이 사진을 노린다잖아. 달라는 거 겨우겨우 말려서 사수하고 있다잖아. 그 말이 뭘 뜻하는 것 같아? 협박이야. 날 협박하는 거라고. 인터뷰시켜 주지 않으면 그 사진을 인터넷판 신문에 유포해 버리겠다는 거라고. 알겠어?"

"그건 안 되지. 소속사 차원에서 그건 법적으로 대응해야 해. 윤우의 사생활이 담긴 사진이잖아."

"악독한 것들."

현진은 이를 악물고 두 주먹을 더욱 꽉 틀어쥐었다. 다른 언론 사들보다 유독 더 끔찍하게 싫은 현세스포츠와 같은 계열사 잡지들은 생각하기만 해도 진저리가 쳐졌다. 어째 수법들이 15년 전이나 지금이나 한결같은지.

"아무튼 일단 윤우랑 연락이 되어야 할 텐데."

"내 말이 그 말이야. 대체 어디로 사라진 거야? 녹음 일정도 아직 많이 남아 있는데."

"이 여자애와 같이 있는 건 아니겠지?"

은지가 묻자 현진이 두 눈을 번뜩이며 째렸다.

"그걸 지금 말이라고 해?"

"무조건 화만 내지 말고 윤우 입장에서 좀 생각해 봐."

"그 자식이 뭐가 예뻐서. 내 뒤통수를 이렇게 친 녀석을 내가 왜? 왜 그 녀석 입장을 헤아려 줘야 해?"

현진이 신경질을 부리며 거세게 몸을 돌렸다. 양복 앞자락을 펄럭이며 허리에 손을 올리는 그의 모습은 한숨이 나올 만큼 고집스러웠다. 윤우를 믿었던 만큼 배신감도 컸던 모양이었다. 하지만 윤우도 보통 남자인걸. 평범한 스물다섯 살의 청년이 여자를 만나는 건 지극히 정상적인 일이었다. 어쩌면 현진이 정상이 아닌지도. 가수 생명을 끝장냈던 그 충격적인 스캔들 이후, 그는 지금껏 여자를 사귀지 않고 있었다. 그 여자를 아직도 못 잊고 있는 건가?

"그럼 셀피쉬를 해체시킬 거야?"

"뭐?"

은지의 질문에 현진이 휙 고개를 돌렸다. 물론 셀피쉬를 해체시킬 생각은 분명 없을 것이다. 입버릇처럼 스캔들 터지면 해체시켜 버린다고 말하고 다니는 현진이지만, 정말 그렇게 할 정도로 꽉 막힌 사람이 아니었다. 그저 그만큼 자기관리가 중요한 거라 강조하기 위해 했던 말일 뿐.

게다가 그가 지금까지 셀피쉬에 들인 공이 얼마인가. 이만한 인재들을 찾아내 데뷔시키고 키워놓기까지 들인 시간이 얼마인가. 이만한 인재들을 찾아내기도 어렵겠거니와 찾아내서 데뷔를 시킨다고 해도 이만큼 성장시키긴 어려울 것이다. 셀피쉬가 여기까지 올 수 있었던 건, 오로지 셀피쉬였기 때문에 가능했던 일이었다. 정윤우, 한영재, 류민찬, 김시후였기 때문에 여기까지 올 수 있었던 것이다. 그것을 아는 현진이니 쉽게 이들을 포기할 수는 없을 것이다.

"그걸 말이라고 해?"

아니나 다를까. 현진은 신경질적으로 반응했다. 은지는 픽 가볍게 웃었다.

"그럼 방법은 하나네."

불안하게 흔들리는 현진의 눈동자를 바라보며 은지는 한숨을 푹 내쉬었다. 언제나처럼 대응책을 알리기 위해 그녀는 눈을 들었다.

"피할 수 없다면 상황을 즐기는 수밖에."

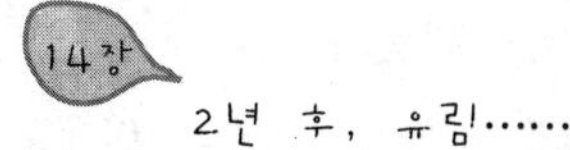

출구 게이트에 서서 딸을 기다리고 있는 이원자는 기품있게 틀어 올린 머리와 고혹적인 목덜미, 세련된 자태로 주변의 시선을 한 몸에 받고 서 있었다. 성숙하면서도 노련하고 섹시하면서도 고상한, 참으로 기묘한 분위기를 가진 그녀는 쉬이 나이를 가늠키 어려워 보였다. 키가 크고 훤한 외모의 젊은 남자를 대동하고 있어서 더욱 신비로운 분위기를 풍기고 있는 듯했다. 보디가드일까? 아들일까? 아니면 젊은 애인? 사람들은 흘낏흘낏 그녀를 훔쳐보았고 원자는 은근히 그 시선을 즐기고 있었다.

"저기 나오는데요, 어머님."

원자의 뒤에 서 있던 청년이 상기된 표정으로 말을 건네왔다.

원자는 쓰고 있던 선글라스를 벗으며 카트를 밀고 게이트를 빠져나오는 여자를 주시했다. 유림이었다. 원자의 입가는 완고하게 굳어졌다. 아무리 성에 안 차는 못난 딸이지만 그래도 2년 만에 귀국하는 건데, 그런데도 전혀 반갑지 않았다.

'못난 것.'

속으로 중얼거리며 원자는 유림을 원망 섞인 눈으로 잠시 지켜보았다. 그녀가 가만히 있으니 뒤에 서 있던 청년도 감히 함부로 나서지 못하고 주춤한다. 원자는 싸늘하고 계산된 미소를 혼자 지어 올리며 말했다.

"먼저 가보게."

"네? 아, 그건 좀……."

역시나 청년은 자신감없는 목소리로 우물쭈물한다. 유성재는 다 좋은데 이런 점이 마음에 안 들었다. 우유부단한 것. 여자를 휘어잡고 리드하는 믿음직한 모습이 부족했다. 그러니 유림의 성에 찰 리가 없었다. 원자가 워낙 유순하고 다감하게 키워서 그렇지 원래 유림의 성격도 그다지 호락호락하지 않았다. 은근히 고집있고 성깔있는 애라 남자다운 남자가 아니면 쉬이 유림을 정복할 수 없을 것이다. 남들이야 어떻게 생각하든 원자는 자신의 딸을 그리 생각하고 있었다.

"왜? 자신없나?"

"그게 저, 아무래도 오랜만에 만나는 거라서……."

"좀 어색하겠군. 좋네. 그럼 여기서 기다리게."

원자는 턱을 치켜들고 천천히 출구 쪽으로 걸어가기 시작했다. 카트를 밀고 나오던 유림은 금세 이원자를 알아보았다. 장님이 아니고서야 어찌 알아보지 못할 수가 있을까. 이원자는 워낙 어딜 가나 눈에 띄는 스타일이었다. 유림은 기쁜 마음에 비명에 가까운 소리를 지르며 어머니를 향해 내달렸다.

"아우, 얘는. 웬 호들갑이니?"

목을 껴안고 뽀뽀세례를 퍼붓는 딸을 원자는 귀찮은 양 털어냈다. 하지만 유림은 오히려 더 심하게 들러붙으면서 원자의 얼굴에 제 얼굴을 비볐다. 짜증나고 귀찮은 표정이던 원자도 이번엔 어쩔 수 없다는 듯 웃어버리고 말았다. 하여간 나이 먹고 넉살만 늘어가지고서는.

"아이구, 우리 엄마! 오늘도 마들(Model)이시네."

"오버하지 마."

"정말이라니까. 어째 해가 갈수록 더 젊어지냐. 너무 그르지 마요~ 이러다간 사람들이 나더러 엄마 언니냐고 하겠어."

"그러니까 진작부터 관리 좀 하라니까. 옷이 이게 뭐니, 옷이. 스물일곱 한창 나이에."

원자는 마음에 안 드는 유림의 옷차림을 위아래로 훑어보며 혀를 쯧쯧 찼다. 목까지 감싸는 터틀넥스웨터와 물 빠진 청바지, 민무늬의 지극히 노멀한 검정색 부츠가 전부였다. 손목에 시커먼 시계인지 팔찌인지 모를 해괴한 물건을 차고 있는 거 외에는 다른 액세서리도 전혀 걸치지 않고 있었다. 하다못해 모자라도 예쁘게 쓸 것이지. 한숨이 절로 나오는 원자다.

"이게 뭐 어때서? 깔끔하니 좋잖아."

"여성스러운 멋이 전혀 없잖니. 선머슴처럼 이게 뭐야?"

"여행하는 데 무슨 여성스러움이야. 편하게 오는 게 장땡이지."

"하여간. 꼭 제 말만 옳다고 하지."

"엄마 닮아서 그렇지 뭐."

"뭐야?"

기분이 매우 좋은 듯 유림은 시종일관 생글생글이었다. 원자는 한숨만 푹푹 나오는데, 한숨의 원인을 제공한 딸년은 아무 생각이 없는 것 같았다.

"에이— 살벌하게 왜 이래. 웃어, 웃자고. 이제 같이 살게 됐잖아."

"유학까지 가서 아무 소득도 없이 들어와 놓고 웃음이 나오니, 넌?"

원자는 쌀쌀하니 딸을 흘겨보며 말했다.

"소득이 왜 없어? 졸업장은 따왔잖아."

"그거 가지고 되냐고, 요즘 세상에. 하아—"

답답한 마음에 원자는 한숨을 내쉬었다. 경제 어렵다 난리치는 이 시국에 미국까지 보내서 공부를 시켰을 때에는 그래도 유림에 대한 부푼 기대가 있었던 게 사실이었다. 제 아비 정도의 음악성만 타고났어도 충분히 훌륭한 음악가로 대성할 수 있을 거라 생각했다. 시대를 잘못 만나, 가난한 집안에 태어난 죄로 제 꿈 한 번 제대로 펼치지 못하고 그렇게 가버린 제 아비의 한을 풀어주고 싶기도 하였다.

겉으로는 남편을 원망하고 욕했지만 원자는 지금까지 단 한순간도 남편을 사랑하지 않았던 적이 없었다. 살아 있었을 때도, 고인이 된 지금도, 원자의 마음에는 늘 남편이 자리하고 있었다. 그런 남편을 닮아 음악을 좋아하는 딸이 그녀는 늘 자랑스러웠었다. 하지만 기대가 너무 크면 실망도 큰 법이라고 했나? 유림은 천재가 아니었다.

좋아하고 열심히 하는 것만으로는 세계를 주름 잡는 음악가가 될 수 없었다. 내면에 잠재되어 있는 천재성이 없으면 수없이 많고 많은 그저 그런 바이올리니스트로 그 생명을 다하게 될 게 빤했다. 유림이 그렇게 될까 봐 두려워 그리도 뒷바라지를 했거늘, 결국 아무 소득 없이 졸업장만 달랑 받아온 유림을 보고 있자니 원자는 허탈하기도 하고 기운도 쑥 빠지는 것 같았다.

"졸업장 따기가 얼마나 힘든데 그래. 정말 죽기 살기로 해야 한다고. 우리나라랑 실정이 달라도 많이 다르다고."

"그렇게 죽기 살기로 하는 김에, 조금 더 해보지. 왜 그 흔한 콩쿠르에서 입상도 못해보니? 하다못해 교수님 눈에라도 들었어야지."

"열심히 해도 안 되는 걸 어떻게 해. 다들 나보다 뛰어났다고."

　"우리, 러시아 한 번 생각해 보자. 미국 음악 스타일이랑 너랑 잘 안 맞는 것 같아, 내 생각에는. 아무래도 음악은 유럽이 정통이잖니. 특히 동구권은 음악 쪽에서 강세잖아. 내가 들었는데, 그쪽은 음악학교 다니는 게 보통이라더라. 내가 아는 우크라이나 의사는, 의사인데 음악학교에서 바이올린을 전공했다는 거야. 탄광에서 석탄을 캐는 광부도 바이올린을 켤 줄 아는 거야, 거긴. 어릴 때부터 학교에서 클래식을 배우는 게 아주 보통이니까."

　"또 그 얘기다. 그 소리, 엄만 지겹지도 않아? 러시아가 뉘 집 개 이름이냐고."

　"뉘 집 개 이름이 아니니까 이런 얘기도 하는 거야. 크게 되려면 넓은 곳으로 가야지. 그건 당연한 거야."

　"휴—"

　또 이렇게 싸움이 시작되는 건가? 유림은 한숨을 푹 내쉬었다. 넓은 곳으로 가서 크게 되는 건 유림의 꿈이 아니었다. 그건 그저 어머니인 이원자 여사의 꿈일 뿐. 그녀는 사라 장처럼 세계를 무대로 활약하는 대음악가가 되고 싶지도, 그럴 재능도 없다. 그저 아이들 가르치면서 소박하게 살고 싶은 게 그녀의 꿈이라면 꿈이었다. 이런 그녀의 마음을 원자는 알아주지 않는다. 그래서 언제나 단란하고 화목해야 하는 모녀 사이가 이렇게 토닥임으로 끝이 나는 것이었다.

　"미안하지만 엄마, 난 이제 이 나라를 떠나 공부할 마음이 추호도 없어."

유림은 단호하게 힘주어 말하고 카트를 밀어 앞으로 나아가기 시작했다. 원자의 발자국 소리가 똑똑 들려오기 시작했다. 그녀가 뒤따라오는 걸 느끼며 유림은 씩 웃었다.

언제부턴가 원자는 유림 앞에서 꼼짝도 못하고 있었다. 강압적으로 명령하고 조종하려 드는 특유의 독선은 여전했으나 그런 어머니 앞에서 실실 웃으며 애교를 떨거나 단칼에 못한다고 잘라 버리는 유림의 태도에는 마땅히 대처하지 못하는 실정이었다. 결국 쩔쩔매며 딸을 달래고 설득하는 게 유일한 잔소리가 되어버렸다. 러시아 문제도 사실은 귀국 전에 이미 다 끝이 난 문제였다.

"정말 너, 여기서 포기할 거니?"

이미 끝난 문제였지만 여전히 미련이 남은 듯 원자는 계속해서 확인하고 또 확인한다. 아마도 2~3년 동안은 계속해서 유림을 들볶을 게 빤했다. 유림은 뒤도 돌아보지 않고 '응—' 하고 대답해 버렸다. 그러자 원자는 잠시 침묵을 지켰다. 대음악가가 못 될 거라면 차라리…….

"그럼 결혼해."

원자는 유림의 뒤통수에 대고 명령했다. 유림의 결혼은 유림이 러시아행을 단념하고 나서부터 쭉 생각해 왔던 문제였다. 그녀는 딸이 세계적인 바이올리니스트가 못될 바에는 차라리 일찍 시집이라도 보내는 게 낫겠다는 결론을 내렸다. 훌륭한 가문에 시집가서 사회적으로 존경받아 가면서 행복하고 안락한 삶을 사는 것, 그것이 바로 이원자가 궁극적으로 바라는 딸의 미래이기도 했다.

"뭐라고 했어?"

유림이 걸음을 멈추고 뒤를 돌아보며 물었다. 좀 황당하다는 듯한 그녀의 표정을 빤히 바라보며 원자는 걸었다.

"결혼하라고."

"벌써? 내 나이가 몇인 줄 알아?"

"스물일곱. 딱 결혼하기 적당한 나이지. 많지도 않고 적지도 않은."

"결혼적령기가 어디 있어, 요즘 세상에? 자기가 하고 싶을 때, 그때가 적령기지."

예상대로 유림은 결혼에 대해 원자와 상당히 다른 생각을 가지고 있었다. 요즘 세대이니 그러려니 생각해야 하지만, 한편으론 몹시 찜찜해지는 원자다. 아마도 2년 전의 일이 생각나서일지도 모르겠다.

유림은 2년 전 한국에 몰래 들어와 어떤 양아치를 만나고 다니고부터 저렇게 매사에 적극적이고 솔직해졌다. 원자가 혼내고 명령하면 싫으면서도 꾹 참고 시키는 대로 다 했던 순둥이가 이젠 싫다, 못한다, 똑 부러지게 말하고 더 나아가 자신의 의견을 관철시키려 들기까지 했다. 이런 모습들은 가끔 죽은 남편을 연상하게 하기도 했다. 웃으면서도 절대 자신의 생각을 꺾으려들지 않던 그 고집쟁이.

"음악으로 성공 못할 바에야 차라리 결혼이라도 빨리 하는 게 나아."

"그건 엄마 생각이지. 아니, 러시아 안 갔다고 음악으로 성공 못한다는 논리가 어디 있어?"

"내가 너, 러시아 안 간다고 이러는 거니?"

"어찌 됐든 엄만 내 지금의 커리어가 불만족스러운 거잖아. 그래서 능력있는 남자 만나 팔자나 고쳐라, 뭐 이런 거 아니야?"

"능력만 있는 남자는 안 된다. 돈이 세상에 전부는 아니지."

원자는 희미한 미소를 띠고 유림을 곁눈질하여 바라봤다. 뭔가 심히 냄새가 나는 미소였다. 언제나 유림을 궁지에 몰아넣기 직전엔 저런 미소를 띠곤 했던 원자였다. 유림은 불길한 기분에 얼굴을 찌푸리고 원자를 물끄러미 바라봤다. 대체 무슨 말을 하려는 거지?

"집안도 좋고 학벌도 남한테 뒤처지면 안 된다. 거기다 성격도 좋아야 하고."

"소설 써? 그런 남자가 세상에 어디 있어?"

"찾아보면 있지."

"눈 씻고 찾아봐, 있나. 환갑 전에 발견하면 용하지."

유림은 심드렁한 얼굴로 휙 고개를 돌렸다. 가던 길을 가기 위해 막 카트를 미는데, 막 고개를 드는 그녀의 시야로 낯익은

얼굴이 들어왔다. 재촉하던 발걸음은 금세 멈추어졌다. 저 인간
은……!

'저 사람이 어떻게 여기에?'

순간 한 가지 생각이 스치듯 뇌리를 스치고 지나갔다. 유림은
다시 거센 동작으로 뒤를 돌아봤다. 이원자 여사가 저만치 서서
유림의 반응을 지켜보고 있었다. 역시 이원자 여사의 작품이었
어. 도대체 왜?

"엄마."

어금니를 사리문 채로 유림은 나직이 씹어뱉듯 불렀다. 원자
는 똑똑 소리를 내며 기품있는 걸음걸이로 유림에게로 다가갔
다. 그리곤 생긋 웃으며 말했다.

"꽤 빨리 찾았지?"

"저게 그 완벽하다는 신랑감이야? 저 사람이?"

"나쁘진 않아. 너한테 꿀리지도 않고."

"미쳤구나."

유림은 멍한 얼굴로 원자를 향해 중얼거렸다. 어른에게 해선
안 될 말이었지만, 지금은 미쳤다는 말 이외에는 그 어떤 말로
도 설명이 안 되는 상황이었다. 원자는 이미 유성재에 대해 아
주 잘 알고 있었다. 그녀가 2년 전 그와 헤어졌다는 것도 물론
알고 있다. 성재가 먼저 배신했다는 것만큼은 차마 알리고 싶지
않아 함구하고 있었을 뿐, 과거 두 사람의 일을 죄다 알고 있단
말이다. 그런데 어떻게 성재를 그녀의 코앞에 데려다 놓을 수가

있어? 이미 헤어져 깨끗이 정리된 사람을?

"우연히 우리 마트에 소송 건이 있어서 변호사를 선임하게 되었는데, 그분이 바로 성재 어머님이셨다. 일을 준비하면서 나와 얘기가 아주 잘 통했고, 그래서 서로 사돈지간이 되자는 얘기까지 나왔어."

"지금이 어느 시댄데 본인 의견도 듣지 않고 마음대로 사돈지간이 된다는 거야? 저 사람이랑 난 이미 2년 전에 깨졌어. 알고 있잖아, 엄마도."

"그건 말 그대로 2년 전의 일이잖아. 그때와 지금은 사정이 달라. 2년 전엔 너희들끼리 사귀다 헤어진 거고, 지금은 어른들이 개입되어 있어."

"유성재는 유성재일 뿐이야. 어른이 개입된다고 유성재가 다른 사람 되는 것도 아니잖아. 난 저 남자, 싫어. 이미 끝난 사이를 다시 되돌리는 것도 싫고."

"너희 둘 사이에 있었던 얘긴 나도 대충 성재한테서 얘기 들었다. 네가 유학 가 있었기 때문에 어쩔 수 없이 헤어지게 된 거라고 하더구나."

"그렇게 말해?"

마치 그녀의 유학 때문에 둘 다 소원해져서 헤어지게 된 것처럼 들리는 말이었다. 딱히 틀린 말이라고 할 수는 없었지만, 그렇다고 그게 전부 다 맞는 말이 될 수도 없었다. 엄연히 그때는 성재가 배신한 게 아닌가. 당시 달랑 이메일 한 장으로 헤어지자 통보하고, 미국에서 날아와 그를 찾은 유림에게는 잔인한 말로 그녀의 가슴을 두 번 난도질했던 일들을 떠올리면 지금도 치가 떨리는 유림이었다.

"남자들 군대 가면 여자들도 고무신 거꾸로들 신잖니. 성재 군이 다 잘했다는 건 아니지만 그렇다고 뭐라 할 수도 없는 문제라고 생각한다."

"엄마 딸 일이야. 그렇게 쉽게 말하고 싶어?"

"객관적인 입장에서 이성적으로 하는 말이야. 새겨들어."

"미안한데 난 그러고 싶지 않아. 난 저 남자 이해 안 돼. 내가 유학 간 사이 마음이 바뀐다는 것 자체가 난 싫었어. 그래서 헤어진 거라고. 나? 유성재 군대 갔을 때 끝까지 기다려 줬어. 그런 내가 똑같은 걸 기대하는 게 잘못된 거야?"

"네가 잘못한 거란 말은 아니야. 그때의 일은 잊어버리고 다시 시작해 보라는 거지."

"그게 말이 돼? 어떻게 잊으라는 거야?"

그 때문에 받았던 고통과 충격은 이루 말할 수 없이 컸었다. 마음이 너무 아파 사람들이 쳐다보는 것도 인식 못하고 서럽게 울었고, 쏟아지는 비를 흠뻑 맞으며 거리를 헤매고 다녀야 했다. 슬픔에 잠겨 마음을 추스르지도 못하는 그녀에게 전화해 자신의 새 여자에게 해코지할 생각 마라던 그의 전화 음성이 아직도 귀에 생생하다. 새 여자친구가 유림과의 일에 대해 알아버렸을 때도 역시 전화해 그녀를 추궁하고 몰아붙였었다. 그런 기억들을 전부 다 어떻게 없었던 일로 치부할 수 있을까?

"놓치기 아까운 자리다."

"엄마!"

결국 그런 거였다. 놓치기 아까운 자리. 이원자 여사의 허영심을 충족시켜 줄 그럴듯한 집안의 그럴듯한 조건을 가진 번듯한 사윗감.

"글쎄, 몰랐는데 그 아버지가 가지고 있는 병원 말이다. 그걸 조만간 성재 군이 맡아서 경영하게 될지도 모른다고 하는구나. 지금이야 대기업에 입사해 월급쟁이 노릇을 하고 있지만 앞으론 큰 병원 CEO가 되는 거야."

이원자가 눈에 총기를 가득 머금고 속삭거린다. 병원을 물려받는다는 사실에 혹해 버린 게 틀림없었다. 유림은 절망적인 마음으로 손을 들어 머릿골을 쥐었다.

"아, 세상에."

"마음 단단히 먹어. 이런 자리 쉽게 들어오는 거 아니니까. 이렇게 연이 닿는 걸 보면 성재 군이랑 너도 인연이라는 거야."

"인연은 무슨 인연이야? 악연이지."

유림은 더 이상 말도 섞기 싫은 이원자를 뒤로하고 거칠게 앞으로 나아가기 시작했다. 저만치 서서 멀뚱하니 이쪽을 지켜보고 있던 성재가 유림이 움직이는 걸 발견하고 천천히 이쪽으로 걸어오기 시작했다. 최악이야, 속으로 중얼거리며 유림은 이를 악물었다.

다시 되돌아온 자리에 성재가 기다리고 있을 줄 그녀는 꿈에
도 몰랐다. 지금까지 유림은 윤우와 정기적으로 만나고 있었고,
그에 대한 마음은 점점 더 커져 가고 있는 중이었다. 성재를 받
아들일 마음은 추호도 없었다.

"유림아."

가까이 다가온 성재가 유림을 불렀다. 그는 정말 누가 봐도
탐낼 만큼 번듯한 모습이었다. 키도 크고 잘생긴 데다가 뿔테안
경이 어찌나 잘 어울리는지 첫눈에도 근사해 보였다. 유림은 아
무 감정도 들어 있지 않은 눈을 들어 성재를 똑바로 바라봤다.

"오랜만이네."

"환영한다."

그가 주머니에 넣어두고 있던 손을 내밀어왔다. 악수를 청하
는 거였지만 유림은 그의 손에는 시선도 주지 않고 싱긋 웃었
다.

"우리 엄마랑 아주 극적으로 재회하셨다고?"

"들었구나. 그렇게 됐어, 일이."

"언제부터야? 왜 진작 말해주지 않았어?"

"너, 내 전화 안 받잖아."

"알고 있었네? 내가 어떤 마음이라는 거."

유림은 눈썹을 치뜨며 비꼬아 말했다. 그녀가 어떻게 받아들
일지 뻔히 알면서 일을 이 지경까지 만들었다니, 정말 기가 막
혔다. 결국 우려했던 일이 현실로 되어버린 건가? 다시 되돌아

온 남자. 다시 만나자는 옛 남친. 끔찍했다.

"사람은 언제든 변하게 되어 있으니까."

그가 담백하니 말했다. 그녀가 변하기를 기다리겠다는 뜻이었다. 유림은 싸늘하게 웃으며 물었다.

"그 여자와는 헤어진 거야?"

"……."

"그 여자 말이야. 혜영이라고 했던가? 무슨 옷 회사 사장 딸이라고 하지 않았어?"

"유림아, 그 일은……."

"미안."

뭔가 해명의 말을 해보려는 그의 말을 유림이 잘랐다. 유림은 끓어오르는 화기를 꾹 억누르며 조용히, 최대한 예의있게 말했다.

"난 오빠 싫어. 오빠만 보면 예전 일이 새록새록 떠올라. 그래서 끔찍해."

"네 마음은 이해하는데……."

"아니."

그녀는 다시 그의 말을 막았다.

"이해 못해. 내가 얼마나 고통스러웠는지 얼마나 많이 자존심 상했고 힘들었었는지, 절대 오빠 같은 사람은 이해 못해. 이해했다면 그런 짓은 못했겠지."

잘못한 건 아는지 그는 입을 꾹 다물고 있었다. 사람이라면 지금 이 순간 변명 따위 지껄일 수는 없을 테다. 정말이지, 무슨 낯짝으로 그녀의 앞에 나타났는지 알 수가 없는 지경이다. 아무리 부모님들끼리 마음대로 결정한 문제라지만, 일이 이렇게 될 때까지 손 놓고 가만히 있으면 안 되는 거 아닌가? 양심이란 게 있다면 말이다. 유림은 그를 향해 날카롭게 쏘아 말했다.

"그리고 정말로 미안한 얘긴데, 난 사귀는 사람이 있어."

그녀의 말에 놀란 듯 성재가 두 눈을 크게 떴다. 유림은 싸늘한 냉기를 뿜어내며 그를 지나쳐 걸어나갔다. 그는 더 이상 따라오지 않았다.

『풀스토리』 2권으로…